Katrin Koppold arbeitete nach ihrer Schulzeit als Journalistin, Fitnesstrainerin, TV-Darstellerin und Pferdepflegerin auf einem Gestüt in Irland, bevor sie sich dazu entschloss, sesshaft zu werden. Heute wohnt sie mit ihrer Familie und ihren zwei Katzen bei München. Als E-Book-Autorin hat sie sich bereits in die Herzen vieler Leserinnen geschrieben. Zu ihrer erfolgreichen Sternschnuppen-Reihe gehören außerdem die Romane «Aussicht auf Sternschnuppen», «Zeit für Eisblumen» und «Sehnsucht nach Zimtsternen».

Im Internet: www.katrinkoppold.de

Katrin Koppold

Hoffnung auf Kirschblüten

Roman

Rowohlt Taschenbuch Verlag

«Hoffnung auf Kirschblüten» ist 2014
zuerst als E-Book erschienen. Für die gedruckte Ausgabe
wurde der Roman redaktionell überarbeitet.

Originalausgabe
Veröffentlicht im Rowohlt Taschenbuch Verlag,
Reinbek bei Hamburg, Februar 2016

Redaktion Anne Fröhlich
Umschlaggestaltung any.way, Barbara Hanke/Cordula Schmidt
Umschlagabbildungen thinkstockphotos.de; shutterstock.com
Satz aus der DTL Dorian, InDesign
Gesamtherstellung CPI books GmbH, Leck, Germany
ISBN 978 3 499 26988 2

Für meine Leserinnen und Leser

«In jedem Winter steckt ein zitternder Frühling,
und hinter dem Schleier jeder Nacht
verbirgt sich ein lächelnder Morgen.»

(Khalil Gibran)

Kapitel 1

Ich hatte nicht erwartet, mich nach meinem Tod im Himmel wiederzufinden. Zwar rechnete ich auch nicht damit, in der Hölle zu landen – so durch und durch schlecht war ich zu Lebzeiten nun auch wieder nicht gewesen –, aber zumindest über einen läuternden Kurzaufenthalt im Fegefeuer hätte ich mich nicht gewundert.

Ein bisschen klischeehaft war dieser Himmel ja schon. Überall weiß, und dann dieses gleißende Licht um mich herum. Nur diese Totenstille passte nicht so recht zu meiner bisherigen Vorstellung. Ich hatte sphärische Harfenmusik erwartet.

Ein Engel im hellen Nachthemd und mit goldblonden Locken schwebte auf mich zu. Er beugte sein pummeliges Gesicht mit den roten Apfelbäckchen zu mir herunter. «Mei, san S' endlich aufg'wacht.»

Überrascht riss ich die Augen auf. Ein bayerischer Engel!

«Bin ich tot?», brachte ich mühsam hervor und fuhr mir mit der Zunge über die spröden Lippen.

«Naa!» Ein zwitscherndes Lachen ertönte. «Im Krankenhaus san Sie.»

Im Krankenhaus! Seltsamerweise verstörte mich diese Vorstellung noch viel mehr als die, mich im Himmel zu befinden. Vorsichtig wackelte ich mit Fingern und Zehen, um zu überprüfen, ob ich mich noch bewegen konnte. «Dann sind Sie … kein Engel?»

«Aba naa!» Ihre Mundwinkel bogen sich noch weiter nach oben. «I bin die Schwesta Gertrud.»

Gertrud! Der Engel beziehungsweise die Krankenschwester hieß genauso wie die Frau mit der furchtbaren Dauerwelle, die vor ein paar Wochen bei meinem Dad eingezogen war.

Überrascht ließ ich diese Information auf mich wirken. Mein Kopf und meine rechte Schulter schmerzten zwar höllisch, aber mein Gehirn schien in Ordnung zu sein. Zumindest litt ich nicht an einer Amnesie. Ich wusste nämlich, dass ich einen Vater hatte. Das war natürlich keine besondere Gedächtnisleistung. Alles andere war schließlich rein biologisch ausgeschlossen. Doch ich erinnerte mich auch an meine Mutter, die jetzt in Irland lebte, und an meine drei Schwestern, an Helga, Fee und Lilly, die ebenso wie ich in München wohnten. Nicht einmal Gertrud, Dads neue Freundin, hatte ich verdrängt. Lediglich bei einer Sache war ich mir nicht sicher.

«Was … was ist denn passiert? Wie bin ich hierhergekommen?»

«Sie hattn an Unfoi.»

Einen Unfall?

«Mid am Auto.»

Schemenhafte Bilder tauchten vor meinem geistigen Auge auf. Ich erkannte ein Stück roter Spitze, einen Baum, der auf mich zugerast kam. Da war das Quietschen von Bremsen und das hässliche dumpfe Geräusch eines Aufpralls. Riks Schrei. Rik! Ruckartig schoss ich hoch, und der Schmerz, der mir durch Kopf und Schulter zuckte, ließ mich aufschreien.

«Sie müssn liagn bleibn.» Schwester Gertruds rundliche Hand drückte mich sanft, aber nachdrücklich auf das Kopfkissen zurück.

«Rik …» Ich schnappte nach Luft. «Da war ein Mann im Auto … Können Sie mir sagen, ob es ihm gutgeht?»

«A Mo», wiederholte Schwester Gertrud langsam, als wäre sie sich nicht sicher, wovon ich sprach. Doch das Zucken ihres Augenlids verriet sie.

Panik stieg in mir auf. Rik! «Was ist mit ihm?»

Ich mobilisierte all meine Kräfte, um mich aufzurichten. Doch Schwester Gertrud drückte mich unerbittlich nach unten.

«Sollten wir sie nicht langsam aufwecken, Fee?»

«Warum? Lilly ist sowieso noch nicht da.»

«Ich verstehe nicht, wie Mia es schafft, so kurz bevor sie entlassen wird, einzuschlafen. Nicht einmal ihr Koffer ist gepackt.»

«Na und?» Fee klopfte mit dem Fuß auf den Boden, wie immer, wenn sie ungeduldig war. «Wie lange braucht man schon, um einen Morgenmantel und eine Zahnbürste hineinzustopfen?»

«Was ich auch nicht verstehe: Die Straße war gerade wie ein Streichholz, kein anderes Fahrzeug war involviert. Es hat nicht einmal geregnet. Rik ist doch nicht nur gegen den Baum gefahren, weil Mia herumgeschrien hat, dass er dem Hasen ausweichen soll. Außerdem hatten sie sich kurz vor dem Unfall wohl gestritten.»

«Weißt du, worum es ging?»

«Nein. Mia wollte nicht darüber sprechen.»

Fee schnaubte. «Das ist typisch.»

«So ist sie halt.»

«Ja, so ist sie. Und deswegen kann ich mir auch gut vorstellen, wie sich der Unfall abgespielt hat. Vermutlich ging es bei der Auseinandersetzung um irgendetwas Banales, und Mia hat mal wieder aus einer Mücke einen Elefanten gemacht und ist total ausgeflippt. Rik hat sich mehr auf sie als auf die Straße konzentriert, und so kam eins zum anderen. Sie war doch schon immer die Dramaqueen in unserer Familie. So, wie sie drauf ist, wundert es mich sowieso, dass nicht schon viel früher was Schlimmes passiert ist.»

Ich hörte, wie Helga scharf einatmete, und auch ich hielt unwillkürlich die Luft an. Fee, diese Schlange.

«Entschuldige», murmelte Fee. «Das war blöd von mir.» Durch den Wimpernvorhang meiner halb geschlossenen Lider sah ich, wie sie sich auf die Unterlippe biss und den Kopf senkte, sodass die blonden Haare wie ein Schleier vor ihr Gesicht fielen. «Mein Gott! An mir geht diese ganze Angelegenheit nun einmal auch nicht spurlos vorbei.»

«Mia hat es ja nicht gehört», entgegnete Helga, aber an ihrem Tonfall merkte ich deutlich, wie wütend sie über Fees taktlose Bemerkung war.

Die Zimmertür wurde aufgerissen. «Tut mir leid, dass ich so spät komme. Der übliche Feierabend-Horror auf den Straßen», japste die atemlose Stimme meiner Zwillingsschwester Lilly.

«Du hast nichts verpasst», sagte Helga. «Mia schläft.»

«Schon wieder?» Lilly klang enttäuscht. «Sie wird doch heute entlassen.» Ich spürte förmlich ihren prüfenden Blick auf meinem Gesicht, und nur durch unbändige Willenskraft schaffte ich es, nicht die Augen zu verdrehen. Ja, ich schlief schon wieder! Der Unfall lag erst sieben Tage zurück. Ich hatte eine Gehirnerschütterung, ein gebrochenes Schlüsselbein, mehrere Prellungen, und mein gesamter Körper war mit Bandagen umwickelt wie ein Würstchen im Speckmantel. Was erwarteten alle von mir? Sollte ich im Zimmer herumhüpfen und Breakdance tanzen?

«Na ja, wie dem auch sei», fuhr Lilly fort. «Ihr beiden geht am besten in die Cafeteria und trinkt etwas. Ich packe ihre Sachen zusammen. Irgendwann wird sie schon aufwachen.»

Kaum hatten Fee und Helga den Raum verlassen, setzte Lilly sich auf mein Bett. «Mia Baum. Du brauchst nicht so zu tun, als ob du schläfst. Ich weiß genau, dass du wach bist», sagte sie mit fester Stimme.

«Und woher weißt du das?», knurrte ich.

«Du bist eine miserable Schauspielerin.»

«Wirklich?» Widerstrebend öffnete ich mein rechtes Lid einen Spaltbreit. Ich fand meine Darbietung ziemlich überzeugend.

«Und ich kenne dich schon mein ganzes Leben.» Lilly beugte sich über mich und zupfte an meinen Wimpern, sodass ich auch noch das andere Auge öffnen musste.

«Lass das!» Unwillig schlug ich ihre Hand weg.

«Warum machst du das?»

«Was?»

«Warum spielst du uns was vor? Wir sind extra hergekommen, um dich abzuholen. Bist du nicht froh, dass du entlassen wirst?»

«Was denkst du denn?», fragte ich mürrisch, obwohl ich das Gefühl der Angst kaum unterdrücken konnte, das mich bei dem Gedanken beschlich, den schützenden Kokon des Krankenhauses zu verlassen. Ich hatte sogar darüber nachgedacht, dem Arzt etwas von diffusen Schmerzen im Kopf- und Brustbereich zu erzählen, um noch ein bisschen länger bleiben zu dürfen. Letztendlich war ich jedoch pragmatisch genug, um mir einzugestehen, dass meine Entlassung durch diese Lüge nur aufgeschoben und keinesfalls aufgehoben werden konnte. Und es würde an dem, was ich getan hatte, auch nichts ändern.

«Na komm. Wir müssen los.» Lilly schlug die Bettdecke zurück und half mir auf die Beine.

Mit zittrigen Knien ließ ich mich von ihr in das winzige Bad führen und sank auf den Toilettensitz. «Ich habe keine Lust, bei Dad und Gertrud einzuziehen.»

«Wir sollen sie Trudi nennen.»

«Ich sage Gertrud zu ihr.»

«So schlimm ist sie gar nicht.»

«Doch.»

«Wäre es dir lieber, wenn er sich mit einer zwanzig Jahre Jüngeren eingelassen hätte?»

«Nein. Aber mit einer sieben Jahre Älteren ...» Ich rümpfte die Nase.

«Du wohnst schließlich nur für ein paar Wochen bei ihnen», sagte Lilly mitfühlend. «Bis es dir bessergeht und du wieder allein zurechtkommst.»

Allein! Meine Eingeweide zogen sich zusammen, aber ich schaffte es, mir das Entsetzen, das dieses Wort in mir auslöste, nicht anmerken zu lassen. «Mir geht es ganz wunderbar, und ich komme hervorragend ... allein zurecht.»

Vorsichtig fuhr mir Lilly mit einem feuchten Lappen über das zerschundene Gesicht und versuchte, mit einer Bürste das Nest auf meinem Kopf zu entwirren. «Sollen wir deine Haare nicht lieber waschen?»

«Nein, bitte nicht. Das habe ich vorgestern erst getan. Nur kämmen», wehrte ich ab. Bereits die bloße Vorstellung, mich in meinem momentanen Zustand unter die Dusche zu stellen oder meinen Kopf unter den Wasserhahn zu hängen, verursachte mir körperliche Schmerzen.

«Dann mach ich dir einen Zopf.» So gut es ging, fasste Lilly meinen strähnigen Haarschopf zusammen und wickelte einen Gummi darum. «Ich finde es schön, dass du sie jetzt länger trägst.» Sie zwirbelte meinen Pferdeschwanz um ihren Zeigefinger. «Es lässt dich weicher und weiblicher aussehen.» Ich verzog das Gesicht, und sie lachte auf. «Aber ich mochte auch deine kurzen Borsten. Bei der Frisur wusste man zumindest gleich, woran man bei dir ist.» Dann hielt sie mir eine Strähne vor die Nase. «Du …» Sie stockte einen Moment. «Du hast sie für Rik verlängern lassen, nicht wahr?»

Abrupt stand ich auf.

«Ach, Mia!» Lilly trat neben mich und nahm mich in den Arm, bemüht, nicht an meine schmerzende Schulter zu stoßen.

Ich vergrub mein Gesicht in ihren roten Locken, und der Duft ihres Maiglöckchenparfüms stieg mir in die Nase. Ein Schluchzen kroch meine Kehle hoch, doch ich schluckte hart und presste meine Lider zusammen, um die Tränen zurückzudrängen.

«Du bist nicht schuld an dem, was passiert ist, hörst du? Ich an deiner Stelle hätte genauso reagiert.» Lilly löste sich von mir und hob mein Kinn, zwang mich, sie anzuschauen.

«Seine Eltern sind anderer Meinung.» Und nicht nur sie! Auch Rik. Ich befreite mich aus Lillys Griff, konnte jedoch nicht verhindern, dass eine Träne meine Wange hinunterlief.

«Ich weiß», sagte Lilly sanft. «Und wenn ich mich in ihre Lage versetze, kann ich sie sogar verstehen. In ein paar Wochen tut es ihnen bestimmt leid.»

Wohl kaum. Unsere Blicke begegneten sich im Badezimmerspiegel. Wie gerne hätte ich Lilly erzählt, was wirklich passiert war. Aber mein Stolz und auch Angst hielten mich davon ab.

Während meine Zwillingsschwester ihr Auto holte, wartete ich mit Helga und Fee im Foyer. Schweigend starrten wir durch die gläserne Front in die Dunkelheit hinaus. Schneeflocken wirbelten durch die Luft, und die wenigen Besucher, die um diese Zeit noch ins Krankenhaus kamen, hangelten sich am Geländer mehr schlecht als recht die rutschigen Treppenstufen hinauf zum Eingang.

«Wenn sich einer von ihnen ein Bein bricht, kann er zumindest sofort medizinisch versorgt werden», versuchte ich die unbehagliche Stimmung aufzulockern, doch Helga zog nur halbherzig einen Mundwinkel nach oben, und Fees Gesicht blieb völlig emotionslos. Phantastisch! Erleichtert sah ich, wie Lillys rotes Auto schlingernd vor der Eingangstür zum Stehen kam.

Mit meinem unverletzten Arm griff ich nach dem Koffer, aber Fee nahm ihn mir ab. «Lass mich das machen.» Anscheinend hatte sie immer noch ein schlechtes Gewissen wegen ihrer dämlichen Bemerkung von vorhin.

Helga half mir, neben Lilly auf den Beifahrersitz zu klettern. Von einem Foto am Armaturenbrett strahlten mir meine Zwillingsschwester und ihr Freund Jakob entgegen.

Sexy Jakob war das, was man gemeinhin als einen guten Fang bezeichnete. Dunkle Augen, dunkle, immer ein wenig zerzaust aussehende Haare, ein Dreitagebart, muskulöse Oberarme (etwas, was mir an Männern besonders gefiel). Außerdem war er Systeminformatiker in einer großen Firmengruppe und arbeitete derzeit in Barcelona. Ob Letzteres so wünschenswert war, darüber konnte man sich natürlich streiten. Aber bevor ich Rik kennenlernte, hatte ich es immer ganz vorteilhaft gefunden, wenn mir die Kerle nicht zu sehr auf der Pelle hingen.

«Seit wann klebt das Bild hier?», fragte ich, weniger aus Interesse als vielmehr in dem Bestreben, den letzten Gedanken zu verscheuchen.

«Seit vorgestern.»

«Damit du die Zeit bis zu eurem Wiedersehen in Zukunft besser überstehst?», neckte ich sie.

Lilly nickte gequält. Angesichts meines Kummers wirkte sie nicht gewillt, mit mir über ihr eigenes Liebesglück zu reden. Und im Grunde genommen war ich ihr dankbar. Ich drehte mich zu Helga um. «Wie geht es Mathilda?», startete ich einen erneuten Versuch, zwanglose Konversation zu betreiben.

«Sie bekommt gerade ihren fünften Zahn und fängt an, sich überall hochzuziehen», antwortete meine älteste Schwester.

Und weiter? Ich hob aufmunternd die Augenbrauen. Vor meinem Unfall hatte ich mir auch immer ihre langweiligen Babygeschichten anhören müssen.

«Ansonsten gibt es nichts Neues», fügte Helga lahm hinzu.

«Beim Sender alles okay?», wandte ich mich schließlich an Fee, die mit stumpfem Gesichtsausdruck aus dem Fenster schaute. Fee arbeitete bei dem Fernsehmagazin *trend* und hatte stets allerlei Anekdoten aus der Welt der Stars und Sternchen parat, die mich normalerweise ebenso wenig interessierten wie Helgas Babygewäsch. Jetzt aber hätten sie ein willkommenes Gesprächsthema geboten.

«Der übliche Stress. Zum Glück drehe ich nicht mehr selbst. Meine Beförderung war ein Segen. Der Bürojob lässt sich viel besser mit Pauls Betreuung vereinbaren als diese ständige Reiserei und die unregelmäßigen Arbeitszeiten.»

«Geht es Paul gut?»

«Er ist ein wenig erkältet. Gestern musste ich deswegen zu Hause bleiben.»

«Und Sam?»

«Auch alles in Ordnung.» Sie wandte sich ab und starrte wieder hinaus in die vorbeirauschende Dunkelheit.

Diese Geste brachte bei mir das Fass zum Überlaufen. «Hört endlich auf, mich wie ein rohes Ei zu behandeln», zischte ich.

Fee und Helga schauten schockiert in meine Richtung, selbst Lilly löste kurz den Blick von der Straße.

«Ja, euch geht es im Moment besser als mir.» Meine Stimme überschlug sich fast, und ich merkte, dass mein Gesicht langsam, aber sicher die Farbe einer reifen Erdbeere annahm. «Ihr habt Mann und Kind oder zumindest einen Freund, keinen Arm, der in einer Schlinge steckt, kein Gesicht voller Pflaster, und ihr habt auch keine ganze Woche in einem verfickten Krankenhaus verbracht. Aber wenn ihr mich bemitleidet, macht ihr alles nur noch schlimmer. – Und jetzt erzählt mir endlich, was ihr in den letzten beschissenen Tagen alles gemacht habt!»

Kapitel 2

«Ich habe nur etwas ganz Leichtes vorbereitet. Der Karl-Heinz hat in letzter Zeit ein paar Probleme mit seinem Cholesterinspiegel.» Gertrud stellte eine große Schüssel grünen Salat und eine Platte mit gegrillten Fischfilets auf den Esstisch.

«Cholesterin? Oje.» Dankbar, dass es in dieser Familie außer mir noch jemanden gab, um den man sich Sorgen machen musste, und der die Aufmerksamkeit von mir ablenken konnte, griff ich das Thema auf.

«Nicht der Rede wert.» Dad machte ein unbehagliches Gesicht.

«Na, na, na, verharmlose das mal nicht.» Gertrud spitzte missbilligend die Lippen.

«Er ist nur ganz leicht erhöht», protestierte er.

«Zu hoch ist zu hoch.» Ihr Ton duldete keinen Widerspruch. «Und jetzt greift zu.»

«Wie? Das ist alles?», murmelte Fee, und auch mein Magen knurrte. Ich mochte einsam und traurig sein, aber meinen Appetit hatte das noch nie gestört. Und die Portionen im Krankenhaus waren schon knapp bemessen gewesen. Salat war okay, aber anstelle des Fisches hätte ich mir ein Rindersteak und ein paar gebackene Kartoffeln gewünscht. Zumindest hatte es das früher immer gegeben.

Mit einem Seufzer betrachtete ich das Familienfoto, das über dem Tischchen mit der Retro-Lampe hing. Zwei Jahre lag der Fototermin erst zurück, und trotzdem kam mir die Aufnahme vor wie ein Relikt aus einer anderen Zeit. Dad und Milla saßen händchenhaltend auf der Couch. Fee, Lilly, Helga und ich waren dekorativ um sie herum platziert.

Eine Klassenkameradin von Fee hatte einmal gesagt, unsere Eltern sähen aus wie ältere Ausgaben von Ken und Barbie. Damals hatte ich mich gefragt, welche Drogen sie eingeworfen hatte, bevor sie zu uns zu Besuch kam. Im Nachhinein musste ich ihr allerdings zustimmen: Die beiden hatten wirklich ein schönes Paar abgegeben. Er groß mit grau melierten Schläfen, sie blond und schlank, perfekt geschminkt und frisiert, mit einem strahlenden Lächeln auf den Lippen.

Die Frau, die jetzt an Dads Seite saß, war das komplette Gegenteil meiner attraktiven Mutter. Statt enger Jeans und hoher Stiefeletten trug sie eine Bundfaltenhose und praktische Schnürschuhe. Ihre braun gefärbten Haare umrahmten in krausen Löckchen das gerötete Gesicht. Vom Aussehen her hätte sie eher zu Opa Willy gepasst als zu meinem Vater. Aber … wo die Liebe hinfällt. Ich seufzte noch einmal.

«Könnte ich vielleicht etwas Brot dazu haben?», fragte Helga. «Ich habe seit heute Mittag nichts mehr gegessen.»

«Auf der Anrichte in der Küche liegt ein frischer Laib.» Gertrud machte Anstalten aufzustehen.

Meine älteste Schwester wehrte ab. «Ich kenne mich hier aus. Möchte sonst noch jemand eine Scheibe?»

«Ich.» Dad hob die Hand, aber als Gertruds strenger Blick ihn traf, ließ er sie unverzüglich sinken.

«Keine Kohlenhydrate am Abend, hatten wir ausgemacht.» Dann wandte sie sich an Helga, die mit hochrotem Gesicht die gestreifte Tapete musterte und aussah, als würde sie vor Lachen gleich explodieren. «Der Karl-Heinz und ich haben in der letzten Zeit nämlich ein bisschen zugelegt.»

Helga stürzte mit einem erstickten Laut in Richtung Küche.

«Bring mir ein Glas Wein mit», rief Fee ihr nach.

«Der ist leider aus. Der Karl-Heinz …»

«… darf keinen mehr trinken?», vollendete Fee ihren Satz mit unbewegter Miene.

«… ist heute nicht im Getränkemarkt gewesen.» Gertrud musterte sie befremdet.

Und nun war ich es, die in schallendes Gelächter ausbrach. Es kam so plötzlich, dass ich selbst nicht damit gerechnet hatte, und es schüttelte meinen Körper so heftig, dass ich vor Schmerz aufschrie und dann wie eine Marionette, der man die Fäden durchtrennt hat, zusammensackte. Hilflos starrten Gertrud, Opa Willy und meine Schwestern mich an. Dad fing sich als Erster. Er kam zu mir, drückte meinen Kopf an seine Brust und strich mir über die Haare.

«Mein armes, armes Häschen», sagte er und hörte sich dabei an, als müsse er gleich weinen.

Nachdem sich Fee, Helga und Lilly verabschiedet hatten, stand ich noch einige Augenblicke im Vorgarten und sah den Rücklichtern von Lillys Auto nach. Im Endeffekt war es doch noch ein schöner Abend geworden. Doch jetzt, ohne meine Schwestern an meiner Seite, fühlte ich mich in unserem Elternhaus einsam und verlassen.

Hinter mir ertönte ein leiser Pfiff. Ich drehte mich um und sah Opa Willy mit seinem Rollator in der Haustür stehen. «Hast du auch noch Hunger?»

Ich nickte. «Und wie. Mein Magen hat gar nicht gemerkt, dass es etwas zu essen gab.»

«Dann lass uns ein bisschen die Straße hinunterspazieren.» Er machte ein verschmitztes Gesicht.

«Willst du zur *Dorfalm*? Ich weiß nicht, ob ich dafür schon fit genug bin.» Ich sah ihn zweifelnd an. Momentan erschöpfte es mich, mehr als drei Schritte zu gehen. In diesem Zustand war ein Spaziergang für mich genauso anstrengend wie ein Halbmarathon.

Tatsächlich geriet ich bereits nach wenigen Metern in Versuchung, Opa Willy den Rollator aus der Hand zu reißen, so wackelig fühlte ich mich auf den Beinen. Doch er ging gar nicht zu der gemütlichen Gaststätte in der Ortsmitte, sondern blieb vor dem schmiedeeisernen Tor stehen, das in die Koniferenhecke eingelassen war, die das weitläufige Grundstück meiner Eltern umschloss.

«Du willst in den Garten? Dafür hast du mich um das komplette Haus herumgeschleppt?», protestierte ich. «Wir hätten über die Terrasse hinausgehen können.»

Opa Willy zog einen Schlüssel aus seiner Jackentasche und schloss das Tor auf. «Trudi darf nicht wissen, wo wir sind.» Er blinzelte mir verschwörerisch zu.

Sie durfte nicht wissen, dass wir in den Garten gingen? Die ganze Angelegenheit wurde immer mysteriöser. Wobei es mir im Grunde genommen egal war, wohin er mich führte, solange es dort eine Sitzgelegenheit gab. Ich folgte ihm langsam.

Gut, dass Opa Willy so schlecht gehen konnte. Normalerweise brachte mich die Geschwindigkeit, mit der er sich seit seiner Hüft-OP fortbewegte, zur Weißglut. Heute jedoch kam mir sein Schneckentempo sehr gelegen. Er hatte sich sogar einen kleinen Vorsprung erarbeitet, als wir das Holzhäuschen mit dem roten Dach erreichten, das sich im hintersten Winkel des Grundstücks versteckte.

Früher hatten meine Schwestern und ich immer in dem Häuschen gespielt. Mittlerweile war es Jahre her, dass ich diesen Teil des Gartens betreten hatte. Opa Willy dagegen kannte sich offenbar bestens aus, denn er steuerte zielstrebig auf die schmale Holzveranda zu. «Wir können die Lampe leider nicht anmachen. Nur eine Kerze. Sonst sieht Trudi uns.» Er öffnete die Tür.

Bereits der Schein des sichelförmigen Mondes, der durch die Fenster fiel, reichte, um zu erkennen, dass sich im Inneren unseres Gartenhauses wenig verändert hatte. Der ausrangierte Esstisch mit der Eckbank befand sich noch genauso darin wie die Gartengeräte. Neu allerdings war der kleine Kühlschrank, der etwas verdeckt neben dem Rasenmäher platziert worden war.

«Früher gab es den aber noch nicht.» Meine Lippen kräuselten sich spöttisch.

«Er stammt aus dem Seniorenheim gegenüber. Sein vorheriger Besitzer, der alte Goldbrunner, ist gestorben, und seine Tochter wollte ihn schon wegwerfen.» Opa Willy griff hinein und holte eine eingeschweißte Packung Rohesser und ein Glas Gurken heraus.

«Wie um Himmels willen hast du es geschafft, ihn hierherzutransportieren?»

«Zwei Pflegerinnen haben mir dabei geholfen.»

«Zwei Pflegerinnen, soso.» Unsere Blicke trafen sich, und seine faltigen Lippen verzogen sich zu einem spitzbübischen Lächeln. Auch ich konnte mir ein Grinsen nicht verkneifen. Opa Willy war ein Frauenheld, wie er im Buche stand. Mit Anfang achtzig war er noch regelmäßig an die Isarauen zum Nacktbaden gegangen und hatte seine im Vergleich zu ihm ohnehin schon blutjunge Freundin mit einer noch jüngeren betrogen. Momentan war er meines Wissens solo, was weniger daran lag, dass es im Seniorenheim auf der anderen Straßenseite zu wenige Kandidatinnen gegeben hätte, als daran, dass ihm die Damen dort langsam zu alt wurden und er sich viel lieber mit deren hübschen Pflegerinnen verabreden wollte. Apropos alt.

«Kannst du dir vorstellen, was einen älteren Mann dazu

bringen könnte, sich eine noch ältere Frau zu suchen?» Mittlerweile hatten sich zu den Cabanossi und den Gurken noch ein Glas Senf, Toastbrot und mehrere Packungen Wurst und Käse gesellt. Und gerade holte Opa Willy ein Sixpack Bier aus dem Kühlschrank, der mich mittlerweile ein wenig an den Hut eines Zauberers erinnerte. Von innen war er wesentlich geräumiger, als er von außen aussah.

«Du meinst Trudi?» Er blickte auf.

«Ich meine Gertrud.»

«Sie will, dass wir sie Trudi nennen.»

«Ist mir egal, was sie will. Also – was glaubst du? Was zum Henker findet dein Sohn an so einer wie der?»

«Möchtest du auch etwas?» Opa Willy hielt mir die Packung Cabanossi und eine Flasche Bier unter die Nase. Ich nickte und griff dankbar zu. Auch mein Opa bediente sich und wackelte dann nachdenklich mit dem Kopf. «Das habe ich mich anfangs auch gefragt. Aber mittlerweile denke ich, sie tut deinem Vater wirklich gut.»

«Sie bevormundet ihn die ganze Zeit.»

«Vielleicht braucht er das.»

«Meinst du?» Ich sah ihn zweifelnd an und nahm einen großen Schluck aus der Bierflasche.

«Versteh mich nicht falsch, deine Mutter ist eine wundervolle Frau, und ich vergöttere sie, aber Milla ist kein besonders fürsorglicher Typ. Ich glaube, es tut ihm einfach gut, mal ein bisschen … betüddelt zu werden. – Und jetzt mal zu dir, Mia-Mädchen. Geht es dir mittlerweile ein bisschen besser?» Er legte seine sehnige Hand auf meine und drückte sie fest.

Ich schluckte. Zum Glück wurde in diesem Moment die Tür des Gartenhäuschens aufgestoßen, und ein Schwall kühler Novemberluft wehte herein. Ich fuhr zusammen, hatte ich doch erwartet, die Silhouette einer vor Wut kochenden, den

Schrubber schwingenden Gertrud auf der Schwelle zu sehen. Stattdessen stand Dad dort.

«Habt ihr auch so einen Hunger wie ich?»

Er nahm sich eine Toastscheibe aus der Packung, belegte sie dick mit Käse und Salami und biss abwechselnd von dem Brot und einem Würstchen ab. Nur das Bier verschmähte er. Seit seinem volltrunkenen Zusammenstoß mit einer Trambahn kurz vor Helgas Hochzeit trank er kaum noch etwas.

«Hast du keine Angst, dass Gertrud dich bei einem so kohlenhydratreichen Mitternachtssnack erwischt?», feixte ich. Damit, dass auch er den Kühlschrank im Gartenhäuschen regelmäßig nutzte, hatte ich nun wirklich nicht gerechnet. «Denk an dein Cholesterin, Karl-Heinz. Und an den kleinen Ranzen, den du dir angefuttert hast.» Ich stupste ihm den Finger in den Bauch.

Dad schüttelte den Kopf. «Sie geht fast nie in den Garten, und so weit nach hinten sowieso nicht. Sie fürchtet sich vor Manfred.»

Oho! In dieser Hinsicht konnte ich Gertrud sogar verstehen. Manfred war der grantige Frührentner, der im Haus gegenüber wohnte. Bis vor kurzem hatte er sich noch so gelangweilt, dass er den überstehenden Grashalmen seines zehn Quadratmeter großen Rasens mit der Nagelschere zu Leibe gerückt war. Doch seit Millas überstürzter Abreise nach Irland bezahlte ihm Dad ein paar Euro im Monat dafür, dass er sich auch um unser Grundstück kümmerte.

Nun führte er hinter dem Haus und im Vorgarten ein strenges Regiment und duldete keinerlei Konkurrenz. Nicht einmal eine Himbeere durfte man pflücken, ohne ihn um Erlaubnis zu fragen. Sein Verhalten war zum Teil wirklich unverschämt, aber niemand aus meiner Familie traute sich, Manfred die Stirn zu bieten, weil jeder Angst davor hatte, den riesigen Garten selbst pflegen zu müssen. Gertrud machte da wohl keine Ausnahme.

«Und du bist auch öfter hier?», erkundigte ich mich.

«Ein-, zweimal in der Woche.»

«Bis vor kurzem haben wir sogar hin und wieder hinter dem Schuppen gegrillt», erklärte Opa Willy eifrig. «Dein Vater hat eine alte Wäschetrommel vom Wertstoffhof mitgebracht, die sich hervorragend zum Feuermachen eignet. Und in der Regentonne habe ich eine Flasche Jägermeister für besonders harte Zeiten gelagert.»

«Ihr seid wirklich super ausgestattet, ihr beiden. Wollt ihr nicht vielleicht auch noch ein bisschen Gras anbauen?»

«Gras?» Opa Willys helle Augen rundeten sich. «Davon gibt es hier im Garten doch bereits genug.»

Ich schüttelte den Kopf. «Ich meine kein richtiges Gras», erklärte ich nachsichtig. «Ich meine Cannabis. Ein Rauschmittel.»

«Das weiß ich doch, mein Mia-Mädchen. He, he! Denkst du, dein Opa schläft mit dem Gesicht zur Wand? Ich wollte dich bloß ein wenig necken.» Er kniff mir in die Wange. «Na, was meinst du, Karl-Heinz? Können wir Manfred dazu überreden? Das mit dem Gras ist eigentlich gar keine so schlechte Idee.»

Ich blickte von Opa Willy, der schelmisch lächelte, zu Dad, der ebenfalls amüsiert grinste. Draußen vor dem Fenster tanzten Schneeflocken im fahlen Mondlicht, und das erste Mal seit einer Woche stieg so etwas wie Hoffnung in mir auf. Hoffnung darauf, dass die abgedroschene Weisheit, mit der ich in den letzten Tagen so oft getröstet worden war, stimmte und dass das Leben tatsächlich weiterging.

Kapitel 3

Während der nächsten Tage war mein Leben vor allem eins: monoton. Punkt neun Uhr wurde ich von Gertrud, die vollkommen in ihrer Krankenschwesterrolle aufging, mit einem fröhlichen «Na, wie geht es uns heute Morgen?», geweckt, bevor sie mir ein Tablett mit einem leichten Frühstück – ein weichgekochtes Ei, eine Scheibe Toast mit Frischkäse und eine Tasse Pfefferminztee – ans Bett stellte. Anschließend verarztete sie die zahlreichen Schnittwunden in meinem Gesicht, half mir, mich zu duschen und anzuziehen, was ich angesichts meiner lädierten Schulter immer noch nicht alleine schaffte, und brachte mich dann in den Wintergarten, von wo aus ich eine wunderbare Aussicht auf die gegenüberliegende Straßenseite hatte. Obwohl unser Haus in einer Sackgasse lag, wurde hier in warmen Monaten aufgrund der exzentrischen Nachbarschaft stets viel geboten. Anfang November allerdings gab es bedauerlicherweise kaum etwas zu sehen. Manfred marschierte nicht mehr mit einem Eimerchen in der Hand durch seinen Minigarten, um dem Unkraut den Garaus zu machen, Karla, die früher Martin geheißen und mit Helga die gleiche Klasse besucht hatte, ging nur selten mit ihrer Katze spazieren, und auch Bernhard und Bianca, ein junges Pärchen (Bianca hieß eigentlich Christine, mir gefiel der andere Name in Verbindung mit Bernhard jedoch einfach besser), ließen sich nur selten blicken. Lediglich die schmuddeligen Kinder der «schrecklichen

Aibls», wie meine Mutter diese Familie immer genannt hatte, lungerten wie üblich auf der Straße herum, wo die älteren an ihren Mofas herumschraubten und auf den Boden rotzten, die jüngeren Ball spielten und Hauswände mit Kreide vollschmierten. In den Nachmittagsstunden bummelte ich mit Opa Willy eine Runde durch Traun – mittlerweile schaffte ich mehrere Meter am Stück, ohne das Gefühl zu haben, in Ohnmacht zu fallen –, und abends, wenn das Essen mal wieder gar zu leicht war, traf ich mich mit ihm und Dad auf ein Betthupferl im Gartenhäuschen.

Im Grunde genommen war mein Tagesablauf ziemlich langweilig, doch mir taten die ungewohnte Ruhe und die Gleichförmigkeit in meinem Leben gut. Und auch wenn ich es nur ungern zugab, fand ich es schön, von Gertrud bemuttert und bekocht zu werden – wenngleich ich selten richtig satt wurde. Überhaupt kam ich überraschend gut mit der neuen Frau an der Seite meines Vaters klar. Eine ihrer positiven Eigenschaften war nämlich, dass sie zwar ununterbrochen plapperte, mich aber niemals über den Unfall oder sonst irgendetwas Persönliches ausfragte. Dass dies weniger aus Feingefühl geschah, sondern vielmehr der Tatsache geschuldet war, dass sie sich für niemanden außer sich selbst und ihren Karl-Heinz interessierte, war mir dabei vollkommen egal.

Nachdem ich bestimmt zehn Tage in diesem immer gleichen wohligen Rhythmus verbracht hatte, war es an einem sonnigen Freitagmorgen jedoch mit der Ruhe vorbei. Es klingelte, und Fee stand in kurzem Kleid, Lederjacke und mit Paul auf dem Arm vor der Tür.

«Stimmt es, dass du dich mit einigen Damen aus dem Seniorenheim angefreundet hast?», fragte sie mich anstelle einer Begrüßung.

«Wie kommst du darauf?», erwiderte ich verblüfft.

«Lilly hat es mir erzählt. Und die hat es von Opa Willy.»

«So ein Quatsch. Ich habe lediglich vorgestern Abend mit zwei von ihnen und Opa ein paar Runden Kniffel gespielt.»

«Senioren-Kniffel!» Fee riss die Augen auf. «So weit ist es mit dir gekommen! Du musst dringend raus.»

«Ich gehe jeden Tag mit Opa Willy spazieren.»

«Das meine ich nicht. Ich finde, du musst dringend mal wieder unter Leute, die jünger als sechzig sind.»

«Ich bin unter Leuten, die jünger als sechzig sind. Sogar jünger als zwanzig. Schau!» Ich zeigte auf zwei der Aibl-Jungs, die mit Zigaretten im Mundwinkel durch ihren verwahrlosten Vorgarten gingen und große Pakete unter den Armen trugen. Sie schleppten ständig irgendwelche Schachteln ins Haus. Vornehmlich wenn es bereits dämmerte oder dunkel war, wie ich es von meinem Spähposten auf der Hollywoodschaukel beobachtet hatte – und ich war mir nicht sicher, ob der Inhalt dieser Schachteln einer polizeilichen Überprüfung standgehalten hätte.

Als die Jungs Fee bemerkten, blieben sie stehen und pfiffen anerkennend durch die Zähne. «Hey, Babe!», rief der ältere der beiden. «Hast du nachher Zeit?»

Statt einer Antwort hielt Fee meinem zweijährigen Neffen mit der einen Hand die Augen zu, während sie ihnen mit der anderen den Mittelfinger zeigte. Die Jungs verkrümelten sich feixend ins Haus. «Nimm dir die ja nicht zum Vorbild», drohte Fee ihrem Söhnchen.

«Der eine ist doch ganz süß, mit seinem Irokesenschnitt und dem Augenbrauen-Piercing.»

Fee verzog das Gesicht. «Abgesehen von Rik hattest du schon immer einen seltsamen Geschmack bei Männern.» Im nächsten Moment biss sie sich auf die Lippe und sah mich entschuldigend an.

Ich stöhnte auf. «Keine Angst. Ich breche bei der Erwähnung seines Namens nicht in Heulkrämpfe aus. Ich habe es mittlerweile akzeptiert, dass er mich nicht sehen will.»

Fee warf mir einen prüfenden Seitenblick zu, dann ließ sie ihren Blick finster über die abgeblätterte Fassade schräg gegenüber gleiten. «Das Haus verschandelt die ganze Straße. Dieser Müll überall. Liegt da etwa eine Windel auf dem Balkon?» Sie zeigte auf ein weißes Päckchen mit zartgrünem Rand, das zwischen zwei Holzstreben hervorlugte. «Das Jüngste dieser Brut ist mindestens acht. Aber gut.» Sie wedelte mit der Hand vor ihrem Gesicht herum, als wolle sie das unerfreuliche Bild wegwischen. «Ich werde mich jetzt nicht über sie aufregen. Ich muss schließlich nicht hier wohnen. Und dich bringe ich auch von hier weg. Zumindest für ein paar Stunden.»

«Und wohin soll es gehen?» Ich hasste es, wenn Fee so selbstverständlich über mich bestimmte.

«Nach München. Wir bummeln ein bisschen durch den Englischen Garten und trinken etwas in Lillys Café.»

«Ich weiß nicht …» Obwohl ich nichts gegen ein wenig Abwechslung einzuwenden hatte, machte sich ein mulmiges Gefühl in meinem Magen breit. In Traun befand ich mich in einer Zeitblase. In München dagegen wartete die Realität auf mich, und solange ich mich der nicht stellte, schaffte ich es zumindest zeitweise, mir einzubilden, dass sie nicht existierte.

«Weiß nicht gibt's nicht. Oder glaubst du, ich bin völlig umsonst fünfunddreißig Kilometer hier rausgefahren? Außerdem habe ich mir wegen dir extra heute freigenommen. Hopp, hopp! Wir fahren los.» Fee trommelte mit der Spitze ihres hochhackigen Stiefels auf den Boden.

«Ich hab nur einen Jogginganzug und ausgelatschte Sandalen an, meine Haare sind seit zwei Tagen nicht gewaschen …», startete ich einen letzten Versuch, das Unheil abzuwenden.

«Dieser sportive Freizeit-Look ist diesen Herbst wieder total angesagt, und deine Haare … die sehen tatsächlich nicht besonders schön aus. Aber da ziehst du einfach meine Mütze drüber.» Sie griff in ihre Handtasche und zog ein graues, schlauchähnliches Strickgebilde hervor. «Hier.» Sie warf es mir zu.

Sportiver Freizeit-Look! Ich lächelte widerwillig. Spätestens dieses unsäglich alberne Wort machte mir klar, dass jeder Widerstand zwecklos war.

«Ich fühle mich wie jemand von der Aibl-Family», murrte ich, als ich wenig später in der Mandlstraße vor dem eleganten Standesamtgebäude aus Fees Mini stieg und mit ihr und Paul in Richtung des Englischen Gartens marschierte.

«Stell dich nicht so an.» Fee verdrehte die Augen. «Früher war es dir auch egal, wie du herumgelaufen bist.»

Ich sah sie mitleidig an. «Weil ich immer Schwarz getragen habe? Diese Farbe ist zeitlos.»

«Unbestritten. Dein neuer Kleidungsstil gefällt mir trotzdem besser.»

«Mehr Barbie.»

«Weniger Grufti.»

Unsere Blicke kreuzten sich, und in seltenem Einvernehmen lächelten wir uns an. Manchmal konnte Fee ganz cool sein.

«Rik hat einen guten Geschmack.»

Meistens war sie jedoch die Pest! «Was soll das denn?», zischte ich.

«Vorhin hast du gesagt, dass es in Ordnung ist, wenn ich seinen Namen erwähne», verteidigte sich Fee.

«Über ihn sprechen will ich trotzdem nicht.»

«Das solltest du aber.»

«Nicht jetzt und schon gar nicht mit dir.»

«Ich möchte dir nur helfen.»

«Dann lass mich in Ruhe.»

Fee schwieg beleidigt. Zumindest für einige Sekunden. Dann schnaubte sie verächtlich. «Ich kann diesem Brauch einfach nichts abgewinnen.»

Sie zeigte auf ein junges Pärchen, das ein rotes Vorhängeschloss am Geländer der Brücke befestigte, auf die wir zusteuerten. Den dazugehörigen Schlüssel warf der Junge mit einer ausholenden Bewegung in das aufspritzende Wasser des Baches, und eng umschlungen beobachten die beiden, wie er versank. Unwillkürlich fasste ich nach dem Griff von Pauls Kinderwagen, um mich daran festzuhalten.

«Die zwei sind höchstens vierzehn.» Fee schüttelte verständnislos den Kopf.

«Wahre Liebe hält sich eben nicht an Altersschranken. Das siehst du an Dad und Gertrud», antwortete ich flapsig und ein paar Tonlagen zu hoch.

«Zum Glück gibt es in München noch nicht so viele», fuhr Fee fort. «In Paris findet man diese Liebesschlösser überall, hat Nina erzählt. Einige Brücken sind so voll davon, dass man das Geländer überhaupt nicht mehr sieht. – Ist was?» Sie musterte mich befremdet. «Du siehst ganz käsig aus.»

«Was soll denn sein?», wehrte ich ab und stakste trotz des Schwindels in meinem Kopf tapfer weiter. «Nina wohnt jetzt also in Paris?»

«Sie arbeitet dort im Verlag ihres Vaters.»

«War sie nicht gerade erst von Berlin wieder zurück nach München gezogen?»

«Nina ist eben ein Wandervogel. – Weißt du eigentlich, wie dieser Brauch mit den Vorhängeschlössern entstanden ist?»

Benommen schüttelte ich den Kopf. Außer in den Bereichen Mode, Promis und Kosmetik hatte sich Fee noch nie durch besonderes Spezialwissen ausgezeichnet.

«Einer der letzten Beiträge, die ich für *trend* gedreht habe, handelte von diesen Liebesschlössern. Der Brauch kommt aus Florenz. Dort haben die Studenten nach ihren Abschlussprüfungen die Schlösser ihrer Spinde an den Ponte Vecchio gehängt. Später wurde die Idee von Liebespaaren aus Rom aufgegriffen. Und von Italien aus hat sich der Brauch mit den Liebesschlössern in der ganzen Welt ausgebreitet. Als ob einem ein Stück Metall ewige Liebe bescheren könnte …»

«Du bist nur so zynisch, weil Sam dir immer noch keinen Heiratsantrag gemacht hat.»

«Sam und ich sind auch ohne Trauschein glücklich», erklärte Fee, doch ein Flackern in ihren Augen verriet sie. Obwohl meine Schwester so cool und abgeklärt tat, hoffte sie im Stillen auf den romantischen Antrag, der bisher nicht erfolgt war. Und ich konnte es ihr nicht verdenken. Die beiden waren seit Jahren zusammen, sie hatten ein Kind miteinander. Worauf wartete der Kerl noch?

«Außerdem frage ich mich, ob die Paare, die diese Schlösser aufhängen, auch nur einen Gedanken daran verschwenden, was ist, wenn ihre Liebe doch einmal in die Brüche geht.» Fee legte anscheinend keinen gesteigerten Wert darauf, das Thema Heiratsantrag zu vertiefen. «Dann haben sie irgendwo auf der Welt ein dusseliges Schloss herumhängen, das an eine Liebe erinnert, die gar nicht mehr existiert. Und dann? Was machen sie dann? In den Fluss springen und nach dem Schlüssel suchen? Nachts mit einem Bolzenschneider anrücken? Oder akzeptieren sie das Liebesschloss als das, was es ist: ein stinknormales Vorhängeschloss, das man für ein paar Euro in fast jedem Laden kaufen kann?»

Mich fröstelte, und ich zog meine Jacke fester um meine abgemagerte Taille. «Das wäre wohl die beste Variante.»

Kaum hatten wir das Café Cäcilia betreten, stürmten schon meine Zwillingsschwester und ihr Hund Loki auf uns zu. Über einem grünen langärmligen Kleid trug Lilly ein weißes Schürzchen mit Spitzenborte, das ich ziemlich dämlich fand, auf das ihr vorwiegend älteres Publikum aber total abfuhr. «Mia, Fee! Das ist ja eine schöne Überraschung!» Sie umarmte uns. Bei meinem Anblick nahm ihr fröhliches Gesicht jedoch einen besorgten Ausdruck an. «Ist dir nicht gut?»

Ich bückte mich und tätschelte Loki über den wuscheligen Kopf. «Meine Schulter tut weh.»

«Dann setz dich und ruh dich aus. Ich koche uns Kaffee und Tee und stelle ein paar Stücke Kuchen auf den Tisch.»

«Für mich nicht», wehrte Fee ab. «Mir geht es wie dem Karl-Heinz. Ich habe in letzter Zeit ein wenig zugelegt.» Sie grinste.

«Und für mich ...» ... auch nicht, wollte ich gerade sagen, doch Lillys prüfender Blick ließ mich verstummen. «... ein Stück Marmorkuchen.» Ich hob Loki, der sich vor lauter Freude, mich wiederzusehen, überhaupt nicht einkriegen konnte, auf meinen Schoß.

«Und du, Paul? Das Gleiche wie immer?», fragte sie unseren Neffen.

«Gogolate.» Er strahlte sie an. Charme hatte er ja, der kleine Kerl.

«Eine gute Wahl. Ich werde sehen, was sich machen lässt.» Sie kitzelte ihn am Kinn und wirbelte davon. Fee folgte ihr mit Paul an der Hand.

Erschöpft ließ ich mich auf einen der dicken Polsterstühle sinken und schaute mich um. Das Lokal, das vorher so altbacken ausgesehen hatte, war komplett renoviert worden, und auch wenn es mit seinen Weiß- und Rosatönen für meinen Geschmack ein bisschen zu zuckerbäckermäßig aussah, merkte man deutlich, wie wohl sich die Gäste hier fühlten.

Herr Schmied, ein älterer Herr, der fast jeden Morgen auf einen Earl-Grey-Tee und eine Butterbrezel vorbeischaute, winkte mir über den Rand seiner Zeitung freundlich zu. Auch die junge Mutter mit ihrem Baby im Kinderwagen kam häufig vorbei, genau wie die beiden Frauen in den Vierzigern, die die meiste Zeit schweigend nebeneinandersaßen und strickten. Touristen verirrten sich dagegen kaum in das *Cäcilias*, das sich ein wenig abseits gelegen im Englischen Garten versteckte. Daran änderte auch das Schild nichts, das Lilly erst kürzlich an einem der Hauptwege hatte aufstellen lassen. Dass sie sich trotzdem nicht über einen Mangel an Kundschaft beklagen konnte, verdankte sie meiner Keramikwerkstatt, die sich im benachbarten Gebäudetrakt befand, genannt *froh und bunter*. Nachdem mein ehemaliger Vermieter mich aus meinem früheren Laden in der Innenstadt rausgeekelt hatte, weil er das Haus zu luxuriösen Eigentumswohnungen umbauen wollte, war es ein absoluter Glücksfall gewesen, dass meine Zwillingsschwester die alte Villa mit dem angrenzenden Café im Englischen Garten entdeckt und sich mit deren Besitzern angefreundet hatte.

Inzwischen waren Fee und Lilly mit unseren Getränken und dem Kuchen an den Tisch zurückgekehrt. Sie setzten sich neben mich und fingen an zu plaudern. Lilly erzählte ein paar Anekdoten aus dem Café – Frau Schneider, die Opa Willy während seines München-Aufenthaltes vor ein paar Monaten kennengelernt hatte, kam immer noch mehrmals wöchentlich vorbei, in der Hoffnung, unseren Großvater zufällig im *Cäcilias* anzutreffen –, Fee lästerte über Gertrud und ihre übertriebene Fürsorge Dad gegenüber. Doch obwohl all das wirklich amüsant war, gelang es mir nicht, mehr als ein mechanisches Lächeln und ein gelegentliches «Hm, hm» beizusteuern. Ständig wanderten meine Gedanken zu der Brücke zurück.

Ebenso wie Fee hatte ich Liebesschlössern nie viel abgewinnen können. Ich fand den Brauch kitschig, albern und zudem wenig originell. Rik jedoch war von der Idee, wir könnten uns an einer der vielen Brücken in Paris verewigen, total begeistert gewesen. Und so hatten wir uns bei einem Straßenhändler mit schwarzer Haut und rotem Turban ein solches Schloss gekauft. Da Rik sich mit der Wahl des Hotels so sehr in Unkosten gestürzt hatte, wollte ich ihm diese kleine Freude nicht nehmen. Tausend Euro kostete unsere Unterkunft pro Nacht, eine Summe, die ich in manchen Monaten nicht verdiente und bei der mir schwindelig wurde. Doch Rik hatte in seiner Baufirma gerade einen großen Deal abgeschlossen, den er feiern wollte, und versicherte mir mit einem Augenzwinkern, dass wir das Zimmer ja ausgiebig nutzen könnten. Was wir dann auch taten.

Bei unserer Ankunft erwartete uns ein Herz aus Rosenblättern auf dem Wasserbett, und auf einem der Nachtschränkchen stand eine Flasche mit Kräutermassageöl. Das Frühstück nahmen wir auf der privaten Dachterrasse ein, das Abendessen ließen wir aus dem hoteleigenen Feinschmeckerrestaurant liefern, und ansonsten ernährten wir uns von Champagner, Luft und ganz viel Liebe. So viel Liebe, dass es selbst mir, die ich von Rik nicht genug bekommen konnte, irgendwann zu viel wurde. Außerdem sehnte ich mich danach, die französische Metropole auch einmal aus einem anderen Blickwinkel zu betrachten als nur aus der Vogelperspektive. Und so war mir Riks Idee mit dem Liebesschloss, so unsinnig ich sie im Grunde meines Herzens auch fand, nur recht gekommen.

Loki jaulte auf und sprang von meinem Schoß. Während ich ihn gedankenverloren gestreichelt hatte, war ich mit dem Finger in sein empfindliches Ohr gekommen.

«Was machst du denn mit dem armen Kerl?» Fee pustete sich

eine blonde Ponysträhne aus dem Gesicht. «Außerdem hast du mir überhaupt nicht zugehört. Ich habe dich gefragt, ob du noch einmal in deine Werkstatt willst?»

«Müssen wir schon gehen?»

«Sam wartet auf mich und Paul. Er hat Mittagessen gekocht.»

«Und wer bringt mich nach Hause?»

«Ich», meldete sich Lilly zu Wort. «Meine Ablösung kommt gleich, und ich muss sowieso in die Richtung. Jakob vom Flughafen abholen.» Sie wurde rot.

«Dann schaue ich beim nächsten Mal im Laden vorbei.» Im Moment fühlte ich mich nicht dazu in der Lage, meiner Aushilfe Diana gegenüberzutreten, die das *froh und bunter* kurzfristig für mich übernommen hatte und die mir bestimmt tausend Fragen stellen würde. Auch im *Cäcilias* wurde es mir zu eng. «Wenn du willst, können wir los.» Ich schob meinen Stuhl zurück.

«Du hast noch gar nichts gegessen und getrunken.»

«Der Kaffee war noch zu heiß.» Ich stürzte ihn in einem Zug hinunter.

«Und der Kuchen?»

«Den nehme ich mit.»

«Bleibt er nur übers Wochenende oder länger?», fragte ich Lilly, als wir nebeneinander in der Ankunftshalle standen und auf Jakob warteten.

«Leider nur bis Sonntag.» Sie seufzte.

«Ach, diese ganze Fernbeziehungssache ist doch gar nicht so schlecht», tröstete ich sie. «Kein Stress, kein Alltag, viel Sex.»

«Für mich ist das auf Dauer nichts. Dafür fehlt mir Jakob zu sehr, wenn er nicht da ist.» Im nächsten Moment schaute sie mich erschrocken an.

«Herrgott noch mal! Behandle mich nicht so, als wäre ich aus Zucker», fauchte ich, fügte aber, als ich ihre bekümmerte Miene sah, versöhnlicher hinzu: «Nur weil ich zurzeit nicht so gut drauf bin, heißt das nicht, dass es dir genauso schlechtgehen soll.»

«Wir sind Zwillinge. Was erwartest du?» Lilly streichelte über meinen Arm. «Wenn du leidest, dann leide ich auch.»

Verdammt. Hätte ich nur nichts gesagt! Ich kniff die Augen zusammen.

«Da kommt er», rief Lilly aufgeregt, als Jakobs muskulöse Gestalt zwischen den Reisenden auftauchte. Über seine Schulter hatte er lässig eine schwarze Sporttasche geworfen. Beim Anblick meiner kleinen Schwester, die ihm begeistert zuwinkte, wurde seine eben noch so coole und unbewegte Miene weich. Er rannte auf Lilly zu, und die beiden fielen sich um den Hals und küssten sich. Ich mochte zynisch, unromantisch und unglücklich sein, aber in diesem Moment schmolz ich dahin. Ja, genau so wie bei diesen beiden sollte es zwischen zwei Menschen sein.

Auf der Fahrt nach Hause bedauerte ich meine sentimentalen Anwandlungen vom Flughafen schon fast wieder. In einer Momentaufnahme war das Geturtel von Lilly und Jakob wirklich herzig anzuschauen, aber in der Dauerschleife fand ich die verliebten Seitenblicke, das Händchenhalten und das neckische Gesäusel eher … suboptimal. Wie eine Voyeurin kam ich mir auf meinem stillen Beobachterposten auf der Rückbank vor. Und wie ein Anstandswauwau. Denn ich war mir ziemlich sicher, dass sie sofort übereinander hergefallen wären, hätte ich sie nicht durch meine Anwesenheit ausgebremst. Und so war ich unsäglich erleichtert, als Lilly vor unserem Elternhaus anhielt und ich aussteigen konnte.

«Also, ihr beiden», sagte ich und hob die Hand zum Abschied, «ein schönes Wochenende und viel Spaß.»

«Warte! Wir kommen mit.» Lilly zog die Handbremse und löste den Gurt.

Ich verzog schmerzerfüllt das Gesicht.

«Wir wollen noch auf einen Sprung bei Karl-Heinz und Willy vorbeischauen», erklärte Jakob.

«Und bei Gertrud», ergänzte ich.

«Trudi.»

«Meinetwegen.» Bei mir hatte es Gertrud mittlerweile aufgegeben, mich an ihre bevorzugte Anrede zu erinnern.

Ein Polizeiwagen bog neben uns auf den Parkplatz ein.

«Zu wem die wohl wollen?» Lilly runzelte die Stirn.

«Hoffentlich nicht zu den Aibls. Vom Wintergarten aus habe ich beobachtet, dass sie ständig irgendwelche Pappkisten ins Haus karren. Garantiert lauter Sachen, die vom Lkw gefallen sind.»

«Hast du etwa Mitleid mit denen?»

«Wohl kaum. Aber ich habe keine Lust, vor Gericht als Zeugin gegen sie auszusagen.»

Doch zu meiner großen Überraschung marschierten die Beamten am Haus der Aibls vorbei. Auch das von Bernhard und Bianca ließen sie links liegen. Alles andere hätte mich auch schwer gewundert, die beiden waren viel zu spießig, um etwas Verbotenes zu tun. Als sie auch Manfreds Vorgarten unbeachtet passierten, wurde ich allerdings nervös. Denn ein Stück weiter wohnten nur noch Karla alias Martin und … wir. Und genau dort wollten die Polizisten hin. Ich stöhnte auf. Opa Willy und Dad hatten die Sache mit dem Cannabis garantiert in die Tat umgesetzt … Und Manfred, der doofe Spießer, hatte sie verpetzt.

Einer der Beamten drückte auf den Klingelknopf, und kurz

darauf erschien Gertruds dauergewellter Kopf im Türrahmen. «Ja bitte?», hörte ich sie verunsichert fragen.

«Wohnt hier eine Mia Baum?»

Mir klappte die Kinnlade herunter.

Kapitel 4

Ein abgestandener, muffiger Geruch schlug mir entgegen, als ich die Tür zu meiner Einzimmerwohnung öffnete. Ekligerweise mischte sich eine unangenehm süßliche Note dazu. Nur zwei Schritte weiter – ich brauchte exakt achteinhalb, um meine komplette Bleibe einmal zu durchqueren – erkannte ich die Quelle des Übels. Ein vergammelter Bund Trauben lag in der Obstschale, unter der sich eine Pfütze aus durchsichtigem Fruchtsaft gebildet hatte. Als ich mich ihr näherte, stob eine schwarze Wolke Fruchtfliegen auf. Was für ein toller Empfang!

Angewidert ging ich zum Fenster, um gründlich durchzulüften. War es schon immer so dunkel in meiner Wohnung gewesen, oder hatte sich meine Wahrnehmung nach einer Woche im Wintergarten meines Elternhauses verschoben? Und diese Aussicht ... Traun bot zwar auch kein Alpenpanorama, aber die rostigen Fahrräder und die Mülltonnenarmee, die mich hier beim Blick aus dem Fenster erwarteten, fand ich auf einmal ungleich deprimierender als den Saustall der schrecklichen Aibls.

Hinter mir ertönte ein asthmatisches Husten, und ich drehte mich um. Frau Koschner, die Besitzerin des Mehrparteienhauses, stand in der Wohnungstür. Zwischen ihren nikotingelben Fingerspitzen steckte die obligatorische Zigarette.

«Frau Baum.» Sie lachte heiser. «Wo haben Sie sich denn die letzten Tage herumgetrieben? Ich habe Sie ja schon ewig nicht mehr gesehen.» Tommy, ihr dicker roter Kater, schlängelte sich um ihre Beine.

Ich ging in die Knie und lockte ihn zu mir, um ihm über den Rücken zu streicheln. Wie alles im Umfeld der Koschner roch auch er penetrant nach Rauch. «Ich war ein paar Tage bei meinen Eltern.»

«Die Polizei war hier und hat nach Ihnen gefragt. Was haben Sie denn angestellt?» Sie blickte mich aus schmalen Augen durch den Qualm ihrer Zigarette hindurch an.

«Ich hatte einen Autounfall.» Ich zeigte auf die Schlinge an meinem Arm.

«Waren Sie schuld?»

Ich war versucht, ihr die Tür vor der Nase zuzuschlagen, aber leider war sie dafür schon zu weit vorgedrungen.

«Ich saß auf dem Beifahrersitz.» Nur mit äußerster Anstrengung schaffte ich es, mir eine unfreundliche Bemerkung zu verkneifen. Lediglich die Angst, rausgeschmissen zu werden, hielt mich davon ab. Diese Wohnung war zwar ein Loch, aber zumindest bezahlbar, und ich fühlte mich momentan weiß Gott nicht in der Verfassung, mir eine neue Bleibe zu suchen. «Wenn Sie mich jetzt entschuldigen …» Wo hatte ich nur diese bescheuerte Formulierung aufgeschnappt? «Ich muss noch mal weg.» Ich riss meine Tasche, die ich achtlos auf den Boden geworfen hatte, an die Brust, drängte mich an der Koschner vorbei und lief, ohne die Wohnungstür zu schließen, zum Aufzug. Erst draußen blieb ich stehen und atmete erst einmal tief ein und aus.

Das *Cäcilias* war ungewohnt voll. In der Mitte des Raumes saßen ein gutes Dutzend Japaner, die fleißig Kuchen in sich hineinschaufelten, und auch die anderen Tische waren gut besetzt.

«Was ist denn hier los?», fragte ich Lilly, die mit roten Wangen an mir vorbeisauste.

«Reisebus … Platten», keuchte sie.

Ich folgte ihr in den Backraum, wo sie stehen blieb und die Herdklappe öffnete. «Scheiße!»

Ich sah sie befremdet an. Solche Töne war ich von meiner wohlerzogenen Schwester nicht gewohnt.

«Wo ist denn nur dieser blöde Kuchen?»

«Welcher Kuchen?»

«Na, der Käsekuchen, den ich gebacken habe.» Lilly drehte sich zu mir um. Die roten Flecken begannen nun auch, sich auf ihrem rüschenumrahmten Dekolleté auszubreiten. «Die Küchenuhr hat geklingelt, aber er ist nicht mehr da.»

«Wo soll er denn sein?»

«Was weiß ich?» Sie wies anklagend in das schwarze Loch, das sich vor uns auftat. «Kannst du dir vorstellen, dass jemand einen Kuchen klaut?»

«Wohl kaum.» Obwohl Lilly fix und fertig war und mir wirklich leidtat, fiel es mir schwer, mir ein Grinsen zu verkneifen.

«Ich fasse es nicht.» Sie rang die Hände. «Da kommen das erste Mal Touristen in das Café, und dann klaut mir jemand den Kuchen.»

«Wir backen einfach noch einen», beruhigte ich sie. «Was brauchst du dafür? Mehl, Zucker, Eier …?» Ich öffnete den Kühlschrank. «Was ist das?» Ich zeigte auf eine silberfarbene Springform, in der sich eine hellgelbe Masse befand.

«Da ist er ja!», kreischte Lilly auf.

Ich rollte mit den Augen. «Du bist echt der schusseligste Mensch, den ich kenne.»

«Es ist aber auch wirklich viel zu tun heute», antwortete sie grimmig und zog den Käsekuchen aus dem Kühlschrank.

«Soll ich dir vielleicht helfen?»

«Nein, nein. Marie kommt jeden Moment und übernimmt das Café, und hier in der Backstube … Ich glaube, backen will ich lieber alleine.» Sie sah mich entschuldigend an. «Ganz lieb, dass du gefragt hast. Geh rüber in deinen Laden und sieh nach, ob deine Aushilfe alles im Griff hat!»

Garantiert hatte sie das nicht. Aber vermutlich machte es auch in dieser Hinsicht wenig Sinn, die Augen vor der Realität zu verschließen.

Ich kannte niemanden, auf den der Begriff «birnenförmig» besser zutraf als auf die Frau, die mich seit zwei Wochen im Laden vertrat. Denn Diana war keine junge Göttin, sondern eine Frau Ende dreißig mit einem praktischen Kurzhaarschnitt und Hüften, die doppelt so breit waren wie ihre Schultern. Außerdem summte sie ununterbrochen vor sich hin, sogar wenn sie sich mit jemandem unterhielt, und sie hatte – geschockt starrte ich durch die Glasfront in den Innenraum des *froh und bunter* – meine Einrichtung umgestellt. Die Farben standen nun nicht mehr wie früher in einem Regal hinter der Verkaufstheke, sondern frei zugänglich mitten im Raum. Daneben befanden sich Pinsel, Bleistifte, Schablonen und was sonst noch zum Bemalen von Keramik nötig war. Vor jedem Farbbehälter lag eine in Kästchen unterteilte Keramikplatte, auf der abgebildet war, wie die entsprechende Farbe nach einer, zwei oder drei Malschichten aussah. Sehr praktisch, wie ich widerwillig zugeben musste. Warum war ich darauf nicht selbst gekommen? Diana hatte auch neue Rohlinge bestellt. Man konnte nun nicht mehr nur Tassen, Teller und Schalen bemalen, sondern auch Spardosen in Form von Tieren, Vasen, Türschilder … Und all das schien super anzukommen, denn der Laden war gut besucht. An jedem der Tische saß mindestens ein Kunde, oft waren es sogar zwei oder mehr. Und zwischen all den Leuten wuselte Diana mit strahlendem Gesicht herum, bediente, kassierte und gab Tipps. Hatten mich die Kunden genauso wohlwollend betrachtet? Als

Diana in meine Richtung blickte, trat ich hastig einen Schritt zurück und versteckte mich hinter einem der Rosenbüsche im Vorgarten. Obwohl das *froh und bunter* mein Laden war, fühlte ich mich auf einmal unbeschreiblich fehl am Platz. Wie naiv von mir zu glauben, dass er ohne mich den Bach runterginge!

Auf meinem Weg zur U-Bahn-Station überlegte ich, ob ich womöglich in eine Depression rutschte. Ich fühlte mich brüchig und ausgelaugt wie das trockene Laub, das ich mit meinen Füßen aufwirbelte, und in meinem Kopf geisterten düstere Gedanken umher. Mein Brustkorb schmerzte, als hätte ihn jemand in ein Stahlkorsett gezwängt, der ihm jegliche Möglichkeit nahm, sich beim Einatmen auszudehnen. Nachts schlief ich schlecht, wollte tagsüber nicht aufstehen …

Stopp! Energisch rief ich mich zur Ordnung. Man mochte einiges von mir behaupten, und das meiste stimmte vielleicht sogar – aber ein Jammerlappen war ich nicht. Schließlich würde das Leben auch ohne Rik weitergehen. Ich musste mich nur auf das besinnen, was ich hatte, und nicht auf das, was vorbei war. Mehr Weiß, weniger Schwarz – so wie meine Kleidung –, wenn Grau dabei herauskäme, wäre das schon ein akzeptabler Erfolg.

Ich hatte eine tolle Familie, einen tollen Laden, eine … Wohnung. Abgesehen von meiner Schulter – die gerade höllisch weh tat – war ich gesund. Ich konnte mich draußen blicken lassen, ohne mir eine Tüte über den Kopf ziehen zu müssen – zumindest wenn mein Gesicht wieder eine normale Färbung aufwies und all die Schnittwunden hoffentlich narbenfrei daraus verschwunden waren. Okay – mein Herz war gebrochen, auf meinem Konto herrschte Ebbe, Rik und seine Eltern hatten mir die Polizei auf den Hals gehetzt … Verärgert biss ich mir auf die Unterlippe. Positiv denken, Mia! Ist das denn so schwer?

Zurück in der Wohnung, öffnete ich als Allererstes das

Fenster, um noch ein bisschen Herbstsonne hereinzulassen, bevor die Dämmerung sie in ihr übliches Zwielicht tauchte. Das Zimmerchen wirkte dadurch sofort viel heller. Ich fuhr mit dem Finger über die Scheibe – es lag an dem Dreck, der sich seit meinem Einzug vor drei Jahren auf dem Glas angesammelt hatte.

Hatte Fee, der es nach der Geburt von Paul selbst eine Zeitlang nicht so gutgegangen war, nicht gemeint, dass Depressionen (nicht, dass ich eine hätte) am besten durch körperliche Aktivität zu bekämpfen seien? Ich würde das Fenster putzen. Entschlossen holte ich Spülmittel und begab mich auf die Suche nach einem geeigneten Wasserbehälter. Dies war jedoch leider nicht so einfach. Meine Wohnung war nämlich so winzig, dass ich den Lappen – wenn ich denn einmal putzte – immer in der Spüle auswusch, was den Besitz eines Eimers überflüssig machte. Aber ehe ich das Putzvorhaben wieder verwerfen konnte, kam mir zum Glück ein genialer Einfall. Ich griff in den Schrank neben dem Mülleimer und zog meinen einzigen Kochtopf heraus, der dort bislang ein wenig beachtetes Dasein gefristet hatte. Man musste sich eben zu helfen wissen. Zufrieden gab ich einen Spritzer Spülmittel in das Wasser und machte mich an die Arbeit.

Nach einer Viertelstunde trat ich zurück und betrachtete mein Werk. Ein bisschen schlierig sahen die Scheiben aus, aber im Großen und Ganzen war ich nicht unzufrieden. Irgendwo hatte ich gelesen, dass man Fensterscheiben nach dem Putzen mit einem Stück Zeitungspapier abreiben sollte. Doch woher nehmen? Ich zog die Schuber aus meinem IKEA-Regal heraus, hob die Sofakissen an, schaute in meinem winzigen Bad nach, bis ein lautes Klingeln meine planlose Suche unterbrach. Frau Pöpke aus der Wohnung unter mir stand vor der Tür. «Frau Baum, so jeht das nich!»

«Was?» Ich blickte sie verständnislos an.

«Es jeht nich, dass Sie halb nackisch off'm Fensterbrett rumhubb'm.»

«Halbnackt? Ich trage ein T-Shirt.»

«Es is glitschnass und da guggen Ihre Brüste dorch.»

«Ich habe mein Fenster geputzt», verteidigte ich mich. Und so einfach war das mit der linken Hand nicht gewesen.

Doch sie ging nicht auf meinen Protest ein. «Mir ejal, was Sie warum jemacht ham, aber ich muss Sie bidden, sich in Zukunft ä bissl mehr zu zücheln. Sie machn mir ja mein Öhrwin janz meschugge.»

«Erwin?» Ich keuchte auf. Der Bub war dreiundzwanzig Jahre alt und befand sich in seinem sechsten Architektursemester. Man sollte meinen, dass er alt genug wäre, um sich von ein paar Brüsten, noch dazu von so kleinen wie meinen, nicht aus der Fassung bringen zu lassen.

«Er hat beim scheenen Wedder ä bissl off'm Hof jesessen, um für dä Prüfungen zu büffeln, was ja och janz wunderbar jeklappt hat. Bis Sie offjedaucht sinn ...» Sie hob vielsagend die Augenbrauen.

Draußen auf dem Flur erklang ein keuchendes Husten. Ich verdrehte die Augen. Oh nein! Nicht auch noch die.

«Gibt es Probleme?», nuschelte die Koschner mit der Zigarette im Mundwinkel, und blickte über Frau Pöpkes Schulter.

«Frau Baum danzt halb nackisch off'm Fensterbrett und hält mein Öhrwin vom Lärnen ab.»

«Stimmt es, was Frau Pöpke sagt?» Sie sah mich über den Rand ihrer Brille hinweg streng an.

Ich lachte fassungslos auf. «Nein! Ich hatte ein T-Shirt an. Das, was ich jetzt trage. Und ich habe das Fenster geputzt.»

Die Koschner musterte mich von oben bis unten. Dann nahm sie ihre Zigarette aus dem Mund und blies mir den Rauch ins Gesicht. «Wissen Sie, Frau Baum, allmählich habe ich von Ihren

Eskapaden die Nase voll. Bis vor kurzem haben Sie, obwohl ich Ihnen gesagt habe, dass ich das nicht möchte, ständig wechselnden Männerbesuch ins Haus gebracht, vor ein paar Tagen hatte ich wegen Ihnen sogar die Polizei vor der Tür stehen, und jetzt meinen Sie, Sie müssten andere Mieter mit Ihrem aufreizenden Aufzug provozieren. Bei der nächsten Mieterversammlung werden wir darüber diskutieren, ob Ihr Aufenthalt in diesem Haus überhaupt noch erwünscht ist.»

«Von mir jarandiert nich.» Frau Pöpke warf mir einen letzten vernichtenden Blick zu, bevor sie sich umdrehte und mit hocherhobenem Kopf aus dem Zimmer watschelte.

«Sie hören von uns.» Die Koschner folgte ihr.

Mit einem lauten Knall ballerte ich die Tür hinter den beiden ins Schloss. Dieses Haus war ein Irrenhaus. Das war natürlich nichts Neues, aber anscheinend war ich früher psychisch ausreichend gefestigt gewesen, um mich nicht daran zu stören. Das war jetzt anders.

Mit hämmerndem Herzen und schweren Beinen schleppte ich mich zum Sofa, das ausgeklappt auch als Bett fungierte, und überlegte, welche der vielen DVDs, die ich besaß, mich am ehesten ablenken könnte. Ein Liebesfilm garantiert nicht, und nach Lachen war mir ebenfalls nicht zumute. Auch Thriller oder Horrorfilme erschienen mir derzeit nicht geeignet, meine angegriffene Psyche zu beruhigen. Auf Science-Fiction oder Fantasy hatte ich keine Lust.

Ich griff nach meinem Handy und schaltete es an. In meinen Bemühungen, die Realität auszublenden, hatte ich seit meinem Krankenhausaufenthalt jeglichen Kontakt zur Außenwelt – sei es virtuell oder persönlich – vermieden. Was jedoch nicht nötig gewesen wäre, stellte ich beim Blick auf das Display geschockt fest. Außer ein paar Werbemails, die ich unverzüglich in den Spam-Ordner verschob, hatte ich keine E-Mails bekommen, im Posteingang des Facebook-Messengers herrschte gähnende Leere, und nicht einmal eine WhatsApp war eingegangen. Bestimmt war die Datenübertragung seit dem Unfall defekt. Nein … das konnte nicht sein, denn Werbung hatte ich ja erhalten. Verzweifelt fuhr ich mir mit den Fingern durch die Haare, blieb jedoch an den Nahtstellen meiner Extensions hängen. Hatte keiner meiner Bekannten bemerkt, dass es in den letzten Wochen verdächtig still um mich geworden war?

Von einem masochistischen Drang getrieben, loggte ich mich in meinen Facebook-Account ein, klickte zittrig mit der Maus auf die Suchleiste und gab den Namen Frederik Riemer ein. Keine zwei Sekunden später lächelte er mich verschmitzt an, um seine blauen Augen einen Kranz von Lachfältchen. Ich verglich noch einmal die Soll- mit der Haben-Seite in meinem Leben und wählte dann Fees Nummer.

«Du hast mir doch erzählt, dass Nina zurzeit in Paris wohnt? Glaubst du, sie könnte mich ein paar Tage bei sich aufnehmen?»

Kapitel 5

«Geht es dir nischt gut?», fragte Marlène mitleidig und drehte sich eine Strähne ihres hohen Pferdeschwanzes um den Zeigefinger. Aus Geldmangel hatte ich auf eine Reservierung im TGV verzichtet und stattdessen ein Inserat bei der Mitfahrzentrale aufgegeben.

«Alles bestens», brachte ich mit zusammengebissenen Zähnen hervor. Ob es an der schlechten Federung des alten VW Passats lag oder ob sich der frisch zusammengewachsene Knochen meines Schlüsselbeins noch einmal verschoben hatte, konnte ich nicht sagen. Ich wusste nur, dass ich, seit Marlène, ihr anderthalbjähriger Sohn Pierre und ich Augsburg passiert hatten, unter so furchtbaren Schmerzen litt, dass ich die Minuten bis zu der vom Navi angezeigten Ankunftszeit in Paris zählte. Wenn die Französin ohne Pause durchfuhr, waren es momentan dreihundertsiebenundzwanzig.

Warum kamen diese doofen Beschwerden ausgerechnet jetzt zurück? Ich hatte die Tabletten längst abgesetzt, seit elf Tagen trug ich den Arm nicht mehr in der Schlinge, und ich hatte mich in den letzten sechs Wochen, die der Unfall nun bereits zurücklag, wahrlich genug geschont. Besonders viel zu tun war vor meiner Abreise auch nicht gewesen: Mit Diana hatte ich lediglich absprechen müssen, dass sie die Vertretung im *froh und bunter* noch bis Ende des Jahres übernahm, und ich hatte ein paar Male mit Nina telefoniert. Da ich Fees beste Freundin noch nie hatte leiden können, hatte mich das jedoch einiges an Überwindung gekostet. Zumindest brauchte ich nicht mit ihr allein in ihrer bestimmt todschicken Bude zu wohnen. Vincent, ein Fotograf aus Aix-en-Provence, hatte sich ebenfalls bei ihr einquartiert.

«Erklär mir noch einmal, warum um Himmels willen du gerade jetzt nach Paris fahren musst?», hatte mich Lilly auf dem Weg zu Marlène gefragt.

«Das habe ich dir doch schon erklärt: Ich muss mal raus», sagte ich lahm, denn ich hatte keine Lust, ihr den wahren Grund für meine Reise auf die Nase zu binden. Garantiert würde sie mir dann diese Vogelpohl auf den Hals hetzen, die Therapeutin, zu der sie bis vor kurzem wegen ihrer Schlafstörungen gegangen war. Aber ich brauchte keine Psychotherapie. Probleme verschwanden nicht durch Reden, Probleme löste man durch Taten.

«Bist du wirklisch sischer, dass es geht, *ma chère?*», erkundigte sich Marlène noch einmal. «Du siehst aus, als ob du gleisch umkippst.»

Ich schaute in den Rückspiegel und schrak zurück. Sie hatte recht. Wäre Halloween, könnte ich problemlos ohne jede Schminke von Tür zu Tür gehen und «Süßes oder Saures?» krähen. Auch als Statistin in einer Geisterbahn würde ich mich gut machen.

«In fünfhundert Metern kommt ein Parkplatz.» Marlène setzte den Blinker.

Vor einem Toilettenhäuschen bremste sie ab und wies mich an auszusteigen. Sie ließ die Rückenlehne des Beifahrersitzes herunter, klappte einen Teil der Rückbank um und polsterte den Sitz neben Pierre mit unseren Jacken aus. «Wenn du disch hinlegst, geht es dir bestimmt bald besser.» Sie zündete sich eine filterlose Zigarette an.

Zerknirscht nickte ich und kroch auf mein Lager. So kompliziert hatte sich Marlène ihre Mitfahrerin garantiert nicht vorgestellt.

Pierre dagegen war ganz entzückt über die unverhoffte Gesellschaft an seiner Seite. Er strampelte und kiekste und griff immer wieder mit seinen kleinen Händchen nach meinen Haaren. Nachdem Pierres Freude der Gewohnheit gewichen und sein Kopf schwer gegen das Kopfteil seines Sitzes gesunken war, versuchte auch ich ein wenig die Augen zu schließen. Doch der Schmerz in meiner Schulter ließ trotz der veränderten Position nicht nach. Inzwischen hatte er auf den Kopf und jeden anderen Bereich meines Körpers übergegriffen. Ich starrte aus dem Fenster hinaus in die weißgraue Dezemberluft, und Übelkeit stieg in mir auf. Ich begann zu würgen.

«Marlène.» Ich atmete gegen den Brechreiz an. «Es tut mir so leid, aber es geht nicht. Können wir an einer Apotheke halten?»

«Es ist Sonntagnachmittag», antwortete sie stirnrunzelnd. «Da hat keine Apotheke auf. Außerdem bin isch mir nicht sicher, ob in deinem Zustand eine Schmerztablette reicht.»

«Welches ist die nächstgrößere Stadt, an der wir vorbeikommen?»

Marlène drückte auf den Zoom des Navis. «Kirchheim unter Teck», sagte sie.

«Soll isch dir einen Hamburger mitbringen?», fragte Marlène, als sie mich vor dem rot bedachten Reihenhäuschen aussteigen ließ. In Kirchheim unter Teck hatte zwar kein Arzt Notdienst, wohl aber in dem nahegelegenen Städtchen Owen.

«Wenn ich fertig bin, rufe ich an.» Ich betrat die Praxis.

Ein junger Mann in Jeans und Sweatshirt, der aussah, als würde er im Sommer die meiste Zeit auf dem Surfbrett verbringen, und der sich als Dr. Koch vorstellte, öffnete mir die Tür.

Mit meinem Schlüsselbein sei alles in Ordnung, meinte er nach kurzer Untersuchung, der Heilungsprozess an diesem Knochen sei eben langwierig und schmerzhaft. Er reichte mir ein Glas Wasser, in das er ein weißes Pulver gerührt hatte, gab mir zwei weitere Tütchen davon für Notfälle mit, und fünf Minuten später stand ich schon wieder vor der Tür. Ich schrieb Marlène eine WhatsApp, dass ich bereits fertig war, sie sich aber nicht zu beeilen brauche, und beschloss, noch eine Weile durch den Ort zu bummeln.

Owen war ein hübsches Städtchen mit einer gut erhaltenen Stadtmauer und zwei Bächlein, die sich zwischen den Häusern hindurchschlängelten. Da ich mich immer noch ein bisschen wacklig auf den Beinen fühlte, setzte ich mich nach wenigen Schritten auf eine kleine Steinmauer und beobachtete, wie ein Schäfer mit seiner Herde die Straße überquerte und den Berg hinauf in Richtung einer Burg marschierte, die oberhalb eines Waldes thronte. Eine alte Frau mit Kittelschürze und Kopftuch im Haar hörte auf, ihre Hofeinfahrt vom Laub zu befreien, und blickte mich neugierig an. Anscheinend verirrten sich nur selten fremde Gesichter nach Owen.

«Scheener Dag heit, gell?», sagte sie mit brüchiger Stimme. Mit dem Strohbesen in der Hand, ihrer ausgemergelten Figur und der Hakennase erinnerte sie mich ein bisschen an eine Hexe. «Wer woiß, wie oft sich die Sonn in de nächschde Monade bligga lässd. Der Windar wird lang und kald werda.»

Ich schloss die Lider und hielt mein Gesicht in die Sonnenstrahlen, in der Hoffnung, dass sie diese Geste verstand und sich weiter ihrem Hexenbesen widmete. Doch als ich die Augen wieder öffnete, ruhte ihr durchdringender Blick immer noch auf mir.

«Ihne geht's net guat», stellte sie fest.

«Ich … ich habe mir vor ein paar Wochen das Schlüsselbein

gebrochen», sagte ich unwillig. «Manchmal tut es noch weh.» Warum erzählte ich ihr das überhaupt? Sie sollte einfach verschwinden.

«I moin net do.» Sie deutete auf ihre Schulter. «I moin do.» Sie tippte mit dem Finger auf ihre Brust.

Oh Gott! Die Frau erinnerte mich nicht nur an eine Hexe, sie war eine Hexe. Bestimmt mixte sie in der Hinterstube ihres Häuschens allerlei seltsames Gebräu zusammen, und der schwarze Mischlingshund, der sich vor ihren Füßen im vertrockneten Laub wälzte, war in Wahrheit ein verzauberter Rabe.

«Warde Se.» Abrupt drehte sie sich um und humpelte davon. Verblüfft starrte ich ihr nach und beobachtete, wie sie ein Gartentürchen öffnete und aus der Tasche ihrer Kittelschürze ein Messer hervorholte. Sie schnitt einen langen, kahlen Zweig von einem der knorrigen Obstbäume und kehrte zu mir zurück. «Bidde schee.»

Verwirrt nahm ich den Ast entgegen. Es hätte mich nicht sonderlich verwundert, wenn sie mit einer Kristallkugel zu mir zurückgekehrt wäre und mir die Zukunft vorausgesagt hätte. Eine Zukunft, so kalt und grau wie der Winter, den sie prophezeit hatte. Aber mit einem Zweig … Was sollte ich damit?

«Des isch en Kirschazweig», erklärte sie. «Wenn Se den en's Wasser schdellad, bliat er an Heilich Obnd.»

Ein lautes Hupen ertönte, und Marlènes VW Passat hielt neben mir am Straßenrand.

«Danke», sagte ich unsicher zu der Frau und kletterte auf die Rückbank, wo ich von Pierre mit einem freundlichen «Coucou!» begrüßt wurde.

«Was hast du denn geschenkt bekommen?» Marlène musterte den Zweig in meiner Hand.

«Gute Frage.» Ich drehte ihn unentschlossen hin und her.

«Das ist ein Barbarazweig.»

«Die Frau hat gesagt, er stammt von einem Kirschbaum.»

Im Rückspiegel konnte ich sehen, wie Marlènes roter Mund sich zu einem amüsierten Lächeln verzog. «Kennst du den Brauch etwa nischt, ma chère? Heute ist der vierte Dezember, der Gedenktag der heiligen Barbara. Wenn man an diesem Tag den Zweig eines Obstbaumes abschneidet, ihn in eine Vase stellt und er bis zum Heiligen Abend blüht, dann soll das im neuen Jahr Glück bringen. Und das weißt du nischt?»

Ich schüttelte den Kopf.

«Schäm disch, dass isch als Französin mit eurem Volksglauben besser vertraut bin als du!» Sie rückte ihre schwarze Hornbrille gerade. «Schade, dass du nischt noch mehr von diesen Zweigen bekommen hast.»

«Warum? Brauchst du im kommenden Jahr ebenfalls Fortunas Hilfe?»

«Du hättest mir ein paar abgeben können. In manchen Gegenden ist es Sitte, dass die jungen Mädchen einzelnen Zweigen Männernamen zuordnen. Der, der zuerst blüht, weist auf den zukünftigen Bräutigam hin.» Sie lächelte ein wenig schwermütig. Pierres Vater hatte sie kurz nach dessen Geburt verlassen, hatte sie mir zwischen zwei hastig gerauchten Zigaretten auf unserem ersten Rastplatz erzählt.

Ich kuschelte mich in die Jacken auf dem Rücksitz und schloss die Augen. Das Pulver, das der attraktive Dr. Koch mir verabreicht hatte, hatte nicht nur meine Schmerzen deutlich gemildert, sondern auch dafür gesorgt, dass ich müde wurde. Innerhalb weniger Sekunden war ich eingeschlafen.

Ninas Wohnung lag inmitten des hippen Künstlerviertels Montmartre. Lange Efeuzweige rankten sich an dem Haus aus grobgehauenem Naturstein empor, und im schwachen Licht der Straßenlaterne erkannte ich hinter dem schmiedeeisernen Gartenzaun eine Terrasse, deren Pergola von wildem Wein umrankt war und die in einen kleinen Garten überging. Lilly wäre beim Anblick des Hauses völlig ausgeflippt. Sie stand auf Naturstein, Efeu und all diesen Kram.

Doch so schön das Haus war, ich konnte mich trotzdem nicht dafür erwärmen. Wäre ich nicht so knapp bei Kasse gewesen, hätte ich mich nie dazu überwunden, Fees eingebildete Freundin um Asyl zu bitten. Beherzt drückte ich auf den Klingelknopf neben dem Schild mit der Aufschrift *Nina Winter*. Doch anstelle des engelsgleichen Wesens mit dem unverschämt ebenmäßigen Teint und den taillenlangen kastanienbraunen Locken öffnete mir ein junger Mann von vielleicht Mitte zwanzig die Haustür. Er trug einen grünen Pullover mit rosa Rosen darauf.

«Du Mia München, ich Vincent Aix-en-Provence. Herzlisch willkommen in Paris», rief er euphorisch. Dann wich sein eben noch so breites Lächeln einer entgeisterten Miene, und er erstarrte. «*Mon dieu!*»

Unbehaglich wand ich mich unter seinem Blick. Warum hatte ich nicht auf Fee gehört und die immer noch nicht vollkommen verheilten Schnitte in meinem Gesicht durch Camouflagecreme abgedeckt?

«*Incroyable!* Audrey Hepburn!» Er klatschte in die Hände.

Kapitel 6

Ich drehte mich um. Außer mir befand sich kein Mensch auf der Straße.

Vincent schien mein Unbehagen zu bemerken, denn er tippte etwas in sein iPhone. «Sie sehen aus wie ihr», erklärte er.

«Was?» Ich verstand immer noch nur Bahnhof.

Seine Finger flitzten erneut in atemberaubender Geschwindigkeit über das Display. «Das schöne Gesicht, große Augen, zarte Figur, Kleidung. Alles wie ihr.»

Für einen Moment fragte ich mich, ob ich mich in der Adresse geirrt hatte und vielleicht aus Versehen auf eine Art Kleinkunstbühne geraten war. Eine Wirkung, die durch den dunkelroten Vorhang, der den Eingangsbereich vom Rest des Hauses abtrennte, und durch Vincents exzentrische Klamotten noch verstärkt wurde.

«Wenn du möchtest, kannst du dich auch auf Französisch mit mir unterhalten», bot ich ihm in seiner Muttersprache an, nachdem ich mich wieder einigermaßen gefangen hatte. Es musste an der Sprachbarriere liegen, dass er so seltsame Sachen von sich gab.

«Oh!» Er fuhr sich mit der Hand durch den blond gefärbten Bürstenschnitt. «Du sprichst wirklich gut. Man hört kaum einen Akzent.»

«Meine Eltern haben mich schon früh französische Filme anschauen lassen», antwortete ich steif. Ich war mir sicher, dass es keinen guten Eindruck machen würde, wenn ich ihm gleich bei unserer ersten Begegnung gestand, dass ich nach dem Abi von zu Hause abgehauen war und monatelang mit einem Mann namens Patrice in einer Wohnwagensiedlung vor Marseille gehaust hatte.

«Verrückt! Und das hat so viel gebracht?» Er quetschte das iPhone in die Gesäßtasche seiner hautengen Jeans. «Auf jeden Fall bin ich wirklich froh darüber. Mein Deutsch ist nicht das beste, und ob die Übersetzungsfunktion von Google so zuverlässig ist ...» Vincent wiegte den Kopf.

Ich hoffte inständig, dass sie es nicht war. Wenn er in seiner Muttersprache mit mir redete, erschien er mir nämlich schon viel weniger verrückt als zuvor.

Vincent riss mir die Reisetasche aus der Hand. «Oje, ich habe dich noch gar nicht hereingebeten. Du musst mich für einen schlechten Gastgeber halten.» Mit wiegenden Hüften führte er mich über eine kurze Treppe hinauf zu Ninas Wohnung.

Natürlich! Die mit dem Garten und der hübschen Terrasse. Ich verdrehte die Augen. Und selbstverständlich war sie perfekt eingerichtet. Helle Wände, Stuck an den Decken, dunkelbraune abgewetzte Holzmöbel, die garantiert sauteuer waren, aber aussahen, als hätte Nina sie auf dem Flohmarkt erworben. Am liebsten wäre ich sofort wieder umgedreht. Doch Vincent zog mich auf eines der cremefarbenen Ledersofas und goss sich und mir ein Glas Wasser ein. «Ich kann es nicht fassen. Du siehst wirklich genauso aus wie Audrey Hepburn.»

Ich stöhnte auf. Google hatte richtig übersetzt. «Meinst du vielleicht Twiggy?» Zwar konnte ich auch zwischen mir und dem für seine Magerkeit berühmten britischen Topmodell keine besondere Ähnlichkeit feststellen, aber zumindest hatten wir die gleiche Haarfarbe.

«Twiggy?» Vincent zog die Augenbrauen zusammen.

Ich nahm mein Handy aus der Tasche und suchte ihm aus dem Internet ein Bild heraus. Doch der Franzose schüttelte den Kopf und gab einen anderen Suchbegriff ein. «Ich meine die hier.»

Hm. Unverkennbar Audrey Hepburn. «Du brauchst eine Brille.»

«Ich trage Kontaktlinsen.»

«Dann sind die nicht stark genug.»

«Nein, sieh doch: das hübsche Gesicht, die großen Augen, die zarte Figur …»

«Die Kleidung», ergänzte ich und blickte an mir hinunter. Schwarze enge Hose, geringeltes Shirt. Dazu noch Ballerinas, und mein Stil und der der amerikanischen Schauspielerin wären sich tatsächlich ein kleines bisschen ähnlich gewesen. Zumindest seit Riks Generalüberholung.

«Genau. Ich habe einen Blick dafür. Ich bin Fotograf. Das heißt, ich werde Fotograf. Meine Eltern hätten ja lieber, dass ich in ihr Elektrogeschäft einsteige. Aber den ganzen Tag Fernseher und Föhne verkaufen und in der Provinz versauern …» Er rümpfte die Nase. «Ich möchte durch die Welt reisen und Stars treffen.»

«Da hast du dir was vorgenommen.»

«Ich finde, man muss Visionen haben, wenn man es im Leben zu etwas bringen will.»

«Hast du denn eine Ausbildung gemacht oder Fotografie studiert?»

«Ausbildung, Studium, pah! Hat das Helmut Newton gebraucht? Oder Herb Ritts?»

«Annie Leibovitz und Peter Lindbergh zumindest hat es nicht geschadet.»

«Du kennst dich mit Fotografie aus?»

«Ich hab früher ein bisschen herumprobiert.»

«Auf jeden Fall brauche ich noch ein wenig finanzielle Starthilfe», fuhr Vincent fort. «Deshalb habe ich mich für den Wettbewerb eines Kalenderherstellers angemeldet: *L'amour est partout à Paris*. Die Teilnehmer müssen zwölf Plätze fotografieren, an denen man die Liebe findet, und der Sieger gewinnt zwanzigtausend Euro. Das könnte mein Durchbruch sein. Ich habe mir auch schon ein paar Motive überlegt. Willst du sie hören?»

Erschöpft nickte ich.

«Eine Frau, die von der Besucherplattform des Eiffelturms schaut und einem Mann zuwinkt, zwei alte Leutchen, die ein Liebesschloss an einer der Brücken befestigen, ein junges Paar, das sich vor dem Hôtel de Ville leidenschaftlich küsst, ein Clochard und eine Geschäftsfrau im knappen Kostüm …»

«Das gibt es schon.»

«Was? Die Idee mit dem Clochard? Ach, nein!» Er zog einen Flunsch. «Darauf war ich besonders stolz.»

«Nein, die mit dem Kuss vor dem Rathaus. Robert Doisneau, ein Landsmann von dir, hatte sie bereits in den fünfziger Jahren. *Le Baiser de l'Hôtel de Ville* heißt das Foto.»

«Ach, das!» Vincent machte eine wegwerfende Handbewegung. «Das kenne ich doch. Ich würde die Szene völlig neu interpretieren.»

«Ob das reicht? Die Fotografie ist weltberühmt. Und auch deine anderen Ideen … Findest du die nicht ein bisschen … ausgelutscht?»

«Ausgelutscht?» Vincents Augen weiteten sich. «Aber nicht die mit dem Clochard und der Geschäftsfrau, die Hand in Hand die Champs Élysées hinunterbummeln, oder?»

«Die ist schon originell», gab ich zu. «Wenn auch etwas … unrealistisch. Warum sollte so eine Business-Tussi mit einem Obdachlosen Händchen halten?»

«Das ist sehr oberflächlich gedacht. Sie könnte sich in ihn verlieben!»

«Schon möglich.» Ich hob beschwichtigend die Hände. «Ich denke trotzdem, dass du dir ein anderes Motiv als verliebte Paare suchen solltest, wenn du deine Fotos aus der Masse der Einsendungen hervorheben willst.»

«Findest du?» Er schaute mich kummervoll an. Jedoch nur für einen Moment, dann erhellte sich seine Miene wieder. «Du hast recht. Du hast ja so recht. Verliebte Paare, das geht gar nicht. Wie kam ich nur auf eine dermaßen abgeschmackte Idee?» Er schüttelte empört den Kopf. «Außerdem hatte ich gerade eine Vision.»

«Und welche?» Obwohl ich Vincent erst eine knappe Viertelstunde kannte, war ich mir sicher, dass seine Visionen mit Vorsicht zu genießen waren.

«Ich werde mich auf lediglich eine Person beschränken. Und du wirst meine Muse sein.»

«Ich?»

Vincent nickte. «Ich sehe die Fotos bereits vor mir. Ganz in Schwarzweiß, mit dir im rosa Tutu als einzigem Farbklecks. Verstehst du die Metaphorik? Du als Engel der Liebe in einer ansonsten tristen Welt. Genial, nicht wahr?»

Ich seufzte. «Es wird Zeit, dass du mir mein Zimmer zeigst.»

«Na! Gut geschlafen in deiner ersten Nacht im fremden Land?», erkundigte sich Nina und stellte einen Korb mit frischen Croissants auf den Tisch.

«Phantastisch», entgegnete ich reserviert und versuchte, nicht allzu auffällig auf ihr roséfarbenes Seiden-Negligé und ihre hochhackigen Schuhe zu starren.

«Es tut mir leid, dass ich nicht da war, als du kamst. Ich musste noch auf eine Filmpremiere.»

Eine Filmpremiere, soso. Von jemandem, der morgens um halb neun perfekt geschminkt und in Hausschuhen mit Absatz am Frühstückstisch saß, hatte ich ehrlich gesagt auch nichts anderes erwartet.

«Hat sich Vincent benommen?»

«Wie meinst du das?» Ich nahm einen Schluck von meinem schwarzen Kaffee.

Nina lachte auf. «Nicht so, wie du vielleicht denkst. Vincent ist ein netter Kerl, aber manchmal auch ein bisschen ... exzentrisch.»

War mir kaum aufgefallen.

«Er ist nach Paris gekommen, um Fotos für einen Kalenderwettbewerb zu knipsen.»

«Das hat er mir erzählt.»

«Hat er dir auch ein paar seiner Bilder gezeigt?» Nina blies auf ihren Latte macchiato. «Der Kerl hat die Kreativität eines Schornsteinfegers. Hoffentlich merkt er das bald selbst und geht wieder in sein Provinzkaff zurück, bevor die Enttäuschung gar zu groß ist. Hier in Paris wird er keinen Fuß in die Szene bekommen.»

Provinzkaff ... Szene ... Dieses leere Gewäsch war kaum zu ertragen. Voller Abneigung beobachtete ich, wie Nina ihrem Malteserhündchen Puck ein Stück Croissant zuwarf. Ihr stinkreicher Vater hatte seinem Goldkind immer alles hinterhergetragen. Ein einziges Mal hatte sie versucht, sich seinem Einfluss zu entziehen und etwas Eigenes aufzubauen – und war nach wenigen Monaten wieder reumütig in seinen geöffneten Geldbeutel zurückgekrochen.

«Und erst seine Klamotten!» Nina verdrehte die Augen.

«Nicht jeder hat einen Daddy, der einem alles in den Hintern schiebt», sagte ich scharf.

Nina sah mich verdutzt an und öffnete den Mund, garantiert

um zu einer ebenso scharfen Erwiderung anzusetzen, doch als die Küchentür aufschwang und Vincent eintrat, schloss sie ihn wieder.

«Guten Morgen, ihr beiden Hübschen. Was habt ihr denn heute Schönes vor?», begrüßte er uns strahlend. Er hatte bei seiner Kleidung auf eine augenverletzende Farbkombi verzichtet und ganz auf schlichtes Schwarz gesetzt. Zu einer engen Lederhose trug er ein ärmelloses Muscle-Shirt und darüber eine Fellweste. Boah! Grundsätzlich hatte Nina recht: Sein Kleidungsstil war entsetzlich, daran gab es nichts zu rütteln. Trotzdem brauchte die rothaarige Schnepfe sich nicht hinter seinem Rücken den Mund darüber zu zerreißen.

«Guten Morgen!» Nina musterte ihn gelangweilt von Kopf bis Fuß. Dabei blieb ihr Blick an der roten Wanduhr hinter ihm hängen.

«Verdammt! Schon so spät. Ich muss in die Redaktion.» Sie kickte ihre Hausschuhe von den Füßen, sprang auf und rannte ins Bad. Puck hüpfte hinterher.

Oho. Welch unfeiner Fluch aus solch feinem Mund! Ich erwiderte Vincents Lächeln. «Ich werde ein bisschen durch Paris spazieren.»

«Das ist toll. Dann komme ich mit dir.» Er zog einen Stuhl heran und setzte sich zu mir an den Tisch. «Und um noch einmal auf meine Vision von gestern Abend zurückzukommen … Nur eine Straße weiter gibt es ein Geschäft mit Tanzbekleidung.»

Oh nein! Ich hatte darauf gehofft, dass ihm bewusst würde, wie absurd diese Idee war, wenn er eine Nacht darüber geschlafen hatte.

«Vincent.» Ich legte ihm eine Hand auf die Schulter. «Du musst jetzt ganz stark sein. Deine Vision von dem Ballettrock … Also … Die hatte vor dir schon ein anderer.»

«Ja?»

«Ja. Ein Mann, der seine krebskranke Frau mit diesen Fotos zum Lachen bringen wollte. Schau!» Ich holte das Smartphone heraus und zeigte ihm ein Bild, auf dem ein dicker Mann mit grauen Haaren abgebildet war. Er lief über eine grüne Wiese, und bis auf ein rosa Tutu war er nackt.

«Ach, du meinst Bob Carey.» Erleichterung machte sich auf Vincents Gesicht breit. «Jetzt hast du mir aber einen Schrecken eingejagt.»

Verständnislos sah ich ihn an.

«Meine Vision kann man mit den Fotos von Bob gar nicht vergleichen.»

«Nein?» Ich ließ eine Augenbraue nach oben schnellen.

«Nein, du Dummerchen.» Vincent tätschelte mir die Hand. «Bob ist ein Mann, du bist eine Frau. Seine Fotos sind Farbaufnahmen, meine werde ich abgesehen von dir monochrom halten. Außerdem kommt mit Paris ein ganz anderes Setting ins Spiel.»

«Aber die Grundidee …»

«Die Grundidee, pah!» Er wischte meine Bedenken mit einer Handbewegung beiseite. «Kunst ist immer eine Abwandlung von etwas bereits Dagewesenem.»

Ich presste die Lippen fest zusammen, um ein Grinsen zu unterdrücken. Oh Mann. Dieser Kerl war wie Pippi Langstrumpf! *Ich mach' mir die Welt, widdewidde wie sie mir gefällt.*

«Also, Mia.» Vincent sah mich mit seinen hellblauen Augen treuherzig an. «Wirst du meine Muse sein?»

Nicht zu fassen! Er ließ nicht locker. Bei der Vorstellung, als Balletttänzerin verkleidet durch Paris zu laufen, stieg mir die Schamröte ins Gesicht. Auf der anderen Seite … Wenn ich Vincent eine Freude damit machen konnte, mich im rosa Tutu fotografieren zu lassen, warum nicht? Im schlimmsten Fall machte ich mich zum Gespött von ein paar Touristen, im besten

Falle gewann ich Karmapunkte für mein nächstes Leben. Wenn man eine Mutter hat, die mit Engeln redet und fest davon überzeugt ist, allein mit der Kraft ihrer Gedanken und ihrer Hände Menschen zu heilen, wird man empfänglich für solche Dinge. Außerdem musste ich mir widerwillig eingestehen, dass ich mich von seiner Begeisterung geschmeichelt fühlte. Als Muse war ich bisher noch nie bezeichnet worden. Eher als eine Heimsuchung. Ich kicherte. «Okay, ich mach's.»

«Nein!» Vincent sprang auf. «Das ist toll. Als du gestern vor der Tür gestanden hast, wusste ich gleich, dass du mir Glück bringst. Mit deiner Hilfe werde ich den Wettbewerb gewinnen.» Er umarmte mich so stürmisch, dass ich vor Schmerz aufstöhnte.

«Was ist?» Irritiert wich er zurück.

«Mein Schlüsselbein.» Ich rieb mir die Schulter. «Vor ein paar Wochen hatte ich einen Unfall.»

«Hast du deshalb auch die vielen Kratzer im Gesicht? Die sind zum Teil ganz schön tief.»

Ich nickte. «Wäre es nicht besser, sich eine Muse zu suchen, die weniger lädiert aussieht als ich?» Ein Fünkchen Hoffnung glomm in mir auf, das Unheil doch noch abwenden zu können.

Doch Vincent holte sofort den verbalen Wassereimer und löschte es. «Nein, nein. Wozu gibt es Photoshop? Du wirst perfekt aussehen», wiegelte er meine Bedenken ab. «Im Bearbeiten von Bildern bin ich nämlich sogar noch besser als im Fotografieren.»

Hatte ich es nicht gesagt? Pippi Langstrumpf!

«Hast du etwas dagegen, gleich heute mit dem ersten Shooting anzufangen? Ich fühle mich gerade so inspiriert.» Vincent legte den Kopf schief.

Langsam kam er mir ein bisschen wie Fees Sohn Paul vor.

Und wie ich mich von Paul immer erweichen ließ, gab ich jetzt auch bei Vincent nach. Vorher würde er sowieso keine Ruhe geben. «Meinetwegen.», sagte ich. «Ich gehe unter die Dusche. Du gehst das Tutu kaufen. Die größte Kindergröße reicht.»

«Vermutlich. Viel ist ja nicht an dir dran.»

«Nein.» Betrübt blickte ich an mir hinunter. Seit dem Unfall war ich noch magerer geworden. Ich stand auf und machte mich auf den Weg in mein Zimmer. Vincent folgte mir wie ein Hündchen.

«Für Fotos ideal», versuchte er mich zu trösten. «Die Kamera mogelt ja immer ein paar Kilos dazu. Diese ganzen Models, die sind ja so dünn! Ich sag es dir. Ich war erst letztens bei einem Fototermin für ein Modelabel dabei. Nur aus Haut und Knochen haben die Weiber bestanden. Die Bearbeitung der Fotos war aufwendiger als das ganze Shooting. Auch die meisten Hollywoodstars sind mittlerweile so mager, dass man sie dicker machen muss. Cameron Diaz zum Beispiel. Wie die in echt aussieht, willst du gar nicht wissen. Oder Angelina Jolie! Eine der wenigen, die noch Kurven hat, ist …»

«Vincent», unterbrach ich ihn unsanft, denn von dem ansteigenden Tempo seines Monologs schwirrte mir der Kopf. «Redest du eigentlich immer so viel, oder bringt dich die Vorstellung, mich gleich im rosa Tutu zu sehen, völlig aus der Fassung?»

«Ach woher!» Er schüttelte den Kopf. «Dazu bin ich viel zu sehr Profi. Ich rede immer so viel.»

Das hatte ich befürchtet. «Du hast eindeutig zu viele weibliche Hormone.»

«Ich bin ja auch …»

«Das weiß ich doch.» Ich zwinkerte ihm zu und zog den Reißverschluss meiner Reisetasche auf, um etwas Frisches zum Anziehen herauszunehmen.

«Verrückt!» Vincent beugte sich vor und starrte über meine Schulter. «Warum hast du denn so eine große Zange mit nach Paris gebracht?»

Kapitel 7

«Vincent, das ist wirklich verdammt hoch.»

«Dann schau nicht nach unten.»

«Ich habe gerade erst eine Woche im Krankenhaus gelegen. Glaubst du, ich will mir eine Lungenentzündung zuziehen, weil ich bei diesen Temperaturen in die Seine falle?»

«Die Brüstung ist einen halben Meter breit. Da kann gar nichts passieren.» Vincent nahm die Kamera auf und sah mich über ihren Rand hinweg flehend an. «Bitte. Tu es für mich! Das wird das Bild meines Lebens. Ich weiß es genau.»

«Na gut. Wenn ich falle, springst du hinterher und rettest mich.» Ich kletterte auf den steinernen Sockel des Pont Marie und stand mit wackeligen Knien auf. Den Blick hielt ich starr geradeaus gerichtet. Dann öffnete ich den rosafarbenen Regenschirm in meiner Hand und machte vorsichtig ein paar Schritte nach vorne.

«Wundervoll! Bleib so. Genau so.» Vincent drückte ein paarmal auf den Auslöser. «Und jetzt stütz den linken Arm in die Seite und schau in die Kamera. Hey! Du bist in Paris, der Stadt der Liebe. Zeig mir, wie glücklich du gerade bist.»

«Haha!» Ich zog die Mundwinkel nach oben, so weit ich konnte.

«Phantastisch. Du machst das großartig. Bleib genau so! Dein Strahlen ist umwerfend.»

Im Ernst? Ich musste ein verborgenes schauspielerisches

Talent besitzen, denn ich fühlte mich alles andere als strahlend. Vor allem, da die Pont Marie, die Brücke der Liebenden, über deren Brüstung ich gerade in bester Seiltänzerinnenmanier balancierte, ganz aus Stein bestand und kein einziges Vorhängeschloss ihr Geländer zierte.

«So, das Bild ist im Kasten.» Vincent hob zufrieden den Daumen. «Willst du es sehen?»

Ich nickte und kraxelte hinunter. Er reichte mir meinen dicken Wollmantel, und ich schlüpfte hinein. Die Ballettschühchen tauschte ich gegen die grauen UGG-Boots, die Rik mir geschenkt hatte.

Prüfend ließ ich meinen Blick über die Fotografie wandern. Nicht schlecht. In technischer Hinsicht war Vincent fit. Das Bild war perfekt belichtet, der Bildaufbau ausgewogen, und auch ich konnte mich sehen lassen. Was allerdings weniger an meiner natürlichen Schönheit lag als an der zentimeterdicken Schminkschicht, die Vincent vor unserem Shooting auf mein Gesicht gespachtelt hatte. «Gar nicht so übel.»

«Es gefällt dir?»

Ich nickte. «Auch wenn ich immer noch nicht so ganz verstehe, inwiefern du in dem Foto das Thema Liebe aufgreifst.»

Vincent sah mich verständnislos an. «Das habe ich dir doch bereits erklärt. Du bist die Liebe.»

Stimmt. Ich war die Liebe. Das hatte ich verdrängt.

«Und die Brücke und der Schirm? Welche Funktion haben die?»

«Die Brücke ist der schmale Grat, auf dem man als Liebender balanciert, wenn man sein Herz verschenkt. Der Schirm ist der Fallschirm, mit dem man versucht, sich abzusichern. Nutzt aber in der Liebe nichts.»

Gar nicht so unplausibel. Vincent hatte sich tatsächlich Gedanken gemacht. «Und nun? Wo ist der nächste Fotostopp?»

«Du bist fit genug, um weiterzumachen?» Er klatschte in die Hände.

Nun ja, ich wollte es halt hinter mich bringen. «Klar.»

«Großartig. Dann lass uns zum Louvre gehen. Wenn du dich auf einen der Betonpfeiler stellst und den Arm hebst, dann sieht es aus, als ob du deine Hand auf der Spitze der Glaspyramide ablegst.»

«Du meinst diese alberne Pose, in der sich Touristen ablichten lassen?»

«Ist das so? Ich war noch gar nicht dort. Diese Vision ist mir gerade erst gekommen.»

Ich seufzte. Ja, das war so. Aber da ich wusste, dass ich Vincent Pippilotta Viktualia sowieso nicht von der Absurdität seiner Vision überzeugen konnte, hielt ich den Mund. «Und welche Metaphorik siehst du in diesem Motiv?»

Er überlegte einen Moment. «Der Louvre steht für die Zerbrechlichkeit der Liebe, die du in deinen Händen hältst.»

«Ich dachte, ich *sei* die Liebe.»

«Auf diesem Bild nicht.»

«Ach, auf diesem nicht.» Ich prustete los. «Nee, Vincent, so geht das nicht. Wenn ich mich für dich zum Affen mache, dann will ich auch, dass du eine reale Chance hast, diesen Wettbewerb zu gewinnen.» Ich griff in meine Handtasche und zog den Reiseführer heraus, den Lilly mir kurz vor meiner Abreise geschenkt hatte. *Paris-Spaziergänge. Die schönsten Streifzüge durch die Metropole.* Im Klappentext lockte die Autorin damit, den Spaziergänger an Orte zu führen, die man garantiert in keinem anderen Handbuch fand. «Wir werden uns jetzt in ein Café setzen und ein Konzept für deinen Kalender erarbeiten. Für blinden Aktionismus fühle ich mich zu wackelig auf den Beinen.»

Eine Stunde später hatten Vincent und ich eine Liste mit möglichen Schauplätzen erstellt. Nicht alle waren wahnsinnig originell, zum Beispiel *Le mur des je t'aime* an der Place des Abbesses am Montmartre, eine Wand, auf der in 250 Sprachen 311-mal *Ich liebe dich* steht. Aber zumindest hatten wir nun ein grobes Konzept, an dem wir uns am morgigen Tag orientieren konnten. Ich hätte am liebsten sofort weitergemacht, um das Projekt so schnell wie möglich zum Abschluss zu bringen, doch Vincent hatte noch eine Verabredung mit Lou, wie er mir stolz erzählte.

«Verabredung. Soso.» Ich grinste süffisant.

Vincent lächelte arglos zurück. «Ja. Wir kennen uns aus Aix-en-Provence. Lou war zwei Klassen unter mir.» Er errötete leicht.

«Du, vor mir brauchst du dich nicht zu schämen. Ich war mit Anfang zwanzig selbst mal ein paar Monate mit einer Frau zusammen.»

«Echt?» Er blickte mich verdutzt an.

«Ja, war aber keine große Sache.»

«Verrückt!»

«Du siehst, ich bin in dieser Hinsicht ganz offen.» Ich schlug ihm auf die Schulter. «Ich wünsche euch beiden Süßen einen schönen Nachmittag. Viel Spaß.»

«Und du, was machst du?»

«Ich gehe noch ein bisschen spazieren. Ist es weit bis zum Pont des Arts?»

«Ist das die Brücke mit den vielen Liebesschlössern?»

Ich nickte.

«Nein, nicht so weit. Vielleicht zwei Kilometer die Seine hinauf. Sie liegt gegenüber vom Louvre.»

«Das finde ich.»

Vincent drückte mir rechts und links ein Küsschen auf die Wange und wackelte in Richtung Metrostation davon.

Hatte ich heute Morgen noch Angst davor gehabt, mich in meinem Ballerina-Outfit zum Affen zu machen, so musste ich diese Befürchtung nach dem Fotoshooting komplett revidieren. In München wäre ich in diesem Aufzug ein Paradiesvogel gewesen, nach dem sich jeder umgedreht hätte, doch in Paris fiel ich in keinster Weise auf. Auf meinem Weg zum Pont des Arts begegnete ich einer Frau im Pelzmantel, die sich von einer Traube von Hunden über die Straße ziehen ließ. Ihre auftoupierten Haare waren auf der einen Seite burgunderrot, auf der anderen rabenschwarz gefärbt. Ich flanierte an einem Feuerschlucker mit nacktem Oberkörper vorbei, an zwei Frauen in viktorianischen Kleidern und an einem uralten Mann in weißem Anzug, der mit bleichem Gesicht reglos auf einem Steinquader saß und einen Strauß rosa Plastikrosen in der Hand hielt. Als er sah, dass ich ihn musterte, winkte er mich heran und reichte mir eine der Blumen. «Für die schöne Tänzerin.»

Ich legte ihm einen Euro in seinen zerknautschten Hut, und der Mann warf mir eine Kusshand zu.

Den Pont des Arts erkannte ich bereits von weitem. Vor lauter Zeugnissen ewiger Liebe war das Geländer kaum noch sichtbar, und die Brücke glitzerte und glänzte im Sonnenlicht wie ein abstraktes Kunstwerk. Ein Akkordeonspieler mit Schnauzbart und Trappermütze stand davor und entlockte seinem Instrument eine traurige Melodie. Das konnte unmöglich dasselbe Geländer sein, an das Rik und ich unser Liebesschloss gehängt hatten! Wir hatten unser Schloss an einer der eisernen Verstrebungen befestigen können, hier jedoch hingen die Schlösser doppelt und dreifach übereinander. Nicht einmal vor den Pfosten der altmodisch verschnörkelten Straßenlaternen hatte der Wahnsinn der Liebenden haltgemacht. Oder hatte die Sitte, sich am Pont des Arts zu verewigen, in den letzten Monaten einfach rapide zugenommen?

Eine Frau in Minirock und Stöckelschuhen eilte an mir vorbei. In der einen Hand hielt sie einen Geigenkasten, mit der anderen Hand zog sie einen kleinen Jungen im Dufflecoat hinter sich her. Als der Knirps die funkelnde Pracht sah, befreite er sich aus ihrem Griff und blieb stehen. Fasziniert ließ er seine Fingerchen darübergleiten. Neben goldenen und silbernen Schlössern gab es rote, gelbe, blaue, grüne – und ein besonders ausgefallenes pinkfarbenes Modell, das dem Zahlenschloss eines Tresors nachempfunden war.

«Henri, wir müssen weiter», sagte die Frau und schaute auf ihre Armbanduhr. Doch der Junge beachtete sie nicht. Er griff nach dem pinkfarbenen Schloss, vermutlich um an dem Knopf des Tresors zu drehen – zumindest hätte ich das an seiner Stelle getan –, und hielt auf einmal ein ganzes Bündel in der Hand. Geschockt starrte der kleine Kerl erst auf die Schlösser, dann auf seine Mutter. Die blickte sich hektisch um, riss ihrem Sohn die Liebesbeweise aus der Hand und kickte sie mit der Spitze ihres Pumps fort. «Beeil dich, Henri, du hast gleich Unterricht.» Die beiden hasteten weiter.

Der Akkordeonspieler und ich sahen uns an. «Nun ist die Liebe verschwunden», sagte er mit einem wehmütigen Lächeln mehr zu sich selbst als zu mir und fuhr mit seinem melancholischen Spiel fort.

Ja, verschwunden war sie. Genau wie Riks und mein Schloss. Wenn wir es wirklich hier aufgehängt hatten, tendierte die Chance, es jemals wiederzufinden, nämlich gen null.

Obwohl die Sonne schon langsam unterging und der Himmel über der Stadt sich mit bonbonfarbenen Streifen überzog, beschloss ich, noch nicht zurück zu Ninas Wohnung zu gehen, sondern zum Cimetière de Montmartre hinauszufahren. Das Grab von Heinrich Heine lag dort. Ich mochte seine schwermütigen Liebesgedichte. Überhaupt liebte ich Gedichte. Auch wenn ich das zu Schulzeiten vor meinen Klassenkameraden nie zugegeben hätte und es auch heute nicht groß erwähnte. Im Geheimen bewunderte ich Menschen, die mit Worten so tiefe Gefühle transportieren konnten und durch ihre Texte dafür sorgten, dass diese Emotionen unvergessen blieben.

Bei gutem Wetter und im Sommer oder Frühling glich der Friedhof mit all seinen Bäumen und Bänken bestimmt mehr einem Park als einer letzten Ruhestätte. Doch jetzt, Anfang Dezember und bei einbrechender Dämmerung, gab er mit all den verfallenen Grabsteinen, den Mausoleen, den Totenköpfen und den riesigen Statuen die perfekte Kulisse für einen Gruselstreifen ab. Außer mir waren nur noch wenige Besucher unterwegs. Ein Mann mit einer grauen Mütze auf dem Kopf, das Gesicht tief in seinem Mantelkragen verborgen, hastete an mir vorbei, eine Mutter schob ein Mädchen in Pauls Alter im Kinderwagen über die steinigen Wege, und eine alte Frau setzte sich auf eine Bank unter einem kahlen Laubbaum. Sie nahm mehrere Blechdosen und Plastiknäpfe aus einer Plastiktüte und stieß einen leisen Pfiff aus. Sofort erschien der struppige Kopf einer roten Katze zwischen den Grabsteinen, ihr folgten eine getigerte mit langen Haaren, eine schwarz-weiß gefleckte und viele mehr. Aus allen Ecken kamen sie hervor, schlängelten sich um die Beine der alten Frau und verschlangen gierig das mitgebrachte Futter.

«Ich komme seit über dreißig Jahren jeden Tag hierher und gebe ihnen etwas zu fressen. Seit mein Mann gestorben ist», erklärte sie, als sie meinen Blick bemerkte. Weißes, feines Haar umgab ihr Gesicht wie die Schirmchen einer Pusteblume, doch ihre blauen Augen blitzten immer noch jung und klar. Sie strich einem schwarzen, hochmütig aussehenden Kater über das zerzauste Fell. «Mögen Sie Katzen?»

«Sehr.»

«Das sieht man Ihnen an.» Sie lächelte, und ein Netz von Fältchen überzog ihr Gesicht. «Sie sind ein Katzen- und kein Hundemensch.»

Das stimmte. Ich hatte nichts gegen Hunde, aber das eigenständige, stolze Wesen der Katzen mochte ich lieber als die Unterwürfigkeit und bedingungslose Hingabe ihrem Besitzer gegenüber, die für Hunde typisch ist. Ich bückte mich, um den schwarzen Kater zu streicheln; als sich meine Hand ihm näherte, fauchte er mich jedoch an und wich zurück.

«Fantôme misstraut Fremden», erklärte die alte Frau. «Ich habe fünf Jahre gebraucht, bis ich ihn anfassen durfte.»

«Tragen alle Katzen auf dem Friedhof Namen?»

«Nur die, die auch hierbleiben. Es sind so viele, und sie kommen und gehen, wie es ihnen gefällt. Einige überstehen den Winter nicht, andere werden überfahren ... Aber Fantôme lebt nun schon seit zehn Jahren hier. Wir beide sind Übriggebliebene. Nicht wahr, *mon ami*.» Sie tätschelte dem Kater den Kopf.

Übriggebliebene! Ich zog meinen Wollschal höher ins Gesicht und verabschiedete mich von der alten Frau. Vor einer Tafel, auf der die Grabstätten prominenter Persönlichkeiten aufgelistet waren, blieb ich stehen. Ich suchte nach dem Grab von Heine. Es trug die Nummer 54, und es dauerte ein wenig, bis ich in dem Labyrinth der Gräber den richtigen Ort gefunden hatte. Heines Ruhestätte war ganz aus weißem Marmor, und eine Büste des Dichters hob sich scharf von dem dunklen Himmel ab, an dem einzelne Sterne wie Glühwürmchen leuchteten. Auf der Grabplatte konnte ich im schwindenden Licht des Tages eines seiner Gedichte entziffern:

Wo wird einst des Wandermüden
Letzte Ruhestätte sein?
Unter Palmen in dem Süden?
Unter Linden an dem Rhein?

Werd ich wohl in einer Wüste
Eingescharrt von fremder Hand?
Oder ruh ich an der Küste
Eines Meeres in dem Sand?

Immerhin! Mich wird umgeben
Gottes Himmel, dort wie hier,
Und als Totenlampen schweben
Nachts die Sterne über mir.

Wie schön! Versonnen drehte ich die rosafarbene Plastikrose in meiner Hand. Wenn man diese Worte las, wirkte das Sterben gar nicht so beängstigend. Ich musste an meine Oma denken, an Opa Willys Exfrau. Seine erste. Sie hatte es nie verwinden können, dass er sie nach der Geburt meines Vaters verlassen hatte, und nie wieder einen anderen Mann an sich herangelassen. Als ich sie kurz vor ihrem Tod noch einmal besuchte, um mich von ihr zu verabschieden, hatte sie meine Hand gedrückt und mich aus ihren erloschenen Augen angesehen. «Ich hatte kein schönes Leben», hatte sie müde gesagt, und noch heute lief mir bei der Erinnerung an diese Worte ein Schauer über den Rücken. So wollte ich auf gar keinen Fall enden!

Ein Läuten ließ mich herumfahren. Ein junger Kerl in einem olivgrünen Parka stand vor mir. Er schob ein rostiges Fahrrad.

«Entschuldigen Sie, Mademoiselle, aber es ist gleich halb sechs. In wenigen Minuten wird der Friedhof geschlossen.» Seine Stimme klang rau, als würde er nicht besonders oft sprechen und wäre aus der Übung geraten. Seine Haut war dunkel. Nicht schwarz; heller, wie Milchkaffee.

«Bin schon weg.» Ich legte die Rose auf die weiße Marmorplatte des Grabes und drehte mich um.

«Sie sind Deutsche», stellte er fest.

Ich nickte. So akzentfrei, wie Vincent bei unserer Begrüßung behauptet hatte, war mein Französisch also doch nicht.

«Ich verstehe euch Touristen nicht.» Er lächelte mich an. «Paris hat so viele schöne Plätze, und trotzdem zieht es euch immer auf die Friedhöfe.»

«Ich mag Friedhöfe. Dort ist es still und friedlich, und im Normalfall wird man von niemandem belästigt», entgegnete ich schroff und wollte mich abwenden, doch mein Blick blieb an seinen Augen hängen. Im Licht der Laterne konnte ich sehen, dass sie hellgrün waren, ein ungewöhnlicher Kontrast zu seiner dunklen Haut.

Und seine Augen blickten genauso traurig, wie ich mich fühlte.

Kapitel 8

Am Morgen wurde ich von einem Kratzen an meiner Zimmertür geweckt. Puck saß davor und blickte mich aus seinen schwarzen Knopfaugen flehend an. Seufzend zog ich Mantel und UGG-Boots über meinen Pyjama und ging mit ihm vor das Haus, wo er die nächste Straßenlaterne ansteuerte und das Bein hob. Es war so nebelig geworden, dass man kaum ein paar Schritte weit sah. Fröstelnd zog ich die Jacke über meinem dünnen Schlafanzug enger.

«Das darf aber nicht zur Gewohnheit werden.» Scherzhaft hob ich den Zeigefinger. «Dafür ist dein Frauchen zuständig.»

Puck beachtete mich nicht, sondern kläffte laut und hüpfte auf einen riesigen grauen Hund zu, der wie aus dem Nichts heraus plötzlich vor uns stand und mir im ersten Moment einen gehörigen Schrecken einjagte. Allein sein Kopf war fast so groß wie der komplette Puck.

Die beiden mussten alte Freunde sein, denn sie begrüßten sich stürmisch. Ich hielt nach dem Besitzer des Hundes Ausschau, konnte aber im Nebel niemanden erkennen. Auf einmal hörte ich einen leisen Pfiff. Der Hund spitzte die Ohren, und aus dem weißen, wabernden Meer tauchte vor mir ein Mann auf. Er trug einen abgetragenen Wollmantel und hatte eine Plastiktüte in der Hand. Ein gewaltiger Vollbart bedeckte sein Gesicht, in dem lediglich die Augen und eine rot geäderte Nase deutlich zu sehen waren. Instinktiv wich ich einen Schritt zurück in den Hauseingang, doch meine Furcht war unbegründet.

«Bonjour, Mademoiselle.» Der Mann lächelte mich freundlich an und ging an mir vorbei die Straße hinunter. Das monströse Hundevieh lief schwanzwedelnd voraus.

Weil ich nach meinem unfreiwilligen Morgenspaziergang sowieso nicht mehr würde schlafen können, beschloss ich, mich anzuziehen und mit der Metro zum Seine-Ufer hinunterzufahren. So leicht wollte ich mich bei der Suche nach dem Liebesschloss nicht geschlagen geben. Vielleicht hatte ich Glück, und Rik und ich hatten es doch an einer anderen Brücke befestigt. Einer, die weniger überladen war als der Pont des Arts.

Der Nebel hing immer noch schwer zwischen den Häusern, als ich zum zweiten Mal an diesem Morgen vor die Tür trat, und hüllte Bäume, Parkbänke und Laternenpfähle in eine dicke weiße Decke. Bereits nach wenigen Metern fühlten sich die Wollhandschuhe an meinen Fingern klamm an, und mein Schal kratzte feucht an meinem Hals. Zwar hörte ich in einiger Entfernung die Stimmen anderer Passanten, aber sehen konnte ich sie nicht. Unwillkürlich musste ich an ein Gedicht von Hermann Hesse denken. *Im Nebel.* Ganz bekam ich den Text nicht mehr zusammen, nur die letzten Verse waren hängengeblieben: *Seltsam, im Nebel zu wandern! Leben ist Einsamsein. Kein Mensch kennt den andern, jeder ist allein.*

Bis vor ein paar Monaten war ich gerne allein gewesen. Ich hatte geglaubt, nichts und niemanden zu brauchen, mir selbst zu genügen. Nun war es anders. Und auf einmal war es nicht nur die feuchte Luft um mich herum, die mir das Atmen erschwerte.

Als ich drei Stunden später die Metro an der Station Blanche verließ, hatte ich das Schloss natürlich nicht gefunden. Nicht nur am Pont des Arts, sondern nahezu überall hingen diese verdammten Dinger herum. Wenn ich sämtliche Brücken der Stadt untersuchen wollte, würde ich mehrere Wochen benötigen. Warum hatte ich dieser Liebesschloss-Sache damals nur so wenig Bedeutung beigemessen? Warum hatte ich damals so viel Champagner getrunken? Vielleicht war Riks und mein Schloss längst heruntergefallen oder entfernt worden. Ich war zwar niemand, der gerne aufgab, aber ich wusste, wann eine Schlacht geschlagen war. Ich würde Vincent bei der Motivsuche für seinen Kalender helfen und mir dann im Internet eine Mitfahrgelegenheit zurück nach München suchen. Paris war einfach nicht mein Fall. Zu viel Liebe … und zu viele Erinnerungen.

Vorbei am Moulin Rouge, das eingepfercht zwischen Sexshops und Videotheken lag und mit seinen Windmühlenflügeln wie eine kitschige Figur aus einem Überraschungsei aussah, marschierte ich die Rue Lepic hinauf, passierte all die Obst- und Gemüsestände, Bäcker, Metzger und Käsehändler und bog in die Rue Ravignan ein. Unentschlossen blieb ich ein paar Meter vor meinem Domizil auf Zeit stehen, denn in die Enge der Wohnung wollte ich noch nicht zurück. Über den Hausdächern konnte ich die weiße Spitze der Sacré-Cœur sehen. Ich würde den Berg ein wenig weiter hinaufgehen und für Vincent und mich Croissants zum Frühstück besorgen.

Was ich an dem Viertel, in dem Nina wohnte, wirklich mochte, waren die Kontraste. Der untere Teil des Montmartre, am Fuß der *butte*, wie die Pariser den Berg nannten, an dem sich das Stadtviertel hinaufschlängelte, erinnerte an die Hamburger Reeperbahn. Bei Nacht verbreiteten Leuchtreklamen und Neonlicht ein glamouröses Flair, bei Tag wirkten die Fassaden der Häuser heruntergekommen, die Läden trostlos und ärmlich. Der Lärm der vorbeiziehenden Autos und das Quietschen der Drahtseilbahn, der *Funiculaire de Montmartre*, zeigten deutlich, dass man sich hier in einer Großstadt befand. Nur wenige Meter weiter den Berg hinauf mutete die Kulisse dagegen fast dörflich an. Schnucklige kleine Häuser kuschelten sich dicht aneinander, nur gelegentlich störten Motorengeräusche die Stille, und im Sommer konnte man garantiert das Singen der Vögel hören. Menschen sah ich kaum auf der Straße. Das änderte sich jäh wieder, als ich mich dem Herzen des Montmartre näherte. Ich schloss mich dem Strom der Touristen an und ließ mich auf die Place du Tertre zutreiben, wo trotz der frühen Morgenstunde und der kühlen Jahreszeit mehrere Porträtmaler und Karikaturisten auf Kundschaft warteten.

«Monsieur!», rief ein braun gebrannter, drahtiger Mann mit Halbglatze einem Männchen mit dünnem Haar zu. «Sie haben so eine wundervolle Frau! Solch eine Schönheit muss festgehalten werden.» Besagte Frau, eine dralle Matrone, die so groß war, dass sie ihren Mann unter den Arm klemmen konnte, blieb stehen und strich sich geschmeichelt über die rot gefärbte Lockenpracht. Und schon hatte der Maler den Bleistift gezückt. Wenn ich meinen mageren Kontostand nicht noch mehr nach unten treiben wollte, durfte ich auf keinen Fall stehen bleiben oder in irgendeiner Form reagieren. Hey! Mein Blick fiel auf einen Porträtmaler, dessen Stand sich im hinteren Bereich des Platzes befand. In einem olivfarbenen Parka saß er neben seiner Staffelei. Er hatte milchkaffeefarbene Haut und kurzgeschorene dunkle Haare, und irgendwie kam mir sein Profil bekannt vor. Neugierig trat ich näher, und der Maler blickte auf, sodass ich ihm ins Gesicht sehen konnte. Es war der junge Mann mit den grünen Augen. Der, der mich darum gebeten hatte, den Friedhof zu verlassen.

«Paris ist ein Dorf», begrüßte ich ihn augenzwinkernd.

Er runzelte die Stirn.

«Wir sind uns gestern schon einmal begegnet. Auf dem Cimetière de Montmartre.»

Ein Ausdruck des Erkennens huschte über sein Gesicht. «Die Heine-Liebhaberin! Hast du gut nach Hause gefunden?»

Ich nickte. «Was machst du hier? Arbeitest du als Porträtmaler?»

Er schüttelte den Kopf.

Ich wartete auf eine weitere Erklärung, aber die erfolgte nicht. «Und warum sitzt du neben einer Staffelei?»

«Ich hüte den Stand für einen Freund. Er holt sich gerade einen Kaffee und ein Croissant aus der Bäckerei dort drüben.» Er zeigte auf ein niedriges Geschäft mit dunkelroter Markise.

«Du malst doch auch.» Ich deutete auf den Block auf seinen Knien.

«Nicht ernsthaft.»

Ich warf einen Blick auf die Zeichnung. Er hatte einen Geschäftsmann skizziert, der mit angespanntem Gesicht und schwingender Aktentasche über den Platz hetzte.

«Findest du kein lohnenderes Motiv als so einen Schnösel?»

Amüsiert hob er die Augenbrauen. «Möchtest du, dass ich dich zeichne?»

«Ich fürchte, ich kann mir dich nicht leisten.» Ich machte eine bedauernde Handbewegung.

«Es wäre umsonst.»

«Trotzdem nicht.»

«Hast du Angst vor dem, was ich sehe?» Er blickte mich herausfordernd an.

«Angst? Ganz bestimmt nicht.» Ich lachte auf und ließ mich auf den Stuhl neben ihm plumpsen. «Muss ich irgendetwas beachten? Den Kopf schief legen? Lachen? Ernst schauen?»

«Sei einfach du selbst.»

Toller Hinweis. Ich war mir nie fremder gewesen als in den letzten Monaten.

Doch den Maler, der vorgab, kein Maler zu sein, störten meine Zweifel nicht. Für eine beunruhigend lange Weile ließ er den Blick aus seinen grünen Augen auf meinem Gesicht ruhen, so als wolle er sich jede Linie, jeden Bogen, jedes noch so winzige Detail einprägen. Sein Blick wanderte tiefer über meinen Schal hinweg zu meinen Brüsten, und obwohl diese von mehreren Lagen Stoff bedeckt waren, rutschte ich nervös auf dem Stuhl hin und her.

«Ist dir heiß?»

«Kann man so sagen.»

«Zieh deine Jacke aus.»

«Nee, lass mal.» Ich winkte ab. Die Situation war auch so schon intim genug. «Fang einfach an.»

Er griff zum Bleistift. Ohne mich noch einmal anzuschauen, ließ er ihn über das Papier gleiten, er schraffierte, zeichnete Kreise, geschwungene Linien, Striche. Seine braunen Hände waren kräftig, sehnig und bestimmt ein wenig rau. Hände, die zupacken, die aber auch ganz zärtlich sein konnten. Zärtlich! Was für ein schnulziges Wort. War ich jetzt endgültig übergeschnappt? Verärgert biss ich mir auf die Lippe. Die Abstinenz, in der ich seit Wochen lebte, setzte mir mehr zu als gedacht.

«Fertig.» Er hielt mir den Block entgegen.

Ich hob skeptisch die Augenbrauen, froh, den irritierenden Gedanken in meinem Kopf entfliehen zu können. «So schnell?» Was hatte er in dieser kurzen Zeit zu Papier gebracht? Ein Strichmännchen? Nein! Ein dreidimensionales Gesicht schaute mich an. Ein Gesicht mit allem, was dazugehörte. Ein … bemerkenswert hübsches Gesicht. Leider hatte es nur eine sehr entfernte Ähnlichkeit mit meinem. Oder sah ich momentan wirklich so frisch und strahlend aus? Vielleicht hatte mir der zweistündige Spaziergang gutgetan. Ich reckte den Hals, um über seine Schulter hinweg in den Spiegel hinter ihm zu schauen, und zuckte enttäuscht zurück. Ich wirkte genauso müde und eingefallen wie während der letzten Wochen.

«Was soll das?» Ich funkelte ihn an. «Das bin überhaupt nicht ich.»

Er hielt meinem Blick stand. «Wenn man die Müdigkeit und den Schmerz wegradiert, schon.»

Ich drehte brüsk den Kopf weg und sprang auf. «Ich muss jetzt nach Hause.»

«Möchtest du das Bild nicht mitnehmen?»

«Behalte es als Erinnerung an die heiße Blondine, die du in mir gesehen hast.» Ich wandte mich zum Gehen, doch der Pseudo-Maler hielt mich zurück.

«Wie heißt du?»

«Mia.»

«Die Unbezähmbare?»

«Darauf kannst du Gift nehmen. Und du?» Warum fragte ich das den Kerl überhaupt?

«Noah. – Der Ruhebringende.»

Der Ruhebringende? Pah. Die Bedeutung des Namens trog. Mir hatte die Begegnung mit ihm keine Ruhe gebracht.

Im Gegenteil.

Kapitel 9

«Nein. Du darfst morgen Abend nicht schon wieder zurück nach Deutschland fahren.» Vincent rang theatralisch die Hände. «Du bist doch gerade erst angekommen, und der Kalender ist noch gar nicht fertig.»

«Die zwei, drei Bilder!» Ich winkte ab. «Die haben wir nach dem Vormittag locker im Kasten. Wir beide sind doch ein gutes Team.»

«Genau deshalb will ich ja auch, dass du noch bleibst. Ich werde dich vermissen.» Er lehnte seine Stirn gegen meine, und gerührt drückte ich ihn an mich.

«He, ihr beiden Turteltäubchen.» Nina war von der Toilette zurückgekehrt. Sie trug eine enge schwarze Hose und einen schwarzen Pullover mit rotem Kussmund darauf. Auf dem Weg durch das Restaurant waren ihr die Blicke sämtlicher Männer gefolgt. Als Dankeschön, dass ich ein paar Tage umsonst bei ihr wohnen durfte, hatte ich sie und Vincent zum Essen eingeladen. Da ich mich nicht auskannte, hatte ich Nina die Wahl des Lokals überlassen. Das *Le Paname* lag in der Nähe der Markthallen in der Rue Pierre Lescot und wurde vorwiegend von Studenten besucht. Normalerweise würde Nina keinen Fuß in einen solchen Laden setzen, da war ich mir sicher. Anscheinend befürchtete sie, dass ich mir nichts anderes leisten konnte. Und damit hatte sie leider recht, denn selbst im *Le Paname* kostete der kleinste Snack eine astronomische Summe.

Ein junges Mädchen mit nachlässig hochgesteckten Haaren trat zu uns an den Tisch und nahm die Bestellung auf.

«Eine Runde Mojitos», orderte ich. «Und für mich das Käse-Schinken-Sandwich.»

Vincent bestellte einen Salat mit Hühnerbruststreifen.

Nina jedoch lehnte ab. «Für mich nichts. Danke.»

«Bist du auf Diät?», fragte ich misstrauisch.

«Nein, nein. Ich habe schon … auf dem Weg nach Hause etwas gegessen.»

«Ich hatte dir doch geschrieben, dass ich euch heute Abend zum Essen einlade.»

Nina wand sich unter meinem Blick. «Ich weiß. Es tut mir auch leid, aber ich hatte so großen Hunger, und …»

«… und jetzt hast du auf einmal keinen mehr? – Bist du magersüchtig?»

«Natürlich nicht.» Nina blitzte mich zornig an. «Sehe ich etwa so aus?»

«Dünn bist du schon.»

«Das sagt die Richtige. Welche Kleidergröße trägst du? 128?»

«Mein Gott», hielt ich dagegen. «Stell dich nicht so an. Das mit der Magersucht war einfach nur so dahingesagt. Ich habe das überhaupt nicht so gemeint. Wobei …» Ich kniff die Augen zusammen. «Getroffene Hunde bellen.»

Nina schnappte nach Luft und setzte zu einer weiteren Bemerkung an, doch Vincent griff beschwichtigend ein. «Streitet euch nicht. Mia macht sich nur Sorgen um dich, Nina. Und du musst zugeben, dass an dir nicht viel dran ist», sagte er im Ton einer Kummerkastentante. «Wenn du also ein Problem hast, dann kannst du es uns sagen. Dafür sind wir ja da.»

«Sag mal, spinnst du jetzt auch? Ich bin weder magersüchtig, noch habe ich ein Problem. Die Einzige an diesem Tisch, die

Probleme hat», Nina machte eine Pause, «ist Mia.» Sie warf ihre langen Locken über die Schulter.

Ich fuhr zurück, als hätte sie mich geschlagen. «Was soll das heißen?»

«Das soll heißen, dass Fee mir alles erzählt hat. Ich weiß, dass du knapp bei Kasse bist. Ich wollte nur nett sein und dir nicht zusätzlich auf der Tasche liegen. Deshalb habe ich nichts zu essen bestellt. Und ich weiß auch von der Sache mit deinem Freund. – Es tut mir leid», fügte sie leise hinzu.

«Kann mich mal jemand aufklären?», fragte Vincent. «Was ist mit deinem Freund?»

Abwehrend hob ich die Hände. «Ich will nicht darüber sprechen. Jedenfalls nicht heute. Heute Abend will ich einfach nur mit euch hier sitzen, Spaß haben und mich an Cocktails betrinken.» Die Kellnerin steuerte mit meinem Toast und Vincents Salat auf uns zu. «Und du», ich wandte mich an Nina, «bestellst dir gefälligst auch etwas zu essen.»

Die erste halbe Stunde nach Ninas und meinem Disput verlief relativ unbehaglich. Nina schwieg die meiste Zeit und stocherte lustlos in ihrem Gemüseteller mit Lachsfilet herum, Vincent redete zwar, wirkte aber ebenfalls deutlich gehemmter als sonst. Doch nach der zweiten Runde Cocktails, die ich zügig nachbestellt hatte, lockerte sich glücklicherweise die Stimmung. Ich berichtete von ein paar besonders kuriosen Gästen aus dem *froh und bunter*, Nina erzählte uns von ihren Exfreunden – einer hatte nur mit ihr schlafen wollen, wenn sie eine Swatch-Uhr, die er ihr geschenkt hatte, am Handgelenk trug. Ein anderer hatte ihr gleich nach dem ersten Date ein Foto seines erigierten Penis geschickt, und wieder ein anderer bestand darauf, dass sie immer barfuß in der Wohnung herumlief, weil Füße ihn anmachten. Vincent lachte so viel, dass er nach dem vierten Cocktail meinte, er müsse am nächsten Tag seine Bauchmuskelübungen nicht machen, weil er jetzt schon Muskelkater habe.

«Kennst du die Bedienung dort hinten?», fragte Nina. Sie zeigte durch die Fensterscheibe nach draußen auf die andere Seite der Straße, wo ein Zelt mit Heizpilzen aufgebaut war. Ich reckte den Hals, doch ich sah nur eine Gruppe Jugendlicher, die vor dem *Le Paname* standen und rauchten.

«Wohl kaum. Ich bin erst vorgestern Abend angekommen.»

«Und morgen fährst du schon wieder.» Vincent legte sein schmales Gesicht in kummervolle Falten.

«Der Kerl starrt die ganze Zeit zu uns rüber.»

«Er wird dich anschauen. Außerdem weiß ich nicht, wen du meinst.»

«Na, den.» Nina zog mich an sich und wies mit dem Zeigefinger schamlos auf einen Mann in rot kariertem Hemd und mit kurzgeschorenen Haaren, der gerade die Straße überquerte und mit einem vollbeladenen Tablett das Restaurant betrat.

«Och nee, nicht der.» Ich sank zurück.

«Du kennst ihn also doch», sagte Nina triumphierend.

«Wir sind uns zweimal begegnet.»

«Gleich zweimal? In der kurzen Zeit?»

«Ich weiß ja auch nicht, warum der Kerl mir ständig über den Weg läuft.»

«Er ist süß.» Nina kicherte und kippte den Rest ihres Caipirinhas hinunter. «Findest du nicht, Vincent? Und er schaut schon wieder her.» Sie hob die Hand und winkte den Kellner heran.

«Was machst du denn?» Ich zerrte ihren Arm herunter. Doch zu spät.

«Drei Cocktails, bitte. Können Sie uns etwas empfehlen?» Nina legte den Kopf schief und drehte sich eine ihrer kastanienfarbenen Locken um den Zeigefinger.

«Sie müssen bei meiner Kollegin bestellen. Ich bin nur für den Bereich draußen zuständig», sagte er entschuldigend. Sein Blick blieb an meinem hängen. «Das ist ja eine Überraschung!»

Nina stöhnte auf. «Ist das ein schlechter Schauspieler! Glaub ihm kein Wort. Er hat dich die ganze Zeit angestarrt», flüsterte sie mir ins Ohr.

Ich schob sie weg. Warum hatte ich ihr nur so viele Cocktails spendiert?

«Ja, ich schon wieder. Beim nächsten Mal musst du mir einen ausgeben», entgegnete ich steif und hätte mir gleich darauf wegen des lahmen Spruches am liebsten die Zunge abgebissen.

Noah rieb sich das glattrasierte Kinn. «Warum nicht sofort? Was möchtet ihr? Ich sage meiner Kollegin Bescheid.»

«Das ist aber lieb.» Nina schenkte ihm ein strahlendes Lächeln. «Setz dich doch zu uns und leiste uns Gesellschaft.»

Ich trat ihr unter dem Tisch gegen das Schienbein.

Noah schaute auf die Uhr. «Ich muss leider noch arbeiten. Aber in zwanzig Minuten ist meine Schicht zu Ende. Wenn ihr dann noch da seid …»

«Das sind wir bestimmt. Der Abend hat schließlich gerade erst angefangen.» Vincent zwinkerte ihm zu.

Na toll! Jetzt fing der auch noch an, mit ihm zu flirten.

Wenig später kam Noah zu uns und stellte ein Tablett mit Longdrinks auf den Tisch. «Ist Cuba Libre für euch okay?»

«Klar.» Ich nahm mir ein Glas.

«Ich hätte lieber einen Sex on the Beach.» Nina klimperte mit ihren dick getuschten Wimpern.

«Nina! Bitte! Es reicht jetzt», sagte ich genervt.

«Wenn es doch nun mal mein Lieblingscocktail ist …» Sie zog einen Schmollmund. «Und Cola vertrag ich so schlecht am Abend.»

«Ich hol dir einen.» Noah wollte sich schon abwenden, doch ich hielt ihn zurück.

«Nein, lass. Unsere kleine Diva wird den Cuba nehmen oder selbst an die Bar gehen und sich etwas bestellen.»

«Es wäre kein Problem, ich könnte ...»

«Nein.» Mein strafender Blick ließ ihn verstummen. Er zog sich einen Stuhl vom Nachbartisch heran und setzte sich zu uns.

«Woher kennt ihr euch eigentlich?», fragte Nina.

«Kennen ist zu viel gesagt.» Ich richtete mich kerzengerade auf. «Wir sind uns zufällig begegnet. Einmal auf dem Cimetière de Montmartre und einmal auf der Place du Tertre.»

«Ich habe Mia gezeichnet.»

«Du bist Künstler?», fragte Vincent. «Das ist toll. Ich möchte Fotograf werden.» Er wandte sich an mich. «Davon hast du uns gar nichts erzählt. Warum hast du uns das Bild nicht gezeigt?»

«Es hat mir nicht ähnlich gesehen. Genau wie du neigt Noah in seinen Werken zum Verschönern.»

Vincent spitzte die Lippen. «Warum auch nicht? Die Realität ist schließlich grau genug.»

«In dem Fall ist es Mia.» Nina prustete los, und auch ich konnte mir ein Lachen nicht verkneifen. Es war wirklich ein schöner Abend.

«Noch einmal werdet ihr beiden euch aber kaum über den Weg laufen», fuhr Vincent fort. «Mia will morgen schon wieder nach München zurück. Ich bin untröstlich.»

«Gefällt es dir nicht in Paris?»

«Ich muss arbeiten.»

«Das stimmt nicht», protestierte Vincent. «Mir hast du erzählt, dass du eine Aushilfe hast, die deinen Laden bis Ende des Jahres übernimmt.»

Wozu braucht man Feinde, wenn man Freunde hat?

«Ich mag die Stadt nicht besonders», gab ich zu.

«Du magst Heine», stellte Noah fest.

«Was hat das eine mit dem anderen zu tun?»

«Wenn der liebe Gott sich im Himmel langweilt, dann öffnet er das Fenster und betrachtet die Boulevards von Paris, hat Heine gesagt.» Er lächelte und nahm einen Schluck von seinem Cocktail.

«Hast du Google in deinem Gehirn installiert?»

Noah runzelte die Stirn.

«Na, weil du so viel weißt», erklärte ich. «Du kennst die Bedeutung meines Namens, du scheinst alles über Heine zu wissen. Braucht man das als Hobbymaler, Bedienung, Friedhofsrausschmeißer?» Ich sah ihn provozierend an.

«Meine Mutter mag Heine. Und die Bedeutung von deinem Namen …» Er zuckte mit den Schultern. «Keine Ahnung, woher ich die kenne.»

«Und ihr seid euch wirklich erst zweimal begegnet?», schaltete sich Vincent in unser Gespräch ein.

Noah und ich beachteten ihn nicht.

«Ich glaube, du hast Paris einfach noch nicht richtig kennengelernt.»

Nicht richtig kennengelernt war gut. Genau genommen kannte ich außer einem teuren Hotelzimmer an den Champs Élysées, einem Stück vom Seine-Ufer und dem Weg von der Metrostation zur Place du Tertre gar nichts.

«Natürlich sind viele Plätze überlaufen und voller Touristen, aber es gibt auch ein ganz anderes Paris.»

«Tatsächlich?» Sollte er ruhig glauben, dass meine Abneigung gegenüber Paris auf den Touristen und dem ganzen Eiffelturm-Kitsch beruhte.

«Du müsstest der Stadt nur eine Chance geben.»

«Oh! Es wäre großartig, noch ein paar andere Plätze zu entdecken, nicht wahr, Mia?», rief Vincent begeistert. «Ich habe mich nämlich zu einem Fotowettbewerb mit dem Thema *L'amour est partout à Paris* angemeldet. Aber Mia ist so streng mit mir und findet all meine Motiv-Vorschläge zu – wie sagtest du noch gleich? – ausgelutscht? Dabei ist sie mein Modell.»

Bitte erwähne nicht vor Noah, dass ich in einem rosafarbenen Tutu und einem Schirmchen in der Hand über ein Brückengeländer balancieren musste und dass ich vor *Le mur des je t'aime* gestanden und Seifenblasen gepustet habe, um die Zerbrechlichkeit der Liebe zu demonstrieren!, betete ich innerlich.

«Na, das wäre doch die Gelegenheit.» Nina riss die Augen auf. «Noah überzeugt dich von der Schönheit der Stadt, Mia, und mit Hilfe deines neuen Insiderwissens gelingt es Vincent vielleicht, den Wettbewerb zu gewinnen. Ich habe nichts dagegen, dich noch ein wenig länger bei mir aufzunehmen», gewährte sie mir großzügig weitere Unterkunft.

«Nein, nein», wehrte ich ab. «Ich habe doch bereits mit diesem Alexander telefoniert und einen Platz in seinem Auto reserviert. Außerdem hat Noah mit all seinen Jobs garantiert Besseres zu tun, als mit mir durch die Stadt zu spazieren und den Tourifführer zu spielen.»

Doch der zuckte nur mit den Schultern. «Zeit hätte ich morgen Nachmittag.» Er drehte den Strohhalm seines Longdrinks zwischen den Fingern, und auf einmal hatte er wieder diesen verlorenen Ausdruck in den Augen. Den, der mir schon auf dem Friedhof an ihm aufgefallen war.

Ach, zum Teufel! Warum eigentlich nicht? Zu Hause wartete sowieso niemand auf mich.

«Dieser Noah ist wirklich süß», sagte Nina, nachdem wir uns von Vincent verabschiedet hatten, der sich in der Stadt noch mit Lou treffen wollte. Sie hakte sich bei mir unter.

«Das hast du bereits erwähnt. – Und jetzt häng dich nicht

so an mich.» Ich stieß ihr den Ellbogen in die Seite. «Wie kann man nach den paar Cocktails nur so besoffen sein? Du hättest mehr essen sollen.»

«Ich bin überhaupt nicht betrunken. Schau!» Sie machte sich von mir los und balancierte im Schein einer Straßenlaterne auf einer imaginären Geraden entlang. Eigentlich war es eher eine Schlangenlinie. «Hey, wenn ich die Tasche vor die Brust halte, sieht mein Schatten aus wie der von Jessica Rabbit. Das ist ja toll. So lange Beine und eine so große Oberweite wollte ich schon immer haben.»

«Ich kenne niemanden, der so oberflächlich ist wie du. Noch nicht einmal Fee.» Belustigt beobachtete ich Nina, wie sie sich in Pose warf und mit wiegenden Hüften vor mir herstolzierte.

«Ich bin nicht schlecht, ich bin nur so gezeichnet worden», imitierte Nina die sündige Zeichentrickfigur und blinzelte mir über die Schulter hinweg zu. «Außerdem lenkst du ab. Dieser Noah scheint dich aus irgendeinem Grund zu mögen. Also greif zu! Ich zumindest würde ihn nicht von der Bettkante stoßen. Schade nur, dass er so wenig redet.»

Ich verdrehte die Augen. «Vincent und du, ihr beiden habt genug für eine ganze Reisegruppe gequasselt.»

Nina ignorierte meinen Rüffel. «Im Grunde genommen ist das gar nicht so schlimm. Ich mag Männer, die geheimnisvoll sind und ein bisschen unnahbar wirken.»

Ich grinste. «Du magst alle Männer. Das behauptet zumindest Fee.»

«Was hat sie dir denn alles über mich erzählt?»

In meiner Handtasche nieste es. Ich zog mein Handy heraus. Das Display zeigte Lillys Namen an. Nachdem Nina, Vincent und ich das *Le Paname* verlassen hatten, hatte ich ihr eine Nachricht geschrieben, dass ich doch noch ein paar Tage länger in Paris bleiben würde.

«Das ist dein Klingelton?» Nina verzog das Gesicht. «Ist das in deinem Alter nicht ein wenig infantil?»

Doch ich beachtete sie nicht. «Lilly! Was gibt's?»

«Ich habe deine WhatsApp gerade gelesen.»

«Ist es ein Problem für dich, dass ich erst kurz vor Weihnachten zurückkomme?»

Lilly lachte. «Natürlich nicht. Im Gegenteil. Ich bin total froh, dass es dir in Paris so gut gefällt und dass du mal rauskommst, nach allem …» Sie verstummte und räusperte sich. «Ich finde es auf jeden Fall eine gute Idee. Die Champs Élysées müssen wunderschön geschmückt sein. Und deshalb …», sie machte eine Pause, «… werden Jakob und ich dich besuchen kommen», kreischte sie so laut in den Hörer, dass ich ihn erschrocken ein Stück von meinem Ohr entfernte. «Ist das nicht phantastisch! Ich habe gerade mit ihm telefoniert und auch schon ein süßes kleines Hotel direkt an der Sacré-Cœur für uns gebucht.»

«Wow. Ja. Also … So schnell habt ihr euch dazu entschieden.»

«Freust du dich denn gar nicht?» Lilly klang enttäuscht.

«Doch. Klar. Es ist nur so … überraschend.» Ich holte tief Luft. «Natürlich freue ich mich», wiederholte ich. «Das wird toll.»

«Was wird toll?», fragte Nina, nachdem ich aufgelegt und das Handy zurück in meine Tasche gesteckt hatte. Ihre Stimme klang auf einmal ziemlich frostig, und ich überlegte, womit ich sie verärgert haben könnte.

«Lilly. Sie und Jakob kommen nächste Woche für ein paar Tage nach Paris.»

«Was?» Nina blieb abrupt stehen und griff nach dem Ärmel meines Wollmantels.

Ich lachte auf. «Keine Sorge. Sie wollen nicht bei dir wohnen. Sie werden in ein Hotel gehen.»

«Ach so. Na dann.» Nina richtete ihren Blick starr geradeaus. «Dann ist ja alles in Ordnung. In meiner Wohnung wäre es für uns alle einfach zu eng geworden.»

Kapitel 10

In der Nacht träumte ich zum ersten Mal seit dem Unfall von Rik. Wir saßen zusammen in einer Art Karussell. In so einem, wie ich es auf dem Oktoberfest gesehen hatte. Es sah aus wie ein überdimensionales Windrad, und an seinen Enden befanden sich Gondeln, die um die eigene Achse rotierten. In meinem Traum stand es mitten auf einer Landstraße, und Rik hatte mich dazu überredet mitzufahren.

Die Fahrt begann harmlos, der Flügel des Windrads schwang lediglich vor und zurück, die Gondeln pendelten nur leicht hin und her. Ich schloss die Augen und ließ mir den Wind um die Ohren wehen. Der Geruch von gebrannten Mandeln stieg mir in die Nase, und ich fragte mich, woher er kam, mitten in der Pampa. Es wurde stürmischer. Der Himmel verdunkelte sich, Wolken zogen auf, und die Gondeln drehten sich plötzlich so schnell, dass ich die Lichter der Autos lediglich als vorbeizischende Blitze wahrnahm. Ich flehte Rik an, die Gondeln anzuhalten. Er wehrte ab, meinte, ich solle mich entspannen. Als ich anfing, heftig an meinem Anschnallgurt zu reißen, lachte er nur. Ein rotes Stück Spitze flog durch die Luft. Ich versuchte, es zu fangen. Zu spät. Kaum hatte ich meine Hand ausgestreckt, war es auch schon fort. Ich musste ihm nach, egal wie. Hektisch griff ich nach Rik, um ihm zu signalisieren, dass er die Gondel irgendwie zum Anhalten bringen sollte. Er lachte weiter. Mit all meiner Kraft rüttelte ich an seinem Arm. Das Riesenrad stoppte abrupt. Endlich! Ich atmete auf. Aber nur für einen Moment, denn mein Anschnallgurt löste sich, und ich wurde in den von drohenden dunklen Wolken überzogenen Himmel geschleudert. Hilfesuchend schaute ich mich nach Rik um, doch er war nicht mehr da. «Mia!», hörte ich jemanden schreien. Ich riss die Augen auf.

Ninas Gesicht war nur wenige Zentimeter von meinem entfernt.

«Was ist mit dir?» Sie umklammerte meine Handgelenke. Ihr Teint war weiß wie der des Pantomimen, der mir beim Pont des Arts die Plastikrose geschenkt hatte.

Ich schüttelte den Kopf, um das Gefühl von Benommenheit loszuwerden. «Ich … ich habe schlecht geträumt.» Mein Herz schlug immer noch heftig.

«Ich habe einen Riesenschreck bekommen. Du hast dich angehört, als würdest du ermordet werden.»

«Das … das tut mir leid. Ich weiß auch nicht … Das war alles so realistisch. Ich … ich bin gefallen.»

«Diese Träume kenne ich», sagte Nina mitfühlend.

«Du?» Auf mich machte sie nicht den Eindruck eines besonders ängstlichen, mit Selbstzweifeln kämpfenden Menschen. Ich räusperte mich. «Was ist mit Vincent? Habe ich ihn mit meinem Geschrei auch aus dem Schlaf gerissen?» Zitternd richtete ich mich auf.

«Seine Zimmertür stand offen. Ich nehme an, dass er auswärts übernachtet hat.» Nina hatte dunkle Ringe unter den Augen, und da ich gestern gesehen hatte, wie gründlich sie sich abschminkte, konnten die nicht von Wimperntusche oder Lidstrich stammen. Überhaupt sah sie ziemlich fertig aus.

Als sie meinen prüfenden Blick bemerkte, drehte sie sich schroff weg. «Ich geh duschen.»

Nicht nur ich hatte schlecht geschlafen.

«Mia! So kannst du dich unmöglich mit diesem hübschen Kerl treffen.» Vincent schlug bei meinem Anblick geschockt die Hände vor das Gesicht.

«Nein?» Dabei hatte ich mich schon weitaus stärker geschminkt als sonst.

«Auf gar keinen Fall.» Vincent schüttelte den Kopf. «Ich gehe sofort meinen Schminkkoffer holen.»

«Deine Nacht scheint nicht besonders anstrengend gewesen zu sein. Du siehst überraschend frisch aus», bemerkte ich, als er wenig später mit allerlei Tuben, Tiegeln und Pinseln bewaffnet vor mir saß und mein Gesicht mit einem feuchten Schwamm bearbeitete. «Kein heißes Date gehabt?»

«Heb dir deine schmutzigen Gedanken für deinen Stadtführer auf.» Er tauchte einen Pinsel in eine Dose mit losem Puder und fuhr mir damit über Stirn, Wangen und Nase. Ich nieste.

«Du wirst uns doch nicht etwa krank werden?»

«Wohl kaum. Kannst du dich nicht etwas beeilen? In einer halben Stunde soll ich an der Place du Tertre sein.»

«Es schadet überhaupt nicht, Männer ein wenig warten zu lassen.»

«Du musst es ja wissen.»

«Außerdem brauchst du nur noch ein bisschen Wimperntusche», er ließ ein schwarzes Bürstchen über meine Wimpern gleiten, «und ein wenig Lippenstift.» Ein nach Ananas duftendes Gloss landete auf meinem Mund. «*Et voilà!*» Entzückt hielt er mir einen Spiegel vors Gesicht, und obwohl er es lange nicht so zugekleistert hatte wie vor unseren Fotoshootings, war ich beeindruckt. Die Schnitte und Kratzer auf meiner Haut hatten Abdeckcreme, Make-up und Puder natürlich nicht vollständig kaschieren können, und ich war noch immer weit davon entfernt, die Frau zu sein, die Noah vor zwei Tagen gemalt hatte. Aber ich sah zumindest nicht mehr wie das kränkliche Gespenst aus, das mich bei meinem letzten Blick in den Spiegel angestarrt hatte. Nein, wirklich. Ich gefiel mir richtig gut. Es war, als hätte man einen hübschen Vorhang vor ein Fenster gehängt, um die traurige Aussicht dahinter zu verdecken. Mit der Kamera in der Hand war Vincent, so leid es mir tat, nur mittlerer Durchschnitt, mit dem Schminkpinsel jedoch war er ein Genie. Ich lächelte ihn an. «Kennst du Pippi Langstrumpf?»

«Natürlich. Warum fragst du?»

«Du erinnerst mich an sie.»

«Habe ich dir aus Versehen Schminke in die Augen gerieben? Ich bin weder sommersprossig noch rothaarig, noch …», er zog mit dem Zeigefinger eine Spirale durch die Luft, «… weiblich.»

«Bei Letzterem bin ich mir zwar nicht so sicher, aber der Rest ist mir klar.» Ich grinste.

«Und worin siehst du dann unsere Ähnlichkeit?»

«Ich finde, ihr habt beide … ein Talent dafür, die Welt … nun ja … ein bisschen bunter zu machen, schöner.» Ich senkte den Blick.

«Wirklich?»

Ich nickte.

«*Mon dieu.*» Vincent wedelte mit der Hand vor seinem Gesicht herum. «Jetzt machst du mich ganz verlegen.» Er drückte mich an sich. «Ich bin froh, dass du nach Paris gekommen bist, Mia aus München.»

«Ich bin ebenfalls froh, dich kennengelernt zu haben, Vincent aus Aix-en-Provence.» Ich verpasste ihm einen Nasenstüber.

Gut gelaunt machte ich mich auf den Weg zur Place du Tertre.

Noah wartete bereits auf mich. Er saß mit einem breitschultrigen dunkelhaarigen Hünen an derselben Stelle wie am Tag zuvor. Als Noah mich sah, stand er auf und begrüßte mich mit zwei Wangenküsschen. Obwohl ich wusste, dass diese Begrüßung unter Franzosen üblich war und überhaupt nichts Intimes an sich hatte, verwirrte es mich, seine Lippen auf meiner Haut zu spüren.

«Das ist Gilles», stellte er mir den Riesen vor. «Mein bester Freund.»

«Mia.» Auch von ihm wurde ich auf die Wange geküsst. Dabei legte er seine Pranke auf meine rechte Schulter, und ich jaulte auf.

Gilles wich zurück.

«Nicht schlimm.» Ich rieb mir das Schlüsselbein. Würde das Ding denn niemals aufhören weh zu tun? «Ich hatte vor ein paar Wochen einen Unfall.»

«Was ist passiert?» Selbst Gilles Stimme war voluminös.

«Das Auto, in dem ich saß, ist ins Schleudern geraten und gegen einen Baum geprallt. Bis auf ein gebrochenes Schlüsselbein bin ich aber zum Glück glimpflich davongekommen.»

«Und der Fahrer?»

«Welcher Fahrer?»

«Du hast gesagt: *das Auto, in dem ich saß*, und nicht: *mit dem ich gefahren bin.*»

«Hab ich das wirklich gesagt?»

Gilles nickte.

«Ich meinte mein Auto. Ich saß allein darin.»

Er wartete ab, ob ich noch etwas sagen würde, doch als das nicht geschah, schlug er Noah auf die Schulter. «Bis später, Alter.»

Bis später? Noah und Gilles wollten sich also am Abend noch einmal treffen. Widerstrebend stellte ich fest, dass Enttäuschung in mir aufstieg.

Noah führte mich über die belebte Place du Tertre hinweg in eine Seitenstraße, und fast sofort wirkte der Montmartre wie ausgestorben. Zwei Mädchen mit Schulranzen auf den Rücken marschierten über das Kopfsteinpflaster und tuschelten miteinander. Ein einzelner Vogel trotzte den winterlichen Temperaturen und ließ immer wieder seinen zirpenden Gesang ertönen. Ansonsten war es für eine so große Stadt erstaunlich ruhig. Noah zeigte mir eine Sonnenuhr an einer der efeubewachsenen Hauswände, ein kleines Restaurant, in dem man ausgezeichnet, aber trotzdem preiswert essen konnte, und das älteste Haus des Montmartre.

«Vor ein paar hundert Jahren hat es ein Komödiant aus Molières Theatergruppe gekauft. Seitdem haben viele Maler, Schriftsteller und Schauspieler darin gewohnt», erklärte er. «Auch der Bildhauer Auguste Rodin.»

«Dann hat Rilke Rodin vielleicht genau in diesem Haus hier besucht!», entgegnete ich entzückt.

«Rilke?»

«Sag bloß, dass dieser Name nicht in deinem Google-Gehirn gespeichert ist», spottete ich. «Rilke ist ein deutscher Dichter. Genau wie Heine. Er kam mit dem Auftrag nach Paris, eine Monographie über den Bildhauer zu schreiben, und hat sich mit ihm angefreundet.»

«Du magst Gedichte?»

Ich nickte. «Meine Aufmerksamkeitsspanne reicht nicht für ganze Bücher. Und über Rilke musste ich in der zehnten Klasse ein Referat halten, weil ich ansonsten in Deutsch eine Fünf bekommen hätte. Ich kann immer noch ein paar seiner Verse auswendig.» Beim Gehen wirbelte ich mit meinen Fellstiefeln die Laubhaufen am Boden auf, so wie ich es als Kind immer getan hatte. «*Wer jetzt kein Haus hat, baut sich keines mehr. Wer jetzt allein ist, wird es lange bleiben, wird wachen, lesen, lange Briefe schreiben und wird in den Alleen hin und her unruhig wandern, wenn die Blätter treiben*», rezitierte ich.

«Stammt das aus einem von Rilkes Gedichten?»

Ich nickte.

«Und was heißt das?»

Ich übersetzte es für ihn.

«Das hört sich schön an.»

«Ja?» Überrascht sah ich ihn an. Ein warmes Gefühl breitete sich in meinem Bauch aus. Ich versuchte, es zu ignorieren, und räusperte mich. «Und? Was gibt es sonst noch Spannendes in diesem Teil von Montmartre zu sehen? Wohnst du auch hier?»

«Nein.» In der Erwartung, dass ich ihm folgen würde, ging er weiter.

Noah brachte mich zu einem Haus mit roter Fassade und grünen Fensterläden. Es war das *Au Lapin Agile*, ein Kabarett mit langer Tradition, das schon Picasso besucht hat. Wir spazierten in der Rue Saint-Vincent durch einen Wald mit steilen Pfaden, ein wahrer Dschungel, mit dem ich in einer Großstadt wie Paris nie gerechnet hätte. Und er führte mich auf den Cimetière Vincent, der an einem sonnigen Hang mitten im Montmartre lag.

Schweigend marschierten wir eine Zeitlang zwischen den Grabsteinen hindurch. Die Aussicht war wunderschön. Da der Friedhof so hochgelegen war, konnte man auf Hausdächer, auf den Turm der Sacré-Cœur, der im Montmartre allgegenwärtig zu sein schien, und auf einen Weinberg blicken. Dieses Viertel überraschte mich immer wieder.

«Jedes Jahr werden die Trauben am zweiten Oktoberwochenende geerntet, und anschließend findet ein großes Weinfest statt», erklärte Noah. «Der Wein schmeckt ziemlich sauer, was die Touristen allerdings nicht stört. Sie legen für eine Flasche Clos du Montmartre trotzdem um die vierzig Euro hin.»

«Schön blöd. – Boah, ist das kitschig.» Vor einem Grab mit einem scheußlichen rosafarbenen Porzellanrosenstrauß blieb ich stehen.

«Dadurch, dass es auf diesem Friedhof kaum Bäume gibt,

ist vor allem im Sommer die Sonneneinstrahlung sehr intensiv. Echte Blumen würden vertrocknen, Blumen aus Plastik verblassen. Früher war das anders. Als die Bewohner des Montmartre noch sehr arm waren, haben sich verliebte Jungs heimlich nachts hierhergeschlichen, um von den Gräbern einzelne Rosen zu stehlen und sie ihrer Liebsten zu schenken.»

Wider Willen musste ich zugeben, dass ich diese Vorstellung sehr romantisch fand.

«Warum hast du eine Rose auf das Grab von Heine gelegt?»

Die Frage kam überraschend. «Ein Pantomime hatte sie mir geschenkt, und ich wusste nicht, wohin mit ihr.»

«Du hättest sie wegwerfen können.»

«Hätte ich. Aber wenn man einem Menschen Blumen aufs Grab legt, zeigt das, dass er unvergessen ist.»

«Du hast traurig dabei ausgesehen.» Noah blickte mich mit seinen grünen Augen aufmerksam an.

«Heines Ende war ja auch traurig. Die letzten Jahre seines Lebens hat er blind und schwer krank in seinem Bett verbracht. – Können wir gehen?»

Einen Augenblick öffnete Noah den Mund, als ob er etwas sagen wollte, doch dann schloss er ihn wieder und lächelte mich an. «Wie du willst.»

«Wow!», entfuhr es mir unwillkürlich, nachdem Noah und ich uns durch Scharen asiatischer Reisegruppen bis zur Place du Trocadéro gekämpft hatten. Denn wie aus dem Nichts heraus stand er plötzlich da: der Eiffelturm. Schwarz und mächtig ragte er in den in zarte Regenbogenfarben getauchten Himmel, und er war so riesengroß, dass die dahinterliegende Silhouette der Stadt wie ein Playmobil-Dorf wirkte.

«Das sagst du bestimmt nicht mehr, wenn du direkt davorstehst.» Noah hatte sich einen schwarz gemusterten Palästinenserschal um den Hals geschlungen und die Hände tief in den Taschen seines Parkas vergraben.

«Ich möchte trotzdem hingehen.» Auch mir war mittlerweile ganz schön kalt geworden, aber bei meinem letzten Besuch in Paris hatte ich den Eiffelturm immer nur aus der Ferne betrachten können.

Noah warf einen Blick auf seine Armbanduhr. Vermutlich hatte ich ihn lange genug aufgehalten.

«Wenn du einen Termin hast, fahr ruhig. Ich finde allein zum Montmartre zurück.»

«Eine halbe Stunde habe ich noch Zeit.»

Ich versteckte mein Kinn in der Wolle meines Schals, um meine Freude darüber zu verbergen. Noah redete zwar nicht viel, aber mit ihm zusammen kam ich mir in Paris weitaus weniger verloren vor als allein.

Wir stiegen eine steile Treppe hinunter, gingen über eine mehrspurige Straße und eine Brücke bis zu dem großen Platz, auf dem der Eiffelturm steht. Eine Schlange von bestimmt hundert Metern hatte sich vor seinem Aufgang gebildet. Auch die vielen Andenkenläden und Straßenhändler, die kitschige Miniaturausgaben des Pariser Wahrzeichens anboten, trugen nicht zu einer besonders stimmungsvollen Atmosphäre bei. Noah hatte recht gehabt. Ich hätte es beim Blick aus der Ferne belassen sollen.

Ein paar Meter weiter bemerkte ich ein nostalgisches Karussell. «Schau mal!» Ich zeigte auf das beleuchtete Gefährt. Ein Junge fuhr auf einem prächtig geschmückten Holzpferd vorbei. Sein kleines Gesicht glühte vor Begeisterung. Er winkte mir zu, und ein wenig verlegen winkte ich zurück. «Als Kind bin ich gerne Karussell gefahren. In Deutschland findet man sie auf Volksfesten allerdings fast nicht mehr.»

«Dann lass die Gelegenheit nicht ungenutzt verstreichen.»

«Ich? Nein, bestimmt nicht.» Ich lachte auf. «Ich bin schließlich nicht mehr fünf.»

«Und die Frau da drüben? Meinst du etwa, sie ist das?» Noah deutete auf eine Asiatin mit langen schwarzen Locken und schrägstehenden Augen. Zu einem grauen Rock trug sie eine rote Strickjacke mit dazu passenden spitzen Pumps. Sie schmiegte sich an den Hals eines Schimmels und lächelte strahlend in die Kamera eines jungen Mannes.

«Die zählt nicht. Die fährt nur, damit ihr Freund ein weiteres Bild auf die Speicherkarte seines Fotoapparats bannen kann. Als Erwachsener Karussell zu fahren ... ich weiß nicht.»

«Du würdest es doch gern machen.» Er zögerte einen Moment und fügte dann halblaut hinzu: «Man sollte jeden Tag etwas tun, wovor man sich fürchtet.»

«Aha. Und was hast du heute Angsteinflößendes getan?»

«Ich habe nicht behauptet, dass ich es immer schaffe.» Noah lächelte mich schief an, und mein Herz machte einen Sprung.

Ohne ein weiteres Wort zu verlieren, griff er in seine Umhängetasche und zog Bleistift und Zeichenblock heraus.

«Muss das sein?» Ich verzog das Gesicht.

«Es wäre ein schönes Motiv für den Kalender deines Freundes. Du als die Liebe auf einem der Pferde. Ich male dich auch im Tutu.»

«Sehr witzig.» Ich hätte ihm nichts von Vincents Vision erzählen sollen. «Na gut. Aber ich fahre nur mit, wenn du nicht wieder Pamela Anderson aus mir machst.»

Ich kaufte mir eine Fahrkarte, und als das Karussell anhielt, kletterte ich auf einen Rappen mit rotem Sattel und feurigem Blick. Krampfhaft hielt ich mich an dem hölzernen Pferdekörper fest. Denn auch wenn nicht davon auszugehen war, dass das Ding auf einmal mit hundert Sachen abgehen würde, der Höllentrip der letzten Nacht saß mir noch in den Knochen. Mein

Gott! Früher konnte mir alles gar nicht schnell, hoch und riskant genug sein, und nun war mir mulmig zumute, weil ich mit einem Kinderkarussell fuhr. War das denn zu fassen? Ja. Diese Antwort gab ich mir selbst. Ich war immer unerschrocken und ohne Auffangnetz durchs Leben getanzt. Aber dann war ich gestürzt, und seitdem hatte ich Angst.

Noah nickte mir aufmunternd zu. Ich wandte den Kopf ab. Das Karussell setzte sich in Bewegung, und ich bemühte mich, nicht in die Gesichter der umstehenden Zuschauer zu schauen. Wie peinlich! Warum hatte ich mich nicht in eine der Kutschen gesetzt? Nach einigen Runden schaffte ich es jedoch, mich zu entspannen, das rhythmische Auf und Ab meines Pferdes zu genießen. Der Wind spielte in meinen Haaren und strich mir sanft über das Gesicht, genau wie in meinem Traum, aber dieses Mal war ich mir sicher, dass die Fahrt nicht außer Kontrolle geriet. Ich schloss die Augen, während ich der Glockenspielmelodie lauschte, und öffnete sie erst wieder, als ich kollektive Aaah- und Oooh-Laute hörte. Nach einer weiteren Drehung wurde mir klar, was der Grund war: Der Eiffelturm war erleuchtet und funkelte mit dem mit Lichterketten geschmückten Platz um die Wette.

Als ich benommen und leicht schwindelig vom Karussell stieg, erwartete mich Noah bereits mit seinem Skizzenblock in der Hand. Er drehte ihn zu mir, damit ich das Bild betrachten konnte. «Zufrieden?»

Beklommen nickte ich. Auf dem Papier war übergroß mein Gesicht zu sehen, im Hintergrund der Eiffelturm. Mein Kopf lehnte an der Stange, an der das Holzpferd befestigt war, auf Wange und Kinn prangten verschorfte Schnitte, aber mein Mund lächelte, meine Augen wirkten verträumt, und dieses Mal – das wusste ich – hatte Noah nicht übertrieben.

«Das war wirklich ein schöner Tag», rief ich aufgekratzt, als Noah und ich kurz darauf in der vollgestopften Metro standen. «Vielleicht schaffst du es ja doch noch, dass ich die Stadt mag.» Ich wartete ab, ob er anbieten würde, mir mehr von Paris zu zeigen, aber Noah lächelte nur.

«An der nächsten Station muss ich umsteigen», sagte er. «Und du?»

«Ich fahre weiter bis Montmartre.» Es fiel mir schwer, mir meine Enttäuschung nicht anmerken zu lassen. «Ganz so leicht kommst du mir aber nicht davon», startete ich einen erneuten Versuch, Noah aus der Reserve zu locken, bevor der Zug in den Bahnhof Charles de Gaulle-Etoile einfuhr und wir uns trennten.

«Wie meinst du das?» Er runzelte die Stirn. So ganz sicher war er sich anscheinend nicht, was nun wohl von mir zu erwarten war.

«Na, ich habe mich überwunden und etwas Mutiges getan, und jetzt bist du dran.» Ich legte den Kopf in den Nacken und klimperte mit meinen Wimpern, wie Nina es immer tat.

Noah räusperte sich. «Ich fürchte, heute bin ich nicht besonders mutig.»

Die Metro hielt mit einem quietschenden Geräusch, er machte einen Schritt in Richtung der sich öffnenden Türen, und gekränkt trat ich zur Seite. Dieser Kerl war so ein Stoffel!

Doch an der Schwelle zur Tür blieb Noah noch einmal stehen. «Ich fand den Tag auch sehr schön», sagte er leise, mit einem Blick, den ich nicht zu deuten wusste, bevor er, ohne sich umzudrehen, zwischen den Jacken und Mänteln der Passanten verschwand.

Verwirrt sah ich ihm nach.

Kapitel 11

In den Straßen des Montmartre wurden die ersten Holzbuden eines Christkindl-Marktes aufgebaut. Weihnachtsbäume und Engel wie in Deutschland gab es keine, dafür waren die Stände reich mit blinkenden Lichtern und beleuchteten Sternen geschmückt. Statt des Geruchs von gebrannten Mandeln zog der von Crêpes durch die engen Gassen. Bei einem Maroni-Mann mit Pudelmütze und fingerlosen Handschuhen kaufte ich eine große Tüte der gerösteten Kastanien, um meinen knurrenden Magen zu füllen und meine kalten Hände zu wärmen.

Widersprüchliche Gefühle tobten in mir. Verärgerung. Besonders oft war es mir noch nicht passiert, dass ich mich einem Kerl auf dem Silbertablett präsentiert und dafür einen Korb bekommen hatte. Ich schämte mich. Was war nur in mich gefahren, mich so anzubiedern? Und nicht zuletzt fühlte ich bei der Erinnerung an Noahs unergründlichen Blick und seine letzten Worte auch immer noch ein leises, sehnsuchtsvolles Ziehen in meiner Brust.

Kurz vor Ninas Wohnung traf ich unter einer Straßenlaterne auf den Mann mit dem zotteligen Hund, der mir bereits einen Tag zuvor begegnet war. Trotz seines wilden, zerlumpten Aussehens jagte er mir dieses Mal keinen Schrecken mehr ein, und wie beim letzten Mal grüßte er mich freundlich. Er saß auf einer Holzbank, hatte eine löchrige Decke um sich und seinen Freund gewickelt, und auf seinem Schoß lag eine Zeitung. Der

Figaro. Ich blieb stehen und streichelte dem Hund über den Kopf.

«Er ist wirklich riesig. Gehört er zu einer bestimmten Rasse?»

Der Mann nickte. «Berlioz ist ein Wolfshund. Ich habe ihn aus dem Tierheim. Sein Vorbesitzer hatte nur eine kleine Wohnung, und Berlioz wurde zu groß dafür.»

«Ist es Ihnen nicht furchtbar kalt hier draußen um diese Jahreszeit?», fragte ich unbeholfen und ärgerte mich im selben Moment über meine naive Äußerung. Der Mann hatte kein Zuhause. Wo also sollten er und sein Hund hin?

Den Clochard störte das nicht. «Berlioz und ich bleiben noch eine Weile hier sitzen und gehen dann zur Arbeit.»

«Wo sind Sie beschäftigt?»

«Ich arbeite nachts als Kontrollposten bei einer privaten Feuerwehr. Tagsüber gehe ich mit Berlioz auf ein Hausboot an der Seine, wo ich mir mit einem anderen Obdachlosen eine Kabine teile. In die normalen Heime komme ich mit dem Hund nicht rein.» Er sagte das ohne jede Scham.

Ich jedoch senkte die Augen und blickte auf die mittlerweile leere Maroni-Tüte in meiner Hand. Ich griff in die Taschen meines Mantels und zog einen zerknüllten Fünfeuroschein hervor. «Hier», sagte ich verlegen, weil ich nicht wusste, ob ich mit dieser Geste den Stolz des Clochards verletzte. «Kaufen Sie eine Dose Futter für Berlioz oder … einen *Figaro* für sich.» Ich drückte ihm das Geld in die Hand, tätschelte noch einmal den Hund und floh in den Hauseingang.

Nina saß mit einer Zeitschrift auf dem Sofa im Wohnzimmer. Kerzen brannten, ein Zimmerbrunnen plätscherte, und es roch nach Orangenschalen.

«Möchtest du auch eins?» Sie hielt ein halb geleertes Glas Rotwein hoch. «In der Küche steht die Flasche.»

Ich nickte. Durch das Küchenfenster konnte ich sehen, wie der Clochard seine Decke sorgfältig zusammenfaltete, sie in eine Plastiktüte steckte und sich dann erhob. Sein Blick streifte die Hausfassade, und ich trat einen Schritt zurück. *Das Mädchen mit den Schwefelhölzern*, ein Märchen von Hans Christian Andersen, kam mir in den Sinn. Ob der Clochard wohl ähnliche Wehmut verspürte wie das kleine Mädchen, angesichts der vielen hell erleuchteten Fenster, hinter denen Menschen lebten, die es warm hatten, die jetzt um diese Zeit vielleicht gerade miteinander am Tisch saßen, aßen und lachten?

Mit dem Glas Wein in der Hand setzte ich mich neben Nina auf das Ledersofa. «Was liest du?»

«Ich schaue mir eine alte Modestrecke in der *Elle* an. Ich war die Redakteurin bei dem Shooting.» Sie drehte eine rotbraune Locke um ihren Zeigefinger. Eine Geste, die ich schon häufiger an ihr beobachtet hatte. «Sind die Models nicht unglaublich jung? Die sehen aus wie Kinder.»

Irritiert blickte ich von den zwei Hochglanz-Blondinen im Cowboy-Outfit zu Nina. «Dann wähl das nächste Mal halt ältere aus.»

«Wenn ich das in der Redaktionskonferenz vorschlage, halten mich meine Chefs für verrückt. Die Models müssen ja schließlich irgendwie in unsere Designerkleider hineinpassen. Und mit Hüften und Brust geht das nicht.»

«Na und? Vielleicht kommen die Typen dann ins Nachdenken, wie krank es ist, Frauen ein solches Schönheitsideal vorzugaukeln. Die Mädels sind dünn wie Briefmarken.»

«Und das aus deinem Mund. Du bist doch selbst so mager.»

«Was soll denn dieser Spruch?» Ich runzelte die Stirn. «Es war doch nur ein Vorschlag. Außerdem kann ich nichts dafür, dass ich so dünn bin. Glaub mir, ich hätte auch lieber ein paar Kilo mehr auf den Rippen.»

Nina hob spöttisch die Augenbrauen.

«Du brauchst gar nicht so zu schauen. Es macht keinen Spaß, in ein Geschäft zu gehen und festzustellen, dass selbst die allerkleinste Erwachsenengröße immer noch an dir herumschlackert. Klar, so rundlich wie Lilly möchte ich auch nicht sein. Etwas dazwischen wäre gut.»

«Echt? Du würdest gerne mehr wie deine Schwester aussehen?», fragte Nina herablassend.

«Sag mal, hast du was gegen sie?» Verärgert richtete ich mich auf. «Immer, wenn ich sie erwähne, zickst du rum.»

Nina schlug die Zeitschrift zu und warf sie auf den Tisch. «Was soll ich denn gegen sie haben? Ich kenne sie kaum.» Sie blinzelte mich unschuldig an. «Und jetzt lass uns nicht mehr streiten. Erzähl mir lieber von deinem Tag. Hat dein heißer Tour-Guide es doch noch geschafft, dein Herz für die Stadt zu erwärmen?»

«Es war nett. Paris hat tatsächlich ein paar schöne Ecken.»

«Wie? Ist das alles?» Nina zog einen Schmollmund. «Wann seht ihr euch wieder?»

«Er hat mich nicht nach meiner Nummer gefragt.»

«Ja und?» Sie kräuselte die Nase. «Wir leben im 21. Jahrhundert. Auch Frauen dürfen die Initiative ergreifen.»

«Ich weiß weder, wo er wohnt, noch glaube ich, dass er bei Facebook oder Instagram angemeldet ist.»

«Du weißt, wo er arbeitet.»

«So viel liegt mir nicht daran, ihn wiederzusehen.»

Sie kicherte. «Klar. Deshalb ziehst du auch deine Stirn wie eine Mundharmonika zusammen.»

«Du meinst wie ein Akkordeon.»

«Was auch immer. Auf jeden Fall siehst du missmutig aus. Und du brauchst gar nicht abzulenken. Gib zu, dass dir dieser Noah gefällt.»

«Er ist mindestens zwei Jahre jünger als ich.»

«Sei froh, dann hast du länger Freude an ihm.»

«Außerdem glaube ich nicht, dass er besonders viel Geld verdient.» Mit diesem Argument würde ich Nina garantiert schachmatt setzen.

Sie verdrehte nur die Augen. «Du sollst ihn ja auch nicht heiraten. Du sollst ein bisschen Spaß mit ihm haben. Und den hättest du bestimmt. Glaub mir, die stillsten Wasser sind die tiefsten. Ich hatte mal einen ...»

«Nicht noch mehr Geschichten», wehrte ich ab. «Der Fußfetischist und der perverse Swatch-Lover haben mir gereicht. Und wenn dir Noah so gut gefällt, geh du doch mit ihm aus.»

«Ich brauche definitiv eine Männerpause. Außerdem hätte ich gegen dich sowieso keine Chance. Das sieht doch ein Blinder mit 'nem Krückstock, dass du ihm gefällst.»

Obwohl ich an dieser Aussage zweifelte, musste ich grinsen. «Woher hast du denn den Ausdruck?»

«Sagt meine Mutter immer. Sieht Noah eigentlich Rik ähnlich?»

Ich zuckte zusammen. «Rik? Nein.» Ich nahm einen Schluck von meinem Wein. «Überhaupt nicht.»

«Wie habt ihr euch kennengelernt, du und Rik?»

«Du bist ganz schön neugierig.»

«Ich interessiere mich halt für meine Mitmenschen.»

«Soso.» Ich stützte den Kopf auf meine Handfläche. «Du darfst aber nicht anfangen zu lachen.»

«Auf gar keinen Fall.» Nina hob die Hand zum Schwur.

«Wir haben uns im P1 kennengelernt.»

«Da gehst du hin?» Ihre Mundwinkel zuckten amüsiert.

«Nicht wenn ich es vermeiden kann. Einer der Typen, mit denen ich um die Häuser gezogen bin, kannte den Türsteher. Sonst wäre ich überhaupt nicht reingekommen.»

«Und wie hat es dir dort gefallen?»

«Wie nicht anders zu erwarten – es war todlangweilig. Lauter unglaublich wichtige Leute in lauter unglaublich teuren Klamotten.»

«Dein Kleidungsstil hat sich seitdem aber erfreulich verbessert.» Nina zeigte auf meine goldfarbene Hose und den engen cremefarbenen Wollpulli.

Ich zuckte die Achseln, was überraschend gut klappte. Meine Schulter schien endlich zu heilen. «Rik meinte, dass Bikerboots, Leggings und Schlabberpullis bei Geschäftsessen mit seinen Kunden nicht so gut ankämen.»

«Du hast deinen Stil ihm zuliebe verändert?» Nina verzog das Gesicht.

«Natürlich nicht. Ich konnte das ganze Schwarz selbst nicht mehr sehen.»

«Und deine Frisur? Solange ich dich kenne, hast du deine Haare immer kurz getragen.»

«Hast du nicht hin und wieder Lust darauf, etwas Neues auszuprobieren? Ich wollte halt auch mal lange Haare haben, mit Extensions ging es schneller. Und ja, Rik habe ich so auch besser gefallen.»

«Hat er dich angesprochen oder du ihn?»

«Er mich. Wir haben nebeneinander an der Bar gestanden, und er hat mir einen Drink ausgegeben.»

«Sehr originell.»

«Ich weiß. Aber das war mir egal. Zwischen Rik und mir, da hat es einfach gepasst.»

«Inwiefern?»

«Bei unserer ersten Begegnung hat er mich nicht nach meiner Telefonnummer gefragt. Er hat mir seine Karte in die Hand gedrückt und gemeint, ich solle mich melden, wenn ich ihn wiedersehen will.»

«An Selbstbewusstsein mangelt es ihm offensichtlich nicht.»

«Das stimmt. Aber ich mag es nicht, wenn Kerle mir nachlaufen. Und Rik hat mir trotzdem immer das Gefühl gegeben, dass er mich total liebt. Er hat alles für mich getan, mir jeden Wunsch erfüllt.»

«Oh ja.» Nina schürzte die Lippen. «Zum Beispiel hat er dir neue Kleider gekauft und dich zum Friseur geschickt.»

«Du sagst doch selbst, dass ich jetzt viel besser aussehe», entgegnete ich bockig.

«Das tust du auch. Trotzdem, irgendwie ist es doch ein bisschen pervers, was wir Frauen alles tun, um Männern zu gefallen.»

«So pervers, wie blutjunge Models mit den Maßen eines Streichholzes in klitzekleine Designerkleider zu stecken und normalen Frauen vorzugaukeln, dass sie genau so aussehen müssen, wenn sie schön sein wollen?» Ich lächelte schief.

«Genau so.» Nina erwiderte mein Lächeln.

Gedankenverloren drehte sie den Stiel ihres Weinglases zwischen den Fingern und beobachtete, wie sich die rote Flüssigkeit im Glas bewegte. Nach einigen Augenblicken hob sie den Kopf. «Glaubst du eigentlich noch an die Liebe, Mia?» Sie richtete ihren Blick auf mich.

Verblüfft sah ich sie an. «Ja. Natürlich. Das tue ich.»

Und diese Antwort überraschte mich selbst.

Kapitel 12

Ein Geräusch an der Fensterscheibe weckte mich. Schlaftrunken schlurfte ich zum Fenster und öffnete es. Ein Steinchen flog an mir vorbei, und ich wich erschrocken zurück.

«Spinnst du!», schimpfte ich.

Noah stand draußen auf der Straße und sah mich zerknirscht an. «Tut mir leid.»

«Was machst du hier um diese Zeit?»

«Dich davon überzeugen, wie schön Paris ist.» Er hielt eine Papiertüte und eine Thermoskanne in die Höhe.

«Woher weißt du überhaupt, dass ich hier wohne?»

«Im *Le Paname* hat mir dein Freund seine Karte gegeben.»

«Vincent!» Ich war geschockt.

Noah legte den Kopf schief. «Für den Fall, dass ich mal Lust auf ein Fotoshooting mit ihm habe.»

«Fühlt er sich von dir auch inspiriert?»

Er lächelte breit und zeigte seine weißen Zähne, die sich deutlich von seinem dunklen Gesicht abhoben. «Komm jetzt runter!»

Unentschlossen blieb ich einige Augenblicke am offenen Fenster stehen. Was fiel dem Kerl eigentlich ein? Er konnte doch nicht in aller Herrgottsfrühe hier auftauchen, mit Steinen um sich schmeißen und dann auch noch verlangen, dass ich mich anzog und mit ihm spazieren ging! Auf der anderen Seite war meine Neugier geweckt. Wo würde er mich hinbringen? Und ein klitzekleines bisschen freute ich mich auch, ihn wiederzusehen. Ich schlug das Fenster zu und zog mich in Windeseile an.

Dick eingepackt wie ein Michelin-Männchen trottete ich kurze Zeit später neben Noah den Montmartre hinauf.

«Hättest du nicht noch ein paar Stunden warten können? Es ist noch nicht einmal acht.»

«Nachher muss ich arbeiten.»

«Im *Le Paname*?»

«In einer Kunsthandlung.» Er reichte mir ein Croissant.

Dankbar nahm ich das warme, duftende Gebäck und biss hinein. Doch so einfach würde ich mich dieses Mal nicht abspeisen lassen. «Du scheinst ziemlich viele Jobs zu haben. Friedhofsrausschmeißer, Bedienung, Verkäufer. Wäre es nicht einfacher, dir eine einzige Arbeitsstelle zu suchen?»

«Paris ist teuer.»

«Nina hat mir schon erzählt, dass die Mieten der absolute Wahnsinn sind. Hier bezahlt man sogar noch mehr als in München. Zeigst du mir heute, wo du wohnst?», versuchte ich es mit einem Frontalangriff.

Sein Gesichtsausdruck wurde verschlossen. «Ein anderes Mal, okay?»

Noah führte mich über die Place du Tertre und steuerte auf die Sacré-Cœur zu, deren weißer Turm unwirklich wie eine Fata Morgana zwischen den Hausdächern aufragte.

«Wohin gehen wir?»

«Warte es ab.»

«Geduld ist keine meiner hervorstechendsten Charaktereigenschaften.»

«Manchmal macht sich das Warten bezahlt. – Zumindest hoffe ich, dass es sich für dich lohnt.» Verlegen senkte er den Blick, was ich irgendwie süß fand.

Wir ließen die Sacré-Cœur und die Treppenstufen, die zu

ihr hinaufführten, links liegen und gingen auf eine Aussichtsplattform zu, die einsam im frühen Morgenlicht dalag. Und als wir dort standen und hinuntersahen, verstand ich, was Noah mit seinen Worten gemeint hatte. Unendlich weit breitete sich Paris zu meinen Füßen aus, und zwischen all den winzigen Häuschen ragte der imposante dunkle Eiffelturm in den Himmel auf. Zarte Nebelschwaden schwebten über der Stadt, und hinter den Hausdächern lugte wie ein überdimensionaler Ball die Sonne hervor. Andächtig lehnte ich mich gegen das Geländer, einen Becher heißen Kaffee in der Hand, und beobachtete, wie sie immer höher stieg und den Himmel mit ihren feurigen Strahlen bemalte.

«Und? Was sagst du?», fragte Noah, als die Sonne über unseren Köpfen stand und das Orangerot des Himmels einem sanften Blau gewichen war.

«So leicht ist es nicht, mein Herz zu gewinnen», neckte ich ihn.

«Hast du … morgen Nachmittag vielleicht Zeit? Ich muss erst am Abend arbeiten.»

«Leider nicht. Da bin ich komplett verplant.» Ganz so einfach wollte ich es ihm nicht machen.

«Schade.»

Ich wartete ab, ob noch etwas folgen würde, aber Noah schwieg.

«Vielleicht am Samstag?», schlug ich resigniert vor. Meine üblichen Spielchen funktionierten bei diesem Kerl einfach nicht.

Sein Gesicht erhellte sich. «Da habe ich den ganzen Tag frei.»

Widerwillig gestand ich mir ein, dass mich seine offensichtliche Freude rührte.

Eine helle Sopranstimme, begleitet von Harfenmusik, drang aus dem Inneren der Eglise Saint-Pierre, einem unscheinbaren

Gebäude, das gegenüber der weißen Zuckerbäckerkirche auf der anderen Straßenseite lag.

«Die hat ja schon auf», bemerkte ich überrascht, denn die Sacré-Cœur war abgeschlossen gewesen. «Hast du noch einen Moment Zeit?»

Noah bejahte, und angelockt von den wehmütigen Tönen, zog ich ihn hinein.

Im Inneren der Kirche roch es muffig und ein bisschen nach Weihrauch. Teelichter flackerten in den Seitenschiffen, und auf der Empore saß ein älterer Mann hinter einer Harfe. Ich kannte die Melodie, die er spielte: Leonard Cohens *Hallelujah* in der Version von Jeff Buckley. Die Sopranistin neben ihm hatte die Augen geschlossen, ihr Gesichtsausdruck wirkte entrückt. In ihrem dunklen Mantel stand sie mit gefalteten Händen da, nur ihr Mund bewegte sich und brachte so wundervolle, engelsgleiche Töne hervor, dass ich eine Gänsehaut bekam.

«Ist das nicht schön?», wisperte ich Noah zu. Ohne darüber nachzudenken, ob er diese Geste als erneuten Annäherungsversuch empfinden könnte, drückte ich seine Hand, und dieses Mal entzog er sich mir nicht.

«Maybe there's a God above», sang die Frau. Sonnenstrahlen fielen durch die Buntglasfenster auf mein Gesicht, und obwohl ich nicht gläubig war, wünschte ich mir in diesem Moment, dass es stimmte – und dass es mehr Dinge zwischen Himmel und Erde gab, als ich es mir bisher vorstellen wollte.

In der Nacht von Freitag auf Samstag war sintflutartiger Regen auf die Straßen von Paris gestürzt, und ich befürchtete schon, dass unser Treffen buchstäblich ins Wasser fallen müsse. Aber als Noah mich um zehn Uhr abholte, hatte die Sonne die dicken, dunklen Wolkenkissen zum Glück fast vollständig vertrieben und versprach einen schönen Tag. Noah entführte mich in ein

Viertel im 14. Arrondissement, wo es entzückende Ecken mit fast dörflichem Charakter gab. Wir durchstreiften das schicke Quartier Latin, ein Studentenviertel, wo neben der Sorbonne zwei weitere Universitäten zu finden waren, aßen Käse und Baguette in der Rue Mouffetard, einer gewundenen, engen Marktstraße. Im jüdischen Viertel bestellten wir am späten Nachmittag Falafel bei einem Straßenhändler und beobachteten eine Gruppe von Männern, die in formeller Kleidung und mit Hüten auf den Köpfen aus einem Hauseingang traten – selbst die Kinder, die sie an der Hand hielten, trugen schwarze Anzüge. In der Rue des Mauvais Garçons, der *Straße der bösen Jungs*, suchte ich dann vergeblich nach Vincents blondem Bürstenschnitt. Ninas Mitbewohner hatte mir nämlich erzählt, dass er hier öfter ausging.

«Konnte ich dich heute von den Vorzügen der Stadt überzeugen?», fragte Noah, als wir in der Pizzeria Caruso saßen und den Tag bei Pizza und Bier ausklingen ließen.

«Es ist nicht schlecht», antwortete ich gedehnt, «aber Weinberge und Sonnenaufgänge gibt es überall.»

Noah nahm einen Schluck von seinem Bier. «Du möchtest also, dass ich dir etwas zeige, was es nur hier gibt?»

«Zumindest wenn du willst, dass ich angemessen beeindruckt bin.» Ich grinste ihn an.

«Morgen muss ich nur um die Mittagszeit arbeiten. Wir könnten uns um drei vor dem Pont des Arts treffen.»

«Hast du nichts Besseres zu tun, als an deinen freien Tagen mit mir abzuhängen?»

«Nein.» Noah lächelte, und ich merkte, dass eine verräterische Röte meinen Hals hinaufkroch.

«Vincent hat versprochen, mittags für Nina und mich zu kochen. Gib mir deine Handynummer. Ich melde mich, wenn wir mit dem Essen fertig sind.»

«Ich habe kein Handy.»
«Im Ernst?»
«Ich brauche keins.»
«Für Situationen wie diese wäre es ganz nützlich.»
«Ich bin um drei da. Es ist nicht schlimm, wenn es ein bisschen später wird.»

Was ist mit deiner Festnetznummer oder E-Mail-Adresse?, hätte ich am liebsten gefragt, aber Noah hatte etwas an sich, das mir deutlich machte: *Bis hierhin und nicht weiter.* Hier war eine Grenze, die nicht überschritten werden durfte, und so gab ich mich geschlagen. Schließlich wollte ich ihn nicht heiraten, um es mit Ninas Worten auszudrücken.

Als ich am nächsten Tag wie verabredet zum Pont des Arts kam, war Noah noch nicht da. Ich wanderte langsam über die Brücke und betrachtete noch einmal die bunte Ansammlung von Liebesschlössern. Kam es mir nur so vor, oder waren es noch mehr als bei meinem letzten Besuch? Auch wenn es die sprichwörtliche Nadel im Heuhaufen war – ein wenig wurmte es mich schon, dass ich das Schloss von Rik und mir nicht gefunden hatte. Ich ging in die Knie und nahm ein auffälliges rotes Schloss in die Hand. Es gehörte Emil und Ella – *The greatest Love of all.* Ich schnaubte. Natürlich. Was auch sonst? Ein weiteres Schloss war mit kleinen Blümchen bemalt. *Sabine und Leo für immer* war darauf eingraviert. Auf Riks und meinem hatten nur unsere Namen gestanden und das Datum, an dem wir uns kennengelernt hatten, der 25. Juni. Eine Träne schlich sich in meinen Augenwinkel, und ich blinzelte sie hastig weg.

«Entschuldige die Verspätung», hörte ich Noahs atemlose Stimme in meinem Rücken. «Ich bin nicht früher losgekommen.»

Ich zuckte zusammen und blickte zu ihm auf.

«Was ist mit dir?» Erschrocken kniete er sich neben mich.

«Nichts.» Ich schüttelte den Kopf. «Hab nur was ins Auge bekommen. Eine Fliege oder sonst ein kleines Dreckvieh.»

«Sicher?»

«Ganz sicher.» Abrupt stand ich auf und wischte mir mit der Hand hastig über die Augenwinkel. «Was hast du denn heute vor?»

Auch Noah erhob sich. «Du hast doch gesagt, dass ich dir etwas zeigen soll, was es garantiert nur in Paris gibt.»

Ich schnäuzte mir die Nase. «Und wo soll das sein?»

«Im Jardin du Luxembourg.»

«In einem Park? – Was soll es um diese Jahreszeit da schon groß geben, außer Enten und Bäumen ohne Blätter?»

«Lass dich überraschen!»

«Ist es das, was du mir zeigen wolltest? Du hast eines deiner Kunstwerke hier ausgestellt?», fragte ich Noah und ließ meinen Blick über die vereisten Skulpturen und Installationen im Jardin du Luxembourg wandern. Ein scharfer Wind zerrte an meinen Haaren, und ich griff in meine Manteltasche, um eine Mütze herauszuholen.

Noah schüttelte den Kopf. «Ich male nur zum Spaß.»

«Dann ist bereits dein Spaß viel besser als vieles, was sogenannte Künstler produzieren. Was bitte soll das da sein?» Ich zeigte auf eine weiße Plastiknase, die aus einem Teich ragte. «In meiner Keramikwerkstatt schauen manchmal auch so komische Vögel vorbei.»

«Dir gehört eine Keramikwerkstatt? Das hast du gar nicht erzählt.»

«Du hast mich nicht gefragt. Du fragst mich überhaupt ziemlich wenig. Willst du gar nichts von mir wissen? Wir sind doch so etwas Ähnliches wie … Freunde.»

«In zehn Tagen fährst du zurück nach Deutschland.»

«Ich könnte wiederkommen.» Hatte ich das tatsächlich gerade gesagt?

«Hast du Paris jetzt doch in dein Herz geschlossen?», fragte Noah belustigt.

«Paris nicht unbedingt. Aber ... einige seiner Bewohner schon. Ich habe eine ganze Menge netter Leute kennengelernt», fügte ich eilig hinzu.

«Wenn das so ist», Noah blinzelte kurz, «dann erzähl mir alles über dich. Alter, Geburtsort, Konfession.»

«Was bringt es dir, wenn du weißt, dass ich katholisch bin?»

«Erzähl mir etwas von deiner Familie. Hast du Geschwister?»

«Drei Schwestern. Helga, Fee und Lilly. Lilly ist meine Zwillingsschwester. Sie hat sich im Sommer von ihrem Mann getrennt und führt jetzt ein Café im Englischen Garten, das direkt neben meiner Keramikwerkstatt liegt.»

«Sieht sie dir ähnlich?»

«Überhaupt nicht. Keine meiner Schwestern sieht mir besonders ähnlich.» Ich holte mein Handy aus der Handtasche, zog meine Handschuhe aus und scrollte im Fotoalbum nach unten, bis ich fand, was ich suchte. «Hier sind wir alle vier drauf. Lilly ist die in dem voluminösen Brautkleid, Helga, meine älteste Schwester, ist die mit dem Babybauch, und die Barbiepuppe mit den High Heels und dem engen Kleid ist Fee.»

«Die ähnelt dir schon ein wenig.»

«Hey, pass auf, was du sagst.»

«Du siehst auf dem Foto ganz anders aus als jetzt.»

«Ja, meine Haare. Damals waren sie noch kurz.»

«Hat dir gut gestanden.»

«Findest du?»

«Und du warst schwarz angezogen.»

«Ich mag Schwarz. Die Farbe ist so unkompliziert. Wenn man morgens vor dem Schrank steht, muss man nicht lange überlegen, was man anzieht.»

«Warum habe ich dich noch nie darin gesehen?»

«Es war Zeit für eine Veränderung.»

«Was ist mit deinen Eltern?»

Ich öffnete ein weiteres Foto. Es war ebenfalls auf Lillys Hochzeit entstanden. Dad hielt Milla im Arm. Sosehr er strahlte, so frostig war ihr Gesichtsausdruck. Schon damals hatten sie sich nur noch gestritten. «Das sind sie. Aber die beiden sind nicht mehr zusammen. Mein Vater hat eine Freundin, die Gertrud heißt und sogar noch älter ist als er selbst. Das war ein Skandal, sag ich dir.»

«Was ist mit deiner Mutter?»

«Sie wohnt seit fast einem Jahr bei ihrem Freund in Irland.»

«Vermisst du sie?»

«Klar. Aber an Weihnachten kommt sie für eine Woche nach Hause. – Hast du Geschwister?» Ich erwartete eine ausweichende Antwort, doch zu meiner Überraschung nickte Noah.

«Zwei Schwestern. Elena ist zwölf und Jessy fünfzehn.»

«Woher kommen deine Eltern? Aus Frankreich bestimmt nicht.»

«Doch. Meine Mutter jedenfalls. Meine Großeltern stammen aus Algerien, sind aber übergesiedelt, als mein Vater noch ganz klein war. Deshalb hat er sich nie so recht als Algerier gefühlt. Als er meine Mutter heiratete, ist er zum Christentum konvertiert. Für meine Großeltern war das am Anfang eine mittlere Katastrophe. Inzwischen haben sie es aber akzeptiert – was ich ihnen hoch anrechne. In einem Menschen den Menschen zu sehen, unabhängig von dem, was er glaubt, ist für viele nicht einfach.»

«Erzähl mir mehr von ihnen.»

«Erst muss ich dir etwas zeigen. Wir sind da.» Vor einem Kinderspielplatz und einem Karussell blieb er stehen.

«Und was soll hier sein, was es sonst nirgendwo gibt?» Ich blickte mich um.

«Das Karussell.»

«Das Karussell.» Ich verzog das Gesicht. «Von den Dingern gibt es doch Tausende.»

«Nicht so eins.»

Wir gingen näher, und neugierig betrachtete ich es. Das Karussell war deutlich älter als das, das vor dem Eiffelturm stand. Es war weniger prächtig, und von den meisten Tierfiguren blätterte der Lack ab. Außerdem war es außer Betrieb.

«Es ist das Karussell aus dem Gedicht deines Lieblingsdichters, diesem Rilke», erklärte Noah, als ich ihn immer noch begriffsstutzig anstarrte.

«Nein! Das gibt es noch?» Entzückt trat ich näher. Mit diesem Wissen gewannen die schäbigen Tiere eine ganz andere Bedeutung.

Ich sah die bunten Pferde – *aus dem Land, das lange zögert, eh es untergeht* –, den bösen roten Löwen, den Hirschen mit dem Sattel auf dem Rücken, ich sah die vielen kleinen Kinder, die auf ihnen ritten, hörte ihr Lachen …

«Und? Was sagst du?», fragte Noah und wirkte dabei ein wenig stolz. «Dieses Karussell findest du nur in Paris und nirgendwo sonst.»

«Stimmt. Aber etwas fehlt.»

«Was?»

«Der weiße Elefant, von dem Rilke schreibt. Ohne ihn ist das Karussell nicht vollständig.»

Noah schüttelte amüsiert den Kopf. «Du bist schwer zufriedenzustellen.»

«Dir ist es gelungen», entgegnete ich mit einem schiefen

Grinsen. «Danke.» Ich stellte mich auf die Zehenspitzen und küsste ihn auf die Wange. «Danke, dass du es mir gezeigt hast.»

Verdutzt schaute er mich an. Seine Augen verdunkelten sich. Langsam hob er die Hand, und einen Augenblick sah es aus, als ob er mich an sich ziehen und küssen wolle. Aber er strich mir nur mit den Fingerspitzen eine Strähne aus dem Gesicht.

«Hast du auch so einen Hunger wie ich?», versuchte ich mich in Smalltalk zu retten, um meine Verwirrung über diese Geste zu überspielen.

«Ja.» Noah senkte den Blick und musterte intensiv die Spitzen seiner ausgetretenen Doc Martens. «Nur ein paar Meter entfernt liegt das *Cupcake & Macaron*. Das ist das kleinste Cupcake-Geschäft von Paris. Wenn du Lust hast, können wir dort hingehen.»

Gemeinsam verließen wir den Park.

Kapitel 13

«Oh, là, là! Da sieht aber jemand frisch und ausgeschlafen aus», begrüßte mich Vincent, als ich am nächsten Morgen völlig verschlafen im Schlafanzug und mit wirr abstehenden Haaren die Küche betrat. «Da ist es wohl gestern etwas später geworden.»

«Spar dir deinen Sarkasmus. Ich bin schon um zehn ins Bett gegangen.»

«Und nun ist es ebenfalls zehn.» Vincent riss die Augen auf. «Du hast zwölf Stunden am Stück geschlafen!»

«Acht.» Vier Stunden hatte ich mich schlaflos in den Laken herumgewälzt und die Szene im Jardin du Luxembourg gefühlte tausend Male nacherlebt.

«Und das Leuchten in deinen Augen? Hat das etwas mit deinem Paris-Führer zu tun?»

«Nein.» Ich wollte Vincent nichts vom gestrigen Tag erzählen. Schließlich verstand ich mein Gefühlschaos selbst nicht. Früher hatte ich kaum etwas anbrennen lassen, so ziemlich alles ausprobiert, was ich vor mir selbst vertreten konnte. Und das war einiges. Mein Gott! Ich war mit Männern ins Bett gegangen, von denen ich noch nicht einmal den Vornamen kannte. Und nun stand ich völlig neben mir, weil mir ein Kerl eine Haarsträhne aus dem Gesicht gestrichen hatte?

«Aber ihr habt euch doch gestern schon wieder getroffen», hakte Vincent nach. Er goss mir einen Kaffee ein und stellte Baguette, Butter und Erdbeermarmelade auf den Tisch.

«Nur um auf Motivjagd für deinen Kalender zu gehen», sagte ich so unbeteiligt wie möglich.

«War was Schönes dabei?»

«Hinter dem Pont de Sully gibt es eine gepflasterte Tanzfläche, wo sich Singles und Paare im Sommer zum Tangotanzen treffen. Gerade jetzt wäre das vielleicht ein hübsches Motiv. Ich tanze im rosa Tutu einsam in der winterlichen Landschaft.» Bei dieser Vorstellung musste ich schmunzeln. «Nicht, dass ich darauf besonders scharf wäre, aber es würde zumindest zum Stil der sonstigen Fotos passen.»

«Genial. Wir müssen unbedingt mal wieder einen Termin für ein Fotoshooting ausmachen. Ich bin gestern mit Lou durch das Marais-Viertel spaziert. Dort gibt es auch ein paar hübsche Ecken.»

Ich lächelte. «Mit dir und Lou, das klingt nach etwas Ernstem. Ihr beide trefft euch ziemlich oft.»

«Oh ja! Erst dachte ich, wir wären nur gute Freunde, aber jetzt …» Vincent strahlte glücklich. «Verrückt, nicht wahr!»

«Und wann lerne ich ihn kennen?

«Wen?»

«Lou.»

Vincent starrte mich entgeistert an. «Du meinst *sie*?»

«Was?»

«Wann lernst du *sie* kennen», wiederholte er.

«Sie? Lou ist eine Frau?» Ich musste mich verhört haben.

«Ja. Eigentlich heißt sie Louisa. Hast du geglaubt, dass ich schwul bin?»

«Bist du es nicht?»

«Nein. Komisch, dass das so viele denken.»

Meinte er das ernst? «Eventuell liegt es an deinem Kleidungsstil.»

«Findest du ihn zu exzentrisch?»

«Er ist zumindest recht pink.» Ich zeigte auf sein Shirt. *Be awesome!* stand darauf.

«Nun ja. Ich bin Künstler. Und Pink ist meine Lieblingsfarbe. Du denkst, ich sollte meinen Stil ändern?»

«Auf keinen Fall. Wenn diese Louisa dich liebt, dann liebt sie dich auch in Rosa!» Schweigend saßen wir eine Zeitlang nebeneinander und tranken unseren Kaffee. «Bist du wirklich kein bisschen schwul? Nicht einmal bi?» Um ihn nicht ansehen zu müssen, bestrich ich mein Baguette dick mit Butter und Erdbeermarmelade.

«Nein, leider nicht.» Betrübt schüttelte er den Kopf. «Dabei mag ich Männer. Ich finde sie attraktiv. Ich möchte nur nicht mit ihnen schlafen.»

«Genauso geht es mir mit Frauen. Vielleicht bist du metrosexuell. Wie David Beckham. Schwul leben – hetero lieben. Lautet so nicht auch der Titel eines Buches?»

«Muss ich denn unbedingt etwas sein?»

«Du hast recht.» Ich drückte seine Hand. «Du bist ein toller Kerl. Das reicht völlig. Also, wann lerne ich deine Lou kennen?»

«Wir gehen heute Abend zusammen aus. Und ich nehme dich gerne mit. Aber nur wenn du mir sagst, woher dieses Dauerstrahlen kommt.»

«Das ist mein ganz normaler Gesichtsausdruck. Ich bin eben ein freundlicher Mensch.»

«Nein, das bist du nicht.» Vincent lächelte schelmisch. «Und als du nach Paris kamst, warst du ziemlich durch. Also … Was hat zu deiner plötzlichen Wandlung geführt? Oder sollte ich fragen: wer?» Er trommelte mit den Fingerspitzen auf den Tisch und sah mich abwartend an.

Einen Moment hielt ich seinem Blick stand. Dann schaute ich weg. «Vincent, die Sache zwischen mir und meinem Exfreund ist so beschissen zu Ende gegangen», sagte ich leise. «Und auch wenn ich jetzt einigermaßen darüber hinweg bin – glaub mir, ich habe kein Interesse daran, mich in nächster Zeit neu zu verlieben.»

«Ach, du Arme.» Vincent legte den Arm um meine Schultern. «Wir müssen dringend für Ablenkung sorgen, damit die Falte zwischen deinen Augenbrauen nicht noch tiefer wird. Und ich weiß auch schon, wie.»

Fragend schaute ich ihn an.

«Wir gehen shoppen. Hilft immer. Bei mir zumindest.»

Zwei Stunden und elf Boutiquen später war ich wieder in der Wohnung. Nina stand mit Puck auf dem Arm vor mir und musterte skeptisch mein neues Wollkleid und die Schnürstiefel. «Warum um Himmels willen hast du Vincent mit zum Einkaufen genommen und nicht mich?»

«Gefällt es dir nicht?»

«Doch, doch. Es sieht super aus. Aber hast du nicht erst vor kurzem behauptet, dass du das ewige Schwarz nicht mehr sehen kannst? Und … dass dein Kleidungsstil mittlerweile etwas schicker ist? Mehr Lady, weniger Tramp.»

Ich verdrehte die Augen. «Die Sachen haben mir einfach gefallen. Sorry, dass ich vorher nicht zum Psychologen gegangen bin, um mich beraten zu lassen. – Und jetzt komm! Vincent und Lou warten bestimmt schon auf uns.» Ich schlüpfte in Jacke und Handschuhe und band mir einen Schal um den Hals. Nina setzte Puck in sein Körbchen und stöckelte mir auf ihren High Heels hinterher. In der einen Hand trug sie eine auffällige rot karierte Tasche, in der anderen eine Plastiktüte.

«Schickes Accessoire», zog ich sie auf, doch Nina ignorierte meine Sticheleien.

«*La Taverne de Montmartre.* Wie um Himmels willen ist Vincent auf die Idee gekommen, sich gerade dort mit uns zu verabreden? Von außen sieht der Schuppen ziemlich … ländlich aus.»

Ich schmunzelte. «Bestimmt warten drinnen ein paar heiße Kerle in Holzfällerhemden auf dich.»

«Hoffentlich nicht. Sonst kann ich für nichts garantieren. Als ich das letzte Mal Sex hatte, war Michael Jackson noch am Leben.»

«Echt?»

«Gefühlt.»

«An Interessenten mangelt es dir garantiert nicht.»

«Das stimmt. Aber ich bin es einfach leid …»

«… wahllos durch die Gegend zu vögeln?»

Nina lachte auf. «Ich hatte gerade über eine etwas niveauvollere Formulierung nachgedacht.»

Der riesige Wolfshund des Clochards tauchte hinter einer Hausecke auf und blieb hechelnd vor uns stehen. Ein paar Meter weiter, auf derselben Bank wie beim letzten Mal, erkannte ich seinen Besitzer.

«Vor dem brauchst du keine Angst zu haben. Der Hund ist ganz harmlos», beruhigte ich Nina.

Die kreischte weder entsetzt auf noch versuchte sie, das sabbernde Monster zu verscheuchen. Im Gegenteil!

«Berlioz!», rief sie. Sie klopfte sich auf die Oberschenkel, und der Hund galoppierte mit großen Sprüngen auf sie zu.

«Ihr kennt euch?», fragte ich verwundert.

«Das ist Pucks Freund.» Sie griff in die Plastiktüte und holte einen Knochen heraus. Der Hund nahm ihn vorsichtig und lief schwanzwedelnd zu der Holzbank zurück.

«Bonsoir, Claude», begrüßte Nina seinen Besitzer.

«Bonsoir, Nina.» Die beiden lächelten sich an, und mir fielen fast die Augen aus dem Kopf.

«Vom Fenster aus habe ich gesehen, dass du wieder da bist.

Meine Freundin und ich müssen leider gleich weiter, weil wir noch eine Verabredung haben, aber ich habe dir und Berlioz etwas mitgebracht.» Sie reichte ihm die Tüte, und der Clochard namens Claude bedankte sich erfreut.

«Du weißt, wie er heißt?», fragte ich verblüfft, nachdem Nina und ich um eine Hausecke gebogen waren und uns außer Hörweite befanden.

«Na ja, Puck hat einen Narren an seinem Hund gefressen. Da kommt man zwangsläufig miteinander ins Gespräch.» Nina hob die Hände. «Und jetzt schau mich nicht an, als wäre ich Mutter Teresa. Ich habe lediglich ein paar Reste zusammengepackt. Außerdem werden Obdachlose in Frankreich lange nicht so stark kriminalisiert wie in Deutschland. Hier gehören sie irgendwie dazu.»

Ich hakte mich bei ihr unter. «Weißt du was?»

«Was?»

«Früher fand ich dich dämlich, aber langsam glaube ich, dass du trotz deines hohlen Getues ein wirklich netter Mensch bist.»

Nina hob ironisch die Augenbrauen. «Wow! Das ist ein ganz tolles Kompliment. Jetzt muss ich glatt aufpassen, dass ich vor lauter Rührung nicht anfange zu weinen.»

«Nichts zu danken.»

«Bevor du nach Paris kamst, konnte ich dich auch nicht leiden.» In stillem Einvernehmen steuerten wir auf das rustikale Lokal aus grobgehauenem Naturstein zu.

«Vincent ist schon da», rief Nina, nachdem sie durch die mit Kunstschnee besprühte Fensterscheibe geblickt hatte.

Ich öffnete die knarzende Holztür, und wir traten ein. Wärme schlug uns entgegen und der verheißungsvolle Geruch von Steak und Bratkartoffeln. Mir knurrte der Magen.

«Da seid ihr ja endlich!» Vincent sprang auf. Eine schlaksige Blondine mit kunstvoll zerzausten Haaren und knallroten

Lippen saß neben ihm. «Ich dachte schon, ihr versetzt uns.» Er hauchte Nina und mir rechts und links ein Küsschen auf die Wange.

«Und wo ist dein Freund?», erkundigte sich Nina.

Vincent sah sie stirnrunzelnd an. Ich presste die Lippen zusammen, um nicht laut loszuprusten.

«Meinst du Lou?», fragte er vorsichtig.

«Ja. Den wolltest du uns heute vorstellen.»

Vincents hübsche Begleitung brach in schallendes Gelächter aus. Elegant schlängelte sie sich von ihrem Stuhl. «Ich bin Lou. Louisa.» Sie reichte Nina die Hand.

«Hör auf herumzugiggeln», fuhr Nina mich an.

Ich wischte mir die Lachtränen aus den Augenwinkeln. «Sorry. Es war zu komisch. Du bist immer so auf Contenance bedacht. Und dann dieser Satz! *Wo ist dein Freund?* Ich schmeiß mich weg.»

«Warum hast du mir nicht gesagt, dass Lou eine Frau ist?»

«Ich dachte, du wüsstest es. Du wohnst schließlich schon seit Monaten mit Vincent zusammen.»

«Nein, das wusste ich nicht.» Nina lehnte sich gegen die Toilettenwand und vergrub ihr Gesicht in den Händen. «Ich habe mich vor ihm ausgezogen, ich habe ihn *Herzchen* genannt, und dann steht er auf Frauen. – Meinst du, dass er wenigstens bi ist?»

«Genau das habe ich ihn auch gefragt.»

«Und?» Ninas Gesicht bekam einen hoffnungsvollen Ausdruck.

«Fehlanzeige. Stockhetero.» Ein erneuter Lachkrampf schüttelte meinen Körper.

«Du bist gemein.» Nina schlug mit einem Papierhandtuch nach mir. «Hast du ihn etwa nicht für schwul gehalten?»

«Natürlich habe ich das», keuchte ich. «Vincent trägt grüne Pullis mit Rosen drauf und pinkfarbene Turnschuhe, und er bemalt seine Fingernägel mit Klarlack. Was sollte ich sonst denken?»

«Und dann so eine Frau. Hast du gesehen, was für Schuhe sie trägt? Es sind Louboutins.»

«Aha.»

«Christian Louboutin», erklärte Nina. «Das ist ein französischer Designer. Seine Schuhe sind megateuer. Und diese Louisa kann sogar darin gehen. Ich bin neidisch.» Sie zog einen Schmollmund. «Lass uns reingehen. Die beiden fragen sich bestimmt schon, wo wir sind.»

«Moment.» Ich tupfte mir die letzten Spuren der verwischten Wimperntusche vom Gesicht, zog die Lippen nach und holte tief Luft. Als meine Hand den Türgriff umschloss, brach ich jedoch erneut in schallendes Gelächter aus.

«Jetzt nimm dich zusammen!» Nina rammte mir den Ellbogen in die Seite. «So lustig war das Ganze auch wieder nicht.»

Der erste Teil des Abends verlief zäh. Ich fachsimpelte mit Vincent und Lou, die als Set-Designerin arbeitete, über Fotografie, Nina saß schweigend daneben und hatte anscheinend immer noch damit zu kämpfen, dass sie monatelang in knappen Negligés vor Vincent herumgetanzt war. Doch irgendwann entspannte sich die Lage. Was zum Teil dem Alkohol zu verdanken war, zum Teil aber auch an Lou lag, die nicht nur nett und unkompliziert, sondern auch wirklich lustig war.

«Unverschämtheit!», zischte mir Nina zu, als Lou nach dem riesigen Steak und dem Berg Kartoffel-Wedges, die sie bereits verdrückt hatte, noch eine Crème Caramel bestellte. «Die isst wie ein Scheunendrescher und ist trotzdem schlank wie eine Frühlingszwiebel.» Sie selbst hatte mal wieder nur einen Salat geordert und sogar das Dressing weggelassen. Angeblich weil sie zurzeit einen empfindlichen Magen hatte. Da dieser Magen anscheinend nur gegen feste Nahrung rebellierte, kaufte ich Nina ihre Ausreden nicht mehr ab. Und obwohl sie von uns allen mit Abstand am wenigsten getrunken hatte, hatte sie bereits eine schwere Zunge.

«Ich muss mal für kleine Mädchen.» Vincent schob seinen Stuhl zurück. «Kann ich euch drei einen Moment allein lassen, ohne befürchten zu müssen, dass mein Platz danach von gutgebauten Kerlen belagert wird?»

Ich verdrehte die Augen – für kleine Mädchen, gutgebaute Kerle … das würde doch kein heterosexueller Mann sagen –, aber Lou schien sich an dieser Äußerung nicht zu stören. Im Gegenteil. «Ist er nicht niedlich?», sagte sie, kaum dass er verschwunden war.

«Sehr.» Nina nickte. «Was ich mich allerdings frage … Vincent und du, ihr seid so unterschiedlich …»

Oh nein! Mir schwante Schlimmes. «Das kannst du doch gar nicht sagen! Schließlich arbeiten Vincent und Lou beide in einer kreativen Branche. Will noch jemand etwas zu trinken bestellen?», versuchte ich das Gespräch in eine andere Richtung zu lenken.

Doch Lou beachtete mich nicht. «Wie meinst du das?», erkundigte sie sich stirnrunzelnd.

«Zum Beispiel euer Größenunterschied …», fuhr Nina fort. «Wenn du deine Louboutins anhast, reicht Vincent dir kaum bis an die Augenbrauen, und er ist so …» Sie drehte eine Locke um ihren Finger und dachte über ein passendes Wort nach.

Wehe, du sagst tuntig! Ich warf ihr einen drohenden Blick zu.

«… feminin.»

Auch nicht viel besser. Ich stöhnte auf. Wenn wir das nächste Mal ausgingen, würde ich Nina Alkoholverbot erteilen.

Lou aber blieb bemerkenswert cool. «Red Klartext, Prinzessin. Dich interessiert, was ich an ihm finde, nicht wahr?»

Nina nickte verdattert.

«Weißt du», Lou beugte sich zu ihr vor, «bevor ich mit Vincent zusammenkam, hatte ich einen Freund, der nicht besonders nett zu mir war. Er war ein richtiges Arschloch, um genau zu sein. Er hat mich belogen und betrogen, und hätte ich nicht rechtzeitig den Absprung geschafft, dann hätte er mich garantiert auch geschlagen.»

Nina räusperte sich betreten. «Das tut mir leid.»

«Das muss es nicht.» Lou strich sich eine Strähne hinter das Ohr. «Früher war ich selbst nicht besonders nett zu Männern. Und ohne diesen Macho-Arsch wüsste ich Vincent vielleicht gar nicht zu würdigen.» Sie lächelte. «Und um deine Frage zu beantworten: Er passt gut auf mein Herz auf. Ist das nicht das Einzige, was zählt?»

«Das stimmt», murmelte Nina und senkte die Augen.

Vor einiger Zeit noch hätte ein solcher Satz bei mir Würgreize ausgelöst. Jetzt berührten mich Lous Worte. *Er passt gut auf mein Herz auf.* Das war ... schön, gleichzeitig aber auch traurig. Ich hatte Rik so sehr geliebt. Er aber hatte sich nicht groß um mein Herz gekümmert, und bei den meisten Männern vor ihm hatte ich ebenfalls nicht den Eindruck gehabt, dass sie diesem Organ besondere Beachtung schenkten.

Als ich mit Nina, Lou und Vincent um Mitternacht den Heimweg antrat, war es so kalt geworden, dass der Atem vor meinem Mund kleine Wölkchen bildete, und in der Luft lag der Geruch von Schnee. Ich blickte zwischen den Hausdächern hindurch auf den sichelförmigen Mond und dachte über den Abend nach. So unbeschwert und ausgelassen hatte ich mich lange nicht mehr gefühlt, und es musste Monate her sein, dass ich das letzte Mal so viel gelacht hatte.

Trotz allem, was in Paris mit Rik vorgefallen war, fühlte ich mich wohl hier. Nicht wegen der Stadt selbst. Mir gefiel es wegen der Menschen, die ich kennengelernt hatte. Wegen Nina, wegen Vincent und auch wegen Noah. Er würde auf das Herz seiner Freundin aufpassen.

Kapitel 14

«Was für ein wunderschönes Haus!», rief Lilly entzückt. «Der Naturstein, der Efeu, und es gibt sogar einen kleinen Garten!»

«Ich wusste, dass es dir gefällt.» Ich umarmte sie fest und atmete den Maiglöckchenduft ihres Parfums tief ein. Auch wenn ich Angst davor hatte, dass mit ihr die Erinnerung an Rik zurückkommen würde – ich hatte meine Schwester vermisst. «Lass uns reingehen.»

«Ist Nina da?», fragte Lilly auf dem Weg zur Wohnung. Zwischen ihren Augenbrauen bildete sich eine kleine Falte.

«Ja, ihr geht es nicht gut. Sie hat sich für heute krankschreiben lassen.»

«Die Arme. Wäre es nicht besser, wenn wir in ein Café gehen und dort plaudern?» Obwohl sich Lilly um einen neutralen Ton bemühte, hörte ich deutlich die Anspannung in ihrer Stimme.

«Quatsch. Sie liegt schon den ganzen Tag im Bett. Vermutlich freut sie sich über Ablenkung.»

Die Falte auf Lillys Stirn vertiefte sich.

«Sie ist lange nicht mehr so doof wie noch vor ein paar Jahren.»

«Ich habe nie behauptet, dass ich etwas gegen sie habe.»

Ich verbiss mir die Bemerkung, dass Lilly genau diesen Eindruck erweckte. «Wo hast du eigentlich Jakob gelassen?»

«An seinem Handy. Er hat gerade ein neues Projekt angeboten bekommen. Dieses Mal in Edinburgh.»

«Wollte er sich nicht eine Firma in München suchen?»

Lilly seufzte. «Das ist in seiner Branche nicht so einfach. Aber sein Chef meinte, wenn er das Edinburgh-Projekt annimmt, stünden die Chancen gut, dass er danach zumindest für ein paar Monate von München aus arbeiten kann.»

«Das ist toll.»

«Wie man es nimmt.»

Ich öffnete die Wohnungstür, und Puck stürzte kläffend auf uns zu. Begeistert darüber, Gesellschaft zu bekommen, sprang er an uns hoch. Er war nicht gerne allein.

Lilly nahm das haarige Knäuel auf den Arm, und seine kleine rosa Zunge fuhr ihr über das Gesicht. «Du bist einfach ein Süßer», kicherte sie, und ich hatte den Eindruck, dass sich ihre Anspannung ein wenig legte.

«Kaffee?»

«Ja.» Sie setzte sich auf die Couch, und Puck rollte sich neben ihr zusammen.

«Was stört dich eigentlich an Jakobs neuer Stelle?», rief ich ihr von der Küche aus zu, während ich Ninas vollautomatische Maschine betätigte. «Dass sie in Edinburgh ist? Mit dem Flieger dauert es bis nach Schottland bestimmt nicht länger als bis nach Spanien.»

«Edinburgh ist nicht das Problem. Das Problem ist, dass Jakob gleich im neuen Jahr dort anfangen soll. Wir müssen also bereits morgen Abend zurück, weil er noch eine ganze Menge Vorbereitungen treffen muss.»

Ich nahm unsere Tassen und brachte sie ins Wohnzimmer. Erst jetzt fiel mir auf, wie blass und mitgenommen Lilly aussah.

«Hey, lass dir die Laune davon nicht verderben», versuchte ich sie aufzuheitern, obwohl ich selbst enttäuscht war. Ich drückte sie an mich. «Wir machen es uns trotzdem nett.»

«Warst du schon am Eiffelturm?»

«Ja, aber der Platz davor ist total zugebaut und überlaufen.» Ich zog eine Grimasse. «Paris hat schönere Ecken.»

Ich erzählte ihr von dem Weinberg mitten im Montmartre, von der kleinen Kirche neben der Sacré-Cœur und dem Karussell im Jardin du Luxembourg.

«Paris tut dir gut», stellte Lilly lächelnd fest. «Du siehst viel besser aus als vor deiner Abreise.»

«Du nicht.» Ich betrachtete sie prüfend. «Ist etwas mit dir?»

«Nein, nein. Ich bin nur müde.»

«Viel zu tun im Café?»

«Es geht so. Um diese Jahreszeit verirren sich nicht besonders viele Touristen in den Englischen Garten. Aber das *froh und bunter* läuft hervorragend. Diana hat mir gestern erst erzählt, dass dein Laden während der kompletten Adventszeit an allen Nachmittagen ausgebucht ist.»

Da ich mein Konto bereits zu Beginn des Monats überzogen hatte, hätte mich diese Nachricht eigentlich freuen sollen. Doch München, das *froh und bunter*, meine Sorgen und Probleme – all das schien Lichtjahre entfernt. «Und was gibt es Neues von zu Hause?»

«Nichts», sagte Lilly belustigt. «So lange bist du schließlich noch nicht weg.»

«Es kommt mir vor wie eine Ewigkeit. – Ist Dad immer noch mit Gertrud zusammen?», fragte ich hoffnungsvoll.

«Wo denkst du hin?»

«Schade.»

«Sie feiert Weihnachten mit uns.»

«Das ist nicht dein Ernst!» Entgeistert sah ich Lilly an. «Was sagt Milla dazu?»

«Sie wird Ian mitbringen. Das hatte sie angeblich aber schon vorher beschlossen.»

«Ian kommt auch? Wir feiern Weihnachten also mit Gertrud,

Dad, Milla und Ian zusammen? Und da behauptest du, es gibt nichts Neues!» Ich sollte Nina fragen, ob ich noch ein wenig länger bleiben dürfte, dachte ich.

Es klingelte, was von Puck laut bellend kommentiert wurde.

«Das wird Jakob sein.» Ich stand auf und ging zur Tür. Auf dem Weg dorthin stieß ich mit Nina zusammen, die im Jogginganzug aus ihrem Zimmer geschlurft kam. Sie blickte erst mich, dann Lilly verblüfft an. «Ich habe gar nicht mitbekommen, wie ihr reingekommen seid.» Sie fuhr sich mit beiden Händen hektisch über ihre Haare, um sie zu glätten.

«Schön, dich zu sehen!» Lilly erhob sich ebenfalls von der Couch und umarmte Nina. «Das ist ja ein tolles Haus, in dem du wohnst.» Ihre Stimme klang schrill.

Nina zog ein Gesicht, als hätte man ihr Essig eingeflößt. «Wollt ihr nicht aufmachen?» Sie löste sich aus Lillys Umarmung.

«Ach!» Meine Schwester machte eine wegwerfende Handbewegung. «Das ist Jakob. Und es schadet nichts, wenn man Männer ein bisschen warten lässt.» Sie kicherte albern.

Nina fuhr zurück. Ich sah ihr deutlich an, dass sie am liebsten in ihr Zimmer geflohen wäre – vermutlich war es für sie undenkbar, ungeschminkt und im Jogginganzug einem männlichen Wesen gegenüberzutreten –, aber sie bewahrte Haltung. «Allzu lange sollte man sie aber auch nicht allein lassen.» Sie betätigte den Türöffner.

Wenige Sekunden später trat Jakob ein. Er war außer Atem, so als ob er den ganzen Weg gejoggt wäre. «Entschuldigt, dass es so lange gedauert hat. Ich musste noch einiges klären. – Grüß dich, Schwägerin.» Er drückte mich an sich. Dann bemerkte er Nina. «Hey, dich habe ich ja ewig nicht mehr gesehen.» Er küsste sie auf die Wangen, und Nina sah, wenn das überhaupt möglich war, sogar noch weniger begeistert aus als Lilly. Was war nur mit den beiden los? Waren Jakob und Nina einmal miteinander in der Kiste gewesen? Ich nahm mir vor, Fee eine WhatsApp zu schreiben und sie danach zu fragen.

«Möchtet ihr noch einen Kaffee?», fragte ich, um die seltsame Stimmung aufzulockern.

Nina schüttelte den Kopf. Mit verschränkten Armen lehnte sie sich gegen die Wand und wusste ganz offensichtlich nicht, was sie tun sollte. Auch Lillys Miene wirkte unbehaglich.

«Hast du auch Wasser?», fragte Jakob und ließ sich auf das Sofa fallen. «Was ist mit euch?» Sein Blick wanderte zwischen Nina und seiner Freundin hin und her. «Setzt ihr euch, oder bleibt ihr für den Rest des Abends stehen?» Von den Spannungen im Raum schien er nichts mitzubekommen. Männer!

Im Flur hörte ich Schritte. Vincent kam ins Wohnzimmer. Er trug ein enges, weit aufgeknöpftes schwarzes Hemd, mehrere Ketten und eine Hose aus Kuhfell-Imitat.

«Oh! Sie sind schon da», stellte er entzückt fest. Vincent liebte Gesellschaft genauso sehr wie Puck. «Herzlisch willkommen in Paris», begrüßte er Lilly und Jakob überschwänglich auf Deutsch. Sein Blick blieb an Lilly hängen, und seine Mundwinkel zuckten. Er zog das Handy aus der Gesäßtasche seiner furchtbaren Hose und tippte etwas darin ein. Dann zwinkerte er mir zu. «*Mon dieu*, Mia, deine Schwester sein genauso hübsch wie ihr.»

Ich verdrehte die Augen. Nichts wie weg!

«Lilly, Jakob! Aufstehen!», kommandierte ich. «Wir fahren zum Eiffelturm und gehen dann eine Runde Schlittschuh laufen.»

«Du hast mir gar nicht gesagt, dass du jemanden kennengelernt hast.» Lilly runzelte die Stirn.

«Hast du etwas dagegen, dass er nachher zu uns stößt?»

«Warum sollte ich? Ich wundere mich nur, dass du mir nicht früher von ihm erzählt hast.»

«Noah ist nur ein guter Freund.»

«Wie dein Mitbewohner?», fragte Lilly ironisch.

«Genau», bekräftigte ich.

«Nur dass er nicht schwul ist.»

«Das ist Vincent auch nicht.»

Lilly hob die Augenbrauen.

«Wirklich. Er hat eine Freundin. Eine richtig hübsche sogar. Sie heißt Louisa.» Ich rechnete damit, dass meine Schwester sich über diese Enthüllung gebührend überrascht zeigen würde, aber sie war mit ihren Gedanken bereits wieder ganz woanders und starrte ungewohnt düster vor sich hin.

So schweigsam kannte ich sie gar nicht. War ihre schlechte Laune Jakobs ehemaligem Techtelmechtel mit Nina geschuldet? (Fee hatte mir prompt geantwortet und bestätigt, dass ich mit meiner Vermutung richtiglag.) Oder rührte sie daher, dass ihr Paris-Trip durch Jakobs Jobwechsel schon zwei Tage früher als geplant ein Ende finden musste?

Ich wusste, wie sehr sie sich darauf gefreut hatte, mit Jakob Hand in Hand auf Schlittschuhen über die Eisfläche an der Place du Trocadéro zu gleiten. Nun aber hatte sie sich bereits nach wenigen Runden an den Rand verzogen und auch den erleuchteten Eiffelturm kaum eines Blickes gewürdigt.

«Ist zwischen dir und Jakob alles okay?», erkundigte ich mich.

«Warum fragst du?»

«Du redest kaum mit ihm. Und wenn, zickst du ihn an.»

«Ich bin nur müde», wiederholte sie, was sie schon am Nachmittag gesagt hatte. «Ich habe die letzten Tage nicht besonders gut geschlafen.»

«Gehst du noch zu deiner Therapeutin, zu dieser Vogelpohl?»

«Nein.» Lilly schüttelte vehement den Kopf. «Meine Schlafstörungen sind ja schon viel besser geworden. Es ist nur …» Sie zögerte einen Moment. «Ich … ich wollte es dir nicht am Telefon sagen …»

Jakob kam auf Schlittschuhen herangeschossen und bremste so abrupt vor uns ab, dass Lilly und ich von Eiskristallen eingestäubt wurden.

«Spinnst du!», schimpfte meine Schwester und wischte sich die Wassertropfen aus dem Gesicht.

«Vielleicht macht dich die kleine Eisdusche ein bisschen fitter.» Er grinste frech und küsste Lilly auf den Mund.

Sie wandte den Kopf ab. Als sie meinen fragenden Blick bemerkte, setzte sie ein gezwungenes Lächeln auf und legte den Arm um Jakob. «Habt ihr auch so einen Hunger wie ich? Lasst uns zu Ladurée gehen und eine heiße Schokolade trinken und Macarons essen. Ich muss wissen, was die Konkurrenz treibt.»

In einem Gedicht von Joseph von Eichendorff wandert jemand durch eine festlich geschmückte Stadt und stellt schließlich fest, dass der eigentliche Geist der Weihnacht auf einem Feld außerhalb der Stadtmauern zu finden ist. Es war eines meiner Lieblingsgedichte, denn ich hasste die Hektik und die Enge, die in der Adventszeit in den Fußgängerzonen und auf den Weihnachtsmärkten herrschte. Und wie dekadent das alles war! Auf den Champs Élysées war es besonders schlimm. In der Auslage von Dior tanzten Minipüppchen in Designerkleidern. Zwei Teenie-Mädchen von höchstens vierzehn Jahren standen gelangweilt davor und schienen auf jemanden zu warten. Die eine hatte ein iPhone in der manikürten Hand, eine Louis-Vuitton-Tasche baumelte an ihrem Arm, und der Pelzkragen an der Jacke der anderen war garantiert echt. Ein paar Meter weiter saß ein Obdachloser. Er spielte *Petit Papa Noël* auf seiner Mundharmonika, doch nur wenige der mit Designertüten beladenen Passanten blieben stehen, um ihm etwas in den Hut zu werfen. Frohe Weihnachten! Angewidert verdrehte ich die Augen.

Ganz anders reagierte meine Zwillingsschwester. Lilly blühte in all dem Pomp und Kommerz auf. Sie bewunderte die tanzenden Tiere und Puppen im Schaufenster der prächtig geschmückten Galeries Lafayette, Burberrys überdimensionale Weihnachtskugeln, die Weihnachtslandschaft in Rosé und Grün bei Hermès und vor allem die zu Weihnachtsbäumen aufgeschichteten Macarons von Ladurée, der Pariser Nobelkonditorei, nach deren Vorbild sie ihr Café eingerichtet hatte. Bereits ein einziges dieser winzigen kunterbunten Gebäckstückchen kostete knapp drei Euro. Eine Summe, bei der mein ohnehin schon schmaler Geldbeutel entsetzt aufschrie. Ich wollte jedoch kein Spielverderber sein und bestellte mir ein Pistazien-, ein Kirsch- und ein Vanille-Macaron. Obwohl ich ihren quietschbunten Farben zunächst nicht traute, schmeckten sie überraschend gut, füllten aber meinen Magen kaum aus.

«Bestell dir noch etwas», sagte Lilly, der wohl mein hungriger Blick auffiel. «Ich lade dich ein.»

Ich schüttelte den Kopf. Um hier satt zu werden, hätte ich die komplette Auslage verdrücken müssen. Sie konnte mir auf dem Weihnachtsmarkt etwas zu essen spendieren. Jakob feixte. Sein Geschmack war genauso wenig exklusiv wie meiner.

Um sechs hatte ich mich mit Noah vor der Metrostation Concorde verabredet. Nervös fragte ich mich, ob ich ihn in dem Menschengewirr überhaupt finden würde, aber zum Glück stand er bereits da. Anscheinend wartete er schon länger, denn er hatte sich die Kapuze über den Kopf gezogen, die Hände tief in die Taschen seines schneebedeckten Parkas gesteckt und sah ganz verfroren aus. Voller Zuneigung sah ich ihn an.

«Ist er das?», fragte Lilly.

«Ja.»

«Sieht nett aus.»

Ich nickte.

«Hey, du wirst ja rot.» Sie stupste mich in die Seite. «Ist er doch mehr als ein guter Freund?»

«Ich bin noch nicht so weit.»

Noah begrüßte meine Zwillingsschwester und meinen Schwager in spe verlegen. Er sprach nur wenig Deutsch, und Lilly konnte kein Französisch. Aber mit Jakob, der, wie überall auf der Welt, auch in Paris schon einige Monate gelebt hatte, konnte er sich unterhalten, und die beiden verstanden sich gut. Wir bummelten eine Zeitlang über den Weihnachtsmarkt, Jakob und ich bekamen endlich etwas Handfestes zu essen, und als wir auf die Place de la Concorde zurückkehrten, zog uns Lilly zu dem beleuchteten Riesenrad.

«Ich würde wahnsinnig gerne die Stadt von oben betrachten. Wie sieht es bei euch aus?»

Jakob war sofort dabei. Auch Noah hatte nichts dagegen.

«Bist du schon mal damit gefahren?»

Er schüttelte den Kopf.

«Warum nicht?»

«Es gibt Dinge, die man als Einheimischer nicht macht. Oder gehst du in München jedes Wochenende ins Hofbräuhaus zum Biertrinken?»

«Nein.» Ich lachte auf. Was mich amüsierte, war jedoch weniger der Gedanke an Münchens wohl berühmteste Touristenattraktion als Noahs nüchterne Antwort. Jakob hätte garantiert mit den Augen gezwinkert und gesagt, er habe bisher nur nicht die richtige Begleitung dafür gefunden.

Angesichts der Tatsache, dass mir vor einigen Tagen die Fahrt auf einem Kinderkarussell Schweißausbrüche verursacht hatte, konnte mich die Aussicht, in einer Gondel meterweit über dem

Boden zu pendeln, zuerst nicht begeistern, aber da musste ich wohl durch.

Wir kauften unsere Tickets und reihten uns in die Schlange der Wartenden ein. Als Lilly, Jakob, Noah und ich an der Reihe waren einzusteigen, blieb ich abrupt stehen.

«Wie blöd. Jetzt muss ich tatsächlich auf die Toilette. Fahrt ihr schon mal», sagte ich zu meiner Schwester und ihrem Freund. «Noah kann in der Zeit für mich anstehen, und wir nehmen eine der nächsten Gondeln.»

«Das ist aber schade!», rief Lilly enttäuscht. «Ich dachte, wir fahren alle zusammen.»

Ich hob bedauernd die Hände. «Die Natur fordert nun einmal ihr Recht.»

«Musstest du wirklich auf die Toilette, oder wolltest du nur mit mir alleine sein?», fragte Noah verschmitzt, als ich kurz darauf zurückkam.

Erstaunt musterte ich ihn. Das waren ja ganz neue Töne! Hatte Jakob so schnell auf ihn abgefärbt?

«Leider muss ich dich enttäuschen. Ich wollte, dass meine Schwester und ihr Herzblatt ein paar romantische Momente für sich haben. Bei ihnen ist heute irgendwie der Wurm drin.» Bei unserem Weihnachtsbummel hatte ich einmal beobachtet, wie Jakob Lillys Hand nehmen wollte, doch sie hatte sie ihm entzogen und sich stattdessen bei mir eingehängt.

Die nächste Gondel hielt, und Noah und ich stiegen ein. Beruhigt fuhr ich mit der Hand über ihre dicke Glasscheibe. Ich würde mir einfach vorstellen, in einem Bus zu sitzen. Die ersten Sekunden war ich zwar noch etwas angespannt, aber bald nahm das glitzernde Lichtermeer unter mir auch mich gefangen, und ich presste meine Stirn gegen das Fenster und schaute hinaus. Im Spätsommer hatte Rik mich zum Sunset-Menü in das Drehrestaurant im Olympiaturm eingeladen. Der Ausblick über das nächtliche München war großartig gewesen, doch dieser war besser. Gerade hatte es sieben Uhr geschlagen, und wie zu jeder vollen Stunde glitzerten am Eiffelturm unzählige Lichter. Die futuristische Allianzarena in München mit ihrem wechselnden Farbenspiel war zwar auch spektakulär anzusehen, aber mit dem Pariser Wahrzeichen konnte sie nicht mithalten. Rik! *Ach, Mann.* Warum musste ich immer noch an ihn denken?

Wieder auf festem Boden angekommen, warteten Lilly und Jakob auf uns. Die Augen meiner Schwester waren gerötet, und Jakob machte ein verschlossenes Gesicht.

«Wir fahren ins Hotel», erklärte Lilly. «Damit wir morgen für weitere Schandtaten bereit sind.» Sie lächelte mich gezwungen fröhlich an.

So früh schon, wollte ich protestieren, doch Lillys gequälter Gesichtsausdruck hielt mich zurück. Betreten blickte ich ihr und Jakob nach, wie sie, ohne einander zu berühren, in Richtung Metrostation gingen und über die Rolltreppe in ihrem schwarzen Schlund verschwanden.

«Normalerweise sind die beiden besser gelaunt», entschuldigte ich meine Zwillingsschwester und ihren Freund bei Noah.

«Möchtest du auch nach Hause?»

«Ich weiß nicht.» Unentschlossen blickte ich auf die umhereilenden Menschen und auf die opulent geschmückten Bäume rund um die Place de la Concorde. «Eigentlich bin ich noch nicht müde, aber ich bin ein ziemlicher Adventsmuffel.» Ich erzählte ihm von dem Eichendorff-Gedicht, mit dem ich mich so gut identifizieren konnte.

«Hm.» Noah legte die Stirn in Falten. «Mit einem einsamen Feld kann ich mitten in Paris nicht dienen.» Er dachte einige Augenblicke nach. Dann erhellte sich sein Gesicht. «Ich glaube, ich weiß einen Platz, der dir gefallen könnte.»

«Hier?»

«Wir müssen ein Stück fahren.» Er nahm mich an der Hand, und wir gingen zur Metro.

An den Händen hielten wir uns auch noch, als wir den Parc des Buttes Chaumont im 19. Arrondissement erreichten. Der Park sei Ende des 19. Jahrhunderts von Napoleon dem Dritten zur Weltausstellung künstlich angelegt worden, erzählte mir Noah. Trotz der spärlich beleuchteten Wege erkannte ich, wie hügelig das Gelände war. Unsere Schritte knirschten, der Wind raschelte in den Zweigen der Laubbäume, und hin und wieder fiel Schnee von einem der blattlosen Äste. Ansonsten war es still. Und einsam. Auf unserem Weg durch den Park waren wir lediglich einem einzigen Jogger begegnet, der ungeachtet der eisigen Temperaturen seine Runden drehte.

An einem See blieb Noah stehen. In seiner Mitte ragte ein hoher, zerklüfteter Felsen auf, und wie ein Adlerhorst thronte auf dessen Spitze ein Tempel. Mit seiner Kuppel und den Säulen erinnerte er mich an den Monopteros im Englischen Garten. Eine schmale, wenig vertrauenerweckende Hängebrücke führte zu ihm hinüber.

«Schade. Ich hätte den Tempel gerne aus der Nähe gesehen», meinte ich enttäuscht. «Aber in der Dunkelheit ist das wohl keine gute Idee.»

«Wir können außen herum gehen.»

Ich folgte Noah um den See herum und dann über einen steilen Pfad durch ein Wäldchen hinauf zum Gipfel. Auch von nahem betrachtet ähnelte das Gebetshaus dem Monopteros, und von dort oben hatte man einen wundervollen Blick auf den Montmartre. Ein scharfer Wind pfiff durch die schlanken Pfeiler, und ich trat von einem Fuß auf den anderen, um die Kälte zu vertreiben. Trotzdem wollte ich noch nicht gehen. Hier draußen, in dem stillen, dunklen Park, die erleuchtete Sacré-Cœur zu meinen Füßen, fühlte ich mich viel wohler als in der lauten, grellen Stadt, und ich wollte dieses Gefühl noch ein wenig auskosten.

«Im Englischen Garten gibt es einen ähnlichen Tempel. Der wird in Sommernächten allerdings ziemlich entweiht. Sobald es dunkel wird, rücken Scharen von Jugendlichen mit Wein, Schnaps und Bierkästen an», erzählte ich Noah.

«Ich bin mit meinen Freunden früher auch immer hierhergekommen.»

«Wohnst du in diesem Viertel?»

Ich erwartete eine ausweichende Antwort, doch zu meiner Überraschung nickte Noah.

«Darf ich … dich dort einmal besuchen?», fragte ich und hielt den Blick angespannt auf die Lichter unter mir gerichtet.

Noah zögerte ein paar Sekunden. «Wenn du möchtest.»

Ich atmete aus. Wann?, hätte ich am liebsten gefragt. Jetzt gleich? Morgen? Aber ich wusste, dass Noah sein Versprechen halten würde, und so drückte ich lediglich seine Hand. Er erwiderte den Druck, ich drehte mich zu ihm um und mein Blick versank in seinen grünen Augen. Keiner von uns sprach ein Wort. Der Wind wirbelte Schneeflocken heran, sie bedeckten Kopf und Kleidung und hinterließen wässrige Spuren auf unserer Haut. Doch wir bewegten uns nicht. Erst als einer der Tropfen sich in meinen Wimpern verfing, blinzelte ich heftig, um ihn loszuwerden.

«Weiße Weihnacht ist ja gut und schön, trotzdem mag ich den Sommer lieber. Der Winter ist mir einfach zu kalt», brummte ich verlegen.

Neben Noahs Mundwinkel erschien ein Grübchen, das ich zuvor noch nie bemerkt hatte. «Stell dir vor, es sind Kirschblüten.» Er wischte mit dem Daumen sanft ein paar der eisigen

Kristalle von meiner Wange, und in diesem Moment fing etwas in mir an zu schmelzen.

Millimeter für Millimeter näherten sich unsere Gesichter einander. Ich zögerte ein bisschen, hatte Angst, dass Noah im letzten Moment erneut zurückweichen würde, aber das tat er nicht – und dann berührten sich unsere Lippen.

Es war kein leidenschaftlicher Kuss, wir pressten uns nicht aneinander und verschlangen uns gegenseitig, sondern wir standen einfach nur da, inmitten des Schneetreibens, und küssten uns. Immer und immer wieder.

Kapitel 15

«Wie nett! Du hast Croissants geholt.»

«Nicht für dich. Meine Schwester kommt gleich zum Frühstück vorbei.»

«Schade.» Vincent zog einen Flunsch.

«Kleiner Scherz. Natürlich habe ich dir was mitgebracht. Ich kenne doch deine Schwäche für Süßes.» Gut gelaunt öffnete ich die Papiertüte und ließ die Gebäckstücke in einen Korb gleiten.

«Ich wäre sehr enttäuscht gewesen. Schließlich denke ich auch immer an dich», entgegnete Vincent gespielt entrüstet. «War es gestern Abend noch schön mit deiner süßen Schwester und ihrem heißen Lover?»

Ich konnte mir ein Lachen nicht verkneifen. «Vincent, genau solche Äußerungen lassen mich daran zweifeln, dass du wirklich durch und durch hetero bist.»

Er spitzte die Lippen. «Mit Lou kann er natürlich nicht mithalten. Aber ein Sahneschnittchen ist er definitiv.»

«Ja, das ist er. Doch zwischen meiner Schwester und ihm läuft es zurzeit nicht so besonders.»

«Eine andere Frau?»

Ich blickte auf Ninas geschlossene Zimmertür. «Wenn ich das nur wüsste.»

«Wo wart ihr denn gestern noch?»

«Wir sind über den Weihnachtsmarkt gebummelt und anschließend Riesenrad gefahren. Danach wollten Lilly und Jakob schon wieder zurück ins Hotel.»

«Dafür bist du aber ziemlich lange weggeblieben. Als ich um kurz nach zehn nach Hause kam, warst du noch nicht da.»

«Ich war mit Noah unterwegs.»

«Oh, là, là, sehe ich da etwa ein Leuchten in deinen Augen?»

«Nein.»

«Du lügst. Und dein verklärter Gesichtsausdruck verrät dich.»

«Na gut, es war wirklich ein schöner Abend», gab ich widerstrebend zu. «Und …»

«Ich bin ganz Ohr.»

«Und wir … wir haben uns geküsst.» Ich biss mir auf die Lippe, konnte aber dennoch nicht verhindern, dass sich ein dümmliches Grinsen auf mein Gesicht stahl.

«Genial.» Vincent strahlte. «Ich wusste doch, dass es zwischen euch funkt. Und weiter?»

«Was und weiter?»

«Was ist dann passiert?»

«Nichts.»

«Das war's?» Er betrachtete mich skeptisch von der Seite. «Ihr küsst euch, und mehr nicht?»

«Was hast du erwartet?»

«Mia, du hast erzählt, dass du schon mal in einem Swinger-Club warst.»

«Ja, und? Ich glaub nicht, dass ich mich damit vom Rest der Weltbevölkerung abhebe. Der einzige Unterschied ist, dass ich es zugebe.»

«Ich war noch nie dort.»

«Nein?»

Vincent schüttelte den Kopf.

«Du bist ein braver Junge.»

«Und du ein böses Mädchen. Warum solltest du es bei der Vorspeise belassen, wenn du das ganze Menü haben kannst?»

Er sah mich schelmisch an, und verlegen senkte ich den Blick. Eine verräterische Hitze kroch meinen Hals hinauf.

«Wie süß. Du wirst ganz rot.» Vincent wedelte mit den Händen und packte mich bei den Schultern. «Hast du dich etwa verliebt?»

«Nein.» Unwirsch schubste ich ihn weg. «Der Kuss ... er war schön, aber ... ich ... ich wollte nicht, dass das, was danach kommt, ihn verdirbt.» So, jetzt war es raus.

«Großartig.» Vincent lächelte. «Steckt etwa doch eine kleine Romantikerin in dir, *ma chère*?»

Lilly kam ohne Jakob vorbei.

«Wo ist er?», fragte ich.

«Bei einem Freund, den er schon länger nicht mehr gesehen hat.»

«Lilly, was ist mit euch los? Irgendetwas stimmt doch nicht.» Ich drückte sie auf einen Stuhl und goss ihr eine Tasse Kaffee ein.

«Ist Nina da?»

«Ja. Es geht ihr immer noch nicht besser. Sie hat sich die ganze Woche krankschreiben lassen.»

Lilly machte ein verkniffenes Gesicht.

«Ist sie der Grund für euren Streit? Die Sache zwischen Jakob und ihr, das war doch nie etwas Ernstes.»

«Du weißt davon?»

«Fee hat es mir erzählt.»

Lilly zog die Augenbrauen zusammen. «Bei der Begrüßung hat er sie umarmt und auf die Wange geküsst.»

«Ja, und? Das hat er bei mir auch getan.»

«Du hast ihn aber nicht so komisch angeschaut.»

Ich stöhnte auf. «Stell dich nicht so an, Lilly. Jakob ist ein hübscher Kerl. Und natürlich fällt das auch anderen Frauen auf. Was willst du tun, um das zu verhindern? Ihn zu Hause einsperren? Außerdem wusstest du, dass er und Nina in Paris aufeinandertreffen würden. Warum bist du überhaupt hergekommen?»

«Weil ich dich sehen wollte.»

«Das kaufe ich dir nicht ab. Ab Weihnachten siehst du mich wieder öfter, als dir lieb ist.»

«Du hast recht», gab Lilly widerstrebend zu. «Aber ... ich hätte einfach nicht gedacht, dass es mir so viel ausmacht. Und dann auch noch die Nachricht, dass er nach Edinburgh muss ...»

«Es kam einiges zusammen.»

Lilly nickte. Trotzdem konnte ich den Verdacht nicht abschütteln, dass sie noch etwas anderes auf dem Herzen hatte.

«Seid ihr gestern Abend auch gleich nach Hause gefahren?», fragte sie.

«Wir sind noch ein bisschen herumgebummelt.»

Ich erwartete, dass sie nachhaken würde, aber Lilly interessierte sich für etwas anderes.

«Auf den Champs Élysées ... du und Rik, hattet ihr nicht dort gewohnt?»

Ich nickte, und Lilly schwieg. Sie begann an dem dunkelroten Lack ihres Daumennagels herumzuknibbeln.

«Willst du wissen, ob es schlimm für mich war, wieder dort zu sein?», fragte ich.

«War es das denn?»

Ich überlegte einen Augenblick. Bei meinem ersten Ausflug in die Prachtstraße hatte es mir etwas ausgemacht. Aber gestern? Nein! Ich hatte nicht einmal daran gedacht. Erleichtert schüttelte ich den Kopf. «Nicht mehr. Mittlerweile kommt mir die Zeit mit ihm unwirklich vor. So, als wäre gar nicht ich es gewesen, die all das erlebt hat.»

«Vermisst du ihn?»

«Er ist meine erste große Liebe.» Ich lächelte schief.

«Trotz all der Männer, die du hattest?»

«Du weißt doch, dass ich für alles ein bisschen länger brauche.» Ich versetzte ihr einen sanften Nasenstüber.

Lilly machte ein unglückliches Gesicht. «Ich habe auch noch nie jemanden so sehr geliebt wie Jakob.» Sie schloss die Augen, und Tränen quollen unter ihren Lidern hervor.

«Ach, Kleines!» Ich nahm sie in den Arm. «Was ist nur mit dir los?»

Statt einer Antwort schluchzte Lilly und versteckte das Gesicht im Kragen meines Pullovers.

«Deine Eifersucht wegen Nina, das ist doch nicht alles, oder?» Hilflos streichelte ich ihr über den Rücken.

«Nein», brachte sie hervor. Kalte Tränen tropften auf meinen Hals. Ein paar Male versuchte sie etwas zu sagen, aber sobald sie ansetzte, wurden ihre Worte von erneuten Schluchzern erstickt. Auf einmal ging ein Ruck durch ihren Körper, und sie löste sich aus meiner Umarmung. Ich reichte ihr wortlos ein Papiertaschentuch, sie schnäuzte sich die Nase und tupfte sich mit einem weiteren die letzten Tränen aus den Augenwinkeln. Dann holte sie tief Luft. «Jakob und ich ... wir ... wir haben vor einer Weile beschlossen, nicht mehr zu verhüten.»

Nein! Angst legte sich wie ein Stahlkorsett um mein Herz, aber ich versuchte, Lilly so ruhig und gefasst wie möglich in die verheulten Augen zu sehen.

«Es ... es hat auch geklappt», fuhr sie leise fort. «Bereits nach dem ersten Zyklus habe ich meine Tage nicht mehr bekommen.»

«Hast du einen Test gemacht?»

Lilly nickte.

«Und?», drängte ich.

«Positiv. Der Frauenarzt hat es mir bestätigt. Aber kurz nachdem du nach Paris gefahren bist, war ich noch einmal zur Untersuchung dort, und … das … das kleine Ding in meinem Bauch …» Tränen liefen erneut ihre Wange hinunter, und auch ich konnte nicht verhindern, dass meine Augen feucht wurden, «… es ist nicht mehr gewachsen.»

Ist doch nicht so schlimm, hätte ich gerne gesagt. *Morgen sieht die Welt schon wieder ganz anders aus.* Oder: *Auch die dunkelste Nacht trägt Sterne* – das war der Lieblingsspruch unserer Mutter. Aber Lilly hatte mich nach meinem Unfall mit Kalenderweisheiten verschont, und genauso wollte ich es auch handhaben. Denn das, was Lilly passiert war, war schlimm. An ihrem Nachthimmel leuchteten keine Sterne, und ihre Welt würde auch nicht bereits morgen wieder ganz anders aussehen. Sie hatte ein Baby verloren. Schon wieder. Und nichts, was ich ihr sagte, würde daran etwas ändern.

Und so hielt ich sie erneut im Arm und streichelte sie, während der Minutenzeiger der Wanduhr unbeirrt seine Runden drehte, bis das Beben ihres Körpers nachließ, ihr Atem regelmäßiger wurde und ihre Schluchzer schließlich verebbten.

«Was ist mit Jakob?», erkundigte ich mich vorsichtig, als Lilly wieder einigermaßen gefasst vor mir saß. «Wie hat er es weggesteckt?» Mir war klar, wie dämlich diese Frage war, aber irgendetwas sagte mir, dass Jakobs Reaktion auf den Abgang neben Lillys Trauer um das verlorene Baby die Ursache für die Spannungen zwischen ihnen war.

Lilly zuckte mit den Schultern. «Wie soll er es weggesteckt haben? Begeistert war er nicht.»

«Hat er dir irgendwelche Vorwürfe gemacht? Bist du deshalb wütend auf ihn?»

«Nein.» Sie schüttelte den Kopf. «Er war ganz lieb zu mir. Er hat sogar ein paar Tage unbezahlten Urlaub genommen und ist bei mir geblieben. Und er hat vorgeschlagen, dass wir uns in einem Kinderwunschzentrum beraten lassen.» Ihr Mund bekam einen angespannten Zug.

«Das … das ist doch sehr nett von ihm. Ich meine, er wird untersucht werden. Eventuell sperrt man ihn sogar mit ein paar Schmuddelheftchen und einem Plastikbecher in einer Kabine ein.»

Ein Lächeln stahl sich auf Lillys Gesicht. «Er meinte, für mich würde er das tun.»

Erleichtert atmete ich auf. «Siehst du. Er steht hinter dir. Und vielleicht ist es gar keine so schlechte Idee, euch mal gründlich durchchecken zu lassen.»

«Und was mache ich, wenn die Ärzte feststellen, dass die Abgänge nicht einfach nur Pech waren oder dass meine Probleme nicht mit ein paar Tabletten oder Spritzen behoben werden können? Was sage ich Jakob, wenn herauskommt, dass ich irgendeinen Defekt habe, der verhindert, dass ich ein Baby austrage?» Sie sah mich verzweifelt an. «Er wünscht sich Kinder doch so sehr.»

«Wie war es bei deinem Freund?», fragte ich Jakob, als er am frühen Abend vorbeikam, um Lilly abzuholen und mit ihr zum Flughafen zu fahren.

«Gut.» Unbehaglich wand er sich unter meinem Blick.

«Es gibt keinen Freund, nicht wahr?»

Er sah mich überrascht an.

«Lilly hat mir alles erzählt.»

Er wirkte erleichtert. «Das ist gut. Ich wollte unbedingt, dass sie mit dir spricht, aber das hätte sie nicht getan, wenn ich dabei gewesen wäre. Also bin ich den ganzen Tag durch Paris gelaufen. Ich würde ihr so gerne helfen, aber sie lässt mich einfach nicht an sich ran.»

«Gib ihr Zeit. Dass sie schon wieder eine Fehlgeburt hatte, war ein Schock für sie.»

«Das verstehe ich ja. Aber das Baby … Es war noch so klein. Und so viele Schwangerschaften enden in den ersten Wochen. Bestimmt müssen wir nur etwas Geduld haben.»

«Gerade die hat Lilly nicht. Sie versucht seit Jahren, ein Kind zu bekommen. Und sie hat Angst, dich zu enttäuschen.»

«Natürlich wünsche ich mir Kinder, aber wenn es nicht klappt …» Er zuckte mit den Schultern. «Deine Schwester ist mir wichtiger.»

«Dann solltest du ihr das sagen.»

«Das habe ich.»

«Gib ihr einfach ein bisschen Zeit», wiederholte ich, weil ich keinen anderen Rat wusste, und schob ihn durch die Wohnungstür.

Lilly hatte sich bereits Jacke und Mütze angezogen und war fertig zum Aufbruch.

«Na, Kleines», begrüßte er sie. «Geht es dir besser?»

«Nicht wirklich», antwortete Lilly. «Aber ich bin froh, dass du da bist.» Sie gab ihm einen Kuss.

Wir gingen die Treppe hinunter, und Jakob wollte Lilly schon ins Taxi schieben, doch sie trat einen Schritt zurück. «Ich muss Mia noch etwas sagen.»

Sie kam auf mich zu und umarmte mich. «Danke, dass du mir zugehört hast», flüsterte sie in mein Ohr.

«Du weißt, dass ich immer für dich da bin.» Ich nahm ihr Gesicht zwischen meine Hände. «Und das ist Jakob auch. Bitte schließ ihn nicht aus.»

«Du hast recht.» Sie legte ihre Stirn gegen meine. «Ich würde das alles so gerne von ihm abhalten.»

«Genau das macht es so schwer für ihn. Zum Kinderkriegen gehören nun einmal zwei.»

«Ich weiß. Und ich werde das auch beherzigen. Aber die Sache mit dem Baby … Das war nicht alles.» Sie räusperte sich. «Ich wollte dir vorhin noch etwas anderes erzählen.»

«Oje. Was kommt jetzt? Noch mehr Enthüllungen?», erwiderte ich scherzhaft.

Lilly biss sich auf die Lippe. «Helga und Fee meinen, dass ich es dir nicht sagen soll, aber ich finde, dass du es wissen musst.»

«Aha.» Ein mulmiges Gefühl machte sich in meinem Magen breit. «Schieß los.»

«Rik hat sich nach dir erkundigt.»

Kapitel 16

Mit klopfendem Herzen blickte ich dem Taxi nach. Diesen Schock musste ich erst einmal verdauen. Rik war in Lillys Café gewesen und hatte nach mir gefragt. Warum? Im Krankenhaus hatten seine Eltern mir ausgerichtet, dass er mich nie wiedersehen wolle. Dass ich an dem Unfall schuld sei. Schuld daran, dass er jetzt als Krüppel leben müsse. Ich presste die Fäuste gegen meine Augenlider, um die aufsteigenden Tränen zurückzudrängen. Rik hatte recht mit seinen Vorwürfen. Ich hatte an seinem Arm gezerrt, um ihn dazu zu zwingen, auf den Parkplatz abzubiegen. Weil ich aussteigen wollte. Und dann war alles so schnell gegangen. Der Wagen geriet ins Schleudern, der Airbag ging auf, der Geruch von Erdbeerkaugummi stieg mir in die Nase, ein stechender Schmerz fuhr in meine Schulter. Und Rik schrie. Dieser Schrei, das war das Schlimmste gewesen. Mir wurde übel. Ungeachtet der eisigen Temperaturen ließ ich mich auf die Treppe vor der Haustür sinken, um die Panik, die in mir aufstieg, wegzuatmen.

«Mademoiselle, geht es Ihnen nicht gut?»

Ich sah in zwei braune Augen, die aus einem bärtigen Gesicht auf mich herunterblickten, und ein riesiger Hundekopf tauchte neben mir auf. Claude, der Clochard, und Berlioz, sein Wolfshund, standen vor mir.

«Nein, nein, alles in Ordnung», wehrte ich ab. «Es ist nur … mein Blutdruck ist zu niedrig.»

Prüfend musterte er mich. «Gehen Sie rein. Sie sehen ganz durchgefroren aus.»

Ich nickte. Mit wackeligen Beinen stieg ich die Treppe hinauf und schloss auf. Wärme schlug mir entgegen, und ein paar Augenblicke blieb ich stehen. Ich wartete darauf, dass sich der Druck in meinem Brustkorb verringerte, dass mein Zittern nachließ. Dann schleppte ich mich zur Wohnungstür. Es war noch nicht lange her, da wäre ich überglücklich gewesen, wenn Rik sich bei mir gemeldet hätte. Wenn er mir die Chance gegeben hätte, ihn zu sehen. Um mit ihm zu reden. Aber doch nicht jetzt, da ich endlich das Gefühl hatte, mit der Vergangenheit abschließen zu können, jetzt, da ich Noah begegnet war! Um zehn Uhr wollten wir uns treffen, um zusammen ins Kino zu gehen. Wir wollten uns *Magic in the Moonlight* von Woody Allen ansehen. Ich war ein Fan seiner Filme. Verflucht noch mal! Warum gerade jetzt? Am liebsten hätte ich diese Frage laut herausgeschrien.

Als ich die Küche betrat, stand Nina am Kühlschrank und schaute hinein. Erleichterung kam in mir auf. Anscheinend ging es ihr besser. Und ich hatte jemanden, mit dem ich über alles sprechen konnte. Alleine bekam ich diesen Wirrwarr in meinem Kopf nicht aufgedröselt. Ich räusperte mich, und Nina drehte sich um. Ich erschrak: Sie sah furchtbar aus. Ihr Gesicht wirkte ausgemergelt, die Lippen waren blutleer und rissig, ihre Haut hatte die ungesunde Farbe eines gekochten Hummers. Schweißtropfen standen ihr auf der Stirn, und plötzlich fing sie an zu schwanken.

«Nina! Warum bist du nicht im Bett geblieben?» Ich machte einen Satz auf sie zu, um sie zu stützen.

«Hatte Durst und … es war nichts mehr zum Trinken da», brachte sie mühsam hervor.

«Ich bring dir was.» Behutsam führte ich sie zurück in ihr Bett und ging zum Vorratsraum. Ich holte eine Flasche Wasser, goss ihr etwas davon in ein Glas und brachte es ihr. Gierig stürzte sie es hinunter. Ich füllte ein zweites Mal auf, und sie trank erneut aus. Dann wurde ihr Blick auf einmal panisch. «Wo ist Puck?» Sie schaute sich suchend nach ihrem Hündchen um.

«Vincent hat ihn mitgenommen», beruhigte ich sie. «Damit der arme Kerl mal rauskommt.»

«Nein, er ist hier. Er winselt. Hörst du es denn nicht?» Hektisch sah sie sich um und wollte aufstehen, aber ich hielt sie fest.

«Du irrst dich. Er ist mit Vincent unterwegs.»

«Du musst ihn doch hören.» Ninas Stimme wurde hysterisch. «Warum sagst du mir nicht, wo er ist? Hast du ihn eingesperrt?» Sie schluchzte.

Mein Magen krampfte sich zusammen. «Nina, du hast Fieber. Puck ist nicht hier. Du bildest dir das alles nur ein.» Ich erwartete, dass sie protestieren und sich auflehnen würde, aber sie hatte bereits aufgegeben und stierte apathisch auf einen imaginären Fleck hinter mir. Ich legte meine Hand auf ihre Stirn. Sie glühte. «Hast du ein Fieberthermometer?»

Sie antwortete nicht.

«Nina!» Ich rüttelte sie leicht. «Du musst mir sagen, wo du deine Medikamente aufbewahrst.»

«In der Kommode im Bad.» Das Sprechen bereitete ihr sichtlich Mühe.

Ich rannte los und durchwühlte die Schubladen. Gleich in der zweiten wurde ich fündig. Ein Fieberthermometer, Paracetamol. Das genügte. Meine Erleichterung währte jedoch nicht lange. Denn nachdem ich Nina das Thermometer unter die Achsel geschoben und ein leises Piepen ertönt war, ließ mich der Blick auf das Display erstarren.

«Was ist?», fragte Nina ängstlich.

«Nichts.» Ich wollte das Gerät weglegen, aber Nina nahm es mir aus der Hand.

«Fast einundvierzig Grad.» Sie sah mich erschrocken an.

«Bestimmt haben wir nur falsch gemessen», versuchte ich sie zu beruhigen, doch es fiel mir schwer, mein Entsetzen zu verbergen.

«Noch ein Grad mehr, und ich sterbe.» Nina fing an zu weinen.

«So schnell stirbt man nicht», behauptete ich, war mir jedoch lange nicht so sicher, wie ich vorgab. Ich riss die Tablettenschachtel auf. Dann kamen mir Zweifel. Was, wenn sie nicht wirkten? Brauchte man bei einer derart hohen Körpertemperatur nicht etwas Stärkeres als Paracetamol?

«Wo ist Puck?», fragte Nina noch einmal mit dünner Stimme, und diese Frage ließ mich eine Entscheidung treffen.

«Bin gleich wieder da», murmelte ich und raste hinaus. Mit zitternden Händen googelte ich die Nummer des ärztlichen Bereitschaftsdienstes.

Kein Anschluss unter dieser Nummer. Scheiße! Aber ich hatte lediglich die französische Vorwahl vergessen. Erneut gab ich die Ziffern ein.

«SOS medécins, was kann ich für Sie tun?»

«Meine Freundin, Nina Winter. Sie hat hohes Fieber. Bitte schicken Sie einen Arzt in die Rue Ravignan 21», stieß ich hervor.

Ich hörte, wie die Frau etwas in ihren Computer tippte. «Wie hoch ist dieses Fieber genau, und wie lange hat sie es schon?», erkundigte sie sich knapp.

«40,6 Grad. Und ich weiß nicht, wie lange sie es schon hat. Ich habe es gerade erst festgestellt.»

«Der Arzt wird in den nächsten zwei Stunden bei Ihnen sein.»

«Innerhalb von zwei Stunden erst», keuchte ich. «Geht das nicht schneller?»

«Unsere Ärzte sind alle im Einsatz, und sie kommen, so schnell sie können.»

«Meine Freundin halluziniert!»

«Wenn Sie schnellere Hilfe benötigen, müssen Sie den Rettungsdienst anrufen und einen Krankenwagen anfordern.»

«Einen Krankenwagen? Ist das nicht übertrieben?»

«Das müssen Sie entscheiden», entgegnete die Frau unverbindlich.

Ich legte auf. Leise trat ich an Ninas Zimmertür und warf einen Blick hinein. Nina hatte die Augen geschlossen, aber sie atmete schnell und flach, und ihr Nachthemd klebte feucht an ihrer Brust. Übertrieben oder nicht – ich würde den verdammten Krankenwagen rufen.

Schwungvoll, mehrere Stufen auf einmal nehmend, rannte der Rettungssanitäter, ein drahtiger Mittdreißiger mit Pferdeschwanz und Festivalbändern ums Handgelenk, die Treppe hinauf.

«Das ging aber schnell.» Am liebsten wäre ich ihm vor Erleichterung um den Hals gefallen.

«Was ist passiert?», fragte er. Ein junger Mann mit Mondgesicht und abstehenden Ohren folgte ihm mit einem Koffer in der Hand.

«Meine Freundin hat hohes Fieber.»

«Fieber!» Seine Augenbrauen schnellten nach oben.

«Fast einundvierzig Grad. Und sie halluziniert», fügte ich hinzu, um meinen Anruf zu rechtfertigen.

«Nun gut, dann schauen wir uns die Patientin mal an.» Er nickte seinem Assistenten zu, und die beiden folgten mir ins Schlafzimmer.

«Nina! Wach auf!» Ich berührte sie am Arm.

Nina öffnete die Augen. Als sie die Männer in ihren Uniformen bemerkte, weiteten sie sich vor Entsetzen.

«Ich will nicht ins Krankenhaus», stieß sie hervor und klammerte sich an meinem Arm fest. «Bitte lass nicht zu, dass sie mich mitnehmen.»

«Niemand nimmt dich mit», beruhigte ich sie. «Die beiden Herren untersuchen dich bloß und sorgen dafür, dass du bald wieder auf dem Damm bist.»

«Können Sie uns sagen, wie es Ihnen geht?», erkundigte sich der Sanitäter, während sein Assistent Fieberthermometer und Blutdruckmessgerät herausholte.

«Bitte nehmen Sie mich nicht mit!», flehte Nina erneut mit schwacher Stimme, schaffte es aber, ihm ihre Beschwerden relativ deutlich darzulegen.

Na toll, nun würde mich der strenge Sanitäter für eine hysterische Kuh halten.

«Vor einer Viertelstunde hat sie halluziniert», wiederholte ich. «Und mir ist klar, dass Sie normalerweise nur bei schwereren Fällen kommen, aber ich wusste nicht, was ich machen sollte, und der Arzt wäre erst innerhalb der nächsten zwei Stunden hier gewesen.»

Der Mann sah mich nachsichtig an. «Das verstehe ich. Ich weiß trotzdem nicht, was Sie von uns erwarten. Sollen wir sie mitnehmen?»

«Nein», kreischte Nina auf. «Ich will nicht.»

«Haben Sie etwas Fiebersenkendes dabei?» Die Männer mussten denken, dass sie in einem Tollhaus gelandet waren.

«Wir dürfen leider keine Medikamente ausgeben», erklärte der Assistent mit dem runden Gesicht, während sein Vorgesetzter ein Formular mit Ninas Daten ausfüllte. «Haben Sie kein Paracetamol im Haus?»

«Doch, aber ich dachte, damit sei es bei einer derart hohen Temperatur nicht getan.»

«Eine Alternative zu Paracetamol gibt es nicht. Es sei denn, wir nehmen sie mit ins Krankenhaus. Dort können die Ärzte ihr intravenös ein Medikament verabreichen. Das wirkt schneller.»

Ich schaute Nina an, aber die schüttelte stur den Kopf. «Gut, ich versuche es», sagte ich resigniert. «Kann ich sonst noch etwas tun, um das Fieber zu senken?»

«Geben Sie ihr viel zu trinken. Und machen Sie ihr unterstützend ein paar Wadenwickel. Das wird schon wieder. Im Moment grassiert eine richtige Epidemie in Paris. Ihre Freundin ist nicht die einzige Kranke.» Ich fühlte mich einigermaßen beruhigt.

Meine Erleichterung währte jedoch nur so lange, bis ich mich von den Männern verabschiedet hatte und die Rücklichter des Krankenwagens um die Ecke biegen sah. Ich versuchte, Vincent auf dem Handy zu erreichen, aber er hob nicht ab. Auch meine Mutter, die ich in solchen Notfällen stets um Rat fragte, ging nicht ans Telefon. Genauso wenig wie Helga und Fee. Wenn man einmal jemanden brauchte …

Als ich ins Krankenzimmer zurückkehrte, lag Nina wieder erschöpft da und starrte blicklos an die Decke. Die nassen, kalten Handtücher ließ sie sich von mir, ohne zu murren, um ihre glühend heißen Beine wickeln. Nach wenigen Minuten waren die Tücher bereits erwärmt, und ich musste sie wechseln. In den Pausen zwischen den Wickeln wusch ich Nina das feuchte Gesicht ab und googelte im Internet nach weiteren Hausmitteln, fand aber außer einem Schwitztee, den wir nicht im Haus hatten, nichts, was mir sinnvoll erschien. Ich versuchte erneut, Vincent oder jemanden von meiner Familie zu erreichen. Fehlanzeige! Verbittert pfefferte ich das Handy auf den Schreibtisch. Ich fühlte mich so hilflos! Trotz des fiebersenkenden Medikaments und der Wadenwickel hatte sich Ninas Temperatur in der letzten Stunde kaum verringert.

Draußen war es schon längst dunkel geworden. Schneeflocken tanzten im schwachen Schein der Straßenlaternen und verbargen Autos und Gehwege unter einem dicken weißen Teppich. Ich legte mich neben Nina auf das Bett, betrachtete ihr Gesicht mit dem leicht geöffneten Mund, der hin und wieder zuckte, als wollte sie etwas erzählen. Ich nahm ihre Hand in meine, in der Hoffnung, dass die Wärme ihres Körpers die Kälte in meinem Inneren vertrieb. Und so verharrte ich und hielt ihre Hand, lauschte ihrem regelmäßiger werdenden Atem, bis mein Körper schwerer und auch meine eigenen Atemzüge langsamer und tiefer wurden.

«Kannst du mir was zu trinken geben?»

Ich zuckte zusammen. Fast wäre ich eingeschlafen. Oder war ich es tatsächlich? Ich blickte auf mein Handgelenk, aber meine Armbanduhr lag im Bad. Ich tastete nach der Wasserflasche und reichte sie Nina. Ihre Augen wirkten klarer als zuvor, und auch ihre Stirn war lange nicht mehr so heiß.

«Geht es dir besser?»

«Ein bisschen. Mein Kopf tut noch weh. Und mein Nachthemd … es ist ganz nass.»

«Ich bringe dir ein neues.» Noch ein wenig benommen vom Schlaf, stand ich auf und zerrte ein frisches Hemd aus rot kariertem Flanellstoff aus dem Schrank.

«Das hässliche Ding.» Nina rümpfte die Nase. «Es gehört meiner Mutter. Sie hat es bei ihrem letzten Besuch vergessen.»

Meine Lippen zuckten. «Es geht dir definitiv besser.»

Ich half ihr, das durchgeschwitzte Nachthemd über den Kopf zu ziehen, und dabei fiel mir wieder einmal auf, wie mager sie war. Rippen und Schlüsselbeine traten hervor. Nur ihre Brüste wirkten prall und fest, und ich fragte mich, ob sie echt waren.

«Was schaust du so?», erkundigte sie sich, als sie meinen prüfenden Blick bemerkte.»

«Du isst zu wenig.»

Nina verdrehte die Augen. «Du hörst dich an wie eine Schallplatte, die einen Sprung hat. Lass dir was anderes einfallen.» Sie fing an zu zittern, und ich zog ihr eilig das Nachthemd über den Kopf.

«Ich mache mir Sorgen um dich.»

«Ich bin ja auch krank.»

Schweigend lagen wir einige Minuten nebeneinander.

«Sind Lilly und Jakob eigentlich noch da?»

«Nein. Sie sind vor ein paar Stunden nach Hause geflogen.» Aus den Augenwinkeln beobachtete ich Ninas Reaktion. Sie zog ihre Unterlippe zwischen die Zähne, und eine Mischung aus Erleichterung und Bedauern machte sich auf ihrem Gesicht breit.

Ich seufzte.

«Was ist?», fragte sie unwirsch.

«Nichts», wehrte ich ab.

«Du hast geseufzt.»

«Das mache ich öfter. Blöde Angewohnheit von mir.»

«Klar.» Sie glaubte mir nicht. Einige Augenblicke schien sie mit sich zu ringen, dann drehte sie den Kopf in meine Richtung. «Du hast es bemerkt, nicht wahr?»

«Was?»

«Dass Jakob … dass er mir nicht egal ist.»

«Es ist schwer zu übersehen.»

Sie schloss die Augen. «Glaubst du, er weiß es auch?»

«Er ist ein Mann. Ich denke nicht.»

«Und Lilly?»

«Die weiß zumindest, dass ihr früher mal zusammen in der Kiste wart.»

«Nicht nur einmal.»

«Das habe ich mir gedacht.»

Wir schwiegen erneut.

«Warum gerade er?», fragte ich in die Stille hinein. «Du bist so hübsch und klug. Du könntest so viele Männer haben. Und dann hängst du dein Herz ausgerechnet an jemanden, der vergeben ist.»

Nina lachte auf. «Tut mir leid, dass es in meinem Gehirn keinen Schalter gibt, mit dem ich meine Gefühle an- und ausschalten kann.»

«Entschuldige, die Frage war blöd.»

Sie starrte aus dem Fenster, wo die Schneeflocken noch immer vom Himmel rieselten. Das Licht der Straßenlaterne warf harte Schatten auf ihr Profil. Ihre Unterlippe zitterte leicht, und ich rechnete schon damit, dass sie anfangen würde zu weinen, aber auf einmal, vollkommen unerwartet, erhellte ein Lächeln ihr Gesicht. «Jakob hat goldene Punkte in seinen Augen, die man nur sieht, wenn man ganz dicht vor ihm steht. Auf seinem Unterarm ist das Wort *Believe* eintätowiert, weil er nach dem Tod seines Vaters aufhören wollte zu glauben, jedoch gemerkt hat, dass es ohne nicht geht. Er hat mir die Autotür aufgehalten, Puck Flöckchen genannt und behauptet, dass ich das beste Steak der Welt brate. Und wenn ich neben ihm lag, hatte ich das Gefühl, als wäre ich angekommen.» Sie ließ sich erschöpft in ihr Kissen zurücksinken. «Weißt du, es gibt Millionen Dinge, die Jakob für mich zu etwas Besonderem machen, und der Gedanke, dass ich niemals wieder mit ihm zusammen sein kann …» Ihre Stimme verklang.

Auch in meinem Hals hatte sich bei Ninas Worten ein Kloß gebildet. Und ganz gleich, wie heftig ich schluckte, er ging einfach nicht weg. Riks Socken fielen mir ein. Egal, wie oft er sich neue gekauft hatte, bereits nach kurzer Zeit hatten sie immer an irgendeiner Stelle ein Loch. Ich musste an die gezackte Narbe an seiner rechten Handinnenfläche denken, die er sich zugezogen hatte, als er als Kind durch die Scheibe eines Gewächshauses gefallen war, und an unseren Urlaub in Sardinien. An unserem letzten Abend hatten wir nebeneinander in den Dünen gesessen. Wir blickten aufs Meer, lauschten der Brandung, und für einige Augenblicke hatte ich tatsächlich so etwas wie Frieden empfunden.

Liebe war nicht fair!

Das ganze Leben war es nicht. Lillys Fehlgeburt, zum Beispiel. Während der letzten Stunden war ich so mit Nina beschäftigt gewesen, dass ich an meine Zwillingsschwester keinen Gedanken verschwendet hatte. Jetzt, da Nina wieder einigermaßen auf dem Damm war und sich die Anspannung in mir löste, kehrte die Sorge um sie erneut zurück. Lilly hatte mir zwar eine WhatsApp geschrieben, dass sie gut in München angekommen war und dass es ihr besserginge, aber ich war mir nicht sicher, ob ich ihr das wirklich glauben konnte. Warum hatte es schon wieder sie getroffen?

Nina fing plötzlich an, mit den Zähnen zu klappern. «Mein Gott, ist mir kalt.»

Ich wickelte sie fest in ihre Decke. «Das ist ein gutes Zeichen. Das Fieber sinkt. Ich mache dir ein Kirschkernkissen warm.»

Auf dem Weg zur Tür nahm ich mein Handy vom Schreibtisch und warf einen Blick darauf. 22:10 Uhr zeigte das Display an.

Scheiße! Mein Puls beschleunigte sich. Ich hatte Noah vergessen.

Kapitel 17

Um zehn Uhr waren wir vor dem Cinéma *La Pagode* verabredet gewesen. Um halb elf sollte unser Film anfangen. Zwanzig Minuten – das könnte zu schaffen sein. Vielleicht wartete Noah noch. Fahrig blickte ich mich nach meiner Jacke und dem Wohnungsschlüssel um, doch ein Blick auf die geöffnete Zimmertür am Ende des Flurs ließ mich innehalten. Nina … Ich sank auf den Küchenstuhl.

Zum dritten Mal an diesem Abend wählte ich Vincents Nummer, doch wieder war sein Handy ausgeschaltet. Wo trieb sich dieser Kerl nur rum? Und warum, verdammt noch mal, hatte Noah kein Handy?

Vielleicht würde er herkommen, wenn ich nicht auftauchte. Ein winziger Hoffnungsfunke glomm in mir auf, der allerdings sogleich wieder erlosch. Warum sollte er mir nachlaufen? Er musste schließlich annehmen, dass ich ihn versetzt hatte. Dass ich keinen Wert auf ein erneutes Wiedersehen mit ihm legte. Dass mir unser Kuss nichts bedeutet hatte.

Ich sah Noah vor mir, wie er in seinem dicken Parka im Schneegestöber vor dem Kino stand und immer wieder auf seine Armbanduhr schaute. Ach, Scheiße! Unglücklich verbarg ich das Gesicht in meinen Händen.

«Mia! Bringst du mir eine Flasche Wasser mit?» Selbst mehrere Meter von ihr entfernt hörte ich, wie hart Ninas Zähne aufeinanderschlugen. Ich konnte sie unmöglich allein lassen.

Ich spürte etwas Feuchtes auf meinem Gesicht und nahm einen muffigen Geruch wahr. Ich schrak hoch. Puck stand auf meinem Bett, die Vorderpfoten auf meiner Brust, und hechelte mich an.

Mein Blick wanderte zu dem Radiowecker auf dem Nachtschränkchen. Erst kurz vor acht. Na toll! Vor zwei Stunden erst war ich eingeschlafen.

«Geh weg!» Mürrisch setzte ich das Hündchen auf den Boden. «Wie bist du überhaupt hereingekommen?» Nachdem ich mich aufgerichtet hatte, konnte ich mir die Antwort auf diese Frage selbst geben: Meine Zimmertür stand offen. Anscheinend hatte ich vergessen, sie zu schließen, nachdem ich um kurz nach fünf zu Nina hinübergetaumelt war, um nachzuschauen, ob sie erneut ihr Nachthemd durchgeschwitzt hatte. Ich stand auf und schlich auf Zehenspitzen zu ihrem Zimmer. Gegen Mitternacht war ihre Temperatur noch einmal auf fast vierzig Grad gestiegen, nach einem weiteren Paracetamol jedoch auch wieder relativ schnell gesunken. Momentan fühlte Ninas Stirn sich nur leicht erhitzt an, und ich war erleichtert.

Ich schlüpfte in UGG-Boots und Mantel und ging mit Puck nach unten. Vincent war gegen Mitternacht nach Hause gekommen, aber ich hatte mich in mein Zimmer zurückgezogen, um nicht mit ihm sprechen zu müssen. Obwohl ich wusste, dass er keine Schuld an der ganzen Misere trug, war ich immer noch sauer auf ihn, weil er mich mit der kranken Nina allein gelassen hatte und weil deswegen meine Verabredung mit Noah geplatzt war. Bei dem Gedanken an Noah, wie er vor dem Kino gestanden und vergeblich auf mich gewartet hatte, wurde mir immer noch ganz schwer ums Herz. Ich musste ihm unbedingt erklären, warum ich nicht aufgetaucht war! In den endlosen Stunden der Nacht hatte ich einen Entschluss gefasst: Wenn das *Le Paname* heute Abend um halb sechs aufmachte, würde ich hingehen und mich nach Noah erkundigen, nach seiner Adresse fragen und dann zu ihm fahren, um mit ihm zu reden. Es gab nur einen winzigen Haken an meinem Plan: Was, wenn man mir die Adresse nicht gab? Datenschutzrichtlinien mussten garantiert auch in Frankreich eingehalten werden. Ach was! Wenn es so weit war, konnte ich mir darüber immer noch den Kopf zerbrechen. Ich öffnete die Haustür und trat hinaus.

Das heißt, ich wollte hinaustreten, aber über Nacht war so viel Schnee gefallen und lag so hoch auf dem Gehweg, dass mir das weiße Pulver bei meinem ersten Schritt fast über den Schaft meiner Lammfellstiefel rutschte. Puck setzte eine Pfote auf die eisige Schneedecke, spürte, dass er keinen Halt fand, und schaute mit flehenden Knopfaugen zu mir auf.

«Tja, Flöckchen, was mache ich denn mit dir? Du kannst ja schlecht in den Hausflur pinkeln.»

Seufzend stapfte ich durch die Schneemassen und legte mit den Händen eine kreisrunde Fläche frei, in die ich Puck setzte. Dankbar wedelte er mit dem Schwanz und hob sein Bein. Wenn nur alle Probleme so leicht zu lösen wären!

Als der Hund und ich zurückkamen, saß Nina gegen ein paar Kissen gelehnt im Bett und wurde von Puck stürmisch begrüßt. Wie ein Flummi sprang er auf und ab und winselte und jaulte begeistert.

«Ist dir noch heiß? Da kann ich Abhilfe schaffen.» Ich legte ihr meine roten Hände auf die Wangen, und Nina schreckte zurück. «Sind die kalt! Was hast du gemacht?»

«Ich hab deinem Hündchen ein Loch für sein Morgengeschäft gegraben. Du kannst dir gar nicht vorstellen, wie hoch der Schnee liegt.»

«Das war aber sehr nett von ihr, nicht wahr?» Nina kitzelte Puck am Kinn.

«Erinnerst du dich daran, dass du gestern Abend behauptet hast, ihn winseln zu hören?», fragte ich.

Nina schüttelte den Kopf. «Ich war wohl ziemlich weggetreten.»

«Hast du heute Morgen schon deine Temperatur gemessen?»

«37,8. Vermutlich habe ich alles rausgeschwitzt.» Sie deutete auf den Wäscheberg neben ihrem Bett. «Vier Nachthemden. Hast du mich umgezogen? Ich kann mich nur noch an das hässliche Ding meiner Mutter erinnern.»

Ich nickte.

Auf einmal blitzte der Schalk in Ninas Augen. «Und weißt du, was von der letzten Nacht noch in meinem Gehirn hängengeblieben ist? Die netten Adjektive, mit denen du mich beschrieben hast.»

«Was habe ich denn gesagt?», fragte ich misstrauisch.

«Dass ich klug und hübsch bin.»

«Das hast du dir auch eingebildet.»

«Nein, nein.» Nina schüttelte den Kopf. «Daran kann ich mich noch ganz genau erinnern. Mein Selbstbewusstsein ist zurzeit derart am Boden, dass ich Komplimente aufsauge wie ein Schwamm.»

«Warum hältst du eigentlich so wenig von dir?»

«Die Scheidung meiner Eltern ist daran schuld.»

«Im Ernst?»

«Natürlich nicht. Aber ich benutze diese Entschuldigung für Verfehlungen aller Art. Genauso wie die, dass ich einen dominanten Vater habe.»

«Er hat dir immerhin diese Wohnung gekauft.»

Ihr Gesicht verdüsterte sich. «Nur weil ich im Gegenzug dazu bereit war, bei ihm im Verlag anzufangen. Ein großes Opfer. Glaub mir, es gibt nichts Langweiligeres, als Reiseführer zu editieren.»

«Warum bist du nicht in Berlin geblieben? Die Modefilm-Firma, die du dir mit deiner Freundin aufgebaut hast, lief doch gar nicht so übel.»

«Na ja.» Nina rümpfte die Nase. «Zum Sterben zu viel, zum Leben zu wenig.»

«Bist du deswegen wieder nach München zurück? Weil du es satthattest, jeden Cent dreimal umzudrehen?»

«Nein.»

«Warum hast du dann alles hingeschmissen?»

«Ich war so dämlich.» Für einige Sekunden schloss Nina die Augen und presste die Zeigefinger gegen ihre Nasenwurzel. «Fee hatte mir erzählt, dass Jakob für ein paar Monate in München arbeiten würde. Ich dachte, wenn ich es schaffe, gemeinsam mit ihm in einer Stadt zu leben, hätte ich vielleicht eine Chance.» Sie lächelte schief. «Hältst du mich nun immer noch für klug?»

«Das tut mir leid», entgegnete ich betreten.

«Vermutlich hätte ich für eine eigene Firma sowieso nicht das nötige Durchhaltevermögen gehabt. Deshalb ...» Sie zuckte mit den Schultern. «Auch wenn der Job im Verlag stinklangweilig ist, wohne ich gern in Paris. Seit mein Vater im September zum dritten Mal geheiratet hat, bekomme ich ihn zum Glück nicht mehr allzu oft zu sehen.»

«Du hast eine neue Stiefmutter?»

«Stiefschwester trifft es eher. Sie heißt Gabriella und war vor drei Jahren in der Endausscheidung der Wahl von Miss Venezuela. Ich glaube, eine Stiefmutter zu haben, die jünger ist als ich und darüber hinaus besser aussieht, hat mir den Rest gegeben.»

«Verständlich.» Auf einmal erschien mir Gertrud nur noch als die zweitschlimmste aller möglichen Stiefmutter-Alternativen.

«Und was Jakob angeht ...» Nina senkte verlegen den Blick.

«Das, was ich dir über ihn erzählt habe … Bitte behalte das für dich.»

«Klar. Wenn Jakob nicht mit meiner Schwester zusammen wäre, würde ich ihm sagen, dass er ein ziemlicher Idiot ist, sich eine Frau wie dich durch die Lappen gehen zu lassen.»

«Mit den Männern aus deinem Umfeld habe ich nun einmal Pech.»

«Stimmt, Jakob war ja nicht der erste. Du hattest ja auch mal was mit Suri.» Beim Gedanken an Sams besten Freund konnte ich mir das Lachen nicht verkneifen.

«Ja. Und mit jemandem etwas anzufangen, der einen halben Kopf kleiner ist als man selbst, eine Brille mit zentimeterdicken Gläsern trägt, und sich dann auch noch von ihm abservieren zu lassen, das war tatsächlich eine Meisterleistung. Obwohl Suri wirklich phantastisch im Bett war», fügte sie bedauernd hinzu. «Auf meiner Liste hält er nach wie vor die Pole-Position.»

«Im Ernst? Er steht noch vor Jakob?», fragte ich amüsiert.

«Musst du Lilly ja nicht unbedingt verraten.»

«Dein Traumprinz kommt auch noch», tröstete ich sie.

«Nee, nee. Lass mal. Ich habe wirklich die Nase gestrichen voll von den Kerlen. Meinst du, ich sollte lesbisch werden? Vielleicht hätte ich mit Frauen mehr Glück.»

«Schade, dass ich mit Anfang zwanzig festgestellt habe, dass mir bei Frauen ein entscheidendes Detail zwischen den Beinen fehlt.»

«Das war ein Scherz.» Nina schlug mit einem Kissen nach mir. Aber auch ihre Mundwinkel zuckten.

«Wunderbar! Jetzt, wo ich dich ein bisschen aufgeheitert habe, kann ich ja duschen gehen.» Ich stand auf.

Nina hielt mich zurück. «Mia!»

«Ja?» Ich drehte mich zu ihr um.

«Danke, dass du heute Nacht bei mir geblieben bist und dich

um mich gekümmert hast.» Plötzlich wirkte sie verlegen. «Und was ich dir noch sagen wollte: Also … wenn ich diesem entscheidenden Detail, von dem du gerade gesprochen hast, nicht eine genauso große Bedeutung beimessen würde wie du und ich dürfte mir unter allen Frauen eine aussuchen … du wärst auf jeden Fall in der engeren Wahl.»

Kaum hatte der Zeiger der Wanduhr die Fünf passiert, spurtete ich auch schon los zur Metrostation. Mittlerweile waren Straßen und Gehwege geräumt, doch die am Straßenrand parkenden Autos sahen immer noch aus wie Iglus, und die von den Räumfahrzeugen aufgetürmten Schneeberge reichten mir bis zum Knie. Als der Zug einfuhr, haderte ich für einen Moment mit mir. Bis vor einer Minute war ich mir so sicher gewesen, dass es richtig war, was ich tat. Nun stiegen Zweifel in mir auf. Was, wenn Noah gar nicht mehr im Restaurant beschäftigt war? In den letzten Tagen hatte er das *Le Paname* überhaupt nicht mehr erwähnt. Er könnte sich etwas anderes gesucht haben. Und dann würde ich ihn nie wiedersehen. «Ach, Quatsch!», rief ich mich zur Räson. Warum sollte er nicht mehr dort arbeiten? Noah brauchte das Geld. Und selbst wenn, dann blieben mir noch der Friedhof und der Stand seines Freundes Gilles an der Place du Tertre als Anknüpfungspunkt für meine Suche. Aber so richtig schaffte ich es nicht, das flaue Gefühl in meinem Bauch zu vertreiben, das stärker wurde, je näher sich die Metro meinem Ziel, der Station Les Halles, näherte. Stur hielt ich den Blick geradeaus gerichtet, als ich durch die Menschenmenge am Bahnsteig hastete. Der Weg durch den riesigen Gebäudekomplex, in dem sich die Untergrundbahn befand, war mir schon immer lang vorgekommen, heute erschien er mir endlos. Ohne es zu wollen, war ich in einen rasanten Laufschritt gefallen. Auch die Rolltreppen spurtete ich hinauf. Oben angekommen, schaute ich mich völlig außer Atem um. Es war eine Weile her, dass ich das letzte Mal hier gewesen war, und bei Tag sah alles ganz anders aus. Rechts, links, geradeaus? Ich musste die Kartenfunktion meines Handys aufrufen. Es führte mich nach links in eine Art Fußgängerzone mit mehreren Kleidergeschäften und Restaurants. Das *Le Paname* lag am Ende der Straße.

Ich holte noch einmal tief Luft und stürzte zur Tür, doch sie war abgeschlossen. Durch die Glasscheibe sah ich, wie die Bedienung mit den nachlässig aufgesteckten Haaren gerade die Tische eindeckte.

Hektisch klopfte ich gegen die Scheibe. Sie blickte auf und zeigte auf ihre Armbanduhr, um zu demonstrieren, dass das Restaurant noch nicht geöffnet hatte, aber ich trommelte unbeirrt weiter. Ein genervter Zug legte sich um ihren Mund, und sie kramte aus ihrer Hosentasche einen Schlüsselbund hervor.

«Wir öffnen erst in einer Viertelstunde», sagte sie anstelle einer Begrüßung.

«Ich weiß», stieß ich aus, «ich brauche lediglich eine Auskunft. Es ist dringend. Arbeitet Noah noch hier?»

«Noah? Ja. Aber nicht heute. Erst am Montagabend wieder.»

Montagabend. Oh Gott! Bis dahin waren es noch ganze fünf Tage. «Kann ich seine Adresse haben?»

Sie runzelte die Stirn. «Ich glaube nicht, dass ich die herausgeben darf.»

«Dann wenigstens seine Nummer.»

«Die auch nicht.»

Ich stöhnte auf. Hatte ich es doch geahnt. Scheißdatenschutz! «Ich bin eine gute Freundin.»

«Warum hast du dann weder seine Adresse noch seine Telefonnummer?» Sie sah mich kühl an.

Ich biss mir auf die Lippen. Sie hatte recht. Auf sie musste ich wie ein durchgeknalltes Groupie wirken. Verdammt! Bis Montag noch. So lange konnte ich nicht warten. Ich würde Gilles suchen. Resigniert drehte ich mich um und blieb jäh stehen. Denn in diesem Moment kam eine dick eingemummte Gestalt durch den Außenbereich des Restaurants auf uns zugestapft.

«Noah?», rief die junge Frau. «Im Plan steht, dass Gregory heute mit mir Schicht hat.»

«Er hat mit mir getauscht.» Angespannt sah er mich an.

Ich versuchte etwas zu sagen, aber meine Kehle war wie zugeschnürt.

«Da ist er also», sagte Noahs Kollegin, als das Schweigen im Lokal immer unangenehmer wurde. «Wenn ihr mich braucht, ich bin in der Küche.» Sie verschwand durch eine Schiebetür.

«Was machst du hier?», fragte Noah schließlich.

«Ich wollte mich nach deiner Adresse erkundigen.»

«Aha.»

«Ja. Um dir zu erklären, wieso ich gestern Abend nicht gekommen bin.» Ich griff nach seiner Hand, aber Noah verschränkte die Arme vor der Brust. Seine ganze Körperhaltung drückte Abwehr aus.

«Ach, Scheiße!» Tränen schossen mir in die Augen. «Warum musst du um alles so ein verdammtes Geheimnis machen? Ich habe keine Nummer von dir, ich weiß nicht, wo du wohnst, ich kenne noch nicht einmal deinen Nachnamen. Wie hätte ich dich erreichen sollen? Nina hatte Fieber. Ich konnte sie nicht allein lassen. Und wenn du wie jeder normale Mensch ein Handy besitzen würdest, wäre die ganze Sache überhaupt kein Problem gewesen.»

Ein Junge und ein Mädchen, beide mit Dreadlocks und geringelten Bob-Marley-Mützen auf dem Kopf, betraten das *Le Paname*. Sie musterten mich irritiert und setzten sich an einen Tisch am Fenster.

«Ich habe keinen Bock mehr auf diesen ganzen Kinderkram.

Nichts darf ich von dir wissen», zischte ich. «Oh nein, ein Handy habe ich nicht. Wozu braucht man das heutzutage schon? Und dir zeigen, wo ich wohne, kann ich auch nicht. Das ist zu weit weg», äffte ich ihn nach. «Der gestrige Abend war die Hölle für mich. Aber dir geht deine ach so heilige Privatsphäre über alles, und wie es mir dabei geht, ist dir scheißegal.» Ich drehte mich zur Tür um und wollte abhauen, aber Noah hielt mich fest und zog mich wortlos zu den Garderoben im hinteren Bereich des Restaurants.

«Lass mich los! Ich bin keine Puppe.» Ich funkelte ihn an.

«Nur wenn du mir versprichst, dass du nicht wegläufst und mir zuhörst.»

«Ich wüsste nicht, was du mir noch groß zu sagen hättest», höhnte ich. Noah stand so dicht vor mir, dass ich seinen warmen Atem auf meiner Haut spürte, und obwohl ich stinksauer auf ihn war – oder vielleicht gerade deswegen –, fing mein Unterleib, dieser Verräter, an, lustvoll zu pochen.

«Das habe ich aber. Denn es ist mir nicht egal, wie es dir geht. – Du bist mir nicht egal», fügte er leise hinzu.

«Dann hör auf, mich aus deinem Leben auszuschließen.» Ich sah ihm fest in die Augen.

«Du willst wissen, wo ich wohne?»

Ich nickte.

«Als wir uns kennengelernt haben, wolltest du, dass ich dir Paris von seiner schönsten Seite zeige.»

«Ja, und?»

Noah seufzte frustriert und trat einen Schritt zurück. «Glaub mir, die Ecke, in der ich lebe, gehört garantiert nicht dazu.»

Kapitel 18

Noah kickte einen kaputten Fußball zur Seite und öffnete die Tür. Der Geruch von scharfem Essen, Putzmittel und etwas Süßlichem drang in meine Nase. Über eine braune, abgeschabte Holztreppe führte er mich nach oben. Im ersten Stock stand eine der Wohnungen offen, und ich konnte in einen zugestellten Flur blicken. Ein kleines Mädchen mit Triefnase saß auf einem schäbigen Läufer und spielte mit einem Schuh. Im zweiten Stock kam uns ein junger Kerl mit wild abstehender Lockenmähne entgegen. Trotz des nasskalten Winterwetters trug er nur ein ausgebeultes kurzes Shirt, das ein Stück seines gebräunten Bauchs sehen ließ. In der Hand hielt er einen Joint. Grußlos trabte er an uns vorbei.

«Wie viele Stockwerke sind es noch?», fragte ich atemlos. Ich war das Treppensteigen nicht mehr gewohnt. Das Mehrparteienhaus, in dem ich wohnte, war ja beileibe kein Designerloft, aber selbst das hatte einen Aufzug.

«Wir wohnen ganz oben.»

«Wir?»

«Meine Eltern, meine Schwestern und ich.»

«Du wohnst noch bei deinen Eltern?»

«Habe ich das nicht gesagt? Paris ist ein teures Pflaster.»

Hoffentlich war niemand da. Mit einem mulmigen Gefühl im Bauch schleppte ich mich weiter. Ich hatte nicht damit gerechnet, dass Noah mich noch am selben Tag mit zu sich nach Hause nehmen würde. Aber direkt nach unserer Auseinandersetzung im *Le Paname* hatte er einen Kollegen angerufen und darum gebeten, ihn im Restaurant zu vertreten.

Im fünften Stock musste ich kurz verschnaufen, denn Noah legte ein ordentliches Tempo vor. Ich sah aus dem Fenster. Mehrere Säcke lagen im Vorgarten, einer von ihnen war aufgeplatzt, und Müll quoll heraus. In einer Bushaltestelle hatten Obdachlose ein Matratzenlager errichtet. Eine dunkelhäutige Frau fütterte ein Baby mit einem Joghurt, eine andere hatte sich so tief in ihrem Schlafsack vergraben, dass nur noch einige verfilzte Haarsträhnen daraus hervorschauten.

Vor einer blau angestrichenen Holztür blieb Noah stehen. *Mastey* stand auf dem Klingelschild. Lautes Heulen drang aus der Wohnung, und kaum hatte er den Schlüssel herumgedreht, schoss ein Mädchen mit krausen dunkelbraunen Haaren auf ihn zu und warf sich ihm an den Hals.

«Noah, Jessy will mich nicht fernsehen lassen. Dabei bin ich heute Abend dran», jammerte die Kleine.

«Stimmt nicht. Elena hat gestern erst geschaut.» Ein größeres Mädchen lehnte nachlässig an der Wand, die langen Beine gekreuzt. Zwischen den blau lackierten Fingernägeln ließ es provozierend eine Fernbedienung baumeln.

Noah legte die Stirn in Falten. «Es ist total kalt hier drinnen. Ich hab euch doch gesagt, dass ihr Holz nachlegen sollt.»

Ich folgte Noah in eine winzige Küche. Sie wirkte heruntergekommen, aber gemütlich mit vielen bunten Kinderzeichnungen und Fotos an den Wänden und Blumen auf der Fensterbank. In der Ecke stand ein alter Fernseher, auf dem MTV lief. Noah drehte ihn leiser und blitzte seine Schwestern an. «Und den Mittagstisch habt ihr auch nicht abgedeckt.»

Schmutzige Teller mit eingetrockneten Soßenresten, eine halbvolle Schüssel Reis und benutzte Gläser standen darauf.

«Noah! Musst du heute nicht zur Arbeit?» Eine Frau mit blonden, unordentlich nach hinten gebundenen Haaren erschien im Türrahmen. Sie trug einen Morgenmantel und hatte die Arme fest um ihren mageren Körper geschlungen. Auch ihr Gesicht wirkte ausgezehrt. «Ach!» Ihre Augen weiteten sich. «Du hast Besuch.» Sie hustete rasselnd.

«Ja, das ist Mia.»

Verlegen reichte ich der Frau die Hand. Ihre Haut fühlte sich so feucht an wie die von Nina am Tag zuvor.

«Tut mir leid, dass es hier so aussieht. Ich … ich bin krank.» Unsicher huschte ihr Blick durch Flur und Küche und blieb an dem Wäscheberg neben dem Esstisch hängen.

«Das macht doch nichts», versuchte ich, ihr etwas von ihrem Unbehagen zu nehmen. «Wenn ich keinen Besuch erwarte, sieht es bei mir viel schlimmer aus.»

«Ich räume gleich auf.» Noah schaute Elena und Jessy düster an. «Geh du zurück ins Bett. Hast du deine Medizin schon genommen?»

Die Frau nickte und schlurfte davon.

«Und ihr macht eure Hausaufgaben», fuhr er seine Schwestern an.

Die beiden Mädchen wechselten einen schnellen Blick, folgten seiner Aufforderung jedoch widerspruchslos. Kurz darauf tönte laute Popmusik aus einem der Zimmer.

Noah warf ein paar Holzscheite in den verbeulten Ofen und zündete sie an. Er nahm ein Tablett vom Küchenschrank und räumte das schmutzige Geschirr darauf. Dann füllte er die Spüle mit heißem Wasser, gab einen Spritzer Spülmittel hinein und begann mit dem Abwasch.

«Lass mich dir helfen!» Ich griff nach einem Handtuch, dankbar, nicht länger wie bestellt und nicht abgeholt in der Küche herumstehen zu müssen. Eine Weile arbeiteten wir schweigend nebeneinanderher. «Was hat deine Mutter? Die Grippe?», fragte ich, weil Noah keine Anstalten machte, irgendetwas zu sagen.

«Sie hat COPD.»

«Ist das … was Ernstes?»

Noah reichte mir ein nasses Glas. «Sie wird nicht daran sterben, wenn du das meinst. Zumindest wenn nichts Unvorhergesehenes passiert. Es ist so etwas Ähnliches wie eine chronische Bronchitis. Es geht meiner Mutter auch nicht immer so schlecht wie heute. Das nasskalte Wetter macht ihr zu schaffen.»

«Und dein Vater? Lebt er auch hier?»

«Ja, aber er arbeitet in einer Fabrik im Norden von Paris. Er kommt erst in einer Stunde heim.» Noah hielt stur den Blick auf das mittlerweile schmutzige Spülwasser gerichtet. «Na, bist du zufrieden, jetzt, wo du weißt, wie es bei mir zu Hause aussieht?»

«Was soll das?», fragte ich leise.

«Ich glaube nicht, dass du damit gerechnet hast.»

«Womit?»

«Mit allem. Damit, dass meine Mutter nur noch aus Haut und Knochen besteht. Damit, dass meine Schwestern sich direkt nach der Schule vor den Fernseher legen. Dass abends noch das schmutzige Geschirr vom Mittagessen auf dem Tisch steht. Und auch nicht damit, dass wir in einem solchen Loch wohnen.»

«Es ist kein Loch.»

«Nein?»

«Nein.» Ich trocknete meine Hände notdürftig an dem feuchten Geschirrhandtuch ab. «Denn in einem Loch würde es keine Blumen geben und auch nicht so viele Fotos und Bilder.»

Noah schwieg.

«Ist das von dir?» Ich zeigte auf eine der gerahmten Buntstiftzeichnungen. Ein Mann und eine Frau waren darauf abgebildet.

«Am ersten Schultag sollten wir unsere Familie malen.»

«Fünf Finger, Nase, Mund, Augen … du hattest bereits damals Talent.»

Noah lachte auf. «Auch nicht mehr als meine Schwestern.»

«Und warum hat deine Mutter auf diesem Foto einen Ball in der Hand?» Ich deutete auf eine jüngere, hübschere und vor allem viel lebendigere Kopie der Frau, die vorhin bei uns im Zimmer gestanden hatte. «Hat sie in einer Mannschaft gespielt?»

«Sie war Sportlehrerin an einer Grundschule.»

«War?»

«Ihre Krankheit verläuft in Schüben. Seit sich ihre Lungenfunktion so verschlechtert hat, kann meine Mutter nicht mehr arbeiten. Deswegen mussten meine Eltern auch hierherziehen. Sie konnten sich unsere alte Wohnung nicht länger leisten. – Und deshalb bin ich auch wieder bei ihnen eingezogen», fügte er hinzu.

«Zeig mir dein Zimmer.» Ich nahm ihn an der Hand.

Anders als im anderen Teil der Wohnung waren hier die Wände leer. Keine Bilder, keine Fotos, nicht einmal ein Poster. Überhaupt befand sich kaum etwas in diesem Raum. Es gab ein Bett, eine Kommode, ein Regal mit Büchern, einen Kleiderschrank und eine Staffelei, an der mehrere Leinwände in verschiedenen Größen lehnten. Auch sie waren weiß und unberührt.

Ich trat an das Bücherregal. Überwiegend Autoren, deren Namen mir nichts sagten. Abgesehen von Dan Brown und einem Tagebuch von Heinrich Heine, in dem er über seine Zeit in Paris berichtete.

«Du interessierst dich für deutsche Dichter», stellte ich schmunzelnd fest.

«Das Buch gehört meiner Mutter.» Wenn mich nicht alles täuschte, changierte Noahs Teint bei diesen Worten allerdings einen Tick ins Rosafarbene.

«Das muss dir nicht peinlich sein. Ich finde es sehr lobenswert, dass du dich über ein Stück deutscher Kultur informiert hast», sagte ich mit einem breiten Grinsen. «Wir haben uns schließlich über Heine kennengelernt. Ich werde deine Mutter fragen, ob ich es mir ausleihen darf.»

«Nimm es dir ruhig. Sie wird nichts dagegen haben», entgegnete Noah, sichtlich froh, dieses Thema abhaken zu können.

Ich steckte die Biographie in meine Handtasche und ließ meinen Blick erneut durch das Zimmer schweifen. Unglaublich, dass sich abgesehen von den Büchern so gar nichts Persönliches darin befand. «Bist du gerade erst eingezogen?»

«Nein. Ich wohne seit drei Jahren hier.»

«Es wirkt aber nicht so.»

«Ich hatte auch nie vor, länger zu bleiben.»

«Da du dich jetzt aber häuslich niedergelassen hast, könntest du den Raum ein wenig aufpeppen.» Ich stellte eine der Leinwände auf die Staffelei. «Besitzt du auch Farben? Bisher habe ich nur Bleistiftzeichnungen von dir gesehen.»

Noah nickte und zog eine Schublade auf. Eine Schachtel mit Ölkreiden und mehrere Tuben Acrylfarben lagen darin.

«Na siehst du. Alles da.» Ich lächelte ihn auffordernd an.

«Ich habe schon ewig nicht mehr gemalt.»

«Warum nicht?»

«Weil ich nicht gut genug bin.»

«Was für ein Unsinn! Ich mag deine Zeichnungen. Wieso gehst du nicht auf die Uni und machst etwas aus deinem Talent?»

«Ein Studium kostet Geld.»

«In Deutschland können Studenten Bafög beantragen. So etwas Ähnliches muss es in Frankreich auch geben. Oder willst du dich dein ganzes Leben mit Gelegenheitsjobs über Wasser halten?»

«So einfach ist das alles nicht.»

«Doch. So einfach ist das. Du hast nur Angst. Und ich fordere eine Revanche.» Ich stieß ihm spielerisch den Zeigefinger in die Brust.

«Eine Revanche?»

«Kannst du dich nicht mehr daran erinnern, wie wir am Karussell vor dem Eiffelturm standen? Ich wollte nicht mitfahren, doch du meintest, man solle jeden Tag etwas tun, vor dem man sich fürchtet. Also …» Ich blickte demonstrativ auf die jungfräuliche Leinwand.

«Sofort?»

«Hast du heute Abend noch was anderes vor?»

«Ich kann das nicht auf Kommando», wehrte Noah unwillig ab.

«Es muss ja auch nicht gleich die Mona Lisa sein. Du sollst dir lediglich wieder etwas zutrauen.» Ich nahm einige der Acryltuben in die Hand und hielt sie wie einen Fächer ausgebreitet vor meine Brust. «Such dir zwei aus.»

«Warum?»

«Mach einfach.»

Mit gerunzelter Stirn traf er seine Auswahl. «Und jetzt?»

Ich drehte den Deckel der Tuben auf und gab mehrere Kleckse kobaltblauer und sonnengelber Farbe auf die Leinwand. «Jetzt kannst du malen.»

«Ohne Pinsel?»

«Haben deine Eltern dir als Kind nie Fingerfarben gekauft?» Ich legte meinen Zeigefinger auf einen gelben Fleck und verrieb ihn in einer kreisförmigen Bewegung, anschließend ließ ich die Farbe wie die Strahlen einer Sonne nach außen auslaufen. Einen blauen Klecks verwandelte ich in eine Wolke. «So. Nun bist du dran!»

«Sieht aus wie eine Kinderzeichnung.» Noahs Mundwinkel zuckten.

«Um dir den Anfang zu erleichtern, bin ich ganz bewusst zu meinen Wurzeln zurückgekehrt», erklärte ich würdevoll. «Du kannst mir gerne zeigen, dass du es besser beherrschst.»

Noah tauchte seine Fingerspitzen in einen blauen Klecks und malte ebenfalls eine Wolke.

«Ganz toll», lobte ich und musste über meinen Kindergärtnerinnenton lachen. «Wie wäre es mit ein bisschen Gras?»

Noah nahm ein helles Rot aus der Schublade. «Ich könnte auch einen Regenbogen malen», sagte er spöttisch.

«Ich sehe, du hast Blut geleckt. Vielleicht sollte ich Kunsttherapeutin werden.» Ich zwinkerte ihm zu.

Doch Noah hatte sich bereits an die Arbeit gemacht und mit dem Zeigefinger einen breiten roten Bogen gezogen, den er in Gelb übergehen ließ. Ich selbst schraubte eine Tube mit maigrünem Aufdruck auf, bedeckte den unteren Teil des Bildes mit eng nebeneinanderstehenden Strichen und setzte blaue Tupfen als Blumen dazwischen.

«Als ich das letzte Mal mit den Fingern gemalt habe, war ich höchstens sechs. Mein Vater hatte meinen Schwestern und mir im Keller einen Raum überlassen, den wir gestalten konnten, wie wir wollten.» Bei der Erinnerung an Helga, Fee, Lilly und mich, wie wir mit roten Wangen und vor Begeisterung glühenden Augen nebeneinanderstanden und Prinzessinnen, Pferde, Blumen und Häuser auf die vorher noch kahlen Kellerwände zauberten, wurde ich fast ein bisschen schwermütig. «Manchmal würde ich gerne noch einmal von vorne anfangen.»

«Ich auch.» Noah schaute einen Moment nachdenklich auf mich herunter. Im funzligen Licht der Deckenlampe sahen seine Augen ganz dunkel aus. «Aber nicht jetzt.»

«Nein?» Ich überlegte, ob ich einen Fleck auf der Nase hatte. Irgendetwas, das seinen prüfenden Blick rechtfertigte. «Warum nicht?»

Noah schwieg eine Weile, und ich rechnete schon damit, dass er mir nicht antworten würde, aber dann tat er es doch, und der Ausdruck in seinem Gesicht wurde dabei ganz weich. «Weil ich in diesem Moment ganz genau da bin, wo ich sein will.»

Mein Herz machte einen überraschten Satz, und in meinem Magen breitete sich ein warmes Gefühl aus. Hatte er das wirklich gerade gesagt? Ich wollte schon den Kopf wegdrehen, zu einer flapsigen Antwort ansetzen, doch sein Blick hielt meinen fest und ich vergaß, was ich sagen wollte. Ohne seine Augen von meinen zu lösen, ließ er seine Hand langsam, Zentimeter für Zentimeter, über die Leinwand hinunter bis zu meiner Hand gleiten. Ich hielt den Atem an. Die Luft um uns herum knisterte, war wie elektrisiert, versprühte Funken. Sanft strichen seine Fingerspitzen über meine Haut, und ich erschauderte unter seiner Berührung. Unsere Finger verhakten sich ineinander, Blau vermischte sich mit Gelb zu Grün, unsere Blicke badeten ineinander. Sein Kopf neigte sich zu meinem. Erwartungsvoll öffnete ich die Lippen.

«Gib mir die beschissene Fernbedienung zurück, Elena!», kreischte Jessy im Flur.

Mit wild klopfendem Herzen fuhr ich zurück, und auch Noah starrte erschrocken zur Tür. Der Zauber war verflogen, der Traum ausgeträumt. Enttäuscht sanken meine Schultern herab.

«Meine Schwestern sind die Pest», grollte Noah. «Sollen wir etwas essen gehen? Um die Ecke gibt es einen guten Inder.»

Ich atmete ein paarmal tief ein und aus. Noch war ich nicht so ganz in der Wirklichkeit angekommen. «Deine Mutter sieht aus, als ob sie auch etwas vertragen könnte.»

«Wir bringen allen was mit.»

«Ich dachte, du hast kein Geld.»

«So arm bin ich nun auch wieder nicht. Außerdem fällt mir nichts Besseres ein.»

«Ist es in Frankreich erlaubt, Italienisch zu essen?»

Belustigt sah Noah mich an. «Aus welchem Grund sollte es das nicht sein?»

«Das trifft sich gut. Denn zufälligerweise ist meine Lasagne legendär.»

«Du kannst kochen?»

«Ja, Pasta. Die beherrsche ich allerdings in sämtlichen Variationen. Habt ihr Lasagneblätter, Mozzarella, Hackfleisch, Butter, Milch, Mehl und Tomaten im Haus?»

«Butter, Milch und Mehl bestimmt, aber den Rest …?» Er zuckte die Achseln.

«Kein Problem. Auf dem Weg hierher sind wir an einem Supermarkt vorbeigekommen. Ich kaufe ein, du legst die Wäsche zusammen.» Ich griff nach meiner Jacke.

Die Minusgrade, die draußen herrschten, würden meinen erhitzten Körper hoffentlich wieder auf ein normales Level bringen.

Kapitel 19

«Hier riecht es aber gut», lobte Noahs Vater.

Ein Blick auf ihn genügte, um zu wissen, woher Noah sein gutes Aussehen hatte: Zwar war sein Teint um mehrere Nuancen dunkler als der seines Sohnes, und er hatte braune Augen statt grüner, aber beide waren groß und breitschultrig und besaßen die gleichen ebenmäßigen Züge, das gleiche warme, ein wenig schwermütige Lächeln. «Geht es deiner Mutter besser?»

Noah schüttelte den Kopf.

«Und wer hat gekocht?» Ein Schatten legte sich auf das Gesicht des Mannes.

«Ich», antwortete ich und schämte mich für meine piepsige Kleinmädchenstimme. Mit Noah gemeinsam zu kochen hatte Spaß gemacht. Mit seinen Eltern gemeinsam zu essen war ein anderes Kaliber. Ich räusperte mich. «Sie können sich an den Tisch setzen, die Lasagne ist fertig.» Ich zog eine der beiden dampfenden Auflaufformen aus dem Ofen, und Noah entkorkte eine Flasche Rotwein.

Noahs Vater lächelte. «Ich hole meine Frau. – Elena, Jessy! Es gibt Essen!», rief er auf dem Weg ins Schlafzimmer, und das laute Gepolter auf dem Gang zeigte mir, dass seine Worte gehört worden waren.

Elena wirbelte herein und setzte sich an den Tisch. «Hm, Lasagne. Das hat es bei uns noch nie gegeben.» Sie fuhr sich mit der Zungenspitze über ihre Lippen.

Jessy folgte ihr mit den blasierten Bewegungen eines Laufstegmodels. «Kohlenhydrate am Abend.» Sie rümpfte die Nase.

«Wenn du nichts möchtest, bleibt mehr für uns.» Elena richtete hoffnungsvoll die Augen auf ihre ältere Schwester und erinnerte mich dabei an Lillys Hund Loki.

«Ich werde es schon runterbringen», murmelte Jessy, konnte ihren hungrigen Blick jedoch kaum verbergen und nahm sich auch bereits nach wenigen Minuten die zweite Portion. Auch dem Rest der Familie schmeckte es. Zum Glück hatte ich die doppelte Menge gemacht. Selbst Noahs Mutter leerte ihren Teller.

«Deine Lasagne ist wirklich hervorragend, Mia», lobte sie mich. Mit einem Jogginganzug bekleidet und mit gekämmten Haaren sah sie schon ein gutes Stück weniger elend aus als bei meiner Ankunft. «Verrätst du mir, wie du sie machst? Ich könnte dir dafür das geheime Familienrezept für Couscous anbieten.»

«Die Lasagne schmeckt besser», kommentierte Jessy mit vollem Mund und fing sich dafür einen strafenden Blick von ihrem Vater ein, dem sie jedoch, ohne mit der Wimper zu zucken, standhielt. Schnell versteckte ich mein breites Grinsen hinter einer Serviette. Trotz ihres rebellischen, provokanten Gehabes hatte ich Noahs Schwester sofort ins Herz geschlossen. Vermutlich weil sie mich an mich selbst erinnerte. Mit fünfzehn war ich ebenfalls ein ganz schönes Früchtchen gewesen. Ach, was sagte ich? Mit fünfzehn? Im Grunde genommen hatte sich diese Phase bei mir ausgedehnt, bis ich Rik getroffen hatte. Hurra! Ich hatte es doch tatsächlich geschafft, mehr als einen halben Tag nicht an den Kerl zu denken. Unauffällig zog ich unter der Tischdecke mein Handy ein Stück aus der Hosentasche, um einen Blick darauf zu werfen. Seit Lillys Enthüllung rechnete ich stündlich damit, dass er sich bei mir meldete. Aber auch dieses Mal zeigte das Display weder eine Nachricht noch einen Anruf an.

«Mia?» Noah berührte mich am Arm.

«Ja?» Ich zuckte zusammen und schob das Handy zurück.

«Meine Mutter hat dich gefragt, ob sie das Rezept von deiner Lasagne haben kann?»

«Natürlich. Das Geheimnis besteht darin, dass man das Hackfleisch gefroren in den Tomatensugo gibt, damit es schön saftig bleibt. Ich schreibe es nachher gern für Sie auf.»

«Für *dich.*» Sie lächelte mich warm an. «Und sag Nicole zu mir. Sonst fühle ich mich furchtbar alt.»

«Mama ist erst fünfundvierzig», erklärte Elena ernsthaft.

«Fünfundvierzig erst?», wiederholte ich. Im selben Moment wurde mir bewusst, wie taktlos mein Erstaunen war. «Also nicht, dass ich das nicht glauben würde oder dass Sie … dass du älter aussiehst, aber … äh …» Ich warf Noah einen hilfesuchenden Blick zu.

«Sie hat mich mit sechzehn bekommen», erklärte er schmunzelnd.

«Ganz schön früh», stieß ich hervor.

«Ja. Dafür haben wir uns mit den nächsten beiden Quälgeistern Zeit gelassen.» Nicole streichelte ihrem Mann die Hand, und er sah sie liebevoll an.

Obwohl ich von ihrer Krankheit und den Geldsorgen wusste, beneidete ich Noah in diesem Augenblick um seine Eltern. Den Gedanken an mein bevorstehendes Patchwork-Familien-Weihnachtsfest schob ich eilig beiseite.

Nachdem ich Noah, Elena und der wild protestierenden Jessy geholfen hatte, die Küche aufzuräumen, kehrte in der Wohnung Ruhe ein. Elena und Jessy gingen in ihr gemeinsames Zimmer, Nicole legte sich wieder ins Bett, und ihr Mann, den ich

Nadim nennen sollte, schaltete den Fernseher ein und schaute sich die Nachrichten an. Auch Noah und ich zogen uns zurück.

«Danke, dass du für uns gekocht hast.» Noah lächelte mich an. «Es war schön, mal wieder etwas zu essen, das nicht aus einer Dose oder aus dem Tiefkühlfach kommt.»

«Ach, das waren doch nur Nudeln», tat ich sein Lob wegwerfend ab, freute mich jedoch sehr über seine Worte. «Du hast eine nette Familie.»

«Ja. Ich hätte sie dir nur gerne unter anderen Umständen und in einer anderen Umgebung vorgestellt.»

«Die Umgebung stört mich kein bisschen.» Ich nahm ihn bei der Hand und führte ihn zum Fenster. Ein winziger Park grenzte an das Hochhaus. Vom Schein der Straßenlaternen wurde er in ein goldenes, seltsam melancholisches Licht getaucht. «Schau mal! Sieht dort unten nicht alles ganz rein und weiß und feierlich aus?»

Noah nickte.

«Aber an den Stellen, wo der Schnee bereits geschmolzen ist, scheint der braune, matschige Boden durch.»

«Worauf willst du hinaus?», fragte er.

«Ist es nicht viel besser, wenn genau das Gegenteil der Fall ist und sich unter etwas Schäbigem eigentlich etwas sehr Schönes verbirgt?»

Noah schluckte. Und auch ich fühlte mich auf einmal ganz befangen. Ich zeigte auf unser Meisterwerk, um meine Verlegenheit zu überspielen. «Ist doch gar nicht so schlecht geworden.»

Auch Noah war über den Themawechsel erleichtert. «Sollte ich mich jemals doch noch an der Uni bewerben, werde ich dieses Bild auf jeden Fall berücksichtigen, wenn ich meine Bewerbungsmappe zusammenstelle.»

«Tu das, was ich vorhin zu dir gesagt habe, nicht einfach so ab», sagte ich streng. «Du solltest es wirklich versuchen. Ich finde es gut, dass du deiner Familie hilfst, aber du hast auch ein eigenes Leben. Noch hast du die Chance, etwas daraus zu machen.» Ich hörte mich an wie einer dieser Fernsehprediger.

Noahs Gesicht war ernst geworden. «Vielleicht hast du recht.»

«Natürlich habe ich das. Studieren und arbeiten, das geht. Das habe ich bei meinen Schwestern gesehen. Weißt du, an welchen Universitäten oder Fachhochschulen man in Paris Kunst studieren kann? Wir könnten schauen, wann die nächste Aufnahmeprüfung stattfindet.»

«Im März.»

«Du hast dich bereits erkundigt?»

Noah wich meinem Blick aus. «Ja. Nachdem ich mit dir im Jardin du Luxembourg war.»

«Gib zu, dass dich die aus dem Teich ragende Plastiknase dazu verleitet hat», neckte ich ihn.

Noah ging nicht auf meinen lockeren Tonfall ein. «Zunächst muss man eine Mappe mit Probearbeiten abgeben. Erst wenn die für gut genug befunden wird, lädt die Kommission zur Aufnahmeprüfung ein.»

«Hast du schon Bilder, mit denen du diese Mappe füllen kannst?»

Noah nickte. «Ein paar Zeichnungen. Aber es müssen auch Farbgestaltungen hinein.»

«Wie gut, dass ich dir gerade Nachhilfe gegeben habe … Jetzt, da du selbstbewusster geworden bist, solltest du es allerdings auf jeden Fall allein versuchen.» Ich trat näher an ihn heran, bis ich so dicht vor ihm stand, dass ich den Meeresbrise-Duft seines Rasierwassers riechen konnte.

«Ich habe dir doch gesagt, dass ich nicht spontan malen kann.»

«Vielleicht … musst du dir nur ein wenig Anregung holen.» Die zwei Gläser Wein, die ich zur Lasagne getrunken hatte, sorgten dafür, dass ich mich angenehm beschwipst fühlte. Und dieses Mal ging Noah tatsächlich auf meine Spielchen ein.

«Und du meinst, du würdest sie mir verschaffen?» Sein rechter Mundwinkel zuckte.

«Ich könnte es zumindest versuchen.» Ich fuhr mit dem Zeigefinger über seine Brust und blickte ihm tief in die Augen.

«Was ist, wenn jemand reinkommt?» Seine Stimme klang heiser.

«Im Schloss steckt ein Schlüssel.»

«Dann sollte ich wohl abschließen.»

«Wenn deine Schwestern nicht aufgeklärt sind, wäre das besser.»

Ohne mich aus den Augen zu lassen, ging er zur Tür.

«Und nun?» Von seiner sonstigen Reserviertheit war nicht mehr viel zu spüren.

«Nun bin ich an der Reihe.» Einen winzigen Moment zögerte ich, dann öffnete ich Knopf für Knopf meine Bluse und ließ sie von meinen Schultern gleiten. Auch meine enge Hose streifte ich von den Hüften, sodass ich nur noch einen transparenten Slip und ein dünnes Seidenhemd trug. Der kühle Stoff schmiegte sich an meine Brustwarzen, und ich spürte, wie sie sich zu kleinen Knospen zusammenzogen. «Na, schon inspiriert?»

Noah betrachtete mich aufreizend ungerührt von oben bis unten und schüttelte lächelnd den Kopf.

Die Seide sank zu Boden. «Und jetzt?» Mein Blick versank in seinem.

«Langsam kommen mir erste Ideen.» Das unregelmäßige Heben und Senken seines Brustkorbs strafte seine gleichgültige Miene Lügen.

«Werden es nun ein paar mehr?» Meine Hände wanderten

zu meinem Slip, und Noah atmete scharf ein. Wie gebannt hing sein Blick an meinen Fingern, die das letzte Stück Stoff an meinem Körper aufreizend langsam nach unten zogen.

Ich richtete mich auf, kickte den Slip in eine Ecke und schaute ihn unschuldig an. «Mehr kann ich leider nicht für dich tun.»

«Das glaube ich schon.» Noah kam zu mir, und mit festem Griff legte er die Hände auf meine Taille, sein Atem streifte meine Schläfe, und am liebsten hätte ich ihm sein Shirt und seine Jeans vom Leib gerissen, um seine Haut an meiner zu spüren. Doch ich gab mir einen Ruck und schob ihn fort.

«Erst die Arbeit, dann das Vergnügen. So einen Privat-Strip gibt es von mir nicht umsonst.»

Ich stolzierte zum Bett und warf Noah über meine Schulter hinweg einen lasziven Blick zu. «Worauf wartest du? Schwing den Pinsel. Und wenn du fertig bist, darfst du nachkommen.» Ich ließ mich auf das Bettlaken sinken.

Durch den Vorhang meiner gesenkten Wimpern beobachtete ich, wie Noah ein paar Momente unentschlossen dastand. Dann ging er zur Staffelei und griff nach der Schachtel mit den Ölkreiden. «Kannst du deine Beine ein wenig anwinkeln und deine Füße dabei durchstrecken?»

Ich folgte seinen Anweisungen. «So?»

Er nickte. «Und dein Oberkörper …»

«Ja?»

«Stütze dich auf die Unterarme und drücke deine Brust durch. Und jetzt lasse deinen Kopf nach hinten fallen. Drehe das Gesicht leicht zu mir.»

«Das ist aber nicht besonders bequem», protestierte ich. «Malen sollte für den Maler anstrengend sein und nicht für das Modell.»

«Was hast du vorhin gesagt? Erst die Arbeit, dann das Vergnügen.» Noahs grüne Augen funkelten belustigt und tasteten meinen Körper Zentimeter für Zentimeter ab. So, wie sie es schon einmal getan hatten. Auf der Place du Tertre. Und obwohl ich normalerweise kein Problem mit Nacktheit hatte, kam ich mir unter seiner intensiven Musterung auf einmal entblößt vor. Ich senkte den Blick und zwang mich, ruhig ein- und auszuatmen, was jedoch gar nicht so leicht war. Denn auch wenn ich es nicht sehen konnte, wusste ich schließlich, dass sein Blick auf meinem Körper ruhte. Ich hörte leises Schaben und Kratzen, und in meinen Gedanken übertrugen sich die Kreidestriche von der Leinwand auf meine Haut, waren wie eine Liebkosung, ein Versprechen. Unwillkürlich atmete ich schneller. Ich hob den Blick und begegnete Noahs Augen. Er lächelte mechanisch und arbeitete konzentriert weiter. Seine Brauen waren zusammengezogen, hin und wieder biss er sich leicht auf die Unterlippe, zog sie zwischen seinen Zähnen durch. Lange, gleichmäßige Kreidestriche wechselten sich mit kurzen, schnellen ab. Unter seinen Blicken und Händen wurde ich zu Wachs, und nur unter Aufbietung all meiner Willensstärke schaffte ich es, mich nicht selbst zu berühren. Mein ganzer Körper vibrierte.

Und so war ich mehr als erleichtert, als Noah nach mir endlos erscheinenden Minuten – oder waren es Stunden? – die Kreiden hinlegte und die Staffelei umdrehte. Ich versuchte mich aufzurichten, doch meine Muskeln waren so verkrampft, dass ich stöhnend zurücksank. Noah lachte. Er reichte mir die Hand und half mir hoch, sodass ich sein Werk betrachten konnte.

Die Frau auf dem Bild lag nicht auf einem Bett, sondern im Wasser. Es schmiegte sich an sie, umschmeichelte silbrig glänzend ihren Körper und verschwamm mit dem Himmel. Die Haut der Frau war von einem warmen Goldton, dunkelgraue Schatten betonten ihre Beine, die Wölbung ihrer Brüste. Das Bild war wunderschön. Nur eine Sache irritierte mich.

«Man kann ihr Gesicht nicht erkennen.» Die Frau auf dem

Bild hatte, anders als ich, den Kopf so weit nach hinten gelegt, dass man lediglich ihren schlanken Hals und den Ansatz ihres Kinns sehen konnte. Für einen Moment stieg die Angst in mir auf, dass ich ihm nicht hübsch genug war. «Warum hast du das gemacht?»

Noah lächelte. «Weil das Gesicht dieser Frau nur mir gehört.»

Seine Finger fuhren die Konturen meines Jochbogens und die meiner Wangenknochen nach, glitten über Lider, Nase, Lippen. Mit einem Seufzer schloss ich die Augen, wollte mich ganz in seinen Berührungen verlieren, aber etwas nagte an mir.

«Noah.»

«Ja.» Er hielt inne.

«Das Bild … Du … du darfst es gerne in deine Mappe aufnehmen und den Professoren zeigen, wenn es dir gut genug dafür erscheint, aber … bitte verkauf es nicht. Es wäre mir unangenehm, nackt im Wohnzimmer oder im Büro von fremden Menschen zu hängen.»

Noah schüttelte den Kopf. «Du hast ja komische Ideen.» Er strich mir die Haare zurück und zwang mich durch diese Geste, ihm in die Augen zu schauen. «Warum sollte ich so etwas Schönes denn freiwillig hergeben?»

«Es könnte ja sein, dass …» Doch mehr brachte ich nicht heraus, denn Noah verschloss meinen Mund mit seinen Lippen. Aber nicht sanft, wie bei unseren ersten Küssen, sondern hart und fordernd, sodass ich leise aufstöhnte.

Seine Hände wanderten tiefer, streichelten über meine Brüste und glitten über meine Taille zu meinem Bauch. Zwischen meinen Beinen begann es heftig zu pulsieren, und ich sehnte mich danach, ihn ebenfalls zu berühren.

Hastig zog ich ihm sein enges Shirt über den Kopf, und nun war ich es, die nach Luft schnappte. Bei unserer ersten Begegnung im *Le Paname* hatte ich mich bereits von Noahs Oberarmmuskeln und seinem breiten Brustkorb überzeugen können, aber er hatte sogar diese leichte Einkerbung zwischen Bauchmuskeln und Hüftknochen, die ich bei Männern schon immer so sexy gefunden hatte, aber bisher leider nur auf der Leinwand hatte bewundern dürfen. Entzückt legte ich meine Finger auf seine warme, glatte Haut. Ich zog Muskel für Muskel nach, doch als meine Hände diese Lieblingsstelle erreichten, warf Noah mich auf sein Bett.

«Du machst mich ganz verrückt, und wenn ich noch lange warten muss, kann ich für nichts garantieren», keuchte er. Er öffnete den Knopf seiner Jeans und riss sie zusammen mit den Boxershorts über seine Hüften.

«Warte!» Als er mit seiner Hand unter meinen Po fuhr und meinen Oberschenkel anheben wollte, hielt ich ihn zurück. «Hast du … du weißt schon?»

Noah griff in die Schublade seiner Kommode und holte ein schwarzes, glänzendes Briefchen heraus. «Meinst du das hier? So etwas nennt man Kondom.» Er grinste frech.

«Tatsächlich?» Mit einem unschuldigen Augenaufschlag nahm ich es ihm ab. «Das muss ich mir genauer ansehen», sagte ich und riss ungeduldig die Verpackung auf. Ich ließ die Hülle auf den Fußboden fallen und beugte mich über seinen Schoß. Mit geübten Fingern stülpte ich ihm das Gummi über und rollte es langsam hinunter. Genüsslich wiederholte ich diese Bewegung, bis Noah aufstöhnte. Meine Finger glitten tiefer, da packte er mit einem heiseren Fluch meine Hände und presste meinen Oberkörper zurück auf die Matratze. Warm und schwer lag er zwischen meinen Beinen. Ich genoss das Gewicht seines Körpers auf meinem, sein heißer Atem streifte meine Haut, und unter seinen Küssen und Berührungen vergaß ich alles um mich herum.

Als ich aufwachte, war es schon weit nach Mitternacht. Noah lag mit angewinkeltem Bein auf der Seite, und seine Haut hob sich im Schein des hereinfallenden Mondlichts dunkel von der hellen Bettwäsche ab. Ein paar Augenblicke betrachtete ich sein entspanntes Gesicht und lauschte seinem regelmäßigen Atem, bevor ich aufstand, leise meine Kleider zusammensuchte und mich anzog. Ich wollte mich nicht heimlich aus dem Staub machen, aber ich wollte ihn auch nicht wecken. Und am nächsten Morgen am Frühstückstisch neben Noahs Schwestern und seinen Eltern Platz zu nehmen oder mit ihnen das Bad zu teilen … dieser Gedanke behagte mir nicht.

Ich nahm ein Blatt Papier von seinem Schreibtisch. *Danke für den schönen Abend* schrieb ich darauf und überlegte sogar, noch ein albernes Herz oder einen Smiley dahinterzusetzen, beließ es aber letztendlich bei der Frage: *Heute Abend um halb sieben bei mir?* Behutsam strich ich ihm noch ein letztes Mal über das dunkle Haar und verließ das Zimmer.

Auf der Straße war kein Mensch zu sehen, auch das Obdachlosenlager in der Bushaltestelle hatte sich aufgelöst. Nur der kreisrunde Mond begleitete mich auf dem Weg zur Metrostation. Bestimmt hatte ich ihm den gestrigen Abend zu verdanken. Denn geplant hatte ich es nicht, mit Noah zu schlafen, als ich mit Schmetterlingen im Bauch und pochendem Herzen ins *Le Paname* aufgebrochen war. Andernfalls hätte ich mir heißere Unterwäsche angezogen und mir die Beine rasiert. Ich merkte, wie ich dümmlich vor mich hin griente. Schon wieder. Auch als ich verschwitzt und erschöpft in Noahs Armen gelegen hatte, hatte ich gespürt, wie sich dieser Ausdruck auf mein Gesicht stahl. Die Stunden mit ihm waren so schön gewesen. Und nie im Leben hätte ich gedacht, dass er, der sonst so ruhig und zugeknöpft wirkte, beim Sex jegliche Zurückhaltung ablegen würde.

Nach dem Autounfall hatte ich mich gefragt, warum Gott, Jehova, Buddha oder wer sonst mein Schicksal in seinen Händen hielt, so viel daran gelegen war, dass ich am Leben blieb. Jetzt wusste ich es.

Es war Zeit, von vorne anzufangen.

Kapitel 20

«Bonjour», trällerte ich Nina entgegen.

Die fuhr herum und hätte vor Schreck fast das Blech mit den Vanillekipferln fallen gelassen. Es geriet in Schräglage, und einige Plätzchen rutschten herunter und zerbrachen auf dem Boden.

«*Bonsoir* trifft es besser», entgegnete sie mit einem Blick auf die Uhr säuerlich und fegte die Teigruinen mit dem Besen auf ein Kehrblech.

«Bist du unter die Bäckerinnen gegangen?», erkundigte ich mich.

«Ich habe gehört, Männer stehen auf so etwas.» Nina warf mir ein blasiertes Lächeln zu, und obwohl ich wusste, dass sie auf Lilly anspielte, war meine Laune zu gut, um sie mir von ihr verderben zu lassen.

«Ich dachte, du wärst zurzeit nicht an Kerlen interessiert?»

«Ich sehe es als Investition in die Zukunft an.»

Ich zeigte auf die noch blassen, halbmondförmigen Teigstückchen. «Isst du sie auch?»

Demonstrativ griff Nina nach einem bereits gebackenen Kipferl und ließ es in ihrem Mund verschwinden. «Bist du nun zufrieden? – Ich weiß, was du denkst», sagte sie, als ich sie lediglich stumm anschaute. «Du glaubst, ich habe eine Essstörung, aber das stimmt nicht. Mein Magen bereitet mir wirklich Probleme. Ich war sogar schon beim Arzt deswegen.»

«Alkohol scheint ihm nichts auszumachen», erwiderte ich ironisch.

«Soll ich mir alles verbieten?»

Ich schwieg.

Nina stöhnte auf. «Mia, mit mir ist alles in Ordnung. Ich gebe zu, dass ich nicht ganz frei von magersüchtigen Tendenzen bin und mir ständig einbilde, zu fett zu sein. Ich habe mir früher auch hin und wieder den Finger in den Hals gesteckt, aber es hat nicht geklappt. Anscheinend bin ich selbst dazu nicht fähig», fügte sie bitter hinzu. «Und ich weiß, dass ich momentan scheiße aussehe.»

Überrascht hob ich die Brauen. So ein Wort aus Ninas Mund!

Sie lachte auf. «Ja, du hast richtig gehört. Außerdem habe ich schon einen Termin bei einem Heilpraktiker ausgemacht. Er meint, dass Akupunktur gegen meine Magenschleimhautentzündung helfen würde. Und gegen den Stress, den ich mir ständig mache. Einen Versuch ist es wert!»

Zweifelnd sah ich sie an. So ganz konnte ich ihr nicht glauben.

«Mia, endlich bist du aufgewacht!» Vincent betrat die Küche. «Ein Blick auf mein Handy und das heutige Datum hat mir heute Morgen die betrübliche Tatsache klargemacht, dass du nur noch eine Woche bei uns sein wirst. Und für den Kalender fehlen noch zwei Bilder. Wir müssen unbedingt einen Termin für ein Shooting ausmachen.»

«Wenn du möchtest, können wir gleich loslegen», entgegnete ich vergnügt. «Ich habe nichts vor.»

«Wirklich? Das wäre phantastisch! Heute siehst du nämlich ganz besonders großartig aus.»

Nina verdrehte die Augen. «Sie hat ja auch bis eben geschlafen.»

«Ich bin erst gegen Morgen nach Hause gekommen», protestierte ich.

«Mia!» Vincent spitzte entzückt die Lippen. «Hast du etwa die Nacht bei deinem Paris-Führer verbracht?»

«Ja», gab ich widerstrebend zu.

«Du wirst rot. Wie süß!» Er klatschte in die Hände.

«Im Ernst?» Auch Nina verzog die Lippen. «Du warst mit Noah im Bett?»

Ich nickte. «Lass uns keine große Sache daraus machen. Vincent! Hol du den Fotoapparat, ich schmeiße mich in mein Ballett-Outfit, und dann legen wir los.» Ich drehte mich um.

«Stopp! So leicht kommst du mir nicht davon, *ma chère*.» Vincent drückte mich auf einen der Küchenstühle. «Du musst mir verraten, wie dein Noah deine Augen derart zum Strahlen gebracht hat.»

«Na gut.» Ich schlug ein Bein über das andere. «Welche Version wollt ihr hören? FSK 12 oder FSK 16?»

«Was denkst du denn? Die Extended Version ab achtzehn.» Nina setzte sich ebenfalls.

«Nee, das bringe ich nicht. Schließlich möchte ich euch nicht neidisch machen.» Ich fing an, albern zu kichern.

«*Mon dieu!*» Vincent wechselte mit Nina einen schnellen Blick. «Ist das denn zu glauben? Mia hat sich verliebt!»

Ja, es stimmte. Zumindest ein kleines bisschen. Und meine Hochstimmung hielt sogar der heutigen künstlerischen Vision Vincents stand. Leider war der nämlich nicht so kreativ, dass er eigene Vorschläge ins Spiel gebracht hätte, sondern er griff tatsächlich meine nicht ganz ernst gemeinte Idee vom Tangotanzen auf der Tanzfläche hinter dem Pont de Sully auf. Obwohl ich innerlich so aufgewühlt war, dass Stillsitzen eine echte Folter für mich darstellte, harrte ich geduldig aus, während er mir mit seiner Puderquaste immer wieder über das Gesicht stäubte.

«So, jetzt bist du perfekt.» Er hielt mir den Spiegel seines Kosmetikkoffers vor die Nase. Selbst ich musste zugeben, dass ich abgesehen von meinem lächerlichen Outfit selten besser ausgesehen hatte.

«Sex ist einfach die beste Schönheitskur», bestätigte Vincent. «Man bekommt davon eine schöne Haut, glänzende Augen, ein hübsches Lächeln. Ich wusste doch, dass du etwas Süßem auf Dauer nicht widerstehen kannst.»

«Du bist unmöglich.» Ich knuffte ihn in die Seite. «Und jetzt lass uns endlich dieses dämliche Foto machen. Es ist schweinekalt in diesem dünnen Fähnchen.»

Vincent holte seine Kamera aus der Tasche, ich zog meinen Mantel aus und warf mich in Pose.

«Nimm das Kinn ein wenig höher, dreh die Schulter nach hinten, winkle dein linkes Knie an.» Vincents Anweisungen prasselten auf mich ein, und ich versuchte sie, so gut es ging, zu befolgen. Leicht fiel es mir nicht. Immer wieder schweiften meine Gedanken zur letzten Nacht ab. Die Erinnerung an Noahs Hände und Lippen auf meiner Haut löste wohlige Schauer aus, und auch mein Unterleib meldete sich durch ein sanftes, aber stetiges Pulsieren nachdrücklich zu Wort. Ich konnte es kaum erwarten, dass es Abend wurde und ich Noah endlich wieder küssen und berühren, ihn in mir spüren konnte.

Auch nach dem Shooting hielt meine Euphorie unverändert an. Arm in Arm schlenderte ich mit Vincent fröhlich durch den Marais, wo er mich zum Abschluss unseres gemeinsamen Projekts zu Kaffee und Törtchen eingeladen hatte. Mir ging es so gut. Der Orgasmus der letzten Nacht hatte nicht nur meinen Körper, sondern auch meinen Kopf von jeglicher Anspannung befreit. Momentan war es mir vollkommen egal, dass Rik sich bei Lilly nach mir erkundigt hatte. Sollte er doch! Das mit Rik war vorbei. Endgültig.

«Führst du Selbstgespräche?», fragte Vincent und riss mich aus meinen Gedanken.

Verlegen sah ich ihn an. «Wieso? Habe ich etwas gesagt?»

«Nein, aber deine Lippen haben sich bewegt. Ohne dir nahe treten zu wollen: Das sah ziemlich seltsam aus.»

«Ich sehe insgesamt ziemlich seltsam aus.»

War ich in den Tagen zuvor in meinem Ballett-Outfit zwischen all den schrillen Vögeln, die Montmartre und das Seine-Ufer bevölkerten, kaum herausgestochen, im vornehmen Marais fiel ich auf wie eine räudige Promenadenmischung inmitten von frisierten Pudeln. Designerfummel, so weit das Auge reichte. Und das nicht nur in den Auslagen der Boutiquen, sondern an nahezu allen Menschen, die Vincent und mir entgegenkamen. Sogar Tee- und Spielzeuggeschäfte sahen edel und teuer aus. Von den vielen Galerien ganz zu schweigen. Genau wie in den anderen Geschäften suchte man auch hier vergeblich nach Preisschildern, genauso wie nach Kunden. Vermutlich reichte der Verkauf eines einzigen Objekts im Monat, um dem Galeristen einen All-Inklusive-Urlaub auf den Seychellen zu ermöglichen. Großformatige Bilder und Fotografien standen in ansonsten leeren Räumen – ebenso wie allerlei andere fragwürdige Dinge. Oder musste ich mich einen Banausen schimpfen lassen, weil übergroße Bananen, Erdbeeren oder Salatköpfe für mich schlichtweg keine Kunst waren?

Eine der Galerien jedoch erregte mein Interesse. *Duchamp Fine Arts – Art Symbol Gallery* prangte in edlen Lettern auf dem Schild über der Eingangstür. Durch die gläserne Front konnte ich die Skulptur eines überdimensionalen Buches sehen, von dessen geschwungenen weißen Seiten eine Schar Schmetterlinge aufstieg. Ein Paar mit überproportional langen Beinen und bunt bemalten Körpern tanzte eng umschlungen miteinander. Wunderschön, aber schon verkauft, wie ein Schild bewies.

Auch die anderen Skulpturen und die abstrakten, farbenfrohen Bilder und Fotos an den Wänden gefielen mir. Sie verbreiteten gute Laune.

«Das hier ist der erste Laden, bei dem ich mir wünsche, Geld zu haben», sagte ich zu Vincent. Und erstarrte.

Ein junger Mann mit kurzen Haaren und hellbrauner Haut kam zusammen mit einer schwarzhaarigen Frau im eng geschnittenen Business-Kostüm aus einer der Türen im hinteren Bereich der Galerie. Er trug einen dunklen Anzug, ein helles gestreiftes Hemd, eine Krawatte mit Krawattennadel, polierte Halbschuhe.

«Was ist mit dir?», fragte Vincent.

«Da.» Ich zeigte in das Innere des Geschäfts.

«Noah arbeitet hier», stellte er verblüfft fest. «Hast du das gewusst?»

Stumm schüttelte ich den Kopf.

Noah und seine Begleitung gingen zur Empfangstheke, das Salma-Hayek-Lookalike zog ein Bündel Banknoten aus dem Portemonnaie und gab sie Noah. Einen der Scheine steckte sie in die Tasche seines Jacketts. Er lächelte sie beiläufig an, war solche Zuwendungen ganz offensichtlich gewohnt.

Ich schnappte nach Luft.

«Wofür bezahlt sie ihn?», flüsterte Vincent mir von hinten ins Ohr. «Sie hat doch gar nichts gekauft?»

«Das frage ich mich auch», entgegnete ich angespannt, während ich beobachtete, wie Noah den Safe abschloss und gemeinsam mit der glattgebügelten Tussi die Galerie verließ. Er drehte das Schild mit der Aufschrift *Geöffnet* herum und sperrte die Tür ab. Die Frau flüsterte ihm etwas ins Ohr, wobei sie mit den Fingern zärtlich über seinen Hemdkragen strich. Es musste etwas Lustiges sein, denn Noah lachte auf. Sie hakte sich bei ihm unter, und die beiden marschierten in Vincents und meine

Richtung. Hektisch sprang ich hinter einen Pfeiler und zerrte Vincent hinter mir her. Der Geruch eines schweren Parfums waberte an mir vorbei.

«Mia! Das ist kindisch, was du machst», schimpfte Vincent leise.

Fassungslos starrte ich auf die rassige Schwarzhaarige, die einen Autoschlüssel aus ihrer Lederhandtasche nahm und mit einer lässigen Handbewegung ihr silberfarbenes Coupé öffnete. Noah hielt ihr die Tür auf, sie schlängelte sich hinein, er selbst ging einmal um den Sportwagen herum und setzte sich auf den Beifahrersitz. Ich schnappte nach Luft. Was für ein Arschloch! Was für ein riesengroßes Arschloch! Voller Wut richtete ich mich auf, straffte die Schultern, reckte das Kinn und verließ mein Versteck.

«Was machst du denn da?» Vincent griff nach meinem Arm. Zu spät, denn da stand ich auch schon vor dem Wagen. Noahs Blick begegnete meinem, und ich konnte sehen, wie sich seine Augen hinter der Scheibe des tiefergelegten Autos überrascht weiteten. Ich streckte den Mittelfinger in die Höhe, drehte mich auf dem Absatz um und eilte hocherhobenen Hauptes davon.

«Warte!» Vincent hastete mir nach.

Ich reagierte nicht, sondern lief unbeirrt weiter in eine Seitenstraße. Nur nicht über das, was sich gerade vor meinen Augen abgespielt hatte, nachdenken.

«Mia, bleib stehen. Warum bist du so ausgeflippt?»

«Jetzt nicht. Erst muss ich hier weg. Sonst platze ich», zischte ich ihm zu.

Ich floh über die quadratische Place des Vosges, vorbei an Müttern mit Kinderwagen, an Rentnern, die trotz der dünnen Schneeschicht ihre Boulekugeln warfen, ich drängte mich durch Gruppen von Passanten hindurch, quetschte mich in enge Gässchen, durch die garantiert kein Auto passte, und blieb erst stehen, als ich eine Häuserreihe erreichte. Bunte Fahnen an den Fassaden wiesen sie als *Village Saint-Paul* aus. Schwer atmend plumpste ich auf eine Bank in einem der Innenhöfe.

«Was ist nur los mit dir?», fragte Vincent noch einmal.

«Was los ist?», fuhr ich ihn an. «Das hast du doch gesehen. Nicht zu fassen! Da steht dieser Kerl in einem Anzug in einer Nobel-Galerie herum.»

«Was ist daran schlimm, dass er dort arbeitet?» Er hob die Augenbrauen.

«Nichts. Gar nichts. Solange er sich nicht von seinen weiblichen Kunden abschleppen lässt.»

Vincent sah mich zweifelnd an. «Die Frau war uralt.»

«Höchstens Mitte vierzig.»

«Sag ich doch. Uralt.»

«Außerdem ist das den meisten Männern doch vollkommen egal. Solange die Frauen Geld haben.» Verbittert lachte ich auf. «Und ich dachte, Noah sei anders.»

«Du reagierst vollkommen über, Mia-Schätzchen. So eine wie die ist keine Konkurrenz für dich.»

«Nein, ist sie nicht. Denn dieser Idiot ist mir scheißegal.» Voller Wut kickte ich einen Stein fort. «Ich habe die Schnauze gestrichen voll von Kerlen, die mich anlügen und betrügen.»

«So sind sie nicht alle. Du hattest in der letzten Zeit einfach nur Pech.» Vincent strich mir tröstend über den Arm.

«Ich möchte nicht darüber reden.» Wenn ich das täte, würde ich weinen, schreien, mich von der nächsten Brücke stürzen, irgendetwas tun, was dieser Kerl ganz sicher nicht wert war. Dennoch konnte ich nicht verhindern, dass meine Kehle immer enger wurde, und mit der fehlenden Luft kehrte die Panik in meinen Körper zurück, von der ich wusste, dass sie mich unweigerlich in die Tiefe reißen würde, wenn ich nichts dagegen unternahm.

Atme tief ein und aus! Schau dich um! Mach dir bewusst, was du siehst!, hatte Fee mir geraten, die vor einiger Zeit selbst unter solchen Attacken gelitten hatte.

Ich beherzigte ihren Rat und ließ meinen Blick über die Ladenzeile vor mir schweifen, versuchte alles so intensiv wie möglich wahrzunehmen. Eine Spieluhr, in der eine Tänzerin ihre Pirouetten drehte, stand auf einer alten Kommode in der Auslage eines Antiquitätenhändlers. In einer Secondhand-Boutique kuschelten sich Cowboystiefel mit Blümchen an Overknee-Stiefel aus Wildleder, eine Schaufensterpuppe trug ein enges langes Kleid in Pink mit einer Federboa, eine Nuance dunkler, um den Hals. Ein altmodisches Café lag zwischen einem Lampengeschäft und einem Hutladen. Einzig ein leerstehender Laden mit schmuckloser Fassade und zersprungenen Fensterscheiben tanzte aus der Reihe der hübschen Geschäfte. Die Beklemmung in meiner Brust wich einem traurigen Gefühl von Solidarität.

«Ach, jetzt schau nicht so.» Vincent stieß mich sanft an. «Davon bekommst du nur Falten. Und das ist kein Mann wert.»

«Im Moment habe ich aber das Bedürfnis, meinen Schmerz hemmungslos auszuleben. – Da!» Ich zeigte auf das armselige Geschäft. «Grau, kaputt und leer. Genauso fühle ich mich.»

«Aber du bist nicht zu vermieten!»

Auch dieser müde Scherz entlockte mir kein Lächeln.

«Weißt du, was wir jetzt machen?» Vincent sprang auf und klatschte in die Hände. «Ich spendiere dir ein Himbeertörtchen mit Vanillecreme. Ein todsicheres Rezept gegen Kummer jeder Art.»

Kapitel 21

Beneidenswert, dass so etwas Banales wie Himbeertörtchen mit Vanillecreme bei Vincent als Seelentröster funktionierte. Bei mir verfehlte sein Allheilmittel seine Wirkung jedoch völlig. Verzweifelt versuchte ich, das Bild des Lackaffen in der Galerie mit dem Noah, den ich kannte, in Einklang zu bringen. Mit dem Noah, der zerrissene Jeans, Doc Martens und karierte Hemden trug. Mit dem Noah, der nackt neben mir gelegen hatte, der sich jetzt aber vielleicht das Bett mit diesem Salma-Hayek-Verschnitt teilte. Ich stöhnte auf, und Vincent nahm mich mitleidig in den Arm.

«Die Dosis ist zu schwach», erklärte er und schob meinen Teller mit dem halbaufgegessenen Törtchen zurück. «Ich frage Lou, ob sie mit uns ins Blok geht. Dort ist samstags immer schon ab sechs etwas los.»

«Bloß nicht», wehrte ich ab. «Ich möchte nach Hause.»

«Mia, es ist erst fünf Uhr. Du musst unter Leute, dich ablenken. Was willst du den ganzen Abend machen? Weinen und die Wände anstarren?»

Mein Entschluss geriet ins Wanken. Ich hatte keine Lust auf Gesellschaft, aber allein im Bett liegen wollte ich auch nicht. Zumal das Wort *Bett* allerlei unliebsame Bilder in mir aufsteigen ließ, die ich in meinem momentanen Zustand nun wirklich nicht gebrauchen konnte.

«Na gut», gab ich nach. «Ruf sie an.»

Das *Blok Paris* war eine laute, stickige Bar in der Nähe des Centre Pompidou, deren rotes Schummerlicht in mir die Assoziation eines Bordells hervorrief. Lou, die den Besitzer kannte, drängelte sich nach vorne an die Theke und kam gleich darauf mit einem ganzen Tablett bunter Shooters zurück.

«Irgendetwas davon hilft bestimmt.» Sie zwinkerte mir zu.

Garantiert nicht. Trotzdem griff ich nach einem der Mini-Cocktails und kippte ihn in einem Zug hinunter. Pfefferminz! Igitt! Von den grünen würde ich in Zukunft die Finger lassen. Aber das warme Gefühl, das sich in meinem Magen ausbreitete, tat auf jeden Fall gut.

«Und jetzt erzähl noch einmal der Reihe nach.» Lou zog einen der roten Ledersessel heran und setzte sich neben mich. «Vincent und du, ihr wart vor der Galerie, Noah und diese Frau kamen heraus. Und dann?»

«Das habe ich dir bereits gesagt. Sie sind in ein Auto gestiegen und weggefahren», erklärte ich ungeduldig.

«Dazwischen muss doch irgendetwas passiert sein. Hat er sie geküsst? Hat sie ihm an den Hintern gegriffen?»

«Sie hat ihm etwas ins Ohr geflüstert, und er hat gelacht.»

«Das war alles?» Lous Gesichtsausdruck wurde ungläubig.

«Natürlich nicht. Sie hat seinen Hemdkragen berührt.»

«Nicht dein Ernst?» Ein spöttischer Zug legte sich um ihren Mund. «Dein Mittelfinger war mehr als verdient.»

«Die Situation sah wirklich recht intim aus», verteidigte Vincent mich. «Außerdem hat die Frau Noah einen Geldschein zugesteckt.»

Ich nickte bestätigend und leerte das nächste Getränk. Eisblau war es, und es schmeckte viel besser als das erste.

«Was hat Noah zu alldem gesagt?»

«Gar nichts. Mia ist davongesprintet. Ich kam ihr kaum hinterher», antwortete Vincent an meiner Stelle.

«Angerufen und eine Erklärung abgegeben hat er auch nicht?»

«Er hat meine Nummer nicht.» Als ich das Fragezeichen in Lous Augen sah, fügte ich hinzu: «Ohne Handy nützt die ihm nichts.»

«Er hat kein Handy?» Vincent schlug geschockt die Hand vor den Mund. Sein iPhone war wie ein Kind für ihn.

Ich schüttelte den Kopf. «Er meint, er brauche keins.»

«Sympathische Einstellung. Ich bin viel zu abhängig von dem Ding.» Wie zur Bestätigung ihrer Worte ließ Lou ihr Smartphone in der Handtasche verschwinden.

«Das würdest du nicht sagen, wenn Vincent keins hätte und du ihn nie erreichen könntest.»

«Was genau ist dein Problem, Mia? Dass Noah Anzug und Krawatte trägt oder diese Frau?» Ich konnte die Missbilligung in ihrer Stimme deutlich heraushören.

«Du denkst, dass ich eine hysterische Zicke bin?»

«Ja.»

Zu der gleichen Einschätzung war ich mittlerweile leider ebenfalls gekommen. Warum war ich nicht stehen geblieben und hatte auf eine Erklärung bestanden? Vielleicht hatte Noah einen Zwilling, vielleicht war die Frau tatsächlich eine Kundin. Ich hatte sie nie wirklich als seine Freundin oder Geliebte gesehen. Und im Grunde meines Herzens wusste ich auch, dass nicht Noah das Problem war, sondern ich – und die Erinnerung an einen Abend im Oktober.

Die Szene in der Galerie hatte eine Wunde aufgerissen, die viel zu lange schon luftdicht verpackt vor sich hin schwärte. Ich hatte es nie geschafft, mit jemandem darüber zu sprechen. Die Demütigung saß zu tief. Jetzt hatte ich das Bedürfnis, das Pflaster zu entfernen.

«Weißt du, warum ich nach Paris gekommen bin, Vincent?», fragte ich.

«Nina hat erzählt, dass dein Freund und du einen schweren Autounfall hattet und dass er sich daraufhin von dir getrennt hat. Ich nahm an, dass du nach Paris gefahren bist, um über ihn hinwegzukommen.»

«Ich wollte nicht nur über Rik hinwegkommen, ich wollte ihn loswerden. Ich hatte die Nase voll davon zu trauern, ständig daran zu denken, was gewesen ist. Ich wollte den ganzen Scheiß hinter mir lassen.»

Vincent und Lou sahen mich an, verdutzt über die Heftigkeit meiner Reaktion.

«Und wieso wolltest du ihn ausgerechnet hier loswerden?», fragte Vincent.

«Wir haben ein Liebesschloss an einer der Brücken aufgehängt und den Schlüssel in die Seine geworfen. Und ... aus irgendeinem Grund habe ich geglaubt, dass es mir leichter fällt, mich von ihm zu lösen, wenn ich das Schloss aufbreche.»

«Deswegen die große Zange in deinem Koffer?»

«Ja. Doch es gibt hier zu viele Brücken und zu viele Schlösser. Ich habe unseres nicht gefunden.»

«Wenn es dir hilft, suche ich mit.»

«Um alle Brücken in Paris abzuklappern, bräuchten wir Tage, wenn nicht sogar Wochen, Vincent. Außerdem könnte es längst abgefallen oder entfernt worden sein.»

«Für dich würde ich es tun.»

Abwehrend hob ich die Hand. «Das ist lieb von dir, aber das Schloss ... es ... es ist mir nicht mehr wichtig. Rik ist mir nicht mehr wichtig.» Eine Träne schlich sich in meinen Augenwinkel. Rasch blinzelte ich sie fort. «Kannst du dich noch daran erinnern, wie du Nina und mir von deinem Exfreund erzählt hast, Lou? Dass er dich betrogen hat?»

Sie nickte.

«Rik hat mich auch betrogen.»

«Mit wem?»

«Mit der Frau eines Kunden.»

«*Mon dieu!*», stieß Vincent aus. «Was ist denn dieser Rik von Beruf?»

«Er hat Bauteile für eine große Baufirma verkauft und dafür fette Provisionen eingestrichen. Er konnte das sehr gut, jemandem etwas aufschwatzen und diesem Jemand dabei das Gefühl geben, dass er genau das sowieso gewollt hat.»

«Wie hast du es herausgefunden?», fragte Vincent.

Ich nahm einen weiteren blauen Shooter vom Tablett. «Der Kunde und seine Frau haben Rik und mich zu sich nach Hause eingeladen, um den gemeinsamen Geschäftsabschluss zu feiern. In eine piekfeine Villa mit Seeblick. Eine Bedienstete mit Schürze ist die ganze Zeit um uns herumgeschwirrt, hat Rik und mir die Jacke abgenommen, die Stühle zurechtgerückt, das Menü serviert, Getränke nachgeschenkt. Nichts durfte man selbst machen.

Aber das Essen war lecker, es gab Champagner und Wein ohne Ende, und mit Riks Kunden habe ich mich gut verstanden. Er hat sich nach dem *froh und bunter* erkundigt, und wir haben uns über die Bilder an seinen Wänden unterhalten.»

«Und seine Frau?», wollte Lou wissen. «Wie sah die aus? Windschlüpfrig mit Lederhaut und Nagelstudio-Fingernägeln?»

Bei dieser Vorstellung musste ich grinsen. «Bedauerlicherweise nicht.» Jetzt, wo ich darüber redete, merkte ich, dass die Erinnerung lange nicht mehr so stark schmerzte, wie ich befürchtet hatte. Wenn man von dem traurigen Ende absah, konnte man dem Verlauf dieses Abends sogar durchaus humoristische Züge abgewinnen. «Die Frau von Riks Kunden – Elvira – ist klein, dürr, mit einem Mausgesicht und halblangen hellbraunen Haaren.»

«So sah meine frühere Vermieterin aus.» Lou zog eine Grimasse. «Die war Mitte vierzig und noch immer ungeküsst, wie man im Haus munkelte. – Das nur so nebenbei», erklärte sie, als sie den irritierten Gesichtsausdruck ihres Freundes realisierte. «Erzähl weiter.»

«Am Anfang dachte ich, Elvira sei zurückhaltend oder unsicher, weil sie während des Essens kaum geredet hat. Aber sie war einfach zu sehr damit beschäftigt, ihren Fuß in den Weichteilen meines Freundes zu vergraben. – Der ganze Abend war von ihr perfekt vorbereitet gewesen, doch daran, eine längere Tischdecke aufzulegen, hatte sie nicht gedacht.»

«Verrückt! Das ist ja wie in einem schlechten Film.»

«Ich habe auch gehofft, dass ich zu viel Alkohol intus und mir das Ganze nur eingebildet hätte. Doch auf der Rückfahrt habe ich Rik darauf angesprochen.»

«Und er hat es zugegeben, dass zwischen ihm und der Mausgesichtfrau etwas läuft?», fragte Lou zweifelnd.

«Natürlich nicht. Er ist total sauer geworden und wollte wissen, ob er mir jemals Anlass gegeben hätte, ihm zu misstrauen.»

Vor meinem inneren Auge manifestierte sich eine Szene, die sich an unserem letzten Tag in einem Pariser Café abgespielt hatte: Ich war von der Toilette zurückgekommen und hatte gesehen, wie Rik einer hübschen blonden Bedienung etwas zusteckte. Ich vermutete, es war seine Karte, aber er hatte behauptet, es sei ein Streichholzbriefchen gewesen, das ihr heruntergefallen war. Ich hoffte noch immer, dass es stimmte.

«Und? Hat er?»

«Nein. Und ich hätte ihm auch abgekauft, dass er nichts mit Elvira am Laufen hat. Aber leider war die auf die glorreiche Idee gekommen, ihm ein Erinnerungsstück zukommen zu lassen.»

«Lass mich raten.» Louisa kreuzte ihre langen Beine. «Sie hat ihm ein neckisches Dessous zugesteckt. Ein Strumpfband oder einen Strapsgürtel.»

«Einen roten Spitzenslip.»

Vincents Mund formte sich zu einem lautlosen O.

Lou dagegen hatte sich schneller wieder gefasst. «Käme diese Szene in einem Film vor, würde ich dem Drehbuchautor raten, sich etwas Originelleres auszudenken.»

«Zumindest hatte sie den Überraschungseffekt auf ihrer Seite.»

«Wie hat Rik reagiert?»

«Zunächst gar nicht. Dann meinte er, dass Elvira seit langem scharf auf ihn sei und uns nur auseinanderbringen wolle, weil er sie habe abblitzen lassen. Ob ich ihm wirklich so einen schlechten Geschmack zutraue.»

«Und?»

«Nein, aber ich habe ihm auf den Kopf zugesagt, dass ich es, ohne auch nur eine Sekunde darüber nachzudenken, für möglich halte, dass er mit ihr ins Bett gestiegen ist, damit sie ein gutes Wort bei ihrem Mann für ihn einlegt.»

«Traurig.» Vincent legte seine Stirn in Mopsfalten.

Ja. Das war es tatsächlich. Weitaus schlimmer jedoch fand ich die Vorstellung, dass ich Noah genau die gleiche Absicht unterstellte.

«Wo warst du denn?», wisperte Nina, als sie mir die Tür zur Wohnung öffnete.

Ich war so betrunken, dass ich es auch nach mehreren Anläufen nicht geschafft hatte, den Schlüssel ins Schloss zu bugsieren, und Vincent, der mir die Tür zum Hauseingang aufgeschlossen hatte, war mit Lou nach Hause gefahren.

«Im *Blok*.» Selbst diese zwei kümmerlichen Worte verlangten meiner Zunge bereits unglaubliche Anstrengung ab.

«Und warum bist du nicht an dein Handy gegangen? Ich habe bestimmt fünfzigmal versucht, dich anzurufen.»

«War aus.» Ich versuchte, mich mit dem Rücken an der Wand an ihr vorbeizuschieben. Ihr Gesicht hüpfte vor meinen Augen auf und ab, und ich schaffte es kaum noch, mich auf den Beinen zu halten.

Nina hielt mich zurück. «Warte. Bevor du hineingehst, muss ich dir noch etwas sagen. Du ...» Sie stockte, und ich startete einen erneuten Vorstoß, um so schnell wie möglich ins Bett zu kommen.

Nina packte mich am Kragen meiner Jacke. «Himmelherrgott! Wie kann man sich nur so früh am Abend schon zulaufen lassen? Und jetzt nimm dich gefälligst zusammen. Du hast Besuch. Im Wohnzimmer wartet jemand auf dich, und ich glaube nicht, dass er begeistert ist, wenn er dich in diesem Zustand sieht.»

«Noah?» Ich spürte, wie sich mein Mund zu einem seligen Lächeln verzog.

«Nein. Der hat vor ein paar Stunden geklingelt, ist aber wieder gegangen, als ich ihm erzählt habe, dass du nicht da bist.»

Das Lächeln verrutschte. «Wer dann?»

«Dein Ex. Rik.»

Kapitel 22

«Mia!» Jemand rüttelte an meiner Schulter.

Zögernd öffnete ich ein Auge. Hilfe, war das hell! Ich schloss es sofort wieder.

«Steh endlich auf!»

Warum musste Nina nur so laut sein? Ich griff nach meinem Kopfkissen und zog es über meine linke Gesichtshälfte. Besser! Nun drang ihr Keifen nur noch gedämpft an mein Ohr.

Sie zog das Kissen fort. «Rik ist da, und ich habe überhaupt keine Lust, schon wieder die ganze Zeit mit ihm allein in der Küche herumzusitzen.»

«Was?» Ich schoss in die Höhe.

«Er möchte mit dir sprechen.»

«Ich habe das alles nicht nur geträumt?»

Sie schüttelte den Kopf.

«Ich kann mich daran erinnern, dass er vorbeigekommen ist, aber danach ist alles schwarz», jammerte ich.

«Du bist ins Bad gerannt und hast dich übergeben.»

Ich keuchte.

«Nicht schlimm», beruhigte Nina mich. «Du hast die Badewanne getroffen und sie sogar hinterher selbst sauber gemacht. Zumindest einigermaßen.»

«Hat Rik etwas davon mitbekommen?»

«Ich glaube nicht. Nach dem ersten Würgen habe ich das Radio aufgedreht.»

Dankbar sah ich sie an. Allmählich trieben wenigstens einige Bilder des gestrigen Abends aus den Untiefen meines Alkoholrausches zurück an die Oberfläche.

«Was hast du ihm gesagt?»

«Dass du einen schlimmen Ausschlag hast und dich weigerst, ihm so unter die Augen zu treten.»

«Oh.» Ich merkte, wie mir die Gesichtszüge entglitten.

«Nein, natürlich nicht. Ich habe ihm gesagt, dass du eine Zahn-OP hattest und deswegen ganz neben dir stehst. – Auch nicht viel besser, ich weiß. Mir ist auf die Schnelle nichts anderes eingefallen. Und im Nachhinein betrachtet, war das gar nicht so unklug», sagte sie und sah mich angeekelt an. «Nun kannst du behaupten, dass du deinen Mund mit einer alkoholischen Lösung desinfizieren musst, und es fällt nicht so auf, dass du eine unglaubliche Fahne hast.»

«Ich kann unmöglich mit ihm reden.»

«Oh doch, das kannst du.» Nina schlug die Bettdecke zurück und zerrte meine Beine über die Bettkante. «Ich habe den gestrigen Abend mit Rik verbracht, aber frühstücken werde ich nicht mit ihm. Auch wenn er wirklich reizend ist, dein Ex. So jemanden hast du kampflos ziehen lassen?»

Ich wandte den Kopf ab. «Okay, ich stehe auf. Gib mir eine halbe Stunde, damit ich duschen, mich anziehen und ganz viel Mundwasser verwenden kann. Hältst du solange durch?»

Nina nickte. «Ja, aber nicht länger. Langsam gehen mir die unverfänglichen Gesprächsthemen aus. Kannst du dir vorstellen, dass ich ihn sogar gefragt habe, was er von Angela Merkel als Kanzlerin hält?»

«Nina!»

«Ja?»

«Stimmt es, dass Noah gestern vor der Tür stand?»

Nina nickte.

«Welchen Eindruck hattest du von ihm?»

«Wie meinst du das?» Sie runzelte die Stirn.

«Wirkte er enttäuscht darüber, dass ich nicht da war?»

«Enttäuscht? Du fragst mich Sachen.»

«War er wütend?»

«Keine Ahnung.»

«Hat er gesagt, dass er wiederkommt?»

«Mia! Unser Gespräch hat maximal dreißig Sekunden gedauert. Ich habe ihm gesagt, dass du nicht da bist, und er ist gegangen. Fertig. – Du Arme!» Nina tätschelte mir mitleidig die Schulter. «Ich weiß schon, warum ich mir vorgenommen habe, in der nächsten Zeit die Finger von den Kerlen zu lassen.»

Warum hatte ich gestern nur so viele von diesen teuflischen bunten Shooters getrunken? Mir tat alles weh. Mein Kopf, meine Arme und Beine, sogar meine Haut hatte unter dem heißen Wasserstrahl der Dusche geschmerzt.

Rik saß in der Küche. Die Nachricht, dass er nur wenige Meter von mir entfernt auf mich wartete, floss zäh und klumpig durch meine Gehirnwindungen und wollte immer noch nicht so recht bei meinen Synapsen ankommen. Was machte er hier? Und warum hatte er vorher nicht angerufen? Eine Frage, die aber fast noch interessanter war: Woher hatte er meine Adresse? Lilly hatte sie ihm sicherlich nicht gegeben. Und Helga auch nicht. Fee musste es gewesen sein. Ich ballte die Fäuste. Na, der würde ich was erzählen.

Ein letztes Mal blickte ich prüfend in den Spiegel. Das war ja mal wieder typisch! Hätte Rik nicht einen Tag früher kommen können? Gestern noch war ich orgasmustrunken und mit glänzenden Augen durch die Wohnung geschwebt. Aber nein! Er musste natürlich heute auftauchen, wenn ich grau und verhärmt aussah und wie ein Häufchen Elend wirkte. Und zudem einen schlechten Atem hatte. Nicht einmal Ninas höllisch scharfem Mundwasser gelang es, den pelzigen, schalen Geschmack in meinem Mund zu neutralisieren. Um ganz sicherzugehen, nahm ich noch einen weiteren Schluck des lilafarbenen Gebräus und würgte ihn herunter. Vermutlich war es nicht schlecht, dem Übel direkt an der Wurzel zu begegnen. Ich warf einen Blick auf die Uhr. Zwanzig nach neun. Meine Galgenfrist war um.

Rik saß gut gelaunt hinter einer Tasse Kaffee und plauderte mit Nina.

«Guten Morgen.» Leider klang meine Stimme nicht ganz so tough und selbstbewusst, wie ich es im Bad geprobt hatte.

«Guten Morgen.» Wenn Rik bei meinem Anblick Befangenheit verspürte, ließ er es sich zumindest nicht anmerken, denn er knipste sein strahlendstes Lächeln an und stand auf, um mich zu begrüßen.

Ich musterte ihn prüfend. Wie schaffte er es nur, so verdammt selbstbewusst zu wirken? Unsere erste Begegnung seit dem Unfall konnte ihn unmöglich kaltlassen. Schließlich hatte er über achthundert Kilometer zurückgelegt, um mich wiederzusehen. Sein blondes Haar war wie immer kunstvoll verstrubbelt, und in seinen Augen lag dieser unverschämt verschmitzte Ausdruck, der mich bereits bei unserer ersten Begegnung im P1 so umgehauen hatte. Da allerdings war er mit Hemd und Maßanzug bekleidet gewesen. Heute trug er ein graues Shirt mit Hollister-Aufdruck, Jeans und … ein unbequem aussehendes Gestell ums rechte Bein, das von seinem Oberschenkel bis hinunter zur Wade reichte. Ich schluckte.

Nina erhob sich. «Du bist fertig. Wunderbar. Dann übergebe ich deinen Gast in deine Hände und gehe mit Puck spazieren.»

Beim Wort *spazieren* wedelte der kleine Hund sofort aufgeregt mit dem Schwanz und hoppelte los, um seine Leine zu holen. «Bis nachher.» Sie hob die Hand zum Gruß, ich warf ihr einen flehenden Blick zu, aber sie zog sich unbeirrt ihre Jacke an und verschwand mit Puck nach draußen.

«Tja, jetzt sind nur noch wir beide übrig.» Rik hinkte auf mich zu und küsste mich auf die Wange. «Du siehst gut aus.»

«Was soll das, Rik?» Ich verschränkte die Arme vor der Brust. Ihn wiederzusehen setzte mir mehr zu, als mir lieb war.

Rik schaute mich unschuldig an. «Was meinst du?»

«Warum bist du hergekommen? Das Letzte, was ich von dir gehört habe, war über deine Eltern die Anweisung, mich nie wieder in deiner Nähe blicken zu lassen, weil ich sonst Post vom Anwalt bekäme. – Ach nein, wie konnte ich das nur vergessen?», fügte ich sarkastisch hinzu. «Das letzte Lebenszeichen von dir war der Besuch der beiden Polizeibeamten, die du mir auf den Hals gehetzt hast.»

Rik hob abwehrend die Hände. «Ich habe überhaupt nichts getan. Bei einem so schweren Verkehrsunfall wie unserem ermittelt die Polizei von Amts wegen. Mich haben sie vor drei Wochen ebenfalls verhört.»

Ich zog scharf die Luft ein. Ihn auch? Natürlich. Was hatte ich gedacht? Angespannt sah ich ihn an.

«Kein Grund, einen Herzinfarkt zu bekommen. Ich habe ihnen nicht erzählt, dass du an meinem Arm gerüttelt hast, sondern behauptet, dass der Wagen ins Schleudern kam, weil ich einem Tier ausgewichen bin. Es war die plausibelste Erklärung. – Zum Glück hat sich das offensichtlich nicht mit deiner Aussage widersprochen.» Er schenkte mir sein charmantestes Lächeln.

Ein solches Risiko war Rik für mich eingegangen? Er hatte für mich gelogen? Um mich zu schützen? Obwohl unser Gespräch kaum begonnen hatte, spürte ich, dass es mir bereits entglitten war.

«Und um deine Frage zu beantworten, warum ich hergekommen bin», fuhr er fort. «Das, was ich getan habe, tut mir sehr leid. – Diesen Satz wollte ich dir persönlich und nicht am Telefon oder per Facebook sagen.»

«Um dich dazu durchzuringen, mussten aber erst eine ganze Menge Wochen vergehen», erwiderte ich mit einem letzten Rest von Gegenwehr. «Weißt du, wie scheiße es für mich war, aufzuwachen und zu erfahren, dass die Ärzte dich noch am Unfallort ins künstliche Koma versetzt haben? Fast noch beschissener habe ich mich jedoch gefühlt, als deine Eltern mir kurz darauf mitgeteilt haben, dass du nun zwar aufgewacht bist, dich aber weigerst, mit mir zu reden.»

«So etwas habe ich nie gesagt», widersprach Rik ungehalten. «Während meiner Aufwachphase war ich so benommen, dass ich ihnen blöderweise erzählt habe, dass du während der Fahrt an meinem Arm gezerrt hast. Sie haben sich furchtbar aufgeregt und wollten tatsächlich unseren Anwalt und die Polizei informieren. Aber das konnte ich ihnen zum Glück ausreden.»

Mein Mund fühlte sich an, als hätte ich eine Schaufel Sand verschluckt. Trotzdem. Es musste raus. «Das erklärt aber immer noch nicht, warum du so lange gewartet hast, bis du bei mir aufgetaucht bist. Du weißt, wo ich wohne, du weißt, wo meine Eltern wohnen. Innerhalb Deutschlands wäre der Weg kürzer gewesen.»

«Du stellst dir das alles so einfach vor», fuhr Rik mich an. «Ich habe mir bei dem Unfall nicht einfach nur den Knöchel verstaucht. Die erste Zeit war die Hölle. Ich hatte Halluzinationen und krasse Albträume. Und dann diese Kopfschmerzen die ganze Zeit. Scheiße, Mia. Ich musste mich doch auch erst einmal auf die neue Situation einstellen.» Er machte eine kurze

Pause. Erst dann sprach er langsam weiter: «Ich weiß, dass ich dein Vertrauen missbraucht habe.» Er sah mich eindringlich an. «Aber bitte glaub mir, wenn ich es könnte, würde ich das, was passiert ist, wirklich gern ungeschehen machen.»

Warum tat er mir das an? Resigniert senkte ich den Blick. Tränen sammelten sich in meinen Augenwinkeln. Wochenlang hatte ich mir mehr oder weniger erfolgreich eingeredet, dass ich Rik dafür hasste, dass er der erste Mann war, der meinen Schutzpanzer durchdrungen und mich mitten ins Herz getroffen hatte. Jetzt, wo er vor mir stand, konnte ich es einfach nicht. Im Gegenteil! So viele erloschen geglaubte Gefühle stiegen in mir auf.

«Die Sache mit dem Unfall … es tut mir so leid», flüsterte ich.

«Nicht.» Er strich mir mit dem Daumen die Tränen aus dem Gesicht, und für einen Moment hätte ich am liebsten meine Wange in seine Handfläche geschmiegt und den ganzen Schmerz der letzten Wochen vergessen.

Ein Schlüssel wurde im Schloss herumgedreht, und Puck kam in die Küche gehüpft. Nina folgte ihm mit blassem Gesicht.

«Das war ein kurzer Spaziergang», stellte ich fest, erleichtert, der schwierigen Situation entgehen zu können.

«Diese furchtbare Grippe hat mich niedergestreckt. Bereits an der zweiten Ecke habe ich Herzrasen bekommen, und ich musste mich an einem Laternenmast festhalten.» Erschöpft ließ sie den Blick zwischen Rik und mir hin- und herwandern. «Braucht ihr noch etwas?»

Ich schüttelte den Kopf.

«Dann lege ich mich hin.»

«Wollen wir uns nicht setzen?», fragte Rik, nachdem Nina sich auf ihr Zimmer zurückgezogen hatte.

Ich zog einen Stuhl heran. «In welchem Hotel wohnst du?»

«Es liegt in der Nähe des Moulin Rouge.»

«Dieses Mal nicht an den Champs Élysées?»

Rik schüttelte den Kopf. «War mir alleine zu langweilig.» Er sah mir in die Augen, und beim Gedanken an den Whirlpool auf der Dachterrasse stieg eine Hitzewelle in mir auf. Ich ging zum Kühlschrank und goss mir ein Glas kaltes Wasser ein, das ich in zwei Schlucken hinunterstürzte.

«Jetzt, wo du schon einmal hier bist ... erzähl mir, wie es dir in den letzten Wochen ergangen ist. Wie war es in der Reha?»

«Lass mich überlegen.» Rik wiegte den Kopf. «Mit welchem der vielen Highlights fange ich an? Mit der Physiotherapie oder der Wassergymnastik? Oder soll ich dir von den anderen Patienten erzählen? Ich finde, ich war der Attraktivste von ihnen, was allerdings vermutlich daran lag, dass alle anderen Männer dort mindestens zwanzig Jahre älter waren. Unter den Schwestern war ich sehr beliebt, wie du dir vorstellen kannst.»

«Rik! Hör auf mit deinen Blödeleien! Sag mir, was mit deinem Knie ist!»

«Mein Knie?» Schlagartig wurde sein Gesichtsausdruck ernst. «Tja, das ... das ist kaputt.»

«Was heißt das?»

«Ich kann wieder gehen, mehr aber auch nicht.»

«Was ist mit dem Hundert-Meilen-Lauf in den USA, für den du dich im Frühjahr angemeldet hast?»

Er schüttelte den Kopf.

Bestürzt sah ich zu Boden. Ich hatte so sehr gehofft, dass seine Eltern mich auch in dieser Hinsicht angelogen hatten. Er hatte so hart dafür trainiert. Und ich wusste, wie lange er schon davon träumte, in Arizona zu starten.

«Hey, jetzt lass uns nicht länger Trübsal blasen.» Rik stand auf und stellte sich neben mich. «Ich bin nur noch bis übermorgen Abend hier. Und bevor ich zurückfliege, würde ich gerne etwas von der Stadt sehen. Mittlerweile kennst du dich bestimmt hervorragend aus, und beim letzten Mal haben wir kaum das Hotel verlassen», sagte er augenzwinkernd.

«Tut mir leid. Du hättest anrufen müssen. Jetzt habe ich heute Morgen schon was anderes vor», entgegnete ich spröde.

«Und heute Nachmittag?»

Auch. Mann! Warum hatte ich nicht behauptet, dass ich den ganzen Tag verplant war? Ich hatte vorgehabt, bei Noah zu Hause vorbeizufahren. Aber konnte ich Rik diese kleine Bitte abschlagen? Und ein neues Drama provozieren? Nein! Er hatte für mich eine Falschaussage gemacht, ich war daran schuld, dass er in der nächsten Zeit weder Marathon laufen noch sonst irgendeinen Sport treiben konnte. Vielleicht würde er dazu niemals wieder in der Lage sein.

«Gut. Ich verschiebe meinen Termin, und wir legen gleich los. – Was möchtest du sehen?», fragte ich so gelassen wie möglich.

«Zeig mir deine Lieblingsplätze.»

Ganz bestimmt nicht.

«Warst du schon auf dem Eiffelturm?», erkundigte er sich, als ich nicht reagierte.

Ich schüttelte den Kopf.

«In der Notre-Dame?»

«Nein.»

«Hast du die Mona Lisa gesehen?»

«Auch nicht.»

«Und du bist wirklich schon seit zwei Wochen hier?», fragte er belustigt.

«Wenn du möchtest, können wir uns diese Sehenswürdigkeiten gerne anschauen.»

«Das werde ich kaum alles an einem halben Tag schaffen.» Er zeigte auf die Schiene.

«Wohin möchtest du denn am liebsten?»

«Wohin wohl?» Er lächelte mich an. «Zum Eiffelturm natürlich.»

«Ist die Aussicht auf Paris von hier oben nicht toll?», rief Rik.

«Ja, aber es gibt weitaus reizvollere Ausblicke auf die Stadt, bei denen man auf den Eiffelturm und nicht für fünfzehn Euro pro Person von ihm hinunterblicken kann.»

«Hör auf, so miesepetrig zu sein, und genieß es einfach.» Der Wind zerzauste Riks helles Haar. Sein Gesicht, das eben, als er neben mir hergehumpelt war, noch so schmerzverzerrt und angestrengt ausgesehen hatte, wirkte auf einmal ganz entspannt. «Und schau mich nicht so mitleidig an! Die Sache mit meinem Bein ist dumm gelaufen. Aber der Unfall hatte auch sein Gutes.»

«Das kann ich mir kaum vorstellen.» Argwöhnisch warf ich ihm einen Seitenblick zu.

«Er hat mich zum Umdenken veranlasst.»

«Inwiefern?»

«Früher war das ganze Leben ein einziges Spiel für mich.» Rik fixierte den Turm von Montparnasse, der wie ein Mahnmal zwischen den Häusern um ihn herum aufragte, die wie Spielzeughäuser aussahen. «Seit dem Unfall weiß ich, dass es immer später ist, als man denkt. Dass ich mich mit Ende dreißig langsam mal auf die wirklich wichtigen Dinge im Leben konzentrieren sollte. Und egal, wie ich es drehe und wende: Wenn ich darüber nachdenke, welche das sind … dann fällst du mir immer als Erstes ein.» Er legte seine Hand auf meine und richtete seine hellblauen Augen auf mich. «Lass es uns noch einmal miteinander versuchen, Mia. Abgesehen vom Schluss hatten wir doch eine verdammt gute Zeit, findest du nicht?»

Mein Magen schrumpelte in sich zusammen wie ein

Schlauchboot, aus dem jemand die Luft abgelassen hat. Und zugleich fing mein Herz an, heftig zu klopfen.

«Ich denke nicht, dass ich das, nach allem, was passiert ist, noch kann», erwiderte ich erschöpft.

«Warum nicht?» Er sah mich eindringlich an. «Schließlich habe ich dir auch verziehen.»

Kapitel 23

Auf dem Flyer, der an der Fährstation der Bateaux-Mouches an der Kasse ausgelegen hatte, wurde eine Fahrt auf der Seine als eine der zehn romantischsten Erlebnisse in Paris angepriesen. Das mochte an einem lauen Sommertag zutreffen – und wenn man die finanziellen Mittel hatte, ein solches Schiff für sich alleine zu mieten. Bei Minustemperaturen, eingewickelt in mehrere Lagen Stoff und mit einer lärmenden Schulklasse an Bord blieben romantische Gefühle auf der Strecke. Bei mir zumindest und bei Rik zum Glück auch. In seiner verhältnismäßig dünnen Jacke und ohne Mütze und Handschuhe fror der nämlich noch mehr als ich. Er harrte nur aus Trotz am Bug des Schiffes aus, weil er sich nicht in die Riege der Rentner einreihen wollte, die in den Innenräumen des Schiffes Platz genommen hatten und die Stadt durch eine dicke Glasscheibe hindurch betrachteten.

«Hast du den Plan von der Anlegestelle im Kopf?», fragte er hoffnungsvoll und zog den Reißverschluss seiner Jacke ein wenig höher. «Ich meine mich zu erinnern, dass das Boot hinter der Île de la Cité wendet.»

Ich presste die Lippen zusammen, um nicht laut zu lachen. «Wärst du nicht so eitel und hättest dich anständig angezogen, müsstest du jetzt nicht mit den Zähnen klappern.»

«Du brauchst mich gar nicht aufzuziehen. In Deutschland ist es bestimmt zehn Grad wärmer. Wenn ich gewusst hätte, dass es in Paris dermaßen kalt ist, hätte ich meine Skisachen eingepackt.» Ein wehmütiger Ausdruck huschte über sein Gesicht, und ich wusste, was ihm durch den Kopf ging. Auf rasante Tiefschneefahrten abseits der Pisten, auf das Skifahren insgesamt würde er in diesem Jahr verzichten müssen.

Unser Boot passierte den Pont des Arts. Lediglich ein Pärchen stand eng umschlungen darauf. Der Mann strich der Frau die Haare aus dem Gesicht und beugte sich zu ihr hinunter. Vielleicht küsste er sie, vielleicht flüsterte er ihr etwas ins Ohr. Aus der Entfernung konnte ich es nicht erkennen, aber ihr perlendes Lachen wurde vom Wind bis zu uns getragen. Hatten Rik und ich vor drei Monaten an derselben Stelle gestanden?

«Warum schaust du so nachdenklich?», fragte er.

«Die Brücke, an der wir unser Schloss befestigt haben, war das die hier?» Ich zeigte auf das schimmernde Geländer des Pont des Arts.

«Wie? Du kannst dich nicht mehr erinnern?»

«Ich … bin mir nicht mehr sicher.»

«Oje.» Rik schüttelte gespielt bekümmert den Kopf. «Hab ich es doch geahnt, dass ich der Romantiker in unserer Beziehung bin.»

Ich ignorierte sein Geplänkel. «Jetzt sag schon.»

«Ja. Dort haben wir es hingehängt. Warum fragst du?»

Weil ich mit einem Bolzenschneider nach Paris gefahren bin, um es zu entfernen. Diese Wahrheit wäre zu hart gewesen. «Nur so.»

Ich stützte mich mit den Unterarmen auf die Reling, und schweigend ließen wir die nebelverhangene Stadt an uns vorüberziehen. Gemächlich umkreiste das Schiff die Île de la Cité, auf deren Mitte hell und erhaben Notre-Dame thronte, und trat dann den Rückweg an. Die Schulkinder, die bis vor kurzem noch neben uns hergetobt waren, verkrümelten sich ins

Innere des Schiffes, und ihre Rufe wurde von dem monotonen Geräusch der Wellen übertönt, die gegen den Schiffsrumpf schlugen. Ich spürte, wie meine Augenlider schwer wurden. Besonders viel geschlafen hatte ich in den letzten achtundvierzig Stunden nicht.

Auf einmal hörte ich Riks Stimme nah an meinem Ohr.

Ich fuhr zusammen.

«Habe ich dich erschreckt?»

Verwirrt blickte ich ihn an. «Ich bin wohl kurz eingenickt.»

«Das wollte ich nicht.» Rik streichelte mir entschuldigend über den Arm und, obwohl ich durch den dicken Stoff meiner Jacke diese Berührung nicht spüren konnte, fing meine Haut an zu kribbeln.

«Ich habe dir gesagt, dass es in Paris neben dem Pont des Arts auch andere interessante Brücken gibt. Gerade fahren wir zum Beispiel unter dem Pont Marie durch.»

«Warum erzählst du mir das?»

«Das ist die Brücke der Liebenden.»

«Ich weiß.» Vincent hatte mich schließlich erst vor ein paar Tagen darauf fotografiert.

«Ja?» Er schlang die Arme von hinten um meine Schultern und beugte sich zu mir herunter. «Und weißt du auch, dass diejenigen, die sich unter ihr küssen, einen Wunsch erfüllt bekommen? Es wäre doch nahezu fahrlässig, sich diese Gelegenheit entgehen zu lassen.» Er strich mit den Fingerspitzen über meine Wange, sodass ich ihm den Kopf zuwenden musste, und berührte meine Lippen mit seinen. Ganz leicht nur, aber es reichte, um einen Stromstoß durch meinen Körper zu schicken, und für einen Moment schwankte ich, ob ich ihn an mich ziehen und noch einmal küssen oder ob ich ihm eine Ohrfeige geben sollte. Ich war zu keiner der beiden Optionen in der Lage. Mit offenem Mund starrte ich ihn an. Dieser Idiot! Warum musste er noch immer eine solche Wirkung auf mich haben? Und wieso konnte man Gefühle nicht einfach abstellen?

«Na, was hast du dir gewünscht?», fragte Rik, und seine Augen blitzten triumphierend auf.

Ich schüttelte den Kopf, in der Hoffnung, dadurch meine Gedanken zu ordnen. «Nichts. Es ging alles so schnell. Du hättest es früher ankündigen müssen.»

«Schade.»

Ich schwieg.

«Willst du denn gar nicht wissen, was ich mir gewünscht habe?»

«Nein.» Energisch straffte ich den Rücken. «Wünsche sollte man für sich behalten, wenn man darauf hofft, dass sie in Erfüllung gehen.»

«Der Ausflug war sehr schön», sagte Rik, als wir anderthalb Stunden später in Ninas Küche saßen, um uns bei einer Tasse Kaffee aufzuwärmen. «Heute Nachmittag werde ich mir Notre-Dame anschauen. Du hast wirklich keine Zeit, um mitzukommen?»

Ich schüttelte den Kopf.

«Und morgen? Was mache ich den ganzen Tag allein in der großen Stadt?» Rik setzte seinen Dackelblick auf, und ich musste wider Willen lachen.

«Dann komme ich meinetwegen mit.»

«Wir könnten in den Louvre gehen. Allzu lange bleibst du schließlich auch nicht mehr hier, und wie willst du in Deutschland erklären, dass du Paris verlassen hast, ohne ein Selfie vor der Mona Lisa geschossen zu haben?»

«Stimmt. In fünf Tagen fahre ich nach Hause.» Ein merkwürdiger Gedanke, den ich sogleich beiseiteschieben wollte.

Doch Rik hielt mich davon ab. «Wenn du zurück in München bist … sehen wir uns dann hin und wieder?», fragte er und wirkte bei diesen Worten fast ein wenig schüchtern.

«Ach, Rik!», entgegnete ich müde. «Kannst du nicht ins P1 gehen und nach einer anderen netten Frau Ausschau halten? Einer, bei der du dir fest vornimmst, sie nicht wegen eines fetten Auftrags zu betrügen, und die dich im Gegenzug auch nicht wochenlang ins Krankenhaus und in die Reha bringt?»

Eigensinnig schüttelte er den Kopf. «Ich habe einen Fehler gemacht und du auch. Wir sind quitt. Was zum Teufel spricht also dagegen, es noch einmal miteinander zu versuchen?» Seine Stimme klang ungewohnt heftig.

Tja, was sprach dagegen? Verletzter Stolz, Angst, erneut auf die Schnauze zu fallen …

An der Haustür klingelte es.

«Willst du nicht öffnen?»

«Ich erwarte niemanden.»

«Vielleicht deine Mitbewohnerin.»

«Ich glaube nicht, dass Nina in ihrem Zustand scharf auf Besuch ist.»

Weit gefehlt. Einen Augenblick später hörte ich, wie sie hektisch aus ihrem Zimmer gestürzt kam und Puck, der nicht schnell genug hinter ihr hersauste, die Haustür vor der Nase zuschlug. Der Hund jaulte auf.

Was war denn mit der los?

«Anscheinend ist sie das doch.» Rik hob vielsagend die Augenbrauen.

Ich trommelte mit den Fingernägeln auf die Tischplatte, weil ich nicht wusste, was ich sagen sollte. «Morgen gehen wir also in den Louvre. Um wie viel Uhr soll ich bei dir sein?»

«Um elf.»

Nachdrücklich klingelte es erneut. Diesmal jedoch an der Wohnungstür.

«Was ist denn heute Mittag hier los?», schimpfte ich und verließ die Küche, um zu öffnen.

Nina stand im Türrahmen.

Verdutzt starrte ich sie an. «Bist du so rausgegangen?» Nina trug keine Jacke, dafür aber ihre lächerlichen hochhackigen Hausschuhe. «Und warum hast du keinen Schlüssel mitgenommen?»

Sie zerrte mich in den Hausflur. «Noah steht unten», flüsterte sie.

«Nein!»

«Doch. Ich bin zum Fenster gegangen und habe gesehen, dass er es ist, der geklingelt hat, aber zum Glück hast du nicht aufgemacht.»

«Ich dachte, es wäre niemand Wichtiges», entgegnete ich tonlos.

«Auf jeden Fall habe ich ihm gesagt, dass er unmöglich raufkommen kann, weil … in der Wohnung noch so viele Bakterien herumschwirren. Ich habe ihm versprochen, dass ich dich runterschicke.»

«Das hat er dir geglaubt?»

«Ich denke, ja. Aber für ein bisschen seltsam hält er mich garantiert schon. Mensch, Mia! Was machst du nur für Sachen? Nicht einmal in Ruhe krank sein kann man mit dir als Mitbewohnerin.»

«Ich habe weder Rik noch Noah darum gebeten, hier vorbeizukommen», murmelte ich unglücklich.

«Schau einfach, dass du das ganze Chaos wieder in Ordnung bringst.»

«Was sage ich Rik?»

«Ich richte ihm aus, dass der Postbote ein Einschreiben für dich hat und dass du es quittieren sollst.»

«Es ist Sonntag.»

«Sollte Rik wirklich stutzig werden, hat der Postbote halt vergessen, es abzugeben, und musste deshalb an seinem freien Tag noch einmal herkommen.»

Besonders angetan war ich von dieser Erklärung nicht. Da mir jedoch auf die Schnelle auch nichts Besseres einfiel, gab ich mich damit zufrieden. Mit bleischweren Beinen machte ich mich auf den Weg nach unten.

«Du wolltest mich sprechen», begrüßte ich Noah steif, obwohl ich allein von seinem Anblick bereits ganz weiche Knie bekam.

«Ja.»

«Warum?»

Ein unwilliger Ausdruck huschte über sein Gesicht. «Meinst du diese Frage ernst?»

«Sonst würde ich sie nicht stellen.»

«Wieso bist du gestern Abend weggelaufen, Mia?»

«Willst du mich verarschen?» Ich hatte Kopfschmerzen, ein Stockwerk über mir befand sich mein Exfreund, und nun stand Noah vor mir. Ein sichtlich genervter Noah … Meine Geduld war langsam, aber sicher erschöpft. Ich war erschöpft. Scheißmänner! «Du hast mich angelogen. Warum hast du mir nicht gesagt, dass du in einer piekfeinen Galerie arbeitest?»

«Das habe ich», protestierte Noah.

«Nein. Du hast von einer Kunsthandlung gesprochen. Darunter stelle ich mir so einen muffigen Laden vor, in dem Heiligenbildchen und Katzenporträts verkauft werden.»

«Das ist nicht mein Problem.»

«Und wer war die Frau, zu der du ins Auto gestiegen bist?»

«Meine Chefin.»

«Oh, deine Chefin», höhnte ich. «Ihr scheint ein sehr inniges Verhältnis zueinander zu pflegen.»

Wütend blitzte er mich an. «Was soll das?»

«Du bist zu ihr ins Auto gestiegen. Und sie hat dir einen Geldschein zugesteckt. Ist das in Frankreich so üblich, oder hast du dich von ihr für gewisse Extradienste bezahlen lassen?»

Auf Noahs Nasenwurzel erschien eine steile Falte. «Das traust du mir zu?»

«Du brauchst Geld. Was liegt näher, als sein hübsches Gesicht und seine Muskeln dafür einzusetzen, es zu bekommen?»

«Du dachtest, dass ich mit ihr ins nächste Hotel gefahren bin?» Erschüttert starrte Noah mich einige Augenblicke an, bevor er sich wortlos umdrehte und Anstalten machte zu gehen. Ich war zu weit gegangen.

«Warte ...» Ich hielt ihn zurück. «Es war nicht richtig, was ich dir vorgeworfen habe. Aber was hättest du an meiner Stelle gedacht? Sie hat dir Geld zugesteckt.»

Noah schüttelte ungehalten meine Hand ab. «Wenn du nicht so schnell weggerannt wärst, hätte ich dir alles erklären können.»

«Du bist aus dem Auto ausgestiegen?»

«Ja, und vielleicht hat dir Nina auch erzählt, dass ich gestern Abend um halb sieben hier aufgetaucht bin. So wie wir es verabredet hatten. Du warst nicht da. Schön blöd von mir, was?»

Ich senkte den Blick. «Ich war mit Vincent und seiner Freundin unterwegs und habe mich betrunken. Der Abend mit dir ... und die Nacht ... Es ... es hat gestimmt, was ich auf den Zettel geschrieben habe ... ich fand das alles sehr schön. Und ... es hat mir wirklich sehr viel ausgemacht, dich mit dieser Frau zusammen zu sehen.» So, jetzt war es heraus. Für meine Verhältnisse kamen diese Worte fast schon einer Liebeserklärung gleich.

Noah holte tief Luft und schien sich für einen Moment nicht zwischen Gehen und Bleiben entscheiden zu können. Dann atmete er aus. «Meine Chefin hat mich darum gebeten, mit ihr zu einem unserer Künstler zu fahren, um eine neue Skulptur abzuholen. Er heißt Frank Casta. Das tanzende Paar im Schaufenster stammt von ihm.»

«Es ist sehr schön.»

«Der Meinung sind die Kunden auch. Deswegen kosten Castas Figuren mehrere tausend Euro, und deswegen werden seine Arbeiten von der Chefin persönlich bei ihm im Atelier abgeholt.» Auf einmal wirkte er müde.

«Du hättest mir sagen sollen, dass du in einer schicken Galerie im Marais arbeitest. Dann wäre es zu einem solchen Missverständnis erst gar nicht gekommen.»

«Wenn du mir vertrauen würdest, auch nicht.»

«Ich war eifersüchtig. Und … wir … wir kennen uns noch nicht besonders lange.»

Ein winziges Lächeln stahl sich auf sein Gesicht. «Aber ich weiß, dass du eine Narbe auf der Innenseite deines Oberschenkels hast.»

Das Atmen fiel mir auf einmal schwer. «Ich bin als Kind beim Spielen in einem Stacheldrahtzaun hängen geblieben.»

«Wird Zeit, dass ich noch mehr solche Dinge von dir erfahre.» Seine Stimme klang belegt.

Schweigend standen wir einige Sekunden voreinander.

«Ich habe mir übrigens etwas gekauft.» Noah griff in seine Jackentasche und zog ein schwarzes Smartphone heraus.

Mein Herzschlag geriet aus dem Takt. «Und du würdest mir sogar deine Nummer geben?»

Noah nickte. Er streckte zögernd die Hand aus. Und ich ergriff sie.

«Was für ein tolles Motiv!», hörte ich Vincent jubeln. «Und wie schön, dass ihr euch wieder vertragen habt.» Mit der Kamera um den Hals stand er nur wenige Meter von Noah und mir entfernt und wippte begeistert auf den Sohlen seiner pinkfarbenen Turnschuhe.

Noah ließ meine Hand los.

Im Stockwerk über uns wurde ein Fenster geöffnet, und Riks blonder Schopf erschien.

«*Chérie!* Wie lange brauchst du denn noch, um ein Einschreiben entgegenzunehmen?»

Kapitel 24

Entsetzt starrte ich Rik an und wollte zu einer Erklärung ausholen. Doch Vincent war schneller.

«Bin gleisch da, Schatz!», rief er auf Deutsch und winkte Rik zu.

Meinem Exfreund entgleisten die Gesichtszüge. Selbst er, der sonst nie um einen Spruch verlegen war, wusste ganz offensichtlich überhaupt nicht, wie er die Situation einzuschätzen hatte. Schnell schloss er das Fenster wieder.

«Ist ja so eifersüchtig, der kleine Schelm.» Vincent wackelte zur Haustür und verschwand durch den roten Samtvorhang hindurch in den Flur.

«Hatte er nicht vor kurzem noch eine Freundin?», fragte Noah.

«Ach», ich machte eine wegwerfende Handbewegung, «das wechselt bei ihm täglich.»

«Aha.» Noah sah mich skeptisch an, und ich konnte sehen, wie es in ihm arbeitete. Leider zog er die richtigen Schlüsse.

«Der blonde Kerl ... der gehört nicht zu Vincent», stellte er fest. Er steckte das Handy in seine Jackentasche zurück, und sein Blick bohrte sich in meinen.

Ich schloss die Augen. Doch Leugnen war zwecklos. «Nein.»

«Und wer ist er?»

«Ein guter Freund von mir.»

«Er hat dich *Chérie* genannt.»

«Das sagt er zu jeder.»

«Natürlich.»

«Rik ist mein Exfreund.» Meine Schultern sackten herunter.

«Und warum hast du ihm nicht erzählt, wer ich bin?», fragte Noah fassungslos.

«Das war Ninas Idee.» Als ob das irgendetwas entschuldigen würde! «Zwischen Rik und mir ist nichts mehr.»

«Deswegen hast du mich auch als Postboten ausgegeben.»

«Ich wusste nicht, dass er kommt. Wir hatten überhaupt keinen Kontakt mehr. Er hatte einen Autounfall und war lange im Krankenhaus und in der Reha.»

«War es derselbe Unfall, bei dem du dir das Schlüsselbein gebrochen hast?»

«Ja.» Dass er sich daran noch erinnern konnte!

«Der Unfall, bei dem du allein im Auto gesessen hast?»

Ich biss mir auf die Lippe.

«Warum lügst du mich ständig an?»

«Noah, es ...»

«... ist nicht so, wie es aussieht? Erspar uns diesen Satz.» Er wandte sich brüsk ab.

Ich lief ihm nach und packte ihn am Arm. «Noah! Bitte bleib stehen! Du musst mir zuhören.»

Er riss sich los. «Lass mich in Ruhe, Mia!», sagte er kalt und ging unbeirrt weiter.

«Das ist ja wirklich ein verrückter Vogel, euer Freund.» Rik schmunzelte. «Und die Postboten in Frankreich kommen wirklich nicht nach oben, wenn sie ein Paket oder ein Einschreiben abgeben müssen?»

«In dieser Hinsicht sind sie eigen.» Nina drückte auf den Knopf ihrer Kaffeemaschine, und ein Zischen ertönte, gefolgt von Dampf. «Du auch?» Sie hielt eine Tasse in die Höhe.

Ich schüttelte den Kopf. «Nein, ich muss jetzt los. Mein Termin.»

«Du kannst wenigstens warten, bis Rik seinen Kaffee ausgetrunken hat.» Nina warf mir einen vorwurfsvollen Blick zu.

«Kein Problem.» Rik schob seinen Stuhl zurück und stand auf. «Ich wollte sowieso gerade gehen. Morgen um elf?»

«Ja.»

«Soll ich vorbeischauen, oder holst du mich ab?»

«Ich komme ins Hotel.»

Rik griff nach seiner Jacke, und ich begleitete ihn nach unten.

«Am besten gehst du heute früh ins Bett.» Er sah mich liebevoll an. «Du siehst ganz erschöpft aus.»

«Das war alles ein bisschen viel.»

«Ich weiß, ich hätte vorher anrufen sollen, aber ich hatte Angst, dass du dich weigerst, mich zu sehen.»

«Irgendwann mussten wir schließlich darüber sprechen.»

«Und was ich dir noch wegen Elvira sagen wollte …»

«Vergiss es. Es ist nicht mehr wichtig», wehrte ich ab.

«Für mich schon», beharrte Rik. «Ich will, dass du mir glaubst, dass das mein einziger Ausrutscher war.»

«Hast du wirklich einen Termin?», fragte Nina, die mit Puck auf dem Sofa saß und ihm über das weiße Fell streichelte.

Ich schüttelte stumm den Kopf und ließ mich neben sie sinken.

«Es tut mir so leid, dass ich Rik nicht davon abhalten konnte, ans Fenster zu gehen. Ich hatte mich nur kurz rumgedreht, um die Spülmaschine einzuschalten, und da stand er auch schon dort.»

«Mach dir keinen Kopf. Die Sache mit Noah habe ich ganz allein verbockt.»

«Du hast ihn sehr gern, nicht wahr?»

Ich presste die Lippen zusammen und nickte.

«Willkommen im Club.»

Ich lachte auf. «Auf diese Mitgliedschaft hätte ich gerne verzichtet.»

Wir schwiegen.

«Nina!»

Sie schaute auf.

«Erinnerst du dich daran, was du mir über Jakob erzählt hast? In der Nacht, als du das Fieber hattest.»

Nina verdrehte die Augen. «Ja, aber bis gerade eben ist es mir erfolgreich gelungen, es zu verdrängen.»

«Das war eine der schönsten Liebeserklärungen, die ich je gehört habe.»

«Danke für das Kompliment. Es wäre mir trotzdem lieber, wenn meine romantischen Ergüsse unter uns blieben.»

«Von mir erfährt niemand etwas. Und warum ich dir das erzähle ... Ich ... ich würde so etwas gerne über Noah sagen. Aber dazu kennen wir uns noch viel zu wenig.»

«Nun ja», sagte Nina verlegen, «wenn man über ein Jahr regelmäßig miteinander ins Bett geht, fängt man zwangsläufig irgendwann an, sich auch zu unterhalten.»

«Wusste Jakob, was du für ihn empfindest?»

«Ich glaube nicht. Zumindest habe ich nie mit ihm darüber gesprochen.»

«Warum nicht?»

Nina zuckte resigniert mit den Schultern. Erst nach einer ganzen Weile hob sie den Kopf wieder und sah mich an. «Weißt du, was ich an der Sache mit Jakob am schlimmsten finde?»

«Dass er jetzt mit meiner Schwester zusammen ist?»

«Nein ... dass ich ihm mein Herz geschenkt habe, obwohl ich von Anfang an geahnt habe, dass es zwischen uns aussichtslos ist.»

Gegen Abend hielt ich es in der Wohnung nicht mehr aus, mir fiel jedoch auch keine wirkliche Alternative ein. Nina hatte sich zurückgezogen und telefonierte schon seit Stunden mit Fee, Vincent war direkt nach seinem heroischen Einsatz wieder verschwunden. Nur Puck lag in seinem Körbchen, die Schnauze auf den Pfoten, und sah mir zu, wie ich rastlos im Wohnzimmer hin und her lief. Ich musste dringend raus.

«Puck! Hast du Lust auf einen Spaziergang?»

Der Hund schoss hoch und kläffte laut.

«Pssst.» Ich legte den Zeigefinger auf meine Lippen. «Nicht dass dein Frauchen uns einen Strich durch die Rechnung macht, weil sie dich zum Knuddeln braucht.»

Ich schrieb Nina einen Zettel, nahm meine Jacke und Pucks Leine vom Garderobenhaken und ging leise nach draußen.

Einen Moment dachte ich darüber nach, gemeinsam mit Puck zu Noah zu fahren und das flauschige Fellknäuel als Eisbrecher zu benutzen. Noah würde seinen schwarzen Kulleraugen vermutlich widerstehen können, aber bestimmt nicht seine Schwestern. Und somit war es unwahrscheinlich, dass ich, mit Puck im Schlepptau, sofort wieder hinausgeschmissen werden würde. Letztendlich verwarf ich diesen Gedanken jedoch. Wenn es mir gelingen sollte, meine Ängste und Zweifel über Bord zu werfen und mit Noah über alles zu sprechen, dann musste dieses Gespräch auf neutralem Boden stattfinden und nicht im Kreis seiner Familie – und mit einem Hund als Köder. Bei diesem Gespräch würde ich mich leider auch hinsichtlich meiner Gefühle ihm gegenüber outen müssen …

Kaum jemand war auf der Straße, als ich mit Puck durch die dunklen Gassen nördlich der Sacré-Cœur lief. Der Schnee knirschte unter meinen Stiefeln, hin und wieder rieselten einige Flocken von den Ästen der Bäume und Sträucher. Ansonsten war es still. Zu still. Für mich zumindest. Und auf einmal wünschte ich, auf den belebten Champs Élysées zu sein, umgeben von Menschen, Musik und Lichtprojektionen. Ich zog mein Handy aus der Jackentasche und wählte Lillys Nummer. Zum Glück hob sie schon nach wenigen Klingeltönen ab. «Schwesterchen! Schön, dass du anrufst.»

«Wie geht es dir?»

«Mittelprächtig. Jakob muss noch so viel für Edinburgh vorbereiten, deshalb bin ich heute Abend mit Loki zu Papa, Opa und Trudi gefahren.»

«Du Ärmste.»

«Warum? Ich habe es schließlich freiwillig getan. Außerdem …» Sie kicherte.

«Was ist?»

«Trudi hat unser Elternhaus illuminiert.»

«Sie hat Lichterketten aufgehängt?»

«Nicht nur das. Im Vorgarten stehen neben einer kompletten Rentierherde auch mehrere beleuchtete Schneemänner und ein riesiger Nikolaus. Unser Haus sieht nun ein bisschen aus wie das der Griswolds in *Hilfe, es weihnachtet sehr*. Es waren deswegen sogar schon Weihnachtstouristen bei uns in der Sackgasse, hat Opa Willy erzählt. Er meint, wenn es mit dem Besucheransturm so weitergeht, dann eröffnet er einen Glühweinstand und bessert damit seine Rente auf. Außerdem hat Trudi bestimmt zwanzig Sorten Plätzchen gebacken und einen dreiseitigen Einkaufszettel für die Feiertage geschrieben. Ich glaube, sie ist aufgeregt wegen Milla. – Was ist mit dir? Du sagst ja gar nichts. Hat es dir die Sprache verschlagen?»

Nein. Aber während Lillys Erzählung hatte sich ein Kloß in meinem Hals gebildet – und mit jedem ihrer Worte war er größer geworden. «Ich vermisse euch», stieß ich hervor.

«Ach Gott, du Arme. Das hört sich nicht gut an. Ist irgendetwas passiert?»

«Nein.» Jedenfalls nichts, worüber ich am Telefon reden wollte.

«Warum kommst du nicht heim, wenn du solche Sehnsucht hast? Schließlich zwingt dich niemand, in Paris zu bleiben.»

«Die Mitfahrgelegenheit, die ich über die Mitfahrzentrale organisiert habe, fährt erst in ein paar Tagen nach Deutschland. So lange halte ich es noch aus.»

Lilly lachte. «Ich freue mich schon auf dich. Ohne dich im *froh und bunter* fühle ich mich ein bisschen einsam in meinem Café. Und ich freue mich auf Weihnachten. Auch wenn es dieses Jahr ein wenig anders wird als die Jahre zuvor, so ist es doch immer noch Weihnachten. Findest du nicht?»

Claude, der Clochard, saß wie immer in seine Decke gehüllt auf seinem Stammplatz unter der Straßenlaterne. Berlioz saß auch da, aber als er Puck bemerkte, jaulte das riesige Vieh auf und galoppierte mit großen Sprüngen auf seinen kleinen Freund zu.

«Ist das nicht herrlich?», fragte der Clochard und zeigte auf den samtblauen Himmel, der von Millionen von glitzernden Sternen übersät war.

Ich nickte. «Wo waren Sie?» Vom Fenster aus hatte ich ihn und seinen Hund an den meisten Abenden gesehen. Immer von halb sechs bis sechs Uhr saßen sie da, nicht jedoch während der letzten Tage.

«Bei meiner Tochter.»

Ich wusste nicht, was ich darauf erwidern sollte. Aus irgendeinem Grund hatte ich stets angenommen, dass Menschen ohne festen Wohnsitz unweigerlich Menschen ohne Familie waren.

«Sie wohnt in Deauville», fügte er hinzu. «Das liegt am Meer.»

«Warum leben Sie nicht bei ihr? Am Meer … das muss wunderbar sein.»

«Ich weiß.» Er strich sich über den struppigen Bart. «Ich bin dort aufgewachsen.»

«Und was hat Sie nach Paris verschlagen? Sie müssen es mir nicht sagen, wenn Sie nicht möchten», setzte ich hastig nach.

«Nein, nein. Es macht mir nichts aus, darüber zu sprechen. Ich bin vor zwölf Jahren hergekommen. Der Liebe wegen. Wollen Sie sich nicht setzen?» Er rutschte ein Stück zur Seite.

Obwohl ich befürchtete, unweigerlich zum Eiszapfen zu erstarren, folgte ich seiner Einladung.

«Und Sie? Warum sind Sie nach Paris gekommen?», fragte er. «Um sich zu erinnern oder um zu vergessen?»

«Ich könnte mir auch einfach nur die Stadt anschauen wollen.»

Prüfend betrachtete er mich einige Augenblicke – und schüttelte den Kopf.

Ich kapitulierte. «Vermutlich wegen beidem. Um mich zu erinnern und um zu vergessen. Ich habe mit meinem Exfreund vor ein paar Monaten ein paar schöne Tage in Paris verbracht. Dann ist etwas Schlimmes passiert. Und ich dachte, es ist aus. Aber gerade jetzt, wo es mir endlich gelungen ist, mich von ihm zu verabschieden, ist er wiederaufgetaucht.»

«Lieben Sie ihn noch immer?»

Berlioz setzte sich neben mich und legte seine Schnauze auf meinen Schoß. Ich streichelte ihm über den Kopf.

«Ich weiß es nicht», antwortete ich zögernd. «Denn da ist noch etwas. Vor ein paar Tagen habe ich jemanden kennengelernt. Noah.» Allmählich schwante mir, warum manche Menschen zu Therapeuten gingen. Es war tatsächlich viel leichter, sich einem Fremden anzuvertrauen als jemandem, den man kannte.

«Diese Stadt macht seltsame Dinge mit einem, nicht wahr?»

«Ja.» Nervös zupfte ich an den Fusseln meiner Wollhandschuhe. «Wie ist Ihre Geschichte ausgegangen?»

Ein melancholisches Lächeln flog über das Gesicht des Clochards. «Ich sitze mit Ihnen auf einer Bank am Montmartre und beobachte die Sterne.»

«Sie könnten zurückgehen.»

«Nein. Meine Frau ist mittlerweile neu verheiratet. Meine Tochter hat einen Mann und zwei Kinder.»

«Aber Sie müssen es doch bereuen, dass Sie nach Paris gegangen sind.»

«Ich war schon immer der Ansicht, dass es nicht die Fehler sind, die wir am Ende unseres Lebens bedauern, sondern die verpassten Chancen.»

So leicht ließ ich mich nicht abfertigen. «Und wenn Sie noch einmal wählen könnten: Würden Sie die gleiche Entscheidung treffen?»

Der Clochard lehnte sich zurück und verschränkte die behandschuhten Finger vor seinem Bauch. «Ich kann Ihnen gerne eine Antwort auf Ihre Frage geben, Mademoiselle. Nur fürchte ich, dass die für Ihren Fall nicht relevant ist. – Sie kennen Ihr Blatt. Und Sie müssen sich über Ihren Einsatz klarwerden.»

Kapitel 25

Der Schnee war geschmolzen, und nur noch hier und da zeugten ein schmutziger brauner Schneehaufen oder eine Pfütze von der weißen Pracht der letzten Tage. Zuerst war ich noch so selbstbewusst gewesen, doch meine Zuversicht ließ mit jedem Meter nach, den ich mich dem Hochhaus näherte, in dem Noah mit seiner Familie wohnte. An der Eingangstür kam mein Entschluss gefährlich ins Wanken. Erst kurz vor acht. Sollte ich so früh wirklich schon klingeln? Wäre es nicht besser, am Abend wiederzukommen? Von drinnen drang Kinderlachen an mein Ohr. Schnell zog ich meine Kapuze über den Kopf und vertiefte mich in die Namensschilder auf den Briefkästen. Elena trat mit einem anderen kleinen Mädchen aus der Tür. Beide trugen Schulranzen, ihre Ohren waren von bunten Ohrwärmern bedeckt.

«Hoffentlich ist Madame Tatou immer noch krank», ertönte Elenas Stimme in meinem Rücken. «Sie ist eine dumme Hexe. Die Aushilfslehrerin ist viel netter.»

Ob ihre Freundin die böse Madame Tatou ebenfalls nicht mochte, konnte ich nicht verstehen.

Die Tür wurde erneut geöffnet, und ich hörte jemanden mit schnellen Schritten hinter mir vorbeieilen. Sofort fing mein Puls an zu rasen. Doch es war nicht Noah, sondern ein schlanker Mann im Mantel und mit Aktenkoffer in der Hand, der mit großen Schritten zur Haltestelle lief. Der Bus stand schon da.

Elena und ihre Freundin stiegen zusammen mit den anderen Wartenden ein. Der Mann sprang im letzten Moment hinterher.

Gott sei Dank war dieser Kelch an mir vorübergegangen! Ich war einfach noch nicht dazu in der Lage, Noah gegenüberzutreten. Schwer atmend entfernte ich mich ein Stück vom Hauseingang und versteckte mich hinter einer Hecke, um durchzuatmen und um erneut über das Für und Wider meines morgendlichen Besuchs nachzudenken. Doch besonders weit kam ich nicht. Durch die kahlen Zweige sah ich, wie eine beleibte Frau mit buntem Kaftan und wallendem Mantel aus dem Hochhaus trat. Sie hielt in jeder Hand eine geflochtene Basttasche und wollte anscheinend gerade zum Markt gehen. Ihr folgte ein junger Kerl mit dünnen halblangen Haaren und Nickelbrille. Und hinter ihm ... erschien Jessys krauser Schopf neben dem eines dürren Jungen. Seine Hose hing so tief auf den Hüftknochen, dass man seine Boxershorts fast vollständig sehen konnte. Unter seinem Arm klemmte ein Skateboard.

Obwohl der Bus, mit dem ihre Schwester ihren Schulweg angetreten hatte, schon lange abgefahren war, hatte Jessy es nicht eilig. Der Junge kramte in seinem Rucksack, zog eine zerdrückte orangerote Schachtel heraus und reichte Jessy eine Zigarette.

«Nicht hier. Wenn meine Mum aus dem Fenster schaut», zischte sie.

Sie nahm ihren coolen Begleiter bei der Hand und schleifte ihn zur nächsten Hecke. Zu meiner Hecke.

Erstaunt blickte sie mich an. «Du?» Sie versteckte den Glimmstängel in der Innenseite ihrer Handfläche.

Peinlich berührt trat ich von einem Fuß auf den anderen. «Guten Morgen, Jessy», versuchte ich es mit einer steifen Begrüßung – und fühlte mich mit meiner Kapuze auf dem Kopf wie mindestens siebzig. Der abschätzende Blick ihres Freundes tat sein Übriges, um diesen Eindruck zu verstärken.

«Willst du zu Noah?», fragte sie, ersparte mir jedoch die Peinlichkeit einer Antwort. «Er ist nicht da. Keine Ahnung, wo der sich rumtreibt.»

Sie nickte mir kurz zu und verzog sich mit dem Jungen in Richtung Bushaltestelle.

«Wer war das?», hörte ich ihn fragen.

«Keine Ahnung. Mein Bruder hat sie vor ein paar Tagen angeschleppt.»

Ich wartete noch einige Augenblicke und machte mich dann frustriert auf den Weg zur Metro. Mir war klar, dass Teenager so redeten, ich hatte früher selbst so geredet, aber die Aussage *Mein Bruder hat sie vor ein paar Tagen angeschleppt* trug nicht gerade dazu bei, mein ohnehin schon angeknackstes Selbstbewusstsein zu verbessern. Unentschlossen blieb ich stehen. Nina und Vincent arbeiteten. Nicht einmal Puck war da, weil sein Frauchen ihn immer mit in die Redaktion nahm. Selbst bis zum Treffen mit Rik waren es noch fast drei Stunden.

«Mia!» Jemand berührte mich am Arm.

Ich fuhr herum, und mein Herz, das sich gerade eben mühsam beruhigt hatte, schlug erneut hart gegen meine Rippen. Noah stand vor mir. Geschockt starrte ich ihn an. Auch er schien total verwirrt, und mehrere Sekunden sprach keiner von uns ein Wort.

«Was machst du hier?», fragte er schließlich rau.

Einen Augenblick war ich geneigt, ihn mit einer fadenscheinigen Ausrede abzufertigen, entschloss mich aber dazu, ihm die Wahrheit zu sagen. «Ich wollte zu dir, um noch einmal mit dir zu reden.» Trotzig streckte ich das Kinn vor.

«Warum?»

«Warum? Weil mir langweilig war und ich heute Morgen um

acht nichts Besseres zu tun hatte. Was ist denn das für eine bescheuerte Frage?», entgegnete ich ungehalten.

«Ich würde die Antwort darauf trotzdem gerne hören.» Noah steckte die Hände in seine Jackentaschen.

Unbehaglich trat ich von einem Fuß auf den anderen, und es dauerte ziemlich lange, bis ich mich dazu durchringen konnte. Was sollte ich groß drum herumreden! Nun war sowieso alles egal. «Weil du mir nicht aus dem Kopf gehst und ich die ganze Zeit an dich denken muss», stieß ich aus. «So, jetzt weißt du es. Und was mich und meinen Exfreund angeht …»

Noah machte einen schnellen Schritt auf mich zu, und sein Mund traf meinen so unerwartet, dass ich überrascht nach Luft schnappte.

«Ich glaube dir», flüsterte er gegen meine Lippen. «Und wage es ja nicht, das, was du gerade gesagt hast, mit irgendwelchen absurden Erklärungen zu verderben.»

«Kein Problem. Die … die habe ich sowieso längst vergessen», murmelte ich verwirrt.

Noah zog mich erneut ungestüm an sich. Rik, all die Menschen um uns herum, alles war unwichtig. Das Einzige, was zählte, waren Noah und ich und dieser unglaubliche Kuss, der mit jeder Bewegung unserer Lippen tiefer und leidenschaftlicher wurde. Mein Körper glühte, schrie nach mehr, doch als ich mit den Händen unter seinen Pullover fuhr, um seine warme Haut zu berühren, schob Noah mich fort. Schwer atmend standen wir voreinander.

«Ich muss jetzt weg», keuchte er. «Meine Mutter hat einen Arzttermin, und außer mir ist keiner da, der sie hinfahren kann.»

Enttäuschung machte sich in mir breit und kühlte meinen erhitzten Körper schneller ab, als es eine kalte Dusche hätte tun können. «Wann sehe ich dich wieder?»

«Ich rufe dich am Nachmittag an. Hast du einen Stift dabei,

damit ich deine Nummer notieren kann? Ich habe das Handy zu Hause liegenlassen. Bin noch nicht daran gewöhnt», fügte er verlegen hinzu.

Ich schüttelte den Kopf.

«Dann sag sie mir.»

Ich nannte ihm die Ziffernfolge, und Noah wiederholte sie ein paar Male. Dabei sah er so konzentriert und ernst aus, dass eine Welle der Zärtlichkeit mich erfasste. Ich legte meine Arme um seinen Hals, und wir küssten uns noch einmal. Lange. Sehnsüchtig. Bis Noah sich zum zweiten Mal widerwillig von mir löste.

«Ich muss jetzt wirklich los. Aber ich rufe dich an. Und dann reden wir.» Er drückte mir einen letzten schnellen Kuss auf die Lippen und war fort.

Auch ich drehte mich um und lief – *tanzte* traf es wohl besser – wie auf Wolken die Treppen zur Metrostation hinunter. Der übliche Geruch nach Abgasen, Schweiß und Urin schlug mir entgegen, machte mir dieses Mal jedoch überhaupt nichts aus. Noah war mir nicht mehr böse. Und wir würden uns wiedersehen. Schon bald.

Ich taumelte in die Metro, sank auf einen der rissigen blauen Kunstledersitze und lehnte meine Stirn gegen die fleckige Scheibe. Draußen war es grau und trüb, aber in mir strahlte die Sonne. Wann hatte ich mich jemals so euphorisch gefühlt? Nie! Denn endlich wusste ich, was ich wollte: Noah. Und auf einmal erschien mir auch die Entfernung unserer Wohnorte überhaupt nicht mehr gravierend. Noah konnte zu mir nach München ziehen und dort Kunst studieren. Wir würden uns gemeinsam eine Wohnung nehmen. Zu zweit war das machbar.

«Wenn man begriffen hat, mit wem man den Rest seines Lebens verbringen will, dann will man, dass der Rest des Lebens so schnell wie möglich beginnt», sagte Billy Chrystal in *Harry und Sally*, einem der wenigen Liebesfilme, die ich mochte, zu Meg Ryan.

Ich schaute auf die Uhr. Gleich neun. Zwischen mir und meiner Zukunft lagen also maximal acht Stunden, ein Treffen mit Rik und – ich drehte nachdenklich eine Haarsträhne um meinen Finger – die Durchführung einer Idee, die mir schon seit längerem im Kopf herumspukte.

An der Station Les Halles stieg ich aus. Aber natürlich nicht, um zum *Le Paname* zu gehen. Als ich das letzte Mal die Metrostation durchquert hatte, war mir ein kleiner Friseursalon aufgefallen.

«Was kann ich für dich tun?», fragte die Verkäuferin mit der hochtoupierten schwarzen Mähne und dem Nasenring.

«Einmal Haare ab, bitte.»

Sie ließ eine meiner langen blonden Strähnen durch Daumen- und Zeigefinger gleiten und sah mich belustigt an. «Zeit für einen dramatischen Einschnitt im Leben?»

«Oh ja.»

Das Pokerface, das Rik so perfekt aufzusetzen verstand, ließ seine Gefühle nicht erahnen, als ich um Viertel nach elf mit einem kinnlangen fransigen Bob in der Lobby seines Hotels erschien.

«Hübsche Frisur», bemerkte er, obwohl ich genau wusste, dass er kurze Haare bei Frauen nicht mochte.

«Welche Sehenswürdigkeiten darf ich dir heute zeigen?»

«Einmal Mona Lisa bitte.» Ungeachtet meines bewusst professionellen Tons lächelte er mich an.

Ich hatte mir das berühmteste Bild der Welt größer vorgestellt. Tatsächlich war es ziemlich klein, nicht größer als ein Kinoplakat, und das Spektakulärste an ihm waren die Unmengen von Menschen, die mit Handys und Tablets versuchten, die

Frau mit dem mysteriösen Lächeln zu fotografieren, um damit zu Hause vor den Nachbarn anzugeben. Überhaupt konnte ich mit den meisten Bildern, für die der Louvre so berühmt war, nichts anfangen. Zu alt, zu düster. Anders als bei Kleidern war mein Geschmack in puncto Kunst sehr konventionell. Und bunt. Ich mochte Matisse, Picasso, Warhol, Miró, Franz Marc und Kandinsky, Künstler, deren Bilder man sich als Kunstdrucke ins Wohnzimmer hängte. Werke, die man nicht hier, sondern im Centre Pompidou bewundern konnte. Im Gegensatz zu mir war Rik jedoch sehr angetan von all den Bildern um ihn herum. Vermutlich weil er sich vorstellte, von wie vielen Millionen, wenn nicht sogar Milliarden Euro er gerade umgeben war.

Ich warf einen Blick auf das Display meines Handys. Eine Geste, die Rik nicht entging.

«Möchtest du dir noch etwas anschauen?», fragte er.

«Nein. Ich habe genug gesehen.»

«Dann übernehme ich ab jetzt das Kommando.»

«Wo willst du hin?»

«Na, zu unserem Liebesschloss. Ich dachte, Sie wollten es sehen, Madame.»

«Mademoiselle.»

«Was?»

«Es muss *Mademoiselle* heißen. Schließlich bin ich nicht verheiratet.»

«Wie auch immer.» Er nahm mich bei der Hand, und wir verließen den Louvre durch die Glaspyramide im Innenhof.

Kurz bevor wir das Seine-Ufer erreichten, vibrierte mein Handy, und das Display zeigte endlich die erlösende Nachricht an.

Ich bin fertig. Hast du Zeit?

Ja. Wo soll ich wann hinkommen?, antwortete ich prompt. Dann wandte ich mich an Rik. «Ich muss gleich weg.»

«Schon wieder ein Termin?» Sein Gesichtsausdruck verdüsterte sich.

Ich nickte.

«Du bist schwer beschäftigt, seit du in Paris bist.»

Normalerweise hätte ich ihn jetzt angeblafft, er könne nicht erwarten, dass ich ohne ihn nur herumsitze und Däumchen drehe. Mein schlechtes Gewissen hielt mich jedoch davon ab.

«Wenn du Zeit hast, könnten wir uns morgen vor deinem Abflug noch einmal sehen», schlug ich vor.

«Ich weiß nicht», erwiderte Rik gedehnt. «Mein Flugzeug geht bereits am frühen Abend.» Als ich schon erleichtert aufatmen wollte, fügte er jedoch hinzu: «Andererseits hatte ich ja sowieso vor, noch kurz in den Marais zu fahren. Aber heute macht das mein Bein nicht mehr mit. Wenn du möchtest, kannst du mich morgen dorthin begleiten.»

Ich musste an mich halten, um nicht die Augen zu verdrehen. Der Marais mit all seinen Schickimicki-Geschäften – das war typisch Rik. In München hatte er sich auch am liebsten in der Maximilianstraße und rund um den Odeonsplatz aufgehalten. Außerdem beunruhigte mich die Möglichkeit, dort Noah über den Weg zu laufen. Am besten würde ich ihm gleich von diesem letzten Sightseeing-Trip mit Rik erzählen.

«Also, was ist? Kommst du mit?», drängte Rik auf eine Antwort.

«Morgen um zehn hole ich dich ab.»

Der Pont des Arts funkelte uns mit seinen bunten Liebesschlössern bereits von weitem entgegen, und je mehr wir uns ihm näherten, desto unwohler fühlte ich mich. «Jetzt bin ich aber gespannt, ob du wirklich weißt, wo es hängt.»

Rik humpelte zielstrebig auf einen Laternenmast zu. «Hier müsste es sein.» Mühsam ging er in die Hocke.

Mit angehaltenem Atem beobachtete ich, wie seine schlanken Finger das Geländer der Brücke untersuchten. Zunächst sah es so aus, als ob seine Suche erfolglos bleiben sollte. Frustriert stöhnte Rik auf. «Ich verstehe das nicht. Unter dieser Laterne haben wir es aufgehängt. Ich bin mir ganz sicher.»

«Vielleicht ist es abgefallen?» Der kleine Junge mit dem Geigenkasten fiel mir ein und seine schicke Mutter. Und wie entgeistert sie geschaut hatte, als ihr Sprössling auf einmal einen ganzen Bund der Liebesbeweise in den Händen gehalten hatte. Bei der Erinnerung an diese Szene musste ich kichern.

Meine Erheiterung währte jedoch nur kurz, denn Rik rief triumphierend aus: «Wusste ich es doch!»

Ich ging ebenfalls in die Knie. Tatsächlich. Klein und schlicht lag das Schloss in seiner Handfläche.

Mia & Frederik
25.06.2014

stand darauf. Ich blickte auf die eingravierte Schrift und spürte – nichts. Gar nichts. Ich war überrascht, aber nicht unangenehm.

«Mia!»

«Ja.»

Rik schluckte so hart, dass sein Kehlkopf dabei deutlich hervortrat. «Egal, was danach alles passiert ist: Als wir das Schloss an das Geländer gehängt haben, wollte ich, dass es zwischen uns funktioniert.»

Gerührt wandte ich meinen Blick ab. Rik war ein Spieler. Jemand, der das Risiko liebte, der den Kick brauchte und der es mit der Wahrheit nicht so besonders genau nahm, wenn es seinem eigenen Vorteil diente – doch in diesem Moment glaubte ich ihm.

«Sollen wir es entfernen?», fragte er leise.

«Von mir aus können wir es dranlassen», sagte ich, und über diese Antwort musste ich noch nicht einmal nachdenken. Denn ich hatte es auch ohne das Schloss geschafft, mich von Rik zu lösen. Ob es dort bis in alle Ewigkeit hängen blieb oder nicht, war mir mittlerweile gleich.

Kapitel 26

Weil die Sonne gerade dabei war, die grauen Wolkenberge aufzulösen, hatte Noah als Treffpunkt die Gärten des Musée Albert Kahn vorgeschlagen, die sich ein wenig außerhalb in dem Pariser Vorort Boulogne-Billancourt befanden. Obwohl die Parkanlage nur etwa fünfzig Meter von der Metrolinie entfernt lag, fühlte ich mich sofort nach dem Passieren des Eingangsbereichs in eine andere Welt versetzt. Fernab der Stadt mit ihrem unaufhörlichen Rauschen herrschte Stille. Nur wenige Touristen spazierten durch die Gärten, und die einzigen Geräusche, die mich auf meinem Weg zu Noah begleiteten, waren das Knistern der trockenen Blätter und das Plätschern von Wasserfontänen.

Noah wartete auf einer roten Holzbrücke auf mich. Als er mich sah, strahlte er. Endlich! Die letzten Stunden hatten sich gezogen wie das ausgeleierte Band, mit dem meine Schwestern und ich früher immer Gummitwist gespielt hatten. Glücklich warf ich mich in seine Arme, meine Lippen suchten seine, und ich fragte mich wieder einmal, wo dieser Mensch so gut küssen gelernt hatte. Zugegebenermaßen reizte es mich, ihm genau diese Frage zu stellen. Ich wusste so wenig von ihm und wollte so vieles wissen.

Noah legte den Arm um meine Schultern, und wir schlenderten vorbei an verkrüppelt aussehenden Bäumen, Buchsbaumkugeln und mit flauschigem Moos überzogenen Steinen zum japanischen Dorf, dem laut Noah unbestritten schönsten Teil der Gartenanlage.

«Du hast dir die Haare abschneiden lassen», bemerkte er scharfsinnig.

«Ja, ist ein bisschen luftiger», entgegnete ich nervös, hatte ich doch gespannt auf seine Reaktion gewartet.

Noah streichelte mit dem Daumen über meinen entblößten Nacken. «Mir gefällt es. Kurze Haare passen zu dir.»

«Lange etwa nicht?» Gespielt beleidigt zog ich einen Schmollmund.

«Ich finde dich immer schön», erwiderte er diplomatisch. «Deshalb habe ich dich auf dem Cimetière de Montmartre angesprochen.»

«Du hast mich angesprochen, weil es dein Job ist», widersprach ich. «Mich und bestimmt zwanzig andere Personen. Fandest du die auch alle schön?»

«Du hast wirklich gedacht, dass ich Friedhofswärter bin?», fragte Noah belustigt.

«Bist du etwa keiner?»

«Ich arbeite fünf Tage in der Woche in der Galerie und an einigen Abenden und am Wochenende im Restaurant. Wo sollte ich die Zeit für einen dritten Job hernehmen? Und Friedhofswärter ...» Er zog eine Grimasse.

«Nicht zu fassen.» Ich schüttelte den Kopf. «Du hast mich also gezielt hinters Licht geführt, um einen Grund zu haben, mich anzusprechen!» Zwar tat ich empört, doch in meinem Körper breitete sich ein Gefühl wie warme Schokolade aus.

«Anfangs war es Neugier. Ich wollte unbedingt wissen, warum eine so hübsche Frau wie du mit einer Rose in der Hand vor dem Grab von Heine steht und so traurig aussieht. Aber dann hast du den Kopf gehoben und mich angeschaut, und von diesem Moment an war ich verzaubert.» Er drückte mir einen Kuss auf den Scheitel, und auch wenn mich Noahs Worte natürlich freuten, konnte ich ein breites Grinsen nicht unterdrücken. Diese Franzosen! Egal, wie zurückhaltend manche von ihnen taten, im Endeffekt wussten sie alle, wie man einer Frau Komplimente machte.

Wir verließen den japanischen Teil des Parks mit seinen pittoresken Pagodenhäusern und durchschritten eine Reihe kahler Torbögen.

«In dieser Jahreszeit ist dieser Bereich des Gartens ziemlich unspektakulär», bemerkte Noah. «Im Frühsommer, wenn der Weg von lauter Kletterrosen überrankt ist und auch sonst überall Rosen blühen, ist er wunderschön. In ein paar Monaten müssen wir unbedingt noch einmal hierherkommen.»

Ich räusperte mich. «Noah. Ich mag dich wirklich gern, aber ...»

Noah blieb stehen. Beunruhigt sah er mich an. «Aber was?»

Ich gab mir einen Ruck. «Genau darüber wollte ich mit dir sprechen. Wie soll es mit uns beiden weitergehen? Du in Paris, ich in München. In ein paar Tagen fliege ich nach Deutschland zurück.»

Er nahm meine Hand, und unsere Finger verflochten sich ineinander. «Du könntest wiederkommen.» Beim intensiven Blick seiner grünen Augen bekam ich erneut weiche Knie.

«Ja, das könnte ich. Aber nicht für immer. Ich habe einen Laden. Meine Aushilfe kann ihn nicht ewig alleine führen.» Ich schlang meine Arme um seine Taille und sah zu ihm auf. «Komm zu mir nach München, Noah. Kunst kann man überall studieren. Ich habe im Internet nachgeschaut. Du könntest im Frühjahr an der LMU oder an der Akademie der freien Künste anfangen. Beide haben einen guten Ruf.»

«Vorher muss ich die Aufnahmeprüfung bestehen.»

«Dass dir das gelingt, steht außer Frage», fegte ich seinen

Einwand beiseite. «Was hältst du von der Idee? Du warst noch nie weg aus Paris. Es würde dir guttun, mal rauszukommen, und wir beide würden uns jeden Tag sehen. Du kannst in meine Wohnung ziehen. Sie ist nicht groß, aber für uns beide reicht es.»

«Ich kann meine Familie nicht allein lassen.»

Oh nein! Dieses Gespräch lief nicht in die richtige Richtung. «Wieso nicht, Noah? Deine Eltern sind volljährig. Warum müssen sie beaufsichtigt werden?»

Eine steile Falte bildete sich über seiner Nasenwurzel. «Du weißt doch, dass meine Mutter krank ist, und du weißt auch, dass meine Familie darauf angewiesen ist, von mir einen Zuschuss zur Miete zu bekommen.»

«Okay, nach München willst du also nicht kommen …»

«Ich habe nicht gesagt, dass ich es nicht *will*. Ich habe gesagt, dass ich es nicht *kann*», unterbrach mich Noah unwirsch.

«Gut. Wegen deiner Familie kannst du nicht aus Paris weg, wegen meines Ladens muss ich in München bleiben», fasste ich zusammen. «Zwischen unseren Wohnorten liegen über achthundert Kilometer. Wie soll das funktionieren? Oder ist das zwischen uns für dich nur eine kleine Urlaubsliaison?»

«Nein, das ist es nicht.» Noah löste sich aus meiner Umarmung. «Aber wir kennen uns kaum. Bis vor ein paar Stunden dachte ich, dass ich dich niemals wiedersehe. Du kannst nicht erwarten, dass ich von jetzt auf gleich hier alle Zelte abbreche.»

«Du willst also nicht mit mir zusammen sein», stellte ich ernüchtert fest.

«Hör auf mit dem Unsinn, Mia. Natürlich will ich mit dir zusammen sein. Und ich kann mir durchaus vorstellen, zu dir nach München zu ziehen. Aber nicht jetzt. Im Sommer nächsten Jahres wird in der Fabrik, in der mein Vater angestellt ist, eine Stelle als Vorarbeiter frei. Wenn mein Vater die bekommt, verdient er genug, um ohne meine Unterstützung auszukommen.»

«Und wenn er sie nicht bekommt? Was ist dann?» Ich verschränkte die Arme vor der Brust.

«Wenn es nicht so läuft, dann sehen wir weiter. – Mia!» Er legte die Hände auf meine Oberarme und sah mich beschwörend an. «Das sind nur sechs Monate. Diese Zeit können wir überbrücken.»

«Ach ja!», höhnte ich. «Wie denn? Ich habe nicht die Kohle, ständig nach Paris zu fliegen. Und wie sieht es bei dir damit aus?»

«Alle vier Wochen wäre es machbar. Und wenn du im Gegenzug einmal im Monat zu mir kommst, würden wir uns gar nicht so selten sehen.»

«Meine Keramikwerkstatt ist auch am Wochenende geöffnet. Gerade samstags ist viel los», erwiderte ich bockig. «Soll ich unter der Woche nach Paris fliegen, wenn du arbeitest?»

Noah seufzte. «Was willst du von mir, Mia? Dass ich hier alles stehen- und liegenlasse und zu dir nach München ziehe? Tut mir leid, aber das mache ich nicht. Entweder wir probieren es die nächsten Monate mit einer Fernbeziehung, oder …» Er brach ab.

«Oder was?»

Noah gab keine Antwort.

«Oder das mit uns ist vorbei … Das wolltest du sagen, nicht wahr?», sagte ich betont ruhig, obwohl sich seine Worte wie Dolchstöße in mein Herz gebohrt hatten.

Ein trotziger Zug legte sich um seinen Mund. «Wenn du mir ein Ultimatum stellst, ja.»

Wütend blitzte ich ihn an. «Schön. Deine Familie ist dir also wichtiger als ich.»

Noah funkelte zurück. «Erwartest du, dass ich darauf irgendetwas sage?»

Ich lachte freudlos. «Das musst du nicht. Aber ich sage dir was: Eine Fernbeziehung kommt für mich nicht in Frage.»

«Momentan ist es die einzige Lösung.»

«Nein, wenn du genug Mumm hättest, würde sich eine andere finden. Ich könnte die Miete in München allein übernehmen, du könntest dir neben dem Studium einen Job suchen und trotzdem deine Familie unterstützen …»

«Ich spreche kaum Deutsch. Wie soll ich da einen Job finden?», unterbrach mich Noah ungehalten.

Plötzlich kochte Wut in mir hoch. Der rote Slip tauchte vor meinem geistigen Auge auf, Riks unbewegtes Gesicht, als ich das Höschen aus seiner Jackentasche zog. Ich hörte das Quietschen von Bremsen – und dann machte etwas in mir *plopp*.

«Wenn dir nichts an einer Beziehung zu mir liegt, dann sag es mir», fuhr ich ihn an. «Doch hör auf, mich mit irgendwelchen Ausflüchten abzufertigen. Ich habe keine Lust mehr darauf, ständig hingehalten zu werden.» Bei den letzten Worten war meine Stimme immer lauter geworden.

«Ich halte dich überhaupt nicht hin», erwiderte Noah genauso laut. «Es geht momentan einfach nicht, dass ich nach Deutschland ziehe. Wie oft soll ich das noch sagen?»

«Ja, und ich weiß auch, warum», giftete ich. «Denn in einer Fernbeziehung könntest du alles haben. Du könntest dein Leben weiterhin im gemütlichen Schoß deiner Familie verbringen, alle zwei Wochen hättest du ein paar heiße Nächte, und wenn dir wirklich einmal danach sein sollte, hättest du zumindest theoretisch die Gelegenheit, dir hin und wieder auch von anderen Frauen das Bett wärmen zu lassen. Ich würde ja sowieso nichts davon mitbekommen.»

Noah erstarrte für einige Augenblicke. Dann wurde seine

Miene kalt. «Was hat dir dein Exfreund eigentlich angetan, dass du eine so miese Meinung von Männern hast? Und was habe ich dir angetan, dass du so von mir denkst?»

Plötzlich fühlte ich mich unglaublich müde. «Noah, ich weiß, dass es nicht fair war, was ich gerade gesagt habe. Aber ich bin über dreißig, und ich habe keine Lust auf eine Fernbeziehung. Ich will mit dir zusammen sein. Und das immer und nicht nur alle zwei Wochen.»

Doch Noah ging nicht auf meinen Versöhnungsversuch ein. Im Gegenteil. Bei meinen Worten waren seine Augen noch schmaler geworden. «Fällt dir eigentlich auf, dass es bei dir ständig nur um dich geht? Um das, was *du* willst, darum, wie *du* dich fühlst? Und für so jemanden soll ich alles aufgeben?»

«Für so jemanden ... Das hast du nett ausgedrückt.» Ich zitterte, konnte kaum noch klar denken. «Du bleibst also in Paris. Ist das dein letztes Wort?»

«Ja.»

«Dann war's das zwischen uns. Gut, dass wir es rechtzeitig gemerkt haben.»

Ohne eine Antwort abzuwarten, drehte ich mich um und ging.

Kurz vor dem Ausgang des Parks blickte ich noch einmal über meine Schulter zurück. Doch Noah kam mir nicht nach.

Den restlichen Tag lag ich im Bett und heulte mir die Augen aus dem Kopf. Nach dem Unfall und der Trennung von Rik hatte ich nie richtig weinen können, nun flossen meine so lange zurückgehaltenen Tränen in Sturzbächen. Ich weinte um alles Mögliche: Um Lillys verlorene Babys, um Ninas Liebeskummer, um Riks kaputtes Knie, um meine Eltern, deren Scheidung in den nächsten Wochen rechtskräftig werden würde. Aber vor allem weinte ich um Noah. Vielleicht hätte ich ihn nicht so unter Druck setzen dürfen. Vielleicht hätte ich mich mit einer Fernbeziehung, sosehr es mir widerstrebte, arrangieren sollen. Doch ich konnte meine Worte nicht mehr rückgängig machen. Und letztendlich war es auch gut, dass ich sie ausgesprochen hatte. Denn dadurch hatte ich erfahren, dass Noahs Gefühle für mich nicht so tief waren, dass er für mich den Sprung ins kalte Wasser gewagt hätte. Dabei hätte er es so viel leichter gehabt, zu mir zu ziehen, als umgekehrt. Wäre das *froh und bunter* nicht gewesen, ich wäre, ohne auch nur eine Sekunde zu zögern, nach Paris gezogen. Eine Erkenntnis, die die Anzahl meiner Schluchzer um ein Vielfaches erhöhte. Nur mühsam fand ich gegen Mitternacht in einen unruhigen Schlaf, und als ich im Morgengrauen erwachte, begann die Heulerei von vorne.

Ich sah furchtbar aus, stellte ich beim Blick in den Badezimmerspiegel fest. Blass, mit roten, verquollenen Augen und einer geröteten, vom vielen Schnäuzen wunden Nase. Am liebsten wäre ich im Bett liegen geblieben. Aber ich hatte Rik versprochen, mich vor seinem Abflug mit ihm zu treffen, und dieses Versprechen wollte ich nicht brechen, nur weil ein gemeiner Franzose mein Herz gebrochen hatte. Ich übertünchte die roten Stellen und die Augenringe, so gut es ging, mit einer dicken Schicht Abdeckcreme, Make-up und Puder, setze eine riesige Sonnenbrille auf, die Nina am Vortag in der Küche liegengelassen hatte, und machte mich auf dem Weg zu Riks Hotel. Sein Entschluss, sich den Schickimicki-Marais anzusehen, stand immer noch. Gestern hatte mich dieses Vorhaben beunruhigt. Heute war es mir scheißegal. Sollte uns Noah doch zusammen sehen! Dann wusste er zumindest, dass ich nicht zu Hause herumsaß und um ihn trauerte.

Obwohl Rik keine rechte Lust hatte, überredete ich ihn dazu, auf dem Weg zu den Galerien mit mir durch die Innenhöfe des

Village Saint-Pierre zu streifen. Der kleine, traurige Laden mit den zersprungenen Fensterscheiben stand immer noch leer, und auch in den Auslagen der Geschäfte hatte sich nichts geändert. Natürlich. Es war ja erst drei Tage her, dass Vincent und ich hier gewesen waren. So viel war seitdem passiert.

Trotz der unschönen Erinnerungen, die mit dem Village verbunden waren, gefiel es mir in dem Viertel. Es atmete, war bunt, lebendig, ein wenig alternativ. Genau wie ich es mochte. Rik dagegen hatte keinen Blick für die Antiquitätengeschäfte, die Secondhand-Boutiquen, die alte Frau, die in ihrem Hutgeschäft hinter einer Nähmaschine saß und einen himbeerfarbenen Filzstoff bearbeitete. Seine Aufmerksamkeit wurde erst wieder geweckt, als wir die Innenhöfe verließen und uns der exklusiveren Umgebung rund um die Place des Vosges näherten. Wo er – zugegebenermaßen – in seinen teuren Designerkleidern auch viel besser hinpasste.

«Du willst dir doch keinen angebissenen Apfel ins Büro stellen, oder?», fragte ich skeptisch, als ich den interessierten Blick bemerkte, mit dem er die überdimensionale Fruchtskulptur bedachte.

Rik feixte. «Natürlich nicht. Aber ich denke gerade über den Kauf dieser Banane nach. Ihre phallische Form könnte sich auf meine Kunden sehr inspirierend auswirken.»

«Vermutlich lenkt sie sie eher ab. Dann doch lieber die Erdbeere. Hier fällt die erotische Komponente deutlich subtiler aus», frotzelte ich, war mit meinen Gedanken jedoch schon seit einiger Zeit nicht mehr bei der Sache.

Unaufhaltsam näherten Rik und ich uns Noahs Arbeitsstelle. Lediglich ein Geschäft trennte uns noch von der Galerie, und es war nicht davon auszugehen, dass mein Begleiter den großformatigen, kitschigen Landschaftsmalereien, die hier verkauft wurden, mehr als nur einen beiläufigen Blick schenken würde.

Tatsächlich ließ er diese Kunsthandlung links liegen und steuerte zielstrebig auf Duchamp Fine Arts zu. Weder Noah noch die straffgebügelte exotische Schönheit, der ich vorgestern meinen Mittelfinger präsentiert hatte, stand im Laden, sondern ein kleiner untersetzter Mann mit Halbglatze, der mich mit seinem verschlagen-pfiffigen Gesichtsausdruck an Danny DeVito erinnerte. Als Rik nach dem Türknauf griff, wich ich einen Schritt zurück und trat hinter den Pfeiler, wo ich zwei Tage zuvor schon einmal Zuflucht gesucht hatte.

«Ich komme gleich nach. Ich habe gerade eine Voicemail bekommen.» Ich zückte mein Handy, und Rik verschwand durch die gläserne Eingangstür.

Anstatt meine Mailbox abzuhören, ging ich auf Google und suchte dort nach der Homepage der Galerie. War mir der Gedanke, Noah zusammen mit Rik gegenüberzutreten, auf dem Weg hierher noch vollkommen egal gewesen, hatte ich schließlich doch noch Bedenken bekommen. Ein Liebesdrama direkt vor Riks Augen war das Letzte, wonach mir in meinem momentanen Zustand der Sinn stand. Ich drückte auf das grüne Telefonsymbol auf der Kontaktseite und beobachtete kurz darauf, wie der Mann zum Tresen wuselte und den Hörer abnahm.

«Duchamp Fine Arts, Henri Duchamp, was kann ich für Sie tun?», fragte er.

Der Dicke war also der Mann von Selma Hayek. Ich räusperte mich. «Amélie Ribéry. Können Sie mir sagen, ob einer Ihrer Angestellten im Haus ist? Noah Mastey.»

«Es tut mir außerordentlich leid, Madame Ribéry, Monsieur Mastey ist erst morgen Nachmittag wieder hier. Kann ich ihm etwas ausrichten?»

«Nein danke, ich werde persönlich vorbeikommen und mit ihm sprechen.»

Erleichtert legte ich auf. Ich betrat die Galerie und nickte

Danny DeVito knapp zu, der beflissen zur Tür eilte, um sie für mich aufzuhalten.

«War es etwas Wichtiges?», wollte Rik wissen.

«Was meinst du?», fragte ich verständnislos.

Er hob die Augenbrauen. «Du hattest gerade eine Nachricht auf deinem Anrufbeantworter.»

«Ach so. Nein. Überhaupt nicht», druckste ich herum.

«Was hältst du von dieser Skulptur?» Er deutete auf ein ineinander verwobenes Paar, das sich leidenschaftlich küsste und dessen bunte Körper und überproportional lange Gliedmaßen unverkennbar zeigten, dass es aus dem Atelier von Frank Casta stammte.

«Schön, aber leider sehr teuer.»

«Wirklich? Woher willst du das wissen? Es hängt kein Preisschild daran.»

«Ich meine, von draußen eins gesehen zu haben.»

Rik ging prüfend um die Skulptur herum. «Nein. Du hast dich geirrt.»

Herrje! Der Besuch in dieser Galerie war auch ohne Noah ein einziges Minenfeld. Fehlte nur noch, dass Madame Duchamp auftauchte und in mir die Stinkefinger-Frau von vor drei Tagen erkannte. Nichts wie raus.

«Hast du alles gesehen?», fragte ich und bemühte mich um einen neutralen Gesichtsausdruck.

«Bisher war ich nur im Eingangsbereich.»

Na toll. Genervt folgte ich Rik in den hinteren Teil der L-förmigen Galerie.

Die Türklingel des Ladens bimmelte, und ein weiterer Kunde trat ein. Ich achtete nicht auf ihn.

Erst als Danny DeVito begeistert ausrief: «Habe ich Sie doch noch überreden können, es vorbeizubringen!», schaute ich auf und kam für einen Moment ins Straucheln.

Noah stand mit Parka und Jeans bekleidet vor dem Verkaufstresen und befreite ein ziemlich großes, schmales Paket von einer Folie und mehreren Papierschichten.

«Großartig. Wirklich großartig», schwärmte Danny deVito und hob die speckigen Hände. «Ich predige Ihnen ja schon seit langem, dass Sie Ihr Talent nicht verkümmern lassen dürfen.»

«Was meinen Sie, wie viel ich dafür bekommen könnte?», fragte Noah mit unbewegter Miene.

«Schwer einzuschätzen.» Sein Chef wiegte den Kopf. «Schließlich sind Sie noch unbekannt. Aber ich denke, mit fünfhundert Euro werden Sie rechnen können.»

Ein angespannter Zug legte sich um Noahs Mund.

«Eventuell auch mehr», beeilte sich der kleine Mann zu versichern. «Vielleicht sogar tausend, wenn wir einen Liebhaber für die hübsche Dame finden.»

Hübsche Dame? Wie von einem Magnet angezogen näherte ich mich den beiden.

«Abgemacht. Versuchen Sie Ihr Glück.» Noah hielt seinem Chef die Hand hin, und der schlug mit einem breiten Lächeln ein.

«Sie werden es nicht bereuen. Und sehen Sie zu, dass Sie schnell Nachschub liefern.»

«Gute Modelle sind rar.»

Danny DeVito lächelte verschmitzt. «Ich denke nicht, dass Sie mit Ihrem Aussehen Probleme damit haben werden, eine Frau zu finden, die sich für Sie auszieht, Noah. – Und nun werden wir uns ein hübsches Plätzchen für das Schmuckstück suchen.» Er hob das Bild an, sodass ich einen Blick darauf werfen konnte, und der Boden unter mir begann zu schwanken. Zwar hatte ich es geahnt, doch alles in mir hatte sich dagegen gewehrt. Und auch jetzt noch sträubte sich mein Gehirn, die Information aufzunehmen, die meine Augen ihm sendeten. Denn es war nicht irgendein Gemälde, das Noah veräußern wollte. Monsieur Duchamp hielt *mein Bild* in seinen dicken Händen.

Das Bild, von dem Noah mir versprochen hatte, es niemals zu verkaufen.

Kapitel 27

Ich stieß einen erstickten Laut aus, und Noah und sein Chef schreckten hoch.

«Kann ich Ihnen behilflich sein, Mademoiselle?», fragte Monsieur Duchamp.

Ich schüttelte stumm den Kopf, den Blick gebannt auf das Bild gerichtet. Mein Bild. Unser Bild!

«Sind Sie an diesem Werk interessiert? Wir haben es gerade erst hereinbekommen.»

Ich reagierte nicht.

«Ist dir nicht gut?» Rik war neben mich getreten, und der Klang seiner Stimme befreite mich aus meiner Erstarrung.

«Nein. Alles in Ordnung. Die Luft in der Galerie ist nur ziemlich stickig.»

Zögernd löste ich die Augen von dem Bild und begegnete Noahs Blick. Unter seiner braunen Haut war er blass geworden, und er starrte mich an, als wäre ich eine Geistererscheinung.

«Wenn du möchtest, können wir gehen. Ich habe alles gesehen», bot Rik an.

«Ich auch.» Ich drehte mich um und zwang mich, einen Fuß vor den anderen zu setzen, obwohl sich jede Muskelfaser meines Körpers dagegen wehrte.

«Sag mal, ist das nicht euer Postbote?», fragte Rik halblaut, als wir die bimmelnde Eingangstür durchschritten.

Ich nickte.

«Und der arbeitet als Maler?»

«Paris ist ein teures Pflaster.»

Ich hatte mich fast bis zur nächsten Ecke geschleppt, als ich schnelle Schritte hinter uns hörte.

«Mia!»

Ich ging weiter.

«Mia, warte!»

Rik blieb stehen. «Der Postbote will was von dir», sagte er stirnrunzelnd.

Mechanisch drehte ich mich um. Noah kam auf uns zugerannt. «Kann ich kurz mit dir reden?», keuchte er.

«Nur zu», brachte ich mit einer Stimme hervor, die ich kaum als meine eigene erkannte.

«Allein», forderte er.

«Warum das denn?», schaltete sich Rik, der leidlich Französisch sprach, unwillig in unser Gespräch ein.

«Postgeheimnis», entgegnete Noah und packte mich am Arm. «Es dauert auch nicht lange. In ein paar Minuten haben Sie Ihre Begleiterin zurück.» Er schob mich ins nächste Geschäft, in einen nostalgischen Teeladen, der voller Touristen war.

Über meine Schulter hinweg sah ich, wie Rik Noah und mir irritiert nachschaute. Als er meinen Blick bemerkte, wandte er sich ab und nahm sein Handy aus der Gesäßtasche seiner Jeans.

«Was soll das?» Ich schüttelte Noahs Arm ab. «Möchtest du mir eine Provision anbieten?»

«Nein.»

«Was willst du dann von mir? Ewig habe ich nicht Zeit.»

«Mit dir reden.»

«Worüber? Das, was ich gerade gesehen habe, macht jegliches Gespräch überflüssig ... Was fällt dir eigentlich ein?», herrschte ich ihn an. «Ich habe dich darum gebeten, das Bild nicht zu verkaufen.»

«Es tut mir leid.»

«Das glaube ich dir nicht. Denn dann hättest du es nicht mit in die Galerie genommen und deinem Chef gezeigt. Das Einzige, was dir leidtut, ist, dass ich dich dabei erwischt habe … Wie konntest du das nur tun?»

«Kannst du mich wirklich nicht verstehen?»

Mit zusammengepressten Lippen schüttelte ich den Kopf.

Noah senkte die Augen. «Was nutzt mir die Kopie, wenn ich das Original nicht mehr haben kann.»

«Oh nein!» Ich trat einen Schritt auf ihn zu, um ihn zu zwingen, mich anzuschauen. «Du wirst dich jetzt nicht als Opfer hinstellen. Denn das bist du nicht! Ich hatte dir angeboten, zu mir nach München zu ziehen und gesagt, ich würde für die Miete aufkommen. Du hast abgelehnt. Wenn du das Bild danach nicht mehr ertragen konntest, hättest du es in den nächsten Müllcontainer schmeißen sollen. Das hätte ich nachvollziehen können. Du hast jedoch versucht, Geld damit zu machen.» Ich rang um weitere Worte, um ihm die Ungeheuerlichkeit seiner Tat vor Augen zu führen, doch mir fiel nichts ein, womit ich ihm meine bodenlose Enttäuschung erklären konnte.

«Letzten Endes hätte ich das Bild bestimmt nicht hergegeben», widersprach Noah. «In dem Moment, als ich die Galerie betreten habe, wusste ich bereits, dass es falsch ist, was ich tue.»

«Ja, das kann man im Nachhinein leicht behaupten», spottete ich. «Und was du irgendwann eventuell getan hättest oder auch nicht, ist mir im Endeffekt scheißegal. Ich habe gesehen, wie du und dein Chef das Geschäft mit einem Handschlag besiegelt habt. Das ist das Einzige, was für mich zählt. Weißt du, Noah», langsam kam ich in Fahrt, «als du vorgestern bei mir warst, hast du mir vorgeworfen, dass ich dich angelogen habe. Aber du hast mir auch nicht immer die Wahrheit gesagt. Selbst wenn du mich jetzt vielleicht für kleinkariert hältst: Eine Galerie ist nun einmal keine Kunsthandlung. Und da du vom Fach bist, müsstest du das wissen. Du hast diese Begriffe absichtlich vertauscht, um zu verschleiern, dass du in einem sauteuren Laden und nicht in irgendeiner miesen Klitsche arbeitest. Hast du das getan, weil ich dir bei unserer ersten Begegnung erzählt habe, dass ich keine Schnösel im Anzug mag?»

«Nein, ich kann mich noch nicht einmal daran erinnern, dass du das gesagt hast», protestierte er.

«Warum hast du es dann getan?»

«Weil die Arbeit dort für mich ein Verrat an all meinen Träumen ist. Solange ich denken kann, wollte ich, dass meine Bilder in solchen Galerien hängen. Es war nie geplant, dass ich die von anderen Künstlern verkaufe», antwortete Noah leise und nach einigem Zögern.

«Niemand hat dich dazu gezwungen, für die Duchamps zu arbeiten, und du hättest ihnen viel früher deine eigenen Werke anbieten können.»

«Ich weiß. Aber bevor ich dich kennengelernt habe, ist es mir leichter gefallen, es gar nicht erst zu versuchen, als zu riskieren, dass ich scheitere. Ich erwarte gar nicht von dir, dass du das verstehst, du bist so furchtlos, und du hast vor nichts Angst … Außer vielleicht davor, Karussell zu fahren.»

«Ich bin überhaupt nicht furchtlos, und ich habe vor einer Menge Sachen Angst. Und ich möchte auch gar nicht aufrechnen, wer wem wann nicht die ganze Wahrheit gesagt hat. Darum geht es mir letztendlich gar nicht. Dadurch, dass du unser Bild in die Galerie gebracht hast, hast du einen riesigen Vertrauensbruch begangen. Bis eben hatte ich noch gehofft … Aber das …», ich stockte, «… das kann ich dir nicht verzeihen. Ich fliege heute Abend nach Hause.»

«Das war's dann also? Endgültig?» Noah sah mich ernüchtert an.

«Ja. Und seien wir doch mal ehrlich, Noah! Wir beide hatten sowieso nie wirklich eine Chance.»

Falls Rik sich wunderte, als ich ihm verkündete, ihn auf dem Rückflug zu begleiten, ließ er es sich nicht anmerken. Doch mein eisiger Gesichtsausdruck schien ihn genauso zu verunsichern wie die Szene, die sich im Marais abgespielt hatte, und so verlief unsere Fahrt zum Montmartre ziemlich schweigsam.

Zurück in der Wohnung, löschte ich als Allerérstes Noahs SMS aus meinem Handy und steckte das Heine-Tagebuch, das ich von seiner Mutter ausgeliehen hatte, in einen Briefumschlag, auf den ich Noahs Adresse schrieb. Dann ging ich in mein Zimmer und warf meine Reisetasche aufs Bett. Ich stopfte achtlos die wenigen Kleidungsstücke und Schuhe hinein, die ich mitgebracht hatte, als Vincent hereinkam.

«Warum packst du?», fragte er entsetzt. «Ich dachte, dass du erst Ende der Woche nach Deutschland fliegst.»

«Ich habe es mir anders überlegt», entgegnete ich schroff.

«Ist es wegen Noah? Oder wegen Rik? Bei den vielen Kerlen, die du in den letzten Tagen angeschleppt hast, blicke ich gar nicht mehr durch.»

«Nein, es ist wegen mir. Ich habe gemerkt, dass es Zeit wird, nach Hause zu fliegen.»

Mein Blick fiel auf den kahlen Kirschblütenzweig, der in einer Vase neben meinem Bett immer noch sein knospenloses Dasein fristete. Ich nahm ihn heraus und warf ihn in den Papierkorb. Das Bild, das Noah von mir auf dem Karussell am Eiffelturm gemalt hatte, ließ ich folgen.

«Nina werde ich vor dem Abflug leider nicht mehr sehen. Kannst du ihr ausrichten, dass ich sie anrufe? Außerdem wäre es super, wenn einer von euch meine Reisetasche zum Paketshop bringen würde. Die Zeit reicht nicht, um Gepäck aufzugeben. Ein Buch, das ich mir ausgeliehen habe, müsste auch noch weggeschickt werden. Das Geld für das Porto liegt auf dem Küchentisch.»

Vincent setzte sich auf mein Bett. «Denkst du nicht, dass du da etwas überstürzt handelst? Mit deiner Abreise?»

Ich schüttelte verbissen den Kopf.

«Wann sehe ich dich wieder?»

Ich ließ mich neben ihm auf das Bett sinken und fühlte mich auf einmal unglaublich traurig. «Lou und du, ihr könntet mich besuchen. Im Sommer kann man in München unheimlich viel unternehmen. Es wird euch gefallen.»

«Du kommst nicht wieder nach Paris?»

«Ich denke nicht.»

«Warte einen Moment. Ich habe etwas für dich.» Vincent verschwand und kehrte kurz darauf mit einem DIN-A4-Umschlag zurück.

«Ist das mein Weihnachtsgeschenk?» Ich öffnete ihn. Zwölf Fotos lagen darin, in Schwarzweiß mit mir im rosa Ballerina-Outfit als Farbklecks. «Hey! Die Bilder habe ich bisher nur in der Vorschaufunktion deiner Kamera gesehen. Sind gar nicht so schlecht geworden. Ich sehe ziemlich gut aus, oder? Da war ein fähiger Fotograf am Werk», flachste ich, weil ich merkte, wie bedrückt Vincent wegen des Abschieds war. «Wann erfährst du, ob du gewonnen hast?»

«Morgen ist der Abgabetermin.»

«Bist du aufgeregt?»

«Mia, ich muss dir etwas sagen.» Vincent musterte intensiv den Stoff seiner blau karierten Hose.

«Schieß los.»

«Ich habe am Wochenende lange mit Lou geredet, und … und ich bin zu dem Entschluss gekommen, dass ich die Fotografie an den Nagel hängen werde. Zumindest beruflich.»

«Warum das denn?», fragte ich geschockt.

«Ach, Mia-Schätzchen! Du weißt doch selbst, dass die meisten Ideen für den Kalender von dir stammten. Und sehen wir den Tatsachen ins Auge: Meine Grundidee von dir im rosa Tutu ähnelt viel zu sehr der von Bob Carey. Ich bin einfach kein besonders kreativer Fotograf, und ich werde auch nie einer sein.» Er vergrub das Gesicht in den Händen. «*Mon dieu!* Ich fühle mich furchtbar, weil ich dich wegen meiner verrückten Visionen tagelang durch die Stadt gehetzt habe. Aber ich habe mich dazu entschlossen, nicht an dem Wettbewerb teilzunehmen.»

«Wow!» Diese Information musste ich erst einmal verdauen. Nicht weil mein Konterfei nun nie die Chance bekam, einen Kalender zu zieren, sondern aus einem anderen Grund. «Und was möchtest du stattdessen beruflich machen? Gehst du nach Aix-en-Provence zurück und fängst im Elektrogeschäft deiner Eltern an?»

«Natürlich nicht. Was denkst du von mir?» Vincent spitzte empört die Lippen. «Ich werde in Paris bleiben, und …» Er machte eine dramatische Pause. «Ich werde eine Ausbildung zum Visagisten anfangen. Lou hat durch ihre Arbeit als Set-Designerin großartige Kontakte.» Erwartungsvoll sah er mich an.

«Wow!», sagte ich noch einmal, weil mir tatsächlich die Worte fehlten. «Das ist ja … unglaublich.»

«Das hört sich nicht besonders begeistert an.»

«Doch, doch. Ich bin extrem begeistert. Du bist auch ohne Ausbildung bereits ein toller Visagist. Schau dir nur mein Gesicht auf den Fotos an! Als ich in Paris ankam, war es grün und blau und ganz verkratzt, und du hast es geschafft, all das zu kaschieren. Und meine Augen … mir ging es wirklich nicht gut. Doch deine Tuben und Döschen und Pinsel haben sie zum Strahlen gebracht. Was mich nur wundert, ist …»

«Ja?»

«Es war dein Traum, als Fotograf durchzustarten. Es wundert mich, dass du dich so leicht davon lösen konntest.»

«Es war alles andere als leicht.» Vincent sah mich ein wenig wehmütig an. «Aber manchmal ist es besser, sich von seinen Träumen zu verabschieden, wenn man merkt, dass sie der Realität nicht standhalten können.»

«Ich finde, du solltest die Fotos für den Kalender trotzdem einreichen. Sie sind gut. Und wie willst du wissen, ob du scheiterst, wenn du es erst gar nicht versuchst? So ängstlich habe ich dich gar nicht eingeschätzt.» An der Eingangstür klingelte es. Ich erhob mich und ging zum Fenster. «Das Taxi ist da.»

«Jetzt schon?»

«Ja, in drei Stunden geht mein Flieger.» Ich umarmte Vincent noch einmal fest. «Im Sommer in München. Versprochen?»

Er nickte niedergeschlagen.

«Jetzt schau nicht so. Es gibt Facebook, Instagram, WhatsApp, Skype. Wir werden uns nicht aus den Augen verlieren.» Ich kniff ihm in die Wange. «Und danke für die Fotos. Ich glaube nicht, dass ich sie jemals jemandem zeigen werde, der nicht zu meinem engsten Familienkreis gehört, aber ich halte sie in Ehren, denn sie werden mich immer daran erinnern, wie viel Spaß wir miteinander hatten.»

Ich nahm meine Handtasche und schaute mich im Zimmer um, ob ich auch nichts vergessen hatte. Mein Blick blieb am Papierkorb hängen. Der Kirschblütenzweig! Aus irgendeinem Grund tat er mir auf einmal leid, und auch wenn die Wahrscheinlichkeit, dass er jemals Knospen treiben würde, relativ gering war, konnte ich mir die Chance auf ein bisschen Glück im kommenden Jahr unmöglich entgehen lassen. Ich holte ihn heraus und verließ, den Blick stur geradeaus gerichtet, die Wohnung. So viele Erinnerungen hatten sich in der kurzen Zeit dort angehäuft.

Rik stand bereits neben dem Taxi und hielt mir die Tür auf, ich winkte Vincent, der aus dem Fenster schaute, noch einmal zu und stieg ein.

Auf dem Weg zum Flughafen blickte ich mich immer wieder um. Wäre mein Leben ein Film, wäre jetzt irgendwann die blinkende Spitze des Eiffelturms aufgetaucht, begleitet von melancholischer Musik. Leider war mein Leben kein Film, und so sah ich durch die Heckscheibe des Taxis lediglich graue Häuserzeilen und die Lichter anderer Autos. Und da ich nicht Meg Ryan war, kam am Flughafen auch kein Noah herangestürmt, um mich anzuflehen, bei ihm zu bleiben, sondern ich passierte den Sicherheitsbereich ohne jeglichen Zwischenfall. Das Flugzeug hob ab, und ich sagte Noah und der Stadt für immer Lebwohl.

Kapitel 28

Mein neues altes Leben fing damit an, dass Frau Pöpke eine brennende Bratpfanne aus dem Fenster warf. Ihr brannte ständig etwas an. Das war einer der Gründe, warum der defekte Rauchmelder im Flur bisher noch nicht durch einen neuen ersetzt worden war. Aber dass sie die Katastrophe anscheinend nur durch einen beherzten Rausschmiss abwenden konnte, war neu.

«Alles Jelumbe, was de heut zu kofen begommst», zeterte sie und schlug zornentbrannt das Fenster zu.

«Nachhausekommen ist etwas Schönes», sagte ich ironisch zu Rik, der die zwei schwarz verkohlten Klumpen auf dem Gehweg interessiert musterte.

«Bei den Pöpkes hätte es als Mitternachtssnack Fleischpflanzerl gegeben», stellte er fest. «Bist du sicher, dass ich dich nicht zu deinem Dad oder zu einer deiner Schwestern fahren soll?»

«Ja. Die wissen nicht, dass ich heute zurückgekommen bin. Und es ist schon spät.»

«Ich habe ein ganz schlechtes Gewissen, dich in dieser Umgebung zurückzulassen.» Er legte den Kopf schief, und ich war mir sicher, dass er darauf hoffte, von mir nach oben gebeten zu werden.

«Das musst du nicht. Um mich kleinzukriegen, muss das Schicksal schon schwerere Geschütze auffahren als eine hysterische Pöpke.»

«Was machst du morgen?»

«Ich gehe in den Laden. Im Advent hat das *froh und bunter* auch sonntags geöffnet.»

«Ich bin noch bis Anfang des nächsten Jahres krankgeschrieben. Wenn es für dich okay ist, komme ich vorbei.»

Ich nickte, hängte meine Tasche über die Schulter und schloss die Eingangstür auf.

Wie immer roch es nach Desinfektionsmitteln, gemischt mit Zigarettenrauch, der Aufzug stöhnte und ächzte, als hätte sein letztes Stündchen geschlagen, die Glühbirne vor meiner Wohnung flackerte nach wie vor. Nichts hatte sich geändert. Und doch war alles anders. Ich hatte mich in diesem Haus nie wohl gefühlt. Es hatte nur eine Übergangssituation sein sollen, bis ich eine bezahlbare Alternative gefunden hatte. Eine Übergangssituation, die mittlerweile bereits vier Jahre andauerte, der ich aber in den nächsten Tagen gedachte, den Kampf anzusagen. Dad hatte mir schon vor einiger Zeit angeboten, die Courtage für einen Makler zu übernehmen. Bisher war ich zu stolz gewesen, sein Geld anzunehmen. Schließlich hatte er mir bereits bei der Eröffnung meines Ladens finanziell unter die Arme gegriffen. Nun war ich es nicht mehr.

Ich war auf die Schnauze gefallen. Doch im Gegensatz zu Claude, dem Clochard, war ich nicht bereit, liegen zu bleiben.

Am nächsten Morgen kam ich nur schwer in die Gänge. Der Hunger hatte mich dazu getrieben, mir einen Jogginganzug über meinen Pyjama zu ziehen und zum Bäcker zu schlurfen, um dunkles Brot zu kaufen. Das dunkelste, das er im Angebot hatte, denn nach zwei Wochen Paris konnte ich Baguette und Croissants nicht mehr sehen. Aber bereits der Gang zur Dusche stellte ein unüberwindbares Hindernis zwischen mir und dem *froh und bunter* da. Mit einer Tasse Kaffee und einem Marmeladenbrot setzte ich mich auf die breite Fensterbank, meinem Lieblingsplatz in der Wohnung, der durch die darunterliegende Heizung im Winter angenehm warm war, und schaute auf die Straße. Von weißer Weihnacht war nichts zu sehen. Draußen war alles grau, braun, schmuddelig und glänzte vor Nässe.

Um Punkt acht begann Frau Pöpke mit ihrem Morgensport: raus aus dem Haus, ab zur Mülltonne, Deckel hoch, reinschauen, Deckel wieder zu, zurück ins Haus. Das Ganze wiederholte sich bis um zehn noch zwei weitere Male, wobei sie bei ihrem letzten Gang dazu überging, der Mülltonne einen festen Tritt zu verpassen und sie anzukeifen. Ich hatte keine Ahnung, warum sie das tat. Kurz nachdem ich hierhergezogen war, hatte ich einmal einen Blick hinein riskiert, um herauszufinden, ob sie in der Tonne jemanden versteckt hielt, doch die war leer. Ich hätte die Pöpke natürlich längst nach dem Grund für ihre Morgenroutine fragen können, aber ich fürchtete mich zu sehr vor ihrer Antwort. Letztendlich war es einfacher, auch dies schlicht als eine ihrer Verrücktheiten hinzunehmen.

Genau wie den alljährlichen Weihnachts-Battle um die aufwendigste Balkondekoration, den sich die Pöpke mit der Koschner lieferte. Dieses Jahr lag die Koschner knapp in Führung, und ich war fest davon überzeugt, dass mehreren bunten Lichterketten, Sternenvorhängen, Leuchtstäben und einem am Regenrohr hochkletternden Weihnachtsmann auf einer sechs Quadratmeter großen Gesamtfläche nichts mehr entgegenzusetzen war. Ein lautes Gepolter im Flur belehrte mich eines Besseren.

Ich ging nach draußen, um nachzuschauen, was los war. Frau Pöpke kam mir hüftschwingend entgegen. Im Arm trug sie eine Schaufensterpuppe mit blondem, taillenlangem Haar, die mit einem weißen Kleid und einer glitzernden Leggings bekleidet war. Ihr Mann und ihr Sohn Erwin folgten Frau Pöpke keuchend. Sie schleppten ein lebensgroßes, ebenfalls weißes Plastikpferd die Treppe hinauf.

Bei meinem Anblick blieb Frau Pöpke stehen, und ein triumphierendes Lächeln legte sich über ihr Gesicht. «Schauen Se, was ich bei Ibee ersteichert hab. Misty, das Weihnachtspferd – das Christkindl ham wir gostenlos dazubegomm. Stammt beedes von 'ner Jeschäftsaufjabe in Kööln. – Jetzt sind Se platt, was?», fügte sie hinzu, als sie meinen offenen Mund und meinen entgeisterten Gesichtsausdruck registrierte.

Ihr Sohn Erwin wurde, wie immer, wenn er mich sah, knallrot. «Hat nicht in den Aufzug gepasst», murmelte er und schob sich mit glühenden Ohren an der Wand entlang. Sein Vater schien mit der neuesten Anschaffung seiner Frau ebenso wenig glücklich zu sein.

Da ich es nun zumindest schon einmal bis zur Tür geschafft hatte, beschloss ich, nicht lange zu fackeln und trotz Schlafgewand unterm Jogginganzug zum Englischen Garten zu fahren, um meiner Aushilfe Diana und Lilly mitzuteilen, dass ich wieder in Deutschland war. Ich holte Jacke und Schlüssel aus der Wohnung und ging nach unten.

Vor der Eingangstür begegnete mir Frau Koschner, die mit einer Zigarette zwischen den faltigen Lippen und grimmiger Miene beobachtete, wie Weihnachtspferd Misty und das Christkind auf den Pöpke'schen Balkon geschleift und dort neben dem zwei Meter hohen, aufwendig dekorierten Tannenbaum arrangiert wurden.

«Denken Sie dran, dass Sie diese Woche an der Reihe sind, den Flur zu putzen», sagte sie anstelle einer Begrüßung und ohne den Glimmstängel aus dem Mund zu nehmen.

Im *Cäcilias* traf ich zu meiner Überraschung auf Rik.

«Was machst du hier?»

«Hatte ich gestern Abend nicht erwähnt, dass ich vorbeikomme?»

«Ja, im Laden.»

«Dort warst du nicht, und deshalb bin ich zu deiner Schwester gegangen, um im Café auf dich zu warten.»

Voller Unbehagen dachte ich daran, dass ich einen Schlafanzug unter meinem Jogginganzug trug und weder geschminkt noch gekämmt war. Nicht einmal die Zähne hatte ich geputzt.

Lilly trat in einem grünen Kleid und ihrer üblichen Schürze aus der Küche.

«Warum hast du nicht gesagt, dass du früher zurückkommst?», fragte sie und umarmte mich.

«Spontane Entscheidung», murmelte ich.

«Könntest du schnell mitkommen? Du musst mich wegen einer neuen Plätzchensorte beraten.» Lilly warf Rik einen entschuldigenden Blick zu.

«Was macht der hier?», zischte sie, kaum dass die Schwingtüren hinter uns zugefallen waren.

«Er war bei mir in Paris, und wir sind gemeinsam zurückgeflogen.»

«Wir haben vorgestern miteinander telefoniert. Du hast gar nichts erzählt.»

«Ich war total durch den Wind. Ich wollte nicht am Handy darüber sprechen.»

«Seid ihr wieder zusammen? Ich dachte, du hättest dich in diesen Franzosen verguckt.»

«Noah.» Ich lachte freudlos. «Nein. Ganz bestimmt nicht. Und die Sache zwischen Rik und mir, die ist vorbei.»

«Weiß er das auch?»

«Natürlich.»

Lilly schüttelte verständnislos den Kopf. «Ich bin immer wieder erstaunt, wie leicht du dich von einer Sache lösen kannst.»

«Was erwartest du von mir? Im Krankenhaus hat Rik mir über seine Eltern mitteilen lassen, dass ich mich nie wieder in seiner Nähe blicken lassen sollte, weil ich daran schuld sei, dass sein Knie kaputt ist.» Lilly kannte nach wie vor nur die sehr zensierte Version der Geschichte.

«Seine Eltern haben dich angelogen.»

«Woher willst du das wissen?»

«Von Rik. Er hat es mir erzählt.»

«Wann?»

«Vorhin. Und er wirkte ehrlich bekümmert deswegen. Ich finde, du solltest ihm noch eine Chance geben. Er war deine große Liebe.»

Ich drehte mich brüsk um. «Ich gehe rüber in den Laden und frage Diana, ob ich ihr helfen kann.»

«Im Jogginganzug?»

Stimmt! Warum hatte ich Idiotin mir nicht schnell etwas anderes angezogen?

«Wieso nicht?», blaffte ich Lilly an. «Ich führe eine Keramikwerkstatt und keine Designer-Boutique.»

«Das ist ja eine Überraschung!», rief Diana. «Ich dachte, du kämst erst im neuen Jahr wieder.»

«Ich wollte dich nicht länger als unbedingt nötig mit dem Laden allein lassen. Er ist fast jeden Nachmittag ausgebucht, hat Lilly gesagt.»

«Das stimmt. Aber die Arbeit hier macht mir sehr viel Freude. Ich bin wunderbar zurechtgekommen.»

«Ab morgen helfe ich dir wieder.»

«Wie schön!», sagte Diana, sah dabei jedoch nicht sonderlich begeistert aus.

Auch die Kunden nahmen meine Rückkehr überwiegend kommentarlos hin. Und das, obwohl ich mehrere von ihnen schon seit Monaten kannte! Frau Gruber, die so oft mit ihrer Enkelin am Wochenende zum Malen vorbeikam, fragte zwar höflich, wo ich denn gewesen sei, betonte jedoch auch, dass Diana mich hervorragend vertreten habe. Das Gefühl, nicht mehr dazuzugehören, das mich bereits vor meiner Abreise nach Paris beschlichen hatte, verstärkte sich. Gut, dass Diana ab dem neuen Jahr wie früher nur noch zweimal die Woche im *froh und bunter* aushelfen würde.

Nachdenklich ging ich zurück ins *Cäcilias.* Lilly und Rik lehnten an der Kuchentheke und unterhielten sich leise. Irgendwie hatte ich mir meine Rückkehr nach Deutschland anders vorgestellt.

«Wir haben gerade über dich gesprochen», sagte Lilly.

«Ach!» Ich hob die Augenbrauen. «Schon wieder.»

«Fee hat vor einer Woche einen Tisch im Restaurant 181 für ein vorweihnachtliches Essen reserviert. Jakob, Nils und Sam kommen auch mit. Jetzt, wo du früher zurückgekommen bist, musst du natürlich auch dabei sein.»

Ich verzog das Gesicht. «Nee, lass mal.» Es gab erbaulichere Vorstellungen denn als einziger Single einen Abend unter lauter verliebten Pärchen zu verbringen. Außerdem hatte mein spontaner Rückflug sage und schreibe dreihundertfünfzig Euro gekostet. Ich hatte zwar schon länger nicht mehr mein Konto kontrolliert, aber ich konnte mir nicht vorstellen, dass es darauf besonders rosig aussah.

Rik schaltete sich in unser Gespräch ein. «Ich habe Lilly vorgeschlagen, dass ich als dein Begleiter mitkomme, wenn du das möchtest. Als rein freundschaftlicher Begleiter natürlich. Ich würde mich damit gerne für deine Gastfreundschaft bedanken. In Paris gab es keine Gelegenheit, dich zum Essen einzuladen.»

Lilly sah mich beschwörend an. «Sag ja!», forderte ihr Blick deutlich.

«Leider habe ich schon etwas anderes vor. Ich habe beschlossen, später zu Dad nach Traun rauszufahren.» Ich bemühte mich um einen angemessen betrübten Gesichtsausdruck.

«Das geht nicht.» Lilly blinzelte mich unschuldig an. «Papa und Trudi kommen nämlich heute Abend nach München, um auf Paul und Mathilda aufzupassen.»

Verdammt! Also gab es zwei Alternativen zu einem romantischen Essen mit Rik, Lilly und Jakob, Fee und Sam, Helga und Nils: Ich konnte den Abend allein zu Hause zu sitzen oder mit Opa Willy Senioren-Kniffel spielen.

Ich gab mich geschlagen. «Wenn das so ist … Ich bin dabei.»

Kapitel 29

Männer sind ein pragmatisches Völkchen. Während Helga und Fee fast die Augen aus dem Kopf sprangen, als ich mit Rik in dem schicken Drehrestaurant im Olympiapark auftauchte, zeigten sich sowohl Sam als auch Nils wenig überrascht über sein Erscheinen an meiner Seite.

«Bevor wir uns setzen, muss ich mir dringend die Nase pudern», sagte Fee, nachdem uns der befrackte Kellner im Foyer von unseren Jacken und Mänteln befreit hatte. «Kommst du mit, Mia?»

«Sind wir nicht schon lange raus aus dem Alter, in dem man nur zu zweit auf die Toilette geht?» Ich lächelte sie ungerührt an, und Fee zog einen Schmollmund.

Der Kellner führte uns an unseren Tisch, und wir nahmen Platz.

Obwohl ich im Sommer bereits mit Rik hier gewesen war, hatte die Aussicht auf das nächtliche München nichts von ihrer Faszination verloren. Auch diesmal brauchte ich ein wenig, um mich an die durchgehende Glasfassade des Restaurants und dessen drehbaren Untergrund zu gewöhnen. Innerhalb einer Stunde rotierte das 181 einmal um die eigene Achse. Das war nicht viel, reichte bei mir aber durchaus für ein flaues Gefühl im Magen. Zumindest während der ersten Viertelstunde.

«Ist das nicht Paul Breitner?» Nils zeigte mit dem Kinn unauffällig auf einen dünnen, grauhaarigen Mann zwei Tische weiter.

«Wer ist das?», fragte Lilly.

«Ein ehemaliger Nationalspieler», meinte Helga herablassend. Eigentlich hatte sie genauso wenig mit Fußball am Hut wie meine Zwillingsschwester.

«Ich kannte Nils als Schauspieler und Moderator schon, bevor du ihn als Souvenir aus Italien mitgebracht hast», konterte Lilly. «Und der erregt bei den weiblichen Gästen viel mehr Aufmerksamkeit als euer Fußballer.»

Tatsächlich. Am Nachbartisch tuschelten zwei Frauen mittleren Alters miteinander und warfen immer wieder verstohlene Blicke zu uns herüber. Helga verdrehte die Augen. Dass ausgerechnet sie, der die Welt der Stars und Sternchen komplett am Hintern vorbeiging, sich in einen Promi verliebt hatte, war in unserer Familie auch zwei Jahre nach diesem Ereignis noch eine stetige Quelle der Erheiterung.

Nils ließ das öffentliche Interesse an seiner Person kalt. Als Sohn zweier berühmter deutscher Schauspieler hatte er sich in dieser Hinsicht eine stoische Gelassenheit zugelegt. Bei anderen Widrigkeiten des Alltags dagegen weniger.

Ich betrachtete die Männer meiner Schwestern nachdenklich. Nils konnte unglaublich launisch sein, eine richtige Diva. Vermutlich war das eine Grundvoraussetzung, um in der Showbranche überleben zu können. Jakob war mir persönlich zu gut aussehend. Lilly hatte sich offensichtlich an sein Aussehen gewöhnt, aber selbst Fee, die von der Natur mit einem äußerst gesunden Selbstbewusstsein ausgestattet worden war, meinte, dass sie sich an schlechten Tagen in seiner Gegenwart farblos fühlte. Hätte ich mir von den dreien einen aussuchen sollen, meine Wahl wäre auf Sam gefallen. Er war weder berühmt, noch sah er sonderlich spektakulär aus, aber zu ihm hatte ich das engste Verhältnis. Unverständlich, dass sich ein so lieber Kerl wie er ausgerechnet meine kapriziöse Schwester als Herzensdame ausgeguckt hatte. Wobei auch Sam Fee nicht immer treu gewesen war …

«Ich müsste nun doch einmal für kleine Mädchen», sagte ich nach dem zweiten Gang und stand auf.

Fee schoss hoch. «Ich komme mit.» Sie zerrte mich in Richtung der Toiletten. «Ich fasse es nicht. Du hast dir die Haare abschneiden lassen! Und du und Rik … Seid ihr wieder zusammen?»

«Nein.» Unwillig befreite ich mich aus ihrem Klammergriff. «Und mit dir habe ich sowieso noch ein Hühnchen zu rupfen. Wieso hast du ihm Ninas Adresse gegeben, ohne mich vorher zu fragen, ob mir das recht ist?»

«Weil ich dir damit einen großen Dienst erwiesen habe», antwortete Fee blasiert. «So jemanden wie den findest du nie wieder.»

«Das Ende unserer Beziehung war wenig erfreulich. Er hat mich betrogen», fauchte ich.

Fee hob die Augenbrauen. «Das hast du gar nicht erzählt.»

«Nun weißt du es. Und somit erübrigt sich auch deine nächste Frage.»

«Und die lautet?»

«Ob ich ihm noch eine Chance gebe.»

«Und wie lautet deine Antwort?»

«Nein», sagte ich leise. «Auch, wenn ich ihm gerne verzeihen würde, so ein Vertrauensbruch ist durch nichts wiedergutzumachen. Für mich jedenfalls nicht … Andere Menschen mögen mit dem Thema Treue in der Beziehung weitaus lässiger umgehen», fügte ich spitz hinzu.

Doch Fee zuckte lediglich mit den Schultern. «Du spielst auf Sam und Monika an, oder?» Sie hatte schon vor Jahren aufgehört, sich von mir provozieren zu lassen.

Ich nickte. «Wie konntest du ihm das nur verzeihen?»

«Menschen machen nun einmal Fehler.»

«Ja. Es gibt große, und es gibt kleine … Fremdgehen würde ich nicht in die letzte Kategorie einordnen.»

Fee kniff die Augen zusammen. «Ich liebe Sam. Wir haben ein Kind. Was hätte ich denn deiner Meinung nach tun sollen? Ihn verlassen? Wegen eines einmaligen Ausrutschers all die gemeinsamen Jahre in die Tonne kippen? Tut mir leid, kleine Mia, dass ich dich aus dem Kinderparadies abholen muss, aber diese Alternative hat es für mich nie gegeben.»

Drei Stunden später parkte Rik seinen Wagen vor meiner Wohnung. Er stieg aus und öffnete mir die Beifahrertür. Diese Geste hatte ich bei ihm schon immer gemocht. Sie sorgte dafür, dass ich mir wie eine richtige Dame vorkam. In seinem neuen Wagen, einem tiefergelegten Sportwagen, fühlte ich mich dagegen wie eine Oma, denn es musste äußerst unbeholfen aussehen, wie ich mich von dem niedrigen Sitz auf die Straße hievte. Überhaupt war mir die Karre unsympathisch, sie verursachte mir Schuldgefühle. Natürlich war ein Totalschaden an einem Auto harmlos im Vergleich zu der Schiene an Riks Bein, doch an die hatte ich mich als Mahnmal gewöhnt. Der neue Wagen aber führte mir meinen Fehler immer wieder schmerzlich vor Augen.

«Ich hatte schon seit langem vor, von BMW zu Mercedes zu wechseln», erklärte Rik, der meinen gequälten Gesichtsausdruck bemerkte, und ich fand es sehr nett von ihm, dass er mir die Last durch diese Worte leichter machen wollte.

Mein Blick wanderte über die Hausfassade. Auf den Balkonen meiner verrückten Nachbarinnen glitzerte und glimmerte es, dass es in den Augen schmerzte. Die anderen Fenster waren zumindest mit Lichterketten geschmückt. Nur mein eigenes war schwarz und schmucklos. Ein dunkler Krater. «Möchtest du noch mit nach oben kommen? Auf einen Kaffee oder einen Absacker?»

Rik nickte erfreut, und wir gingen zur Eingangstür. «Da steht ein Pferd auf dem Balkon», bemerkte er konsterniert.

«Das gehört Pöpkes. Gab's bei eBay. Das Christkind auf seinem Rücken war gratis.»

«Was ich dich gestern schon fragen wollte: Warum hast du diesen Ast aus Frankreich mitgebracht?», fragte Rik, als wir in meiner Wohnung angekommen waren und ich einen neuen Filter in die Kaffeemaschine steckte. Der Kirschblütenzweig stand daneben auf der Ablage.

«Das ist ein Barbarazweig. Eine alte Frau hat ihn für mich abgeschnitten, als meine Mitfahrerin und ich auf dem Weg nach Paris einen Zwischenstopp bei Kirchheim an der Teck eingelegt haben. Wenn er bis Weihnachten blüht, werde ich im kommenden Jahr Glück haben, besagt ein Volksglaube.»

«In dem Fall darf ich dir gratulieren.»

«Warum?»

«Weil der Zweig Knospen trägt.»

«Nein!» Verblüfft schaute ich ihn mir an. Tatsächlich. Zwei winzige grüne Triebe sprossen aus der braunen, spröden Rinde des Zweigs. Entzückt strich ich mit dem Finger darüber.

Meine Augen begegneten Riks. Unsere Blicke blieben ineinander hängen, und für einen Moment dachte ich darüber nach, meine Arme um seinen Hals zu schlingen und ihn an mich zu ziehen, doch ich konnte es nicht. Ich fühlte mich furchtbar einsam. Für Noah und mich gab es keine Zukunft, aber Rik zu küssen und mit ihm ins Bett zu gehen würde bedeuten, die letzte Spur von Noah zu löschen. Und das brachte ich nicht übers Herz.

Am Morgen des Weihnachtstages holten meine Schwestern und ich Milla und Ian vom Flughafen ab. Gespannt harrte ich im Ankunftsbereich aus, hatte ich den neuen Freund meiner

Mutter doch bisher nur auf Fotos gesehen – auf denen er sich meist unauffällig im Hintergrund hielt.

Milla sah ich sofort. Sie stach aus der Gruppe der Ankömmlinge heraus wie ein Einhorn aus einer Schar struppiger Connemara-Ponys. Fast alle Reisenden hatten sich mit dicken Hosen, Winterstiefeln und Anoraks vor dem nasskalten Wetter, das sie in Deutschland an diesem Tag erwartete, geschützt. Nicht so meine Mutter. Sie trug einen engen grauen Rock, der sich kurz oberhalb der Knie glockig aufbauschte, Stiefeletten mit Pfennigabsätzen und einen Mantel, dessen Kragen verdächtig nach Pelz aussah. Etwas, was ich nicht gutheißen konnte. Ich bevorzugte Kleidungsstücke, für die kein unschuldiges Tier sein Leben lassen musste. Hinter Milla marschierte ein dürrer Kerl mit halblangen grauen Haaren und Schlapphut her. Natürlich hatte er auf den Fotos, die Fee mir gezeigt hatte, auch so ausgesehen, aber in natura schockte mich der Gegensatz zwischen meiner Mutter und ihrem Lebensgefährten dennoch.

«Das ist Ian!», wisperte Lilly mit weit aufgerissenen Augen. Ihr schienen ähnliche Gedanken im Kopf herumzuspuken wie mir. «Er sieht aus wie Keith Richards.»

«Hab ich es euch nicht gesagt?» Fee lächelte vergnügt.

Sie und Milla hatten Ian vor einem Jahr auf einer Rundreise durch Irland kennengelernt. Anfangs war Fee über die wachsende Zuneigung der beiden natürlich nicht besonders begeistert – schließlich waren unsere Eltern zu diesem Zeitpunkt noch zusammen gewesen –, aber mit der Zeit hatte sie den holländischen Auswanderer in ihr Herz geschlossen. Dank ihm hatte sie nämlich erkannt, was im Leben wirklich zählt, wie sie es einmal nebulös formuliert hatte.

Und während Lilly, Helga und ich unsere Mutter begrüßten, fiel sie Ian um den Hals. «Das ist ja schön, dass du mitgekommen bist. Wir haben uns so lange nicht mehr gesehen!» Sie küsste den verlebt aussehenden Mann auf die Wange.

Ian erwiderte ihre Umarmung. «Im nächste Jahr müsst ihr alle mit eure Familie bei uns vorbeikomme», sagte Ian auf Deutsch. Im Gegensatz zu Gertrud konnte ich ihn auf Anhieb gut leiden.

«Meine Mädchen!», rief Milla und schloss uns nacheinander fest in die Arme. Obwohl sie nicht unbedingt der herzliche, mütterliche Typ war, wirkte sie in diesem Moment ganz sentimental.

Als ich an der Reihe war, wurde ihre Miene bekümmert. «Ich wusste gar nicht, dass du deine Haare wieder kurz trägst», bemerkte sie.

«Gefällt dir meine neue Frisur nicht?»

«Doch, doch.» Sie strich mit dem Finger über die kleine sichelförmige Narbe auf meiner Wange, die nie wieder weggehen würde. «Ich denke nur, dass es schade ist, dass ich zurzeit so wenig von eurem Leben mitbekomme. Und ich mache mir immer noch Vorwürfe, dass ich mich nicht in den nächsten Flieger gesetzt habe, als dein Vater bei mir anrief und erzählte, dass du einen Unfall hattest.» Sie hakte sich bei mir ein, und wir folgten den anderen zum Parkhaus.

«Ich habe dir doch gesagt, dass das nicht nötig ist, wenn du ein paar Wochen später zu Weihnachten sowieso herkommst», wehrte ich ab.

Milla seufzte. «Ja, ich weiß. Du warst schon immer die Unabhängigste von meinen Kindern. – Lilly hat mir erzählt, dass Rik Weihnachten mit uns feiern wird? Seid ihr wieder zusammen?»

«Nein, aber er und seine Eltern verstehen sich momentan nicht besonders. Bevor er alleine in seiner Wohnung herumsitzt, soll er zu uns kommen, habe ich gesagt. Nils, Jakob und Sam sind schließlich auch da.»

«Ich habe nichts dagegen, wenn er mitfeiert. Dieses Weihnachten wird sowieso …» Sie suchte nach einem passenden Wort.

«Unkonventionell?»

«Ja.»

«Macht es dir etwas aus, dass Dad eine neue Freundin hat?»

«Natürlich nicht. Ich bin froh, dass er wieder jemanden gefunden hat.»

«Wirklich?» Ich sah sie zweifelnd an.

«Zumindest rede ich mir das ein. Und da ich es war, die sich von ihm getrennt hat, kann ich ihm sein Glück ja kaum missgönnen.» In ihren Augen blitzte es schalkhaft auf. «Wobei mir beim Gedanken an unser gemeinsames Weihnachtsfest viel wohler ist, seit Fee mir ein Foto von dieser Gertrud geschickt hat. Ich kann es nicht glauben. Dein Vater sieht wirklich nicht schlecht aus. Er hatte alle Möglichkeiten. Warum um Himmels willen hat er sich eine Frau gesucht, die älter ist als er?»

«Du hast dir auch nicht gerade einen Jungspund an Land gezogen.» Ich zeigte mit dem Kinn auf Ian, der schräg vor uns ging und von einer begeisterten Fee voll und ganz in Beschlag genommen worden war.

«Das kannst du gar nicht vergleichen, Mia!», sagte meine Mutter tadelnd. «Mit Männern ist es wie mit gutem Wein, sie werden mit zunehmendem Alter besser.» Sie warf einen prüfenden Seitenblick in die spiegelnde Scheibe des Autohauses, an dessen gläserner Front wir gerade entlangschlenderten. «Ich selbst habe mich aber auch ganz gut gehalten, findest du nicht?» Ein zufriedenes Lächeln glitt über ihr Gesicht.

Die arme Gertrud. Nun tat sie mir tatsächlich ein bisschen leid.

Mein Mitleid verstärkte sich, als sich die beiden ungleichen Frauen wenig später gegenüberstanden. Die Natur hatte Dads Freundin sowieso recht stiefmütterlich behandelt, aber die arme Gertrud hatte leider auch so gar kein Händchen dafür, sich repräsentativ herzurichten.

«Oje!», flüsterte mir Lilly von hinten ins Ohr. «Dad hätte Trudi besser auf Milla vorbereiten sollen.»

Und ich musste meiner Schwester recht geben. Zwar hatte sich Gertrud zur Feier des Tages ein Kleid angezogen, doch es war wadenlang, und der schmale Gürtel betonte ihre plumpe Taille mehr, als dass er sie schlanker wirken ließ. Anstelle von Pumps trug sie ihre Birkenstock-Sandalen. Da wir uns abgesehen vom Besuch der Weihnachtsmesse ausschließlich im Haus aufhalten würden, keine schlechte Wahl, dennoch war ich überzeugt davon, dass Milla ihre High Heels nicht gegen bequemeres Schuhwerk austauschen würde.

Steif reichten sich die beiden die Hand. Ungleich herzlicher fiel die Begrüßung zwischen Ian und Gertrud aus, was ich ohne weiteres nachvollziehen konnte. Vermutlich waren die beiden sehr erleichtert darüber, am heutigen Tag nicht der einzige neue Partner zu sein, der in den Kreis der Familie eingeführt wurde.

Dad und Opa Willy hatten das große Glück, nicht da zu sein, da sie noch einmal zum Supermarkt gefahren waren, wie Gertrud uns mitteilte. «Im letzten Moment war ich mir nicht sicher, ob wir genügend Getränke im Haus haben», gab sie zu, und ich konnte nur hoffen, dass sie damit nicht Wasser und Saft meinte. Alkohol war nicht die Lösung für alles, aber er erleichterte manche Dinge ungemein.

Milla ging langsam durch den Flur und ließ ihre Blicke prüfend umherschweifen. Garantiert überlegte sie gerade, ob ihre Nachfolgerin etwas verändert hatte.

Die kleine, rundliche Frau watschelte hinter ihr her. «Ich habe gar nicht damit gerechnet, dass ihr jetzt schon kommt. Überall steht noch Zeug herum», rief sie mit unnatürlich hoher Stimme.

Milla öffnete die Wohnzimmertür und strafte Gertruds Worte Lügen. Das Feuer prasselte im Kamin, am rotgoldenen Weihnachtsbaum brannten bereits Kerzen, der Esstisch war mit weißem Porzellan gedeckt und mit kleinen Weihnachtssternen dekoriert, und auf der Anrichte stand ein Teller mit Plätzchen. Ängstlich wartete Gertrud auf unsere Reaktion, und auf einmal fand ich sie gar nicht mehr so übel. Außerdem war Weihnachten.

«Das sieht alles ganz wundervoll aus, Trudi», sagte ich und lächelte sie an.

Kapitel 30

Das Weihnachtsfest begann extrem verkrampft. Steif wie Nussknacker saßen wir um den niedrigen Couchtisch, schlugen uns die Bäuche mit Trudis köstlichen Plätzchen voll, kippten Kaffee und Tee in uns hinein und machten ein riesiges Aufheben um die Kinder. Mathilda war an Weihnachten vor einem Jahr geboren worden und feierte ihren ersten Geburtstag.

Leider entschloss sich meine Nichte schon bald nach dem Aufreißen ihrer Geschenke dazu, ein kleines Nickerchen einzulegen. Paul, der mit seinem neuen Bagger spielte, legte keinen gesteigerten Wert auf Gesellschaft, und das große Schweigen setzte ein. Mein Vater versuchte, die Situation zu retten, indem er einen dummen Scherz nach dem anderen riss, die übrigen Männer und Fee fingen an, sich über Fußball zu unterhalten. Der Rest der Familie schwieg. Erleichtert atmete ich auf, als der Zeiger der Wanduhr auf halb sechs vorrückte und es Zeit war, zum Gottesdienst aufzubrechen.

Die kleine barocke Kirche in der Dorfmitte von Traun war wie immer an Weihnachten voller Menschen. Als wir kurz vor Beginn eintrudelten, bekamen wir keinen Sitzplatz mehr und mussten uns in die stattliche Anzahl derer einreihen, die bereits den Bereich hinter den Bänken bevölkerten. Aber das fand ich nicht schlimm. Obwohl ich mit dem ganzen Brimborium normalerweise nichts anfangen konnte, an Weihnachten ging ich gern in die Kirche. Sobald ich die Schwelle zum Gotteshaus übertreten hatte, schaffte ich es stets, den Stress und die Hektik der Vorweihnachtszeit abzuschütteln und ganz im Hier und Jetzt aufzugehen. So auch in diesem Jahr – jedoch nur so lange, bis der Kinderchor am Ende des Gottesdienstes *Stille Nacht, Heilige Nacht* anstimmte und Lilly meine Hand drückte.

In den vergangenen Tagen hatte ich mir jeglichen Gedanken an Noah streng verboten. Nun, inmitten der Musik, der Kerzen und all den seligen Gesichtern um mich herum, brachen all die unterdrückten Gefühle erneut mit Macht über mich herein.

Mit ihm hatte ich das letzte Mal Hand in Hand in einer Kirche gestanden, in der Saint-Pierre de Montmartre, und wir hatten dem *Halleluja* der Sopranistin gelauscht. Er hatte mich zum Jardin du Luxembourg gebracht und mir das Karussell aus dem Rilke-Gedicht gezeigt, und ihm hatte ich die Fahrt auf dem nostalgischen Karussell am Eiffelturm zu verdanken. Ich sah Noah und mich, wie wir uns inmitten des Schneegestöbers im Parc des Buttes Chaumont küssten und wie sich unsere farbverschmierten Hände auf der Leinwand berührten, spürte seine Finger auf meiner Haut, wie sie sanft die Konturen meines Gesichts nachzogen und langsam tiefer glitten. Später am Abend hatten wir atemlos nebeneinander auf seinem Bett gelegen, unsere verschwitzten Körper ineinander verschlungen. Noch nie zuvor war ich so glücklich gewesen.

Wie gebannt stand ich da, hing meinen Erinnerungen nach und fand nur schwer in die Gegenwart zurück, als der letzte Ton der Orgel verklungen war und Lilly mich nach draußen in die Kälte zog, wo ich mich meiner Familie anschloss und unzählige behandschuhte Hände schüttelte, Umarmungen verteilte und Nachbarn, Bekannten und Freunden aus Kindertagen «Frohe Weihnachten» wünschte.

Zurück in dem von Trudi quietschbunt geschmückten Vorgarten, der übrigens locker mit den Balkonen meiner Münchner Nachbarinnen mithalten konnte, erwarteten uns Ian, Sam, Nils und Opa Willy, die mit den Kindern und Loki zu Hause geblieben waren, mit einem Tablett voller Schnäpse.

«Etwas zum Aufwärmen gefällig?», fragte Opa augenzwinkernd.

Alle außer Dad griffen zu und ließen sich auch bei einem zweiten Schnäpschen nicht lange bitten.

Das Menü, drei Gänge plus Nachtisch, war köstlich: Kalbscarpaccio, Steinpilzsuppe, glasierte Entenbrust und Zimtparfait mit filetierten Orangenscheiben. Kochen und backen konnte Trudi, das musste man ihr lassen. Als Aperitif wurde ein Champagnercocktail, später Rotwein gereicht. Leider reichte die Menge Alkohol, die wir zum Essen zu uns nahmen, nicht aus, um die Stimmung nachhaltig aufzulockern. Ab dem Moment, als Paul und Mathilda selig in ihren Betten schlummerten und wir uns auf der Couch versammelten, trat erneut beklemmende Stille ein.

«Weißt du, wo dein Großvater den Selbstgebrannten bunkert?», fragte Rik leise. «Ich fürchte, in diesem besonders schweren Fall erzielt nur etwas Härteres als Wein und Champagner die gewünschte Wirkung.»

«Wem sagst du das.» Ich seufzte und wollte mich gerade zu Opa Willy hinüberbeugen, um ihn zu bitten, den Schnaps herauszuholen, als Sam plötzlich aufstand.

«Liebe Familie, ich habe lange auf den perfekten Augenblick gewartet – und ich bin zu dem Entschluss gekommen, dass es heute so weit ist», sagte er steif, und alle Köpfe am Tisch drehten sich in seine Richtung. Er würde doch nicht …

«Fee!» Sam nahm meine Schwester an der Hand. Er tat es tatsächlich! Ich keuchte überrascht auf. «Wir beide sind nun so lange zusammen, haben einen halben Sack Salz gemeinsam gegessen – und das ist laut meiner Mutter die Grundvoraussetzung für das, was ich vorhabe – was jetzt aber nicht heißt, dass ich das, was ich sagen möchte, nur ihretwegen tue, ich will es natürlich auch, also es ist meine Idee, ich wollte meine Mutter nur zitieren, und …» Er kam ins Stocken. «Wo war ich stehengeblieben?»

«Bei dem Sack Salz, den Fee und du gemeinsam gegessen habt», warf Helga hilfsbereit ein und drückte aufgeregt Nils' Oberschenkel.

«Ja, der Sack Salz … Ähm, also, was ich sagen wollte: Wir beide haben so viel erlebt und sind trotzdem noch zusammen – oder gerade deswegen, wir hatten schließlich auch schöne Zeiten, schwierige, aber auch sehr schöne, die schönen überwiegen natürlich … und deshalb frage ich dich: Willst du mich heiraten?» Den letzten Satz stieß er mit hochrotem Kopf hervor und zerrte dabei eine kleine türkisblaue Schachtel unter einem Sofakissen hervor. *Tiffany* stand darauf, und ein Ring mit einem funkelnden weißen Diamanten lag darin. *Ein Ring von Tiffany.* Damit hatte er Fees Geschmack garantiert voll und ganz getroffen.

Die starrte jedoch nicht den Diamantring, sondern ihren Freund, nun Verlobten, ergriffen an, was ich ihr hoch anrechnete. «Natürlich will ich», sagte sie mit brüchiger Stimme, und wenn ich nicht einen gewaltigen Knick in der Optik hatte, dann schimmerten sogar Tränen in ihren babyblauen Augen.

Sam steckte ihr unbeholfen den Ring an den Finger, und als die beiden sich abknutschten, wich die Stille im Wohnzimmer einem aufgeregten Stimmengewirr und Jubel. Und bald lagen sich nicht nur Fee und Sam in den Armen, sondern auch alle anderen.

Mir waren Gefühlsbekundungen ja grundsätzlich ein wenig unangenehm, aber um der guten Sache willen machte ich eine begeisterte Miene zum gefühlsduseligen Spiel und küsste und umarmte eifrig mit. Sogar Trudi und Ian tätschelte ich die Schulter. Und ich nutzte die Gelegenheit, Opa Willy darauf hinzuweisen, dass spätestens jetzt die Zeit für eine weitere Runde Schnaps gekommen war.

Vielleicht würde es etwas Hochprozentiges schaffen, meine Sehnsucht nach Noah zum Erlöschen zu bringen.

«Das war wirklich sehr, sehr bewegend. Ich hätte mir nur ein bisschen mehr Kreativität erwartet, was das Timing angeht. Der Heilige Abend ist als Zeitpunkt für solche Vorhaben mittlerweile ziemlich ausgereizt, findest du nicht?», zog ich meinen neuesten Schwager auf, als wir beide später zusammen mit Rik, Jakob und Nils auf der Terrasse standen.

Sam hatte beschlossen, dass er auf die ganze Aufregung hin dringend eine Pause von seinem Nichtrauchertum brauchte, und hatte eine Zigarette von Nils geschnorrt. Mir war ebenfalls danach, meine ehemalige Sucht zumindest vorübergehend wiederaufleben zu lassen.

«Hör mir auf.» Sam nahm einen tiefen Zug. «Ich rechne es Fee hoch an, dass sie trotz allem ja gesagt hat.»

«So aus dem Stegreif ist das aber auch schwer. Vielleicht hättest du vorher ein wenig proben müssen», tröstete ich ihn.

«Das Ganze hätte vollkommen anders ablaufen sollen», verteidigte sich Sam. «Fee und ich werden über Silvester zwei Tage nach Füssen in ein Wellnesshotel fahren, während meine Eltern auf Paul aufpassen. Es war alles perfekt geplant: Seit Fee in Irland war, steht sie doch so auf Pferde. Also habe ich über unser Hotel eine Schlittenfahrt zum Schloss Neuschwanstein gebucht. – Ohne Publikum wäre mein Antrag bestimmt souveräner rübergekommen.»

«Warum hast du deinen Plan geändert?»

«Warum wohl?», entgegnete Sam unglücklich. «Weil Fee sich schon seit Tagen einen Kopf wegen des heutigen Abends macht und ich genau wusste, dass es einfach furchtbar werden wird. Und da dachte ich … dass es die Stimmung ganz sicher ungemein auflockern würde, wenn ich mein Vorhaben … vorziehe.»

«Du hast deiner Freundin am klischeehaftesten Tag des Jahres den schlechtesten Heiratsantrag aller Zeiten gemacht, und das alles für uns?» Gerührt sah ich ihn an. «Du bist und bleibst mein Lieblingsschwager – auch wenn ich die Wahl deiner Zukünftigen nicht zu hundert Prozent nachvollziehen kann. Aber, wo die Liebe hinfällt, nicht wahr?» Niedergeschlagen schaute ich den aufsteigenden Rauchkringeln unserer Zigaretten nach.

Als ich wieder ins Haus gehen wollte, hielt mich Lilly zurück, die sich als Nichtraucherin mit Loki auf dem Arm ebenfalls zu unserer Gruppe gesellt hatte. «Ist es nicht toll, dass Sam Fee endlich einen Heiratsantrag gemacht hat? Ich dachte schon, dass die beiden auf ewig eine wilde Ehe führen.»

«Bist du traurig, dass du keinen bekommen hast?»

Lilly schüttelte den Kopf. «Solange Jakob nicht fest in München bleibt, hat das doch noch gar keinen Sinn. Und außerdem sind wir erst seit dem Sommer zusammen.» Im nächsten Moment legte sich ein Schatten über ihr Gesicht.

Über Kinder habt ihr nachgedacht. – Dieser Satz stand wie eine unsichtbare Wand zwischen uns, und ich hatte keine Ahnung, wie ich sie durchdringen sollte. Also schwieg ich.

«Jakob und ich waren Ende letzter Woche im Kinderwunschzentrum am Stachus», sagte Lilly nach einiger Zeit in mein Schweigen hinein. «Kurz bevor ich dort angerufen hatte, um einen Termin auszumachen, hat jemand abgesagt. Deshalb ging es so schnell.»

«Und?» Nervös schaute ich sie an.

«Die Ärztin war sehr nett. Sie hat mit Jakob und mir ein längeres Gespräch geführt, wir mussten beide einen Anamnesebogen ausfüllen, und im neuen Jahr werden verschiedene Untersuchungen gemacht. Vorher kann man nichts Genaues sagen. Aber ...»

«Ja?»

«... sie hat uns eine Statistik gezeigt, darin stand, dass es nachweislich auf jede erfolgreiche Schwangerschaft eine Fehlgeburt gibt. Das wusste ich nicht, und dieser Satz hat mich ein bisschen beruhigt, weil ich mir seitdem sage ... dass ich vielleicht einfach nur öfter als andere Frauen auf der falschen Seite gelandet bin. Und selbst wenn es nicht nur Pech war: Die Ärztin meinte, fast alle Ursachen für Fehlgeburten seien organischer Natur und könnten behoben werden.»

Ich berührte sie leicht am Arm. «Das hört sich gar nicht so schlecht an, oder?»

Lilly nickte.

«Du wirst sehen: Das nächste Jahr wird dein Jahr.»

«Bestimmt.» Sie lächelte ein wenig gezwungen. «Für dich könnte es ja schon jetzt gar nicht mehr besser laufen. Ich freue mich so. Deine Keramikwerkstatt ist ständig ausgebucht, und du und Rik, bestimmt kommt ihr wieder zusammen. Er ist so nett und witzig und gut aussehend.»

«Ja, ich bin wirklich ein Glückspilz», bestätigte ich, obwohl ich mich selbst überhaupt nicht so fühlte.

Rik stand mit dem Handy in der Hand auf den Stufen, die zum Garten herunterführten. Ein amüsiertes Funkeln lag in seinen Augen.

Ich entschuldigte mich bei meiner Zwillingsschwester und trat zu ihm. «Was ist denn der Grund für deine offensichtliche Freude?»

Rik fuhr zusammen und ließ das Handy in der Gesäßtasche seiner Jeans verschwinden. «Meine Mutter. Sie hat uns frohe Weihnachten gewünscht.» Er lächelte mich an. Ziemlich mechanisch, wie ich fand.

«Deine Mutter! Habt ihr euch etwa wieder vertragen?», fragte ich stirnrunzelnd.

Rik legte den Arm um mich. «Ja. Schließlich ist Weihnachten. Und an Weihnachten darf man sich nicht streiten.»

Durch Sams heroischen Einsatz wurde das Weihnachtsfest doch noch ganz schön. Sogar zwischen Trudi und Milla lockerte sich die Stimmung ein kleines bisschen auf. Zumindest ließ meine Mutter sich dazu herab, Trudi um ihr Rezept für den Nachtisch zu bitten. Und Dad hörte vor lauter Rührung darüber, dass ein weiteres seiner Kinder unter der Haube war, erfreulicherweise mit seinen blöden Witzen auf.

Am Ende des Abends hielten wir die Familientradition hoch und sahen uns gemeinsam *Ist das Leben nicht schön?* an, dieses Jahr allerdings zum ersten Mal mit holländischen Untertiteln. Mir persönlich war dieser Film zu schmalzig, und Gutmenschen wie diesen George Bailey konnte ich sowieso nicht leiden. Aber da musste ich durch, und wer wusste schon, wie oft wir den Heiligabend noch alle miteinander verbringen würden. Bestimmt war es nur eine Frage der Zeit, bis Helga und Nils oder Fee und Sam abspringen würden, um ihr eigenes kleines Weihnachtsfest zu feiern. Milla würde auch nicht so bald wieder mit Ian nach Deutschland kommen.

Meine sentimentale Stimmung währte jedoch nur kurz, denn kaum hatte die natürlich ebenso gute Tochter des herzensguten George Bailey den legendären Satz ausgesprochen: «Immer, wenn ein Glöckchen klingelt, bekommt ein Engel seine Flügel», und kaum war Engel Clarence für seine erfolgreiche Arbeit entlohnt worden, machte sich allgemeine Aufbruchsstimmung breit.

«Sag mal, Lilly würde doch bestimmt lieber bei Jakob schlafen als bei dir, oder?», flüsterte mir Rik zu. «Ich finde, ich sollte ihr meine Seite des Bettes überlassen und zu dir kommen. Dein Vater muss ja nichts davon mitkriegen.» Seine Lippen strichen über mein Ohrläppchen, und ich bekam eine Gänsehaut. Allerdings nicht vor Erregung.

«Das geht nicht. Kein gemeinsames Schlafzimmer vor der Heirat, in dieser Hinsicht ist mein Vater sehr konservativ. Bei Sam und Fee macht er nur wegen Paul eine Ausnahme. Sei froh, dass er dir gestattet, bei Jakob im Dachgeschoss zu übernachten», entgegnete ich steif, obwohl ich es war, die auf diese Aufteilung bestanden hatte.

Rik musterte mich prüfend, und ich spürte, dass eine unangenehme Hitze meinen Hals hinaufkroch.

Zum Glück half mir Dad aus der Bredouille. Der konnte es sich zum Abschluss des Abends nämlich nicht verkneifen, mit einem Glas Orangensaft in der Hand aufzustehen und einen Toast auszusprechen. Darauf, dass wir ihm die große Freude gemacht hatten, alle zusammen den Weihnachtsabend zu verbringen («Wer weiß, ob das jemals wieder der Fall sein wird!»), dass Sam seine Tochter im nächsten Jahr in den sicheren Hafen der Ehe führen würde («Einen besseren Schwiegersohn als dich, mein Junge, hätte ich mir nicht wünschen können.») und überraschenderweise auf Rik («Schön, dass du hier bist.»).

Auch der Rest der Familie klatschte, und für alle schien es bereits beschlossene Sache, dass Rik und ich wieder ein Paar werden würden.

Warum fühlte sich das Ganze für mich nur so verdammt falsch an?

Kapitel 31

Viel zu schnell neigte sich das Jahr dem Ende zu und somit auch Millas und Ians Aufenthalt in Deutschland. Am Silvestertag um ein Uhr würde ihr Flugzeug starten, damit die beiden pünktlich am Abend in Ians Pub, der Hill Bar, mit Bekannten und Freunden ins neue Jahr hineinfeiern konnten.

Mir fiel es immer schwer, mich von meiner Mutter zu verabschieden. Dieses Mal, da es mir nicht gutging, machte es mir besonders viel aus. Deshalb war ich froh, dass Fee und Sam am Vortag ins Allgäu aufgebrochen waren, Lilly und Jakob über Silvester einen Skiurlaub im Zillertal gebucht hatten, Helga und Nils die Schönebecks in deren Ferienwohnung in Ischgl besuchten und ich die Aufgabe übertragen bekam, Milla und Ian zum Flughafen zu bringen. Mit Rik als Fahrer.

Ich schaute auf die Uhr. So ein Mist! Wo trieb er sich nur rum? Er hätte bereits vor zehn Minuten da sein sollen. In meiner Handtasche nieste es, und genervt zog ich das Handy heraus. Doch es war nicht Rik, der sich für sein Zuspätkommen entschuldigen wollte, und auch nicht Milla, die sich ungeduldig erkundigte, wo wir blieben, sondern Diana, was mich verwunderte, denn das *froh und bunter* war zwischen den Jahren geschlossen.

«Was gibt's, Diana?», fragte ich kurz angebunden.

«Ist es bei dir gerade ungünstig?»

«Ehrlich gesagt, ja. Ich muss meine Mutter und ihren Lebensgefährten zum Flughafen bringen.»

Am anderen Ende der Leitung hörte ich meine Aushilfe nervös lachen. «Das, was ich zu sagen habe, geht ganz schnell.»

Großartig! Solche Sätze verhießen selten etwas Gutes. «Schieß los.» Angespannt zupfte ich an einem Faden herum, der aus meiner schwarzen Strumpfhose heraushing.

«Also, Mia, ich will gar nicht groß drum herumreden: Ich habe wirklich gerne im *froh und bunter* ausgeholfen, aber ich kann das nicht mehr lange machen, und ich finde es nur fair, dir das so bald wie möglich mitzuteilen.»

«Hast du eine andere Stelle gefunden?», fragte ich erschrocken. Bei dem Gedanken, schon bald auf Dianas kompetente Unterstützung verzichten zu müssen, wurde mir ganz flau im Magen.

«Das kann man so nicht sagen», druckste sie herum. «Ich … ich habe mich dazu entschlossen, ebenfalls eine Keramikwerkstatt aufzumachen. – Allerdings nicht in Schwabing, sondern am Rindermarkt», fügte sie eilig hinzu. «Dort ist ein kleiner Laden frei geworden. Unsere Kundschaft wird sich also kaum überschneiden.»

«Das kommt überraschend», brachte ich mühsam hervor. «Wann hörst du auf?»

«Anfang nächster Woche unterschreibe ich den Pachtvertrag. In den Laden kann ich ab März, aber du weißt ja selbst, dass vor einer Neueröffnung eine Menge zu erledigen ist. Mir wäre es am liebsten, wenn du so schnell wie möglich Ersatz für mich fändest. Studentinnen, die sich etwas dazuverdienen wollen, gibt es garantiert genug.»

Ein weiterer Anrufer klopfte an. Es war Rik, der mir mitteilte, dass er mit dem Auto in einer Querstraße parkte. «Diana», würgte ich meine Aushilfe ab, «ich muss jetzt wirklich los. Lass uns später darüber reden.»

Ich legte auf und ging mit weichen Knien nach unten. Diana

war in den letzten Wochen wunderbar ohne mich ausgekommen. Auch ich würde allein zurechtkommen. Keine Frage. Aber wollte ich das überhaupt?

Auf einmal fühlte sich das *froh und bunter* nicht mehr wie ein Lebenstraum an, den ich mit viel Arbeit und Herzblut verwirklicht hatte, sondern wie ein Ballast, der mir am Bein hing, und der jeglichen Schritt in die richtige Richtung unmöglich machte.

Nachdem Milla und Ian ihr Gepäck aufgegeben hatten, bummelte Ian noch ein wenig durch das Terminal. Wir anderen beschlossen, die verbleibende halbe Stunde bis zum Boarding mit einer Tasse Kaffee zu überbrücken. Leider war die Alfredo-Bar, die direkt vor der Sicherheitskontrolle lag, komplett überfüllt. Der 31. Dezember schien ein begehrter Reisetag zu sein.

«Setzt euch hin. Ich hole den Kaffee.» Rik schob Milla und mich zu dem letzten freien Tisch.

Er selbst knipste sein Tausend-Watt-Lächeln an und reihte sich neben einer hübschen blonden Mittzwanzigerin in die Schlange vor der Getränkeausgabe ein. Die junge Frau blickte zu ihm auf, und ich sah, wie sich seine Lippen bewegten. Bestimmt sagte er etwas so Einfallsloses wie «In so charmanter Gesellschaft wartet es sich gleich viel angenehmer», aber egal, was es war, der Satz funktionierte als Eisbrecher. Denn die Blondine lachte auf und begann ein Gespräch mit meinem Exfreund. Frustriert wandte ich mich ab, jedoch nicht ohne an Millas belustigtem Blick hängenzubleiben.

«Was ist?», fuhr ich sie an.

«Eifersüchtig?»

Ich verdrehte die Augen. «Warum sollte ich? Ich verstehe nur nicht, wieso er mit jedem weiblichen Wesen flirten muss, das sich ihm auf hundert Meter nähert.»

«So ist er nun mal. Falls du mit dem Gedanken spielst, wieder mit ihm zusammenzukommen, gewöhn dich am besten daran. Sonst hast du an einem Mann wie ihm nicht lange Freude.»

«Danke für diesen äußerst wohlmeinenden mütterlichen Rat.»

«Ich versuche nur, dich vor Enttäuschungen zu bewahren.» Milla holte einen kleinen Handspiegel aus der Tasche und kontrollierte ihren Lippenstift.

«Ich dachte, du magst Rik.»

«Das tue ich. Aber er kann nun mal nicht aus seiner Haut, so wie wir alle.»

«Wie meinst du das?» Ich runzelte die Stirn.

«Die Iren haben ein Sprichwort: *Was kannst du von einer Katze anderes erwarten als Kätzchen?* Menschen ändern sich nicht. Jedenfalls nicht grundlegend.»

«Jakob hat sich für Lilly geändert.»

«Bei Jakob hatte ich aber auch schon immer den Eindruck, dass ihm das Reisen weniger Spaß macht als das Ankommen.»

«Ach, und bei Rik ist das andersherum?» Wütend blitzte ich sie an. «Ich fasse es nicht. Du versuchst, ihn mir madig zu machen! Warum?»

«Ich versuche dir gar nichts madig zu machen. Im Gegenteil! Ich will nur, dass du glücklich bist. Bist du es?» Milla sah mich fest an.

Nein. Ich starrte ungerührt zurück. Aber ich war kein kleines Kind mehr! Und selbst als ich das noch gewesen war, hatte ich schon gegen Millas Ratschläge rebelliert und stets genau das Gegenteil von dem getan, was sie für richtig hielt.

«Was ist denn mit euch los?» Rik kam mit unseren Getränken zurück. «Abschiedsschmerz?»

Milla schüttelte den Kopf. «Mutter-Tochter-Gespräche.» Mit dieser Antwort gab er sich zufrieden.

An der Sicherheitskontrolle verabschiedete ich mich herzlich von Ian. «Es war schön, dich kennengelernt zu haben.» Ich drückte dem Holländer einen Kuss auf die faltige Wange.

Weniger überschwänglich fiel der Abschied von meiner Mutter aus. Sie bekam lediglich eine steife Umarmung von mir. Befangen standen wir voreinander.

«Sei mir nicht böse», sagte sie schließlich. «Und vergiss, was ich vorhin zu dir gesagt habe. Du weißt selbst, was für dich das Richtige ist und was nicht.» Sie griff nach ihrer Handtasche und wandte sich zum Gehen. «Ruf mich an, wenn dir danach ist!»

Mit einem riesengroßen Kloß im Hals blickte ich Milla nach, wie sie das Tor mit den Metalldetektoren passierte und mit Ian an der Hand in Richtung Abflughalle schlenderte.

Rik, dem nicht entging, wie traurig ich war, sah mich mitfühlend an. «Was hältst du davon, wenn wir zur Ablenkung ein bisschen shoppen gehen?», fragte er mich auf unserem Weg durch das Terminal. «Du hast noch gar kein Weihnachtsgeschenk von mir bekommen.»

«Hatten wir nicht abgemacht, dass wir uns nichts schenken?»

«Ich finde aber, dass du etwas verdient hast. Das hier zum Beispiel.» Er nahm mich am Arm und führte mich zu einer Auslage mit einer Schaufensterpuppe, die ein knielanges Kleid aus weichem Wildleder trug, das an der Seite gerafft war und von einem cognacfarbenen Gürtel gehalten wurde. «Es sieht bestimmt super an dir aus.»

«Bestimmt nicht. Ich bin einfach nicht der Ralph-Lauren-Typ», erwiderte ich abwehrend. «Außerdem kostet dieses Kleid knapp fünfhundert Euro. Dafür bekomme ich in einem anderen Geschäft fünf davon. Eher mehr.»

Rik musterte das schwarze Wollkleid, das ich zu Overknee-Stiefeln unter meinem offenen Mantel trug. *Das sieht man*, sagte sein Blick. Aber vielleicht bildete ich mir das auch nur ein.

Ich schaute auf den Abflugplan, der schräg über unseren Köpfen hing. Die Maschine von Milla und Ian würde in zwanzig Minuten starten, zehn Minuten vor der, die gen Paris abhob. Ihre Abflugdaten standen fast unmittelbar darunter.

«Hast du was dagegen, zum Besucherhügel zu fahren und zuzuschauen, wie das Flugzeug startet?», fragte ich Rik.

«Nein, aber wenn du das sehen willst, sollten wir uns beeilen.»

Ich spürte ein Vibrieren in meiner Jackentasche und zog mein Handy heraus. Milla! Bestimmt wollte sie mir vor dem Abflug noch etwas sagen. Doch ein Blick auf das Display zeigte mir, dass es Vincent war, der versuchte, mich zu erreichen. Ich deutete Rik an, dass ich telefonieren müsse, und nahm den Anruf an.

«Ja?»

«Mia, *ma chère*!», begrüßte mich Vincent, und beim Klang seiner gutgelaunten Stimme ließ der Druck auf meinem Brustkorb sogleich ein wenig nach. «Ich habe großartige Neuigkeiten.»

«Dann leg mal los.» Gute Neuigkeiten waren tatsächlich mal eine tolle Abwechslung.

«Ich habe dir doch von dem Kalenderwettbewerb erzählt.»

«Du hast gesagt, dass du nicht teilnehmen willst.»

«Und du hast mir dazu geraten, es trotzdem zu tun.»

«Hast du etwa den ersten Platz belegt?»

«Natürlich nicht. Aber …», Vincent legte eine, wie ich fand, äußerst wirkungsvolle Pause ein, «es gab einen Sonderwettbewerb für das beste Einzelbild. Und den habe ich gewonnen.»

«Wow! Welches hast du eingereicht?», fragte ich beeindruckt und überlegte bereits, auf welchem der vielen Tutu-Fotos ich die Liebe wohl am eindrucksvollsten verkörpert hatte.

«Ich schicke es dir per WhatsApp. Du wirst Augen machen. Das sage ich dir.»

Das glaubte ich ihm ohne weiteres. Obwohl ich zu dem Entschluss gekommen war, dass ich das allererste Foto am überzeugendsten fand – das, auf dem ich in Seiltänzerinnen-Manier über den Pont Marie stolziert war.

Die versprochene Nachricht kündigte sich mit einem leisen *Pling* an, und gespannt öffnete ich sie.

Mein Herz schlug einen Doppelsalto. Fast wäre mir das Handy auf den Boden gefallen. Denn auf dem Bild war keine Ballerina im rosa Tutu und mit Regenschirm abgebildet, sondern es zeigte zwei Menschen, die vor einer mit Efeu bewachsenen Natursteinmauer standen und sich an den Händen hielten. Noah und ich. Wow! So sahen wir also zusammen aus. Ich zoomte Noahs Gesicht näher heran und strich mit dem Zeigefinger voller Sehnsucht darüber.

Ein Zitat aus dem Film *Die Brücken am Fluss* kam mir in den Sinn. «Die Gewissheit, jemanden so sehr zu lieben, hast du nur ein Mal im Leben», sagte darin Clint Eastwood zu Meryl Streep. Doch Meryl Streep entschied sich gegen diese Liebe, weil sie es nicht schaffte, sich von ihrem alten Leben zu lösen. Ganz schön blöd! Ich hatte nie verstanden, wie man sich derart kampflos seinem Schicksal fügen konnte. Wobei … sie hatte zwei Kinder, ich lediglich ein Geschäft.

«Schlechte Nachrichten?», fragte Rik und linste mir über die Schulter.

Schnell ließ ich das Gerät verschwinden. Genau so, wie er es am Weihnachtsabend im Garten meiner Eltern getan hatte. «Nein, ganz im Gegenteil. Vincent, mein Pariser Mitbewohner, hat mit einer seiner Fotografien einen Wettbewerb gewonnen.»

«Besonders begeistert wirkst du davon nicht.»

«Doch, doch. Ich bin nur überrascht. Ich dachte nicht, dass er eine Chance hat. – Sag mal, Rik: Was magst du lieber, das Reisen oder das Ankommen?»

Rik runzelte die Stirn. «Was ist das denn für eine Frage?»

«Ich hätte trotzdem gerne eine Antwort.» Obwohl ich aufgewühlt war, hatte ich mich nie klarer gefühlt.

«Gut, wenn es unbedingt sein muss: Ich komme lieber an», entgegnete Rik lustlos. «Können wir jetzt los? Sonst ist der Flieger deiner Mutter weg.»

Das war die falsche Antwort. Aber für mich war es genau die richtige, auch wenn es eigentlich keine Rolle spielte, was er sagte. Seine Antwort hätte nichts an der Entscheidung, die ich gerade getroffen hatte, ändern können.

«Für mich ist immer der Weg das Ziel gewesen. Nach der Ankunft habe ich mich meist sehr schnell gelangweilt», sagte ich langsam, weil ich selbst kaum glauben konnte, dass ich diese Worte aussprach. «Mittlerweile bin ich so viel gereist, dass ich es satthabe. Um anzukommen, muss ich mich jedoch noch einmal ins Flugzeug setzen – und zwar nach Paris.»

Rik sah mich an, als ob ich den Verstand verloren hätte. Schätzungsweise hatte ich das auch. «Du machst *was?*», fragte er, vermutlich in der irrigen Hoffnung, sich verhört zu haben.

«Ich werde nach Paris fliegen», wiederholte ich.

«Du hast weder ein Ticket noch Gepäck», sagte Rik in dem Ton, in dem man mit einem einjährigen Kleinkind oder einem hundertjährigen Greis redet.

«In irgendeiner Maschine wird schon noch ein Plätzchen für mich frei sein. Und mit etwas Glück hat Nina meine Sachen noch nicht nach Deutschland zurückgeschickt. Angekommen sind sie zumindest nicht.»

Riks Befremden hatte sich aus seiner Miene verabschiedet und war seinem üblichen Pokerface gewichen. «Du meinst das ernst, oder? Du hast wirklich vor, nach Paris zu fliegen.»

«Ja.»

«Aber warum?», wollte er wissen, beantwortete die Frage jedoch im selben Atemzug selbst: «Es ist wegen dieses Franzosen, oder?»

Ich nickte. Warum sollte ich ihm etwas vormachen?

«Mir war sofort klar, dass er nicht euer Postbote ist», sagte er.

«Es tut mir leid, dass ich dich angelogen habe.»

Rik zuckte mit den Schultern. «Mach, was du für richtig hältst, aber komm bloß nicht wieder angekrochen, wenn dieser Kerl dich sitzenlässt.» Ein gehässiger Zug legte sich um seinen Mund.

Diesen Ausdruck auf seinem Gesicht hatte ich schon einmal gesehen. In der verhängnisvollen Nacht. In der Nacht, in der ich ihn gebeten hatte anzuhalten, damit ich aussteigen konnte, er aber das Gaspedal bis zum Anschlag durchgetreten hatte und weitergerast war. Seltsam! Dieses Bild musste in all dem Chaos, den Scherben und dem Geschrei verlorengegangen sein.

«Dabei liegt dir überhaupt nichts an ihm, oder?» Rik schob angriffslustig das Kinn vor. «Das ist deine Art, dich an mir zu rächen. Dafür, dass ich dich ein einziges Mal betrogen habe.»

«Nein, Rik. Menschen machen Fehler. Du hast einen gemacht. Ich habe einen gemacht. Warum sollte ich dir etwas nachtragen?» Ich umarmte ihn und ging davon.

Am Ticketschalter erfuhr ich, dass die nächste Maschine nach Paris erst am Abend abheben würde und dass mich einer der letzten Plätze im Flugzeug eine astronomische Summe kostete. Aber das war mir in diesem Moment gleich.

Mit dem Ticket in der Hand ließ ich mich auf einer der Bänke im Flughafen nieder und schrieb zwei Nachrichten.

Die erste ging an Diana:

Du sagst, dass du einen Laden am Rindermarkt pachten willst. Kannst du dir auch vorstellen, meinen zu übernehmen?

Die zweite schickte ich an Vincent:

Weißt du schon, wo du Silvester feierst?

Vincent antwortete sofort:
Warum fragst du?
Ich schrieb zurück:
Ich komme vorbei :-)

Kapitel 32

«Ist Noah da?», keuchte ich.

«Mia!» Noahs Mutter schaute mich erstaunt an. Ich war angenehm überrascht, dass sie sich an meinen Namen erinnern konnte. «Nein. Er ist mit Freunden unterwegs.»

«Wo ist er hingegangen?»

«Ich vermute, dass sie gegen Mitternacht zur Sacré-Cœur gehen werden. Von dort hat man den besten Ausblick auf das Lichterspektakel am Eiffelturm.»

«Kannst du mir seine Handynummer geben?»

«Hat er überhaupt eins?» Nicole sah mich irritiert an.

Hastig bedankte ich mich bei ihr und lief zur Metrostation zurück. So ein Mist! Nun war es kurz vor elf. Mir rannte die Zeit davon. Ich beschleunigte meine Schritte.

Auf dem Weg ins 19. Arrondissement, hinaus zu Noahs Wohnung, war kaum jemand mit mir in der Metro gewesen. Stadteinwärts hingegen war die Bahn brechend voll von Menschen. Viele von ihnen trugen Bier-, Wein- oder Schnapsflaschen in den Händen, und alle befanden sich in Partylaune. Ich atmete erleichtert auf, als die U-Bahn an der Station Stalingrad anhielt und ich umsteigen konnte. Aber die Erleichterung währte nur kurz, denn der Zug, der in Richtung Montmartre fuhr, war noch voller. Ein Geheimtipp schien dieses Fest vor der Sacré-Cœur ganz offensichtlich nicht zu sein. Selbst Vincent hatte mir erzählt, dass er dort mit Lou ins neue Jahr hineinfeiern wollte.

Als ich zwei Haltestellen später aus der Bahn stolperte, schaffte ich es zu meiner Erleichterung endlich, Nina zu erreichen.

«Wieso gehst du nicht ans Handy?», fragte ich ruppig. «Ich habe bestimmt zwanzigmal bei dir angerufen.»

«Ich war bei meinem Vater. Er hat großen Wert darauf gelegt, dass wir am letzten Tag des Jahres gemeinsam essen. Weshalb rufst du an?»

«Hast du meine Tasche schon zurückgeschickt?»

«Nein», antwortete Nina zerknirscht. «Gleich übermorgen bringe ich sie zum Paketshop.»

«Das musst du nicht.»

«Warum nicht?»

«Ich bin wieder da.»

«Wo?»

«In Paris.»

«Nein!»

«Doch.»

«Wieso?»

«Wegen Noah.»

Am anderen Ende der Leitung herrschte Stille.

«Hat es dir die Sprache verschlagen? Ich will auch gar nicht wieder bei dir einziehen. Na gut, für ein paar Nächte vielleicht, wenn es für dich okay ist. Danach suche ich mir etwas anderes.»

«Nein», quiekte Nina. «Untersteh dich! Natürlich kannst du bei mir wohnen. Mit Vincent allein, das ist einfach nichts.»

«Wo bist du gerade?»

«Zu Hause.»

«Am Silvesterabend?»

«Da bleibe ich natürlich nicht. Was denkst du denn? Aber wie man ins neue Jahr hineingeht, so geht man auch wieder hinaus. Meine Haare sind durch den Nieselregen ganz kraus geworden, und ich muss sie unbedingt glätten, bevor ich mich ins Getümmel vor der Sacré-Cœur stürze.»

«Genau da will ich auch hin.»

«Komm vorbei und hol mich ab.»

«Das kann ich nicht. Ich möchte so schnell wie möglich zu Noah.» Bei der Erwähnung seines Namens legte ich unwillkürlich einen Zahn zu.

«Weißt du, wo er ist?»

«Ich werde ihn schon finden.»

«Das dürfte schwierig sein. Angeblich steppt dort an Silvester der Bär. Verschieb euer Wiedersehen auf morgen, und wir beide machen uns einen männerfreien Abend.»

«Das geht nicht.»

«Wieso nicht?»

«Ich weiß es auch nicht. Es ist nur so ein Gefühl», entgegnete ich verzweifelt. «Wenn ich eine Chance bei ihm haben will, dann muss ich heute noch mit ihm reden. Ich bin mir ganz sicher.»

«Warte am Ausstieg der Seilbahn auf mich. In fünf Minuten bin ich da.» Nina legte auf.

Auch ich fing an zu rennen. Vorbei an unzähligen Menschen, die anscheinend genau den gleichen Weg hatten wie ich, den Berg zur Sacré-Cœur hinauf. Mein Puls raste, meine Lunge brannte, und meine Beine wollten sich bereits nach wenigen Metern kaum noch anheben lassen, aber ich rannte tapfer weiter. Nicht nur um schneller bei Noah zu sein, sondern auch um gegen die Angst anzukämpfen, die mich beim Anblick der immer dichter werdenden Menschenmenge befiel. Nie im Leben würde ich ihn dort oben finden.

«Wo bleibst du denn?», begrüßte mich Nina, die eine Flasche Champagner in der Hand hatte. «Dir zuliebe gehe ich mit struppigen Haaren ins neue Jahr, und du bummelst hier rum.»

«Seilbahn war weg. Hab die Treppe genommen.» Schwer atmend hängte ich mich über das Geländer, um wieder zu Atem zu kommen. Gleich morgen würde ich anfangen, regelmäßig Sport zu treiben.

«Hast du Vincent angerufen?»

«Wie denn?», keuchte ich. «Ich hatte kaum genug Luft zum Laufen.»

«Gut, dass ich es getan habe. Wir werden uns aufteilen müssen, um deinen Noah noch vor Mitternacht zu finden.» Sie nahm mich an der Hand und zerrte mich hinter sich her.

«Ist es schon so spät? Ich habe mich so beeilt.» Hektisch schaute ich auf die Uhr. Tatsächlich. Halb zwölf. Verdammt. Und meine böse Vorahnung auf dem Weg hierher hatte mich nicht getrogen. Als Nicole davon gesprochen hatte, dass sich Noah mit Freunden hier treffen wollte, hatte ich mir eine kleine, beschauliche Zusammenkunft von ein paar wenigen Grüppchen vorgestellt, aber das, was sich mir bot, war ein riesiges Fest mit Tausenden von Menschen. Sie bevölkerten die Stufen vor der Kathedrale, den Park, der zu ihr hinaufführte, und alle Straßen. Es gab Feuerschlucker, Jongleure, Gaukler, Buden, an denen man sich etwas zu essen und zu trinken kaufen konnte. Und über allem lag wummernder Techno-Beat, der so laut war, dass man kaum sein eigenes Wort verstand.

Lou und Vincent warteten am Eingang der Eglise Saint-Pierre auf uns. Beide wollten mich freudig in die Arme schließen, doch Nina fuhr ungeduldig dazwischen. «Das könnt ihr alles nachher machen. Vincent, du schaust auf den Stufen vor der Kirche nach Noah. Lou übernimmt die rechte Seite des Parks, ich die linke. Und du, Mia, gehst durch die Straßen und zum Aussichtsplateau», kommandierte sie. «Haltet eure Handys in der Hand, und wenn einer ihn sieht, klingelt er durch. Sollte ihn keiner von uns finden –, wovon wir nicht ausgehen», sagte sie mit einem Seitenblick auf mich, «treffen wir uns um zehn vor zwölf wieder hier.»

Nina und ich tauschten mit Lou schnell noch die Nummern aus. Dann strömten wir in alle Richtungen davon, und trotz Ninas Zuspruch wurde mir fast sofort klar, dass wir das Unmögliche versuchten. Auf jedem einzelnen Quadratmeter standen bestimmt fünf Menschen. Fieberhaft quetschte ich mich durch die Massen, bis zur Aussichtsplattform drang ich jedoch beim besten Willen nicht vor. Egal, wie dünn ich mich machte, und egal, wie sehr ich drängelte und schob, der Weg zu den vorderen Reihen, von wo man die schönste Aussicht auf den beleuchteten Eiffelturm hatte, blieb mir verwehrt. Der Rückweg allerdings ebenfalls, stellte ich voller Entsetzen fest. Ich war eingekesselt. Verzweifelt versuchte ich mich herauszukämpfen, doch all diese Leute um mich herum waren wie eine massive Wand, in der es keine Schlupflöcher gab.

Mit einem Ruck zog ich die Hand, in der ich mein Handy hielt, nach oben. Zehn vor zwölf. Ich wählte Ninas Nummer, aber eine gleichgültige Frauenstimme teilte mir mit, dass meine Freundin zurzeit nicht erreichbar sei. Auch zu den Handys von Lou und Vincent konnte ich keine Verbindung aufbauen. Ich schrie meinen Vordermann, einen dunkelhaarigen Hünen, an, dass er mich endlich durchlassen solle, und boxte ihm in die Seite. Verblüfft drehte er sich zu mir um, und ich schlüpfte an ihm vorbei. Dahinter wartete die nächste Sackgasse auf mich.

Das war's dann also. Resigniert schloss ich die Augen. Nie im Leben würde ich es bis um zwölf zurück zur Kirche schaffen. Ich würde den Jahreswechsel eingequetscht zwischen betrunkenen, fremden Menschen verbringen. Ohne Vincent, Lou und Nina. Und vor allem ohne Noah. Noah, der irgendwo hier oben sein musste, der für mich jedoch so unerreichbar war wie der

Kilimandscharo. Und wahrscheinlich wäre er das auch, wenn er jetzt neben mir stünde.

Ich hatte in den letzten Wochen so vieles falsch gemacht, hatte Noah so oft zurückgestoßen, hatte so viele Chancen bekommen und aus Angst vor meinen Gefühlen keine davon ergriffen. Und nun war alles zu spät.

Mein Herz fing an zu klopfen. Erst langsam, dann immer heftiger. Sofort wurden meine Hände schweißnass, und meine Kehle wurde eng. Die Panikattacken! Nein! Nicht jetzt. Nicht jetzt und nicht hier. Ich zwang mich, ruhig ein- und auszuatmen, mich auf meine Umgebung zu konzentrieren. Aber es funktionierte nicht, denn da war nichts. Nichts außer Jacken, Hinterköpfen, unbekannten Gesichtern und dem Geruch von schalem Bier, Schweiß, Gras und Zigarettenrauch, der mir die Sinne benebelte. Mein Herzschlag schwoll zu einem wilden, wütenden Hämmern an, das so laut war, dass es die Musik und die Stimmen um mich herum übertönte und ich zu taumeln begann. Ich dachte schon, ich würde fallen, als eine Hand nach meinem Ärmel griff und ich mit der Nase in einem rauen Stoff landete. In einem Stoff, der nach Vanille duftete. Im nächsten Moment schaute ich in Ninas Augen.

«Was ist los mit dir? Du hast ausgesehen, als ob du gleich umkippst.»

«Hier ist es so voll … Ich … ich habe keine Luft mehr bekommen.»

«Ich bringe dich raus.»

«Hat einer von euch Noah gefunden?»

Nina schüttelte den Kopf. «Es sind einfach zu viele Menschen.»

Um uns herum wurden Sektflaschen gekappt, und verfrühte Böller kündigten den baldigen Jahreswechsel an. *Ach, Mann!* Niedergeschlagen ließ ich mich von Nina durch die Menge schieben, und da sie fast einen ganzen Kopf größer war als ich, hatte sie keine Probleme damit, sich ihren Weg zu bahnen.

«Es tut mir so leid, dass wir ihn nicht gefunden haben. Ich war mir so sicher … Aber es ist so voll hier oben. Ich bin nicht weit gekommen, obwohl ich wirklich alles versucht habe», entschuldigte sich Vincent wortreich, kaum dass wir bei ihm und Lou angekommen waren.

Seine Freundin dagegen sah die Sache pragmatischer. «Heute hat es nicht geklappt. Na und? Dann gehst du halt morgen zu ihm. Oder übermorgen. Oder überübermorgen. Wenn er dich liebt, wird das keinen Unterschied machen.»

Stur schüttelte ich den Kopf. «Es hätte heute sein müssen. Ich werde ohne ihn ins neue Jahr hineingehen, also werde ich auch ohne ihn wieder hinausgehen.»

Nina stöhnte auf. «Hätte ich dir nur nicht diesen Floh ins Ohr gesetzt. Das war nur so dahingesagt. Oder glaubst du wirklich, dass ich vorhabe, die nächsten zwölf Monate keine Lockenwickler und kein Glätteisen anzufassen? Ich wusste gar nicht, dass du so abergläubisch bist.»

Ich auch nicht. Doch das war ich. Zumindest heute. Ich glaubte fest daran, dass mir der blühende Kirschblütenzweig im kommenden Jahr Glück bringen würde. Und genauso war ich davon überzeugt, dass ich mich entweder heute mit Noah aussöhnen musste – oder nie wieder eine Chance dazu bekam. Leider schlossen sich diese beiden Überzeugungen gegenseitig aus, denn Noah erschien nicht. Die Menschen um uns herum fingen an, den Countdown herunterzuzählen, Nina ließ den Korken ihrer Champagnerflasche knallen, und ich verrenkte mir den Hals, um nach ihm Ausschau zu halten. Die Fünf verstrich, die Vier, die Drei, die Zwei, die Eins. Unter lautem Getöse wurde der Jahreswechsel begrüßt. Kein Noah weit und breit. Das Leben war nun einmal kein Film. Leider.

Obwohl in Paris Feuerwerkskörper an Silvester streng verboten waren, begann es zu krachen und zu knallen, überall fielen sich Menschen um den Hals, auch Vincent und Lou küssten sich. Nina drückte mich kurz an sich und reichte mir dann schweigend den Champagner. Unter all den lärmenden, tobenden und sich liebenden Menschen waren wir die zwei Einzelsocken, die nach einem Waschgang partnerlos zurückblieben.

Nina schienen die gleichen Gedanken zu beschäftigen wie mich. «Wenn du willst, kann ich dich küssen. Ich hatte es ja angekündigt, dass ich künftig die Finger von den gutaussehenden Kerlen lasse und etwas experimenteller werde.»

«Nein, danke», lehnte ich ab. «Wenn an deiner Theorie doch etwas dran sein sollte, habe ich dich sonst das ganze nächste Jahr an der Backe.»

Nina riss die Augen auf.

«Was ist?», fragte ich verstört. «Habe ich dich gekränkt? Das mit dem Kuss hast du doch sowieso nicht ernst gemeint, oder?»

«Mia!», sagte Nina tonlos. «Ich glaube, da möchte jemand mit dir sprechen.»

Ich drehte mich um und erstarrte ebenfalls. Noah stand hinter mir. Unsere Blicke verfingen sich ineinander. Sekundenlang. Vielleicht waren es auch Minuten, in denen die Welt stillstand, der Lärm, das Krachen und das Jubeln um uns herum verebbte und wir bloß dastanden und uns in die Augen schauten. Ich musste etwas sagen. Schnell! Aber was, um Himmels willen? Warum hatte ich mich in den endlosen Stunden am Flughafen nicht besser auf dieses Gespräch vorbereitet?

Schließlich war es Noah, der das Schweigen brach. «Du bist gar nicht nach Hause gefahren.» Er machte zwei schnelle Schritte auf mich zu, als wollte er sich davon überzeugen, dass ich keine Fata Morgana war.

«Doch.» Ich räusperte mich. «Aber nun bin ich zurückgekommen.»

«Dein Bild zum Verkauf anzubieten war total dumm von mir», sagte Noah unglücklich. «Es tut mir so leid, was ich getan habe.»

«Das muss es nicht mehr. Ich ... ich kann dich jetzt ein bisschen verstehen. Nachdem ich von dir weggegangen war, habe ich deine SMS gelöscht, um dich aus meinem Herzen zu reißen – und ich habe es sofort bereut.»

Ich versteckte die zitternden Hände in meinen Manteltaschen, und mein Herz fing erneut an, laut zu klopfen. Diesmal jedoch nicht vor Panik. *Jetzt oder nie.* Es war endgültig Zeit, Farbe zu bekennen.

«Ich würde dir gerne sagen, dass ich dich liebe, Noah», begann ich tapfer, «aber dazu kennen wir uns noch nicht gut genug. Wir haben uns ja erst ein paar Male gesehen, und ich weiß so wenig von dir. Ich kenne weder deine Lieblingssorte Eis, noch weiß ich, welche Filme du magst. Ich weiß nicht, ob du als Kind genauso große Angst im Dunkeln hattest wie ich und auch nicht ob du schon immer davon geträumt hast, Maler zu werden.

Aber ich weiß, dass ich nicht aufhören kann, an dich zu denken, dass ich dich in jeder einzelnen Minute, in der ich von dir getrennt war, vermisst habe, und dass ich mich noch nie so glücklich gefühlt habe wie mit dir.»

Ein zerbrechlicher Moment des Schweigens trat zwischen uns, und ein paar unerträgliche Augenblicke lang befürchtete ich, dass Noah mich zurückweisen würde. Doch dann hob er langsam seine Hände und strich mir über die Haare, sodass sich mein Kopf wie von selbst nach hinten bog und ich ihm direkt in die Augen schaute.

«Ach, Mia», sagte er und hörte sich dabei fast ein wenig verzweifelt an, «ich habe die letzten zehn Tage nichts anderes getan als versucht, dich zu vergessen, und jetzt tauchst du hier auf und machst es mir unmöglich. Dabei hat sich nichts geändert. Du wohnst in München und ich – so gerne ich es auch möchte –, ich kann hier nicht weg. Zumindest nicht in den nächsten Monaten.»

«Das musst du auch nicht», stieß ich hervor. «Du musst dich gar nicht für oder gegen deine Familie entscheiden. Denn ich habe mich entschieden. Meine Aushilfe wird meinen Laden übernehmen und mich ausbezahlen. Ich bin also frei. Frei, dahin zu gehen, wohin ich möchte.» Bei den letzten beiden Sätzen merkte ich, wie meine Mundwinkel immer weiter zu meinen Ohren wanderten und sich ein breites Grinsen auf meinem Gesicht ausbreitete.

Noah ließ seine Hände sinken. «Du würdest alles aufgeben und nach Paris kommen? Für mich?», fragte er fassungslos. Plötzlich spürte ich wieder die alte Distanz zwischen uns.

«Ja. Nein. Nicht nur. Ich habe mich in München nie so richtig wohl gefühlt, es ist dort alles so furchtbar eng und konservativ. Aber egal, wohin ich gegangen bin, es gab nie eine Alternative. Bis ich nach Paris kam. Es war keine Liebe auf den ersten Blick zwischen der Stadt und mir. Aber nach und nach habe ich angefangen, mich hier zu Hause zu fühlen. Ich habe das Gefühl, hier endlich durchatmen zu können, und ich habe hier Freunde gefunden.»

«Ich verstehe das nicht.» Noah sah vollkommen verwirrt aus. «Deine Eltern und deine Schwestern …»

«Die haben ihr eigenes Leben. Und außerdem so gute Jobs, dass sie es sich leisten können, mich oft zu besuchen.»

«Aber dein Laden … Du hast doch gesagt, dass er dir so viel bedeutet.»

«Du bedeutest mir mehr.»

Noah sah mich mit einem unergründlichen Gesichtsausdruck an. Erneut befürchtete ich, einen Schritt zu weit gegangen zu sein, ihm mein Herz zu offensichtlich sperrangelweit geöffnet zu haben. Ich wollte mich schon resigniert abwenden und nach Nina, Vincent und Lou Ausschau halten, von denen keine Spur mehr zu sehen war, als Noah die Hände an meine Taille legte und mich so eng an sich zog, dass sich unsere Nasenspitzen fast berührten.

«Dann bin ich ja ein richtiger Glückspilz», sagte er leise, und ich nickte erleichtert.

«Kann man so sagen, ein schlechter Fang bin ich nicht.»

«Aber du darfst es nicht allein meinetwegen machen. Dazu gibst du zu viel auf. Das musst du mir versprechen», drängte er.

«Versprochen!», bestätigte ich und kam zu dem Schluss, dass ich nun genug herumgesülzt hatte und dass es nach den vielen, vielen Worten endgültig Zeit für Taten war. «Im Grunde genommen habe ich das alles nur gesagt, um dich wieder ins Bett zu kriegen. Der Sex mit dir war nämlich wirklich gut.»

«Da bin ich aber beruhigt. In jeglicher Hinsicht.» Noah grinste, seine Lippen strichen über meinen Mundwinkel, und dann – endlich! – küsste er mich.

«Was wünschst du dir vom neuen Jahr?», flüsterte ich in Noahs Halsbeuge, als wir uns Minuten später voneinander gelöst hatten und eng umschlungen die roten, blauen, grünen und goldenen Fontänen betrachteten, die vereinzelt den Nachthimmel erhellten.

«Ich? Ich habe alles, was ich brauche.» Er zog mich noch ein bisschen enger an sich. «Und du? Was wünschst du dir?»

«Ich bin leider nicht so genügsam wie du. Ich habe eine ganze Menge Wünsche. Nur leider darf ich sie dir nicht verraten, wenn sie in Erfüllung gehen sollen.» Glücklich schmiegte ich mich an ihn.

Solange ich denken konnte, hatte mir die Zukunft Angst gemacht, weil ich aus irgendeinem Grund immer befürchtet hatte, keine zu haben. Nun lag sie rein und weiß und voller verheißungsvoller Möglichkeiten vor mir. Ich könnte eine Keramikwerkstatt in Paris eröffnen, in dem kleinen leerstehenden Laden im Saint-Paul-Viertel, das mir so gut gefiel. Ich könnte aber auch etwas vollkommen anderes machen, eine Ausbildung anfangen – und dieses Mal auch beenden –, doch noch ein Studium beginnen …

«Sogar die Schrecknisse, die man im eigenen Herzen mitgebracht hat nach Paris, verlieren dort ihre beängstigenden Schauer. Die Schmerzen werden sofort gesänftigt. In dieser Luft heilen die Wunden schneller als irgendanderswo.»

hatte Heine in seinen Tagebuchaufzeichnungen geschrieben, und seine Worte hatten sich mir eingeprägt. Denn ich wusste, wovon der Dichter gesprochen hatte.

Auch meine Wunden waren in der Stadt an der Seine geheilt. Nach all dem jahrelangen rastlosen Umherirren und Suchen war ich endlich angekommen.

Danksagung

Jede Geschichte ist wie ein Bild, das sich aus unzähligen Mosaiksteinchen zusammensetzt. Und genau das macht das Schreiben für mich auch nach dem fünften Buch immer noch zu einem spannenden Prozess, weil ich im Vorfeld nie so ganz genau planen kann, wohin mich meine Reise führen wird.

Am Anfang von *Hoffnung auf Kirschblüten* standen zwei Dinge: Ich kannte die Hauptfigur und wusste, dass das Buch in Paris spielt. Diese Stadt wollte ich unbedingt noch einmal besuchen, denn meine einzige Erinnerung daran – bunte Parfumflakons in Form des Eiffelturms – lag fast dreißig Jahre zurück. Doch was um Himmels willen könnte Mia, die mit Romantik bisher wenig am Hut hatte, ausgerechnet in die Stadt der Liebe verschlagen? Ich habe wochenlang über diese Frage nachgegrübelt und keine zufriedenstellende Antwort gefunden, bis ich ein Buch meiner geschätzten Autoren-Kollegin Anna Koschka las. In deren Roman *Mohnschnecke* fährt Heldin Dotti ins winterliche Prag und sieht dort an einer Brücke Liebesschlösser hängen – Mias Reise konnte beginnen.

Anna Koschka hat eines der ersten Steinchen gelegt, im Laufe der letzten Monate sind jedoch noch eine ganze Menge dazugekommen.

Mein Dank gilt vor allem Marita Grimke, die durch ihre wertvolle Kritik dafür sorgte, dass ich mich im Plot-Dschungel nicht verlief, und die mir einen Draht zu Noah legte. Marita war so streng mit mir, dass ich doch tatsächlich das erste Mal in meinem Leben Muskelkater im Po bekommen hatte, ohne Sport getrieben zu haben. Nur durch das stundenlange Sitzen auf dem Petziball.

Genau das Gleiche gilt für meine Testleser Sandra Budde, Beate Döring, Manuela Gref, Manuela Nol, Claudia Mayerl, Katharina Pansa und Nadine Wolf, die sich auch dieses Mal kurz vor der Veröffentlichung auf die Suche nach den letzten Fehlerteufelchen gemacht haben.

Vanessa Woell, Nicholas Vegas (mein Sachsen-Schlumpf), Pamela Schellenberg, Elga Menning, Ines und Tanja Fartisch und weltbester Nachbar Michael, vielen Dank für all die lustigen Anekdoten, die dialektalen Übersetzungskünste, die Infos über Paris. Eure Mosaiksteinchen möchte ich in *Hoffnung auf Kirschblüten* auf gar keinen Fall missen.

Schreiben ist normalerweise ein einsamer Beruf. Normalerweise! Nicht jedoch wenn man auf so wundervolle Kolleginnen wie ich zurückgreifen kann. Ivonne Keller, Marah Woolf, Dana Graham, Emily Bold, Hannah Siebern, Kira Gembri und Nikola Hotel, ich bin froh, dass es euch gibt! Ohne euch und unseren Büroklatsch würde mir das Schreiben viel, viel weniger Spaß machen. Von den Buchmessen gar nicht zu reden. Furchtbar! Geht gar nicht ohne euch!

Nikola, du bekommst noch einmal einen Extradank von mir! Denn dein erotisches Lektorat hat mir einen der peinlichsten, aber auch lustigsten Momente des Jahres verschafft! Schön, dass dir *Aussicht auf Sternschnuppen* so gut gefallen hat und wir dadurch in Kontakt gekommen sind.

Jetzt aber zu euch, liebe Leserinnen und Leser! Angefangen hatte die Sternschnuppen-Reihe an einem Spieleabend mit den Nachbarn, bei dem mein Mann später dazustieß und von den unglaublichen Zuständen während der Aschewolke auf dem Münchner Flughafen erzählte – und von einer Durchsage, die ihn sehr amüsierte: «Reisende, die sich ein Taxi nach Stockholm teilen wollen, mögen bitte zum Infopoint kommen!»

Unser Nachbar Thomas meinte daraufhin, dass solche unfreiwilligen Fahrgemeinschaften bestimmt Stoff für ein «cooles Roadmovie» abgeben würden. Und dieser Meinung war ich auch.

Ein Reiseziel, mein Lieblingsland Italien, war schnell gefunden, genauso wie die unfreiwillige Fahrgemeinschaft: Meine Freundin Nadine, Vorbild für Helga, und der Schauspieler Florian David Fitz, der Pate für Nils stand.

Anfangs wurde meine Idee, ein Buch zu schreiben, von niemandem so richtig ernst genommen – leider auch nicht von den Literaturagenturen und Verlagen –, aber ich habe mich nicht beirren lassen und weitergeschrieben. Und darauf bin ich wirklich stolz, denn letztendlich hat das, was als spinnerte Idee begonnen hat, den Weg in viele Leserherzen gefunden.

Aufgrund des Erfolgs wurde schließlich der Rowohlt Verlag auf mich aufmerksam, worüber ich überglücklich bin. Denn nicht nur dass ich mich nun als Kollegin von Jojo Moyes bezeichnen darf, es hat einfach Spaß gemacht, mit diesem tollen Team im Rücken an allen vier Sternschnuppen-Büchern noch einmal zu arbeiten und ihnen so zu einem ganz neuen Glanz zu verhelfen. Und an dieser Stelle kommt ihr ins Spiel, liebe Leserinnen und Leser. Denn das beste Buch nutzt einem Autor nichts, wenn ihr fehlt. Danke für eure lieben E-Mails und Facebook-Nachrichten, für eure Weiterempfehlungen, eure Rezensionen.

Dadurch, dass ihr meine Geschichten zum Leben erweckt, hat sich mein Sternschnuppen-Wunsch erfüllt.

Katrin Koppold bei rororo

Sternschnuppen-Reihe:

Aussicht auf Sternschnuppen

Zeit für Eisblumen

Sehnsucht nach Zimtsternen

Hoffnung auf Kirschblüten